LA SOLITUDE
DU DOCTEUR MARCH

DU MÊME AUTEUR

1666, Calmann-Lévy, 2003 ; 10/18, 2004
Le Livre d'Hanna, Belfond, 2008 ; 10/18, 2010

Vous pouvez consulter le site de l'auteur à l'adresse suivante :
www.geraldinebrooks.com

GERALDINE BROOKS

LA SOLITUDE DU DOCTEUR MARCH

Traduit de l'américain
par Isabelle D. Philippe

belfond
12, avenue d'Italie
75013 Paris

Titre original :
MARCH
publié par Viking, un département de Penguin Group (USA) Inc.

Cet ouvrage a été traduit avec le concours du Centre national du livre.

Si vous souhaitez recevoir notre catalogue
et être tenu au courant de nos publications,
vous pouvez consulter notre site internet,
www.belfond.fr
ou envoyer vos nom et adresse,
en citant ce livre,
aux Éditions Belfond,
12, avenue d'Italie, 75013 Paris.
Et, pour le Canada,
à Interforum Canada Inc.,
1055, bd René-Lévesque-Est,
Bureau 1100,
Montréal, Québec, H2L 4S5.

ISBN 978-2-7144-4587-2

À Darleen et Cassie,
qui n'ont rien de « petites femmes[1] *»*

1. En anglais : *Little Women,* titre original du livre de Louisa May Alcott, intitulé en français *Les Quatre Filles du Dr March.*

PREMIÈRE PARTIE

— Papa n'est pas avec nous, et il ne reviendra pas avant longtemps.

Elle n'ajouta pas : « Peut-être jamais », mais chacune le pensa en évoquant leur père qui était parti au front, bien loin de là.

Louisa May ALCOTT,
Les Quatre Filles du Dr March[1]

1. Traduction de Paulette Vielhomme-Callais, Gallimard, coll. « Folio junior », Paris, 1988. *(Toutes les notes sont de la traductrice.)*

1

Rude est la route de Virginie[1]

21 octobre 1861

VOILÀ CE QUE JE LUI ÉCRIS :

> *Ce soir, les nuages gaufraient le ciel. Le soleil déclinant dorait et cuivrait leurs bords effilochés comme si le firmament était surfilé de fils précieux.*

Je marque une pause pour essuyer mon œil enflammé qui ne cesse de larmoyer. Cette phrase que je viens de noter est peut-être d'un style un peu trop fleuri, mais qu'importe : ma femme est une critique indulgente. Ma main qui, je le remarque, est mouchetée de traces de flegme séché, tremble d'épuisement.

> *Pardonnez mon écriture disgracieuse, une armée en marche ne fournit guère de coin tranquille à la réflexion et à la correspondance. (J'espère que mon jeune auteur chéri trouve le temps, entre toutes ses bonnes œuvres, de profiter de mon petit cabinet de travail, et que ses amis les rats ne lui en voudront pas de s'être absenté un court moment de son nid d'aigle coutumier.) Et pourtant s'asseoir ici à*

1. Allusion à un célèbre chant de la guerre de Sécession : *Richmond is a Hard Road to Travel*. Richmond est la capitale de la Virginie.

l'abri d'un grand arbre pendant que les hommes allument leurs feux et plaisantent apporte une certaine paix. Je travaille sur l'écritoire que les filles et vous m'avez si judicieusement procurée et, bien que j'aie renversé ma réserve d'encre, vous n'aurez pas à vous donner la peine de m'en envoyer une autre, puisqu'un des soldats m'a donné l'ingénieuse recette d'un succédané bien commode obtenu à partir des dernières mûres de la saison. Je suis donc en mesure de vous expédier des mots « doux » !

Vous rappelez-vous le papier à reliure marbré du Spenser, ce livre de poésie que je vous lisais jadis, par de fraîches soirées d'automne semblables à celle-ci ? Si c'est le cas, ma chérie, vous pouvez alors voir le ciel comme je l'ai vu ici ce soir ; les couleurs tournoyaient dans le firmament avec une tout aussi joyeuse profusion.

Et le sang qui teintait les remous sablonneux du fleuve sous le piétinement des bottes formait, lui, un motif assez peu différent de ces beaux papiers. Ou – mieux – proche de la coulure carmin de cet encrier qu'un geste impatient de notre petite artiste avait renversé sur le plancher. Mais ces lignes-là, bien sûr, je ne les couche pas sur la page. Je lui ai promis d'écrire quelque chose tous les jours, et je me surprends à satisfaire à cette obligation quand mon esprit est des plus inquiets. Car c'est comme si elle était là avec moi, fugitivement, sa main apaisante et légère sur mon épaule. Je suis toutefois heureux qu'elle n'ait pas à voir ce que je dois voir, à savoir ce que j'ai fini par savoir. Et, grâce à cette pensée, je me disculpe de la censure à laquelle je me soumets : je n'ai jamais promis d'écrire la vérité.

Je compose quelques phrases convenues d'amour conjugal et fais suivre celles-ci de professions de tendresse paternelle :

Je vois chacune d'entre vous au salon, dans le bureau, dans les chambres, sur la pelouse, tenant un livre ou une plume, marchant la main dans la main avec une sœur chérie ou vous entretenant de votre père parti au loin, et vous demandant où il peut être et comment il va. Sachez que je ne vous quitte jamais tout à fait car, pendant que mon corps est ailleurs, mon esprit demeure proche et votre affection est mon meilleur réconfort...

Puis j'invoque l'urgence de mes devoirs, terminant par la promesse d'envoyer bientôt d'autres nouvelles.

Mes devoirs, assurément, sont assez pressants. Je suis entouré d'hommes nécessiteux. Mais je ne referme pas encore mon écritoire. Je la laisse posée sur mes genoux et continue de contempler les nuages, leurs formes moutonneuses déjà noircies dans le ciel presque obscur. Il n'est pas étonnant que les gens simples aient toujours logé leurs dieux dans les hauteurs. Car dès qu'un homme abaisse les yeux du ciel vers l'horizon, il risque de les poser sur quelque scène de désolation.

En aval, des hommes du groupe d'inhumation pataugent jusqu'à la poitrine pour récupérer les corps restés accrochés aux branches mortes. Contrairement à ce que j'ai écrit, on n'entend pas de plaisanteries ce soir, les feux sont peu nombreux et mal entretenus, de sorte que la fumée piquante irrite mon œil toujours larmoyant. Un urubu à tête rouge me regarde fixement du haut d'une grosse branche de sycomore. Ils nous ont suivis toute la journée, ces énormes oiseaux. Ce matin encore, je les trouvais majestueux dans la lumière nacrée qui précède l'aube, perchés avec l'immobilité des gargouilles, les ailes déployées, attendant le lever du soleil. Ils n'ont pas bougé, pendant les longues heures qu'a duré notre traversée du Potomac : d'abord jusqu'à notre rassemblement sur cette île qui se tient au milieu du courant à la façon d'une péniche géante divisant l'immensité d'eau en bras impétueux ; ensuite, pendant que nous gagnions la rive opposée et entamions en silence notre ascension glissante du chemin des vaches à flanc de falaise, ils ont continué de nous épier, toujours immobiles. Plus tard, je les ai revus. Ils s'étaient enfin envolés, décrivant des arcs gracieux dans le ciel, au-dessus du champ de bataille. De là-haut, la difficulté de notre situation ne devait pas leur échapper : l'ennemi contrôlait la butte devant nous, arrosant les nôtres d'un feu roulant pendant que, par les bois à notre gauche, d'autres troupes avançaient furtivement en file pour nous attaquer par le côté. En tant qu'aumônier, je n'avais pas d'ordre de mission et je pris donc place où je pensais pouvoir être le plus utile. Je me trouvais à l'arrière, priant avec les blessés, quand une clameur s'éleva : « Bon Dieu, ils nous attaquent ! »

J'appelai des brancardiers pour emporter les blessés. Un deuxième classe me cria en courant que ceux qui s'y risqueraient seraient criblés de plus de balles qu'ils ne possédaient de doigts et d'orteils. Silas Stone, alors légèrement atteint, trébuchait à cause d'un genou tordu. Je lui offris mon bras, et nous nous enfonçâmes ensemble dans les bois pour rejoindre le chaos de la débâcle. Nous tentions de rattraper le haut du chemin des vaches – seul moyen simple de redescendre vers le fleuve – quand nous rencontrâmes un nouvel urubu, assez près pour le toucher. Juché sur la poitrine d'un mort, il tourna vivement la tête vers nous. Un bout de viscère, brun et luisant, pendait de son bec. Stone leva son mousquet, mais il était déjà si faible que ses mains tremblaient violemment. Je dus lui rappeler que si nous ne trouvions pas le fleuve pour traverser, nous aussi servirions de pitance aux vautours.

Nous aidant des pieds et des mains, nous débouchâmes du boqueteau sur un promontoire, à plusieurs mètres du chemin des vaches. De là, nous apercevions une foule des nôtres, repoussés par un feu inexorable tout au bord de la falaise. Ils hésitèrent puis, tout à coup, s'ébranlèrent comme un seul homme, un troupeau de bêtes affolées. Des soldats roulèrent, sautèrent, basculèrent dans le vide.

La pente est raide : une trentaine de mètres d'escarpements étagés qui dévalent vers la rivière. Des cris retentirent tandis que, perdant la raison, plusieurs se jetaient sur les baïonnettes de leurs compagnons en contrebas. Je vis le lourd brodequin d'un gros soldat écraser avec une force abominable le crâne d'un frêle adolescent, broyant l'os contre le rocher. Désormais tenter d'atteindre le chemin ne servait à rien, les appuis qu'il aurait pu jadis offrir étaient rendus glissants par cette folle descente. Je rampai jusqu'au bord du promontoire et, accroché par les mains, je me balançai avant de me laisser brutalement choir sur une étroite corniche, entièrement couverte de bogues noires sur lesquelles je dérapai. Silas Stone roula et tomba derrière moi. Ce ne fut qu'une fois arrivé à la berge détrempée qu'il m'avoua ne pas savoir nager.

L'ennemi faisait déjà feu du sommet de la falaise. Certains de nos hommes commencèrent à nouer des chiffons blancs à des bâtons et à remonter la pente pour se rendre. Les trois quarts sautèrent dans la rivière ; beaucoup, dans leur panique, oubliaient de se débarrasser de leurs boîtes de munitions et autre matériel, dont le poids les entraînait rapidement vers le fond. Les seuls bateaux étaient les deux chalands à vase qui nous avaient transportés d'une rive à l'autre. Des hommes se jetaient dans leur direction pour s'y accrocher en essaim, puis se détachaient par grappes de quatre ou cinq. Ceux qui tenaient bon offraient des cibles parfaites et ne faisaient pas long feu.

Je retirai mes bottes, obligeai Stone à m'imiter et lui ordonnai de jeter son mousquet au loin, vers le chenal le plus profond, hors d'atteinte de nos ennemis. Puis nous nous jetâmes dans l'eau glacée en direction de l'île. Je croyais que nous pourrions patauger sur la plus grande partie du trajet. En traversant à l'aube, les gaffes m'avaient paru ne pas trop s'enfoncer ; c'était sans compter avec la force du courant et le froid. « Je t'emmènerai de l'autre côté », lui avais-je promis, et j'aurais pu réussir si la balle ne l'avait pas débusqué, s'il ne s'était pas autant débattu, si sa capote ne s'était pas effilochée à l'endroit où je l'agrippais. J'entendais le bruit des fils qui se déchiraient, même par-dessus les flots tumultueux et les hurlements. Sa main droite pesait sur ma gorge, ses doigts – ses doigts calleux d'artisan – écrasaient les petits os mous de ma trachée. Sa main gauche cherchait ma tête. Je plongeai, tentant vainement d'échapper à sa prise, sachant qu'il m'enfoncerait, dans sa panique. Il réussit à agripper une poignée de cheveux, me plantant au passage son pouce dans l'œil gauche. Je coulai, sa masse m'entraînait au fond. Je rejetai la tête en arrière, sentis une brûlure au cuir chevelu au moment où une touffe s'en détachait, et mon genou remonta pour heurter quelque chose qui céda comme de la moelle. Sa main lâcha ma gorge ; l'ongle ébréché de son médius m'arracha un fragment de peau.

Nous refîmes surface, recrachant une eau d'un brun rougeâtre. Je tenais toujours sa capote déchirée, et s'il avait cessé ses gesticulations, à ce moment-là encore j'aurais pu empoigner plus solidement l'étoffe. Mais le courant, trop rapide à cet endroit, rompit les derniers fils distendus. Les yeux de Silas Stone changèrent d'expression quand il comprit. La panique sembla simplement se tarir. Son dernier regard fut vide, trouble – le genre de regard fixe que vous jette un nouveau-né. Il cessa de crier. Son dernier son tenait plus d'un long soupir, mais ce fut un gargouillis qui sortit car sa gorge s'emplissait d'eau. Le courant l'emporta plus loin, les pieds en avant. Il resta à plat ventre à la surface pendant un moment, les bras tendus vers moi. Je nageai de toutes mes forces mais, à l'instant précis où je parvenais à sa portée, une vague provoquée par un rocher immergé lui happa les jambes et l'entraîna sous l'eau à mi-corps, si bien qu'il sembla momentanément se tenir debout. Le courant le fit pivoter, un tour complet, les bras levés avec l'abandon d'une danseuse gitane. Les tirs du haut de la falaise avaient déclenché une pluie de feuillages ; les feuilles couleur de soleil tourbillonnaient avec lui. Il était revenu face à moi quand l'eau l'aspira vers le fond. Un ruban écarlate se déroula pour marquer sa disparition, s'élargissant à la façon d'une écharpe à mesure que le courant l'emportait. Quand je me traînai sur le rivage, j'avais toujours dans mon poing serré le lambeau de laine mouillée.

Je l'ai encore : un disque grossier de tissu bleu, d'une quinzaine de centimètres de diamètre à peine. Peut-être tout ce qui reste de Silas Stone, tourneur sur bois de vingt ans, le garçon instruit qui avait grandi au bord de la Blackstone River et qui n'avait pourtant jamais appris à nager. J'ai décidé d'envoyer cette relique à sa mère. Il était fils unique.

Je me demande où il repose. Coincé sous un rocher, où un millier de petites bouches grignotent déjà sa chair spongieuse, ou flottant encore entre deux eaux vers des étendues plus larges et plus calmes. Je les vois s'agglutiner, les noyés, les morts par balles. Leurs mains dérivent jusqu'à se toucher par le bout des doigts. Dans un ou deux jours, glissant au fil du courant, leur funèbre flottille passera devant le dôme blanc inachevé qui se dresse hors de ses échafaudages sur une colline boueuse de Washington. Les citoyens les reconnaîtront-ils, ces braves tombés au champ d'honneur ? Se découvriront-ils dans un geste de respect ? Ou se détourneront-ils, dégoûtés par la masse boursouflée des cadavres en putréfaction ?

Je devrais repartir maintenant pour trouver où donc, sur cette île, on s'occupe des blessés. Naturellement, le chirurgien n'a pas jugé utile de me passer le mot. C'est un calviniste, un homme rébarbatif et intolérant vis-à-vis des « marques non déposées » de foi populaire. Pour lui, un homme devait être maître de son art ; un forgeron devait connaître sa forge, un fermier sa charrue et un aumônier son credo. Il ne cache pas son dédain pour ma personne et mon ministère. La première fois que j'ai prêché devant la compagnie, il a déclaré que, selon lui, un sermon qui n'insistait pas sur la damnation était un piètre office pour des hommes confrontés quotidiennement à la mort, et que s'il avait envie d'entendre un poème d'amour il s'adresserait à son épouse.

Tant bien que mal, je passai une main dans mes cheveux, qui avaient séché en touffes emmêlées pareilles aux barbes de maïs rejetées à la récolte. Le seul fait de lever le bras me coûte. Tous mes muscles sont endoloris. Ma tante avait raison, peut-être, de condamner si sévèrement ma venue en ce lieu : la plénitude de la quarantaine n'est pas le moment opportun pour semblable entreprise. Et pourtant quelle sorte d'homme serais-je, moi qui ai eu tant de choses à dire quant au combat des mots, si j'évitais à présent ce combat du sang ? Je resterai donc ici, avec ceux qui portent les armes, aussi longtemps que mes jambes me soutiendront. Cependant, ainsi qu'un simple soldat originaire de Millbury m'en a fait la remarque aujourd'hui : « Rude est la route de Virginie, ne l'oubliez pas ! »

Je rangeai l'écritoire dans mon sac. Nous avions laissé le gros de notre barda ici, sur l'île, mais ma couverture était trempée ; je m'en étais servi pour me sécher et essorer mes vêtements gorgés d'eau. Mouillée ou non, la laine conserve toujours une certaine chaleur. Je l'apportai à un jeune homme recroquevillé sur la berge qui gémissait, ruisselant et secoué de frissons. Sans doute serait-il brûlant de fièvre au matin.

« Ne voulez-vous pas gravir le talus avec moi pour gagner un terrain plus sec ? » m'enquis-je.

Il ne répondit pas, aussi l'enroulai-je dans ma couverture. Nous aurons froid tous les deux pour dormir, ce soir. Mais certainement moins que Silas Stone.

Je parcourus quelques perches dans la vase puis, là où la berge s'inclinait légèrement, me hissai, non sans peine, dans un champ moissonné. À la lumière vacillante du feu, je distinguai un petit groupe de blessés encore en état de marcher, assis, amorphes, dans les creux d'une meule de paille, où ils passeraient la nuit à grelotter. Je leur demandai où avaient été installées les tentes de l'hôpital.

« Il y a pas de tentes, on a réquisitionné une ancienne maison sudiste, m'apprit un soldat, soutenant son bras bandé. Drôle d'endroit, avec de grandes statues blanches toutes nues et des pièces remplies de livres anciens ! Il y a un vieux qui y vit, le timbre un peu fêlé, apparemment, avec une seule esclave pour s'occuper de son ménage. Elle aide notre chirurgien, si vous croyez ça possible. Elle a sondé ma blessure et m'a bien pansé, comme vous voyez, dit-il, levant fièrement son bras en écharpe, ce qui le fit grimacer de douleur. Elle m'a dit qu'il y avait plus d'une douzaine d'esclaves sur le domaine dans le temps et qu'elle était la seule à ne pas s'être sauvée. »

Je ne crois pas que le soldat distinguait sa droite de sa gauche, car le chemin qu'il me montra pour la maison était tout sauf cohérent, et son ami, qui avait le cou bandé et ne pouvait pas parler, ne cessa d'agiter les mains pour objecter au moindre croisement qu'il indiquait. Dans l'obscurité, je poursuivis donc à tâtons pour me retrouver sur la berge, ne sachant au juste si la rive opposée était le Maryland ou la Virginie. Tournant le dos au fleuve, je découvris une clôture à croisillons qui longeait les ruines d'un ancien moulin à blé. Je la suivis jusqu'à un portail, d'où partait une allée bordée de cornouillers et couverte de graviers extraits du fleuve qui entamèrent mes pieds privés de bottes.

Je sus alors que j'étais sur le bon chemin. Je le sentis à l'odeur. Si seulement les hôpitaux de campagne ne dégageaient pas toujours la même pestilence que les latrines de tranchée ! Mais il ne peut en être autrement quand le fer étripe des hommes, répandant le contenu de leurs entrailles. À quoi s'ajoute une autre infection, moindre certes, mais pour moi presque aussi fétide : celle de la viande de boucherie fraîchement détaillée. Je m'arrêtai et me détournai pour vomir ma bile dans les buissons. Quelque chose dans mon état du moment, faible, courbé en deux, ramena à ma mémoire le souvenir de mon père en train de me fouetter pour avoir refusé une portion de petit salé. Il attribuait à mon régime végétarien mon indolence à exécuter les corvées. Mais ce à quoi je rechignais, c'était à ces corvées viles et cruelles elles-mêmes. Personne ne devrait avoir à s'échiner tout le jour à mener un attelage de bœufs blonds et indociles, la chair mise à vif par le harnais, leurs grands yeux inexpressifs vides d'espoir. Quel découragement, de cheminer du lever au coucher du soleil au cul des bêtes, enfonçant dans leurs monceaux de bouses fumantes. Et les cochons ! Est-il possible de manger encore du porc après avoir entendu leurs cris à l'abattage, quand gicle le sang noir ?

Peut-être était-ce la nuit ou le changement de saison, peut-être mon état nauséeux, ma douleur et mon épuisement. Peut-être, tout simplement, les vingt ans, beaucoup trop longs pour garder présent à un esprit occupé le moindre souvenir, surtout lorsque celui-ci, aux contours obscurs et troubles, ne demande qu'à tomber dans l'oubli. Quoi qu'il en soit, je me trouvais déjà à mi-hauteur de l'escalier aux larges marches de pierre lorsque je reconnus la maison. J'étais déjà venu ici.

2

Une noix muscade en bois

J'ÉTAIS DÉJÀ VENU PAR UN MATIN DE PRINTEMPS où le brouillard était si dense sur la rivière qu'on aurait dit que la coupe du ciel avait déversé toutes ses nuées laiteuses dans la vallée. J'avais dix-huit ans, et j'avais parcouru à pied, par étapes, un long chemin depuis le port de Norfolk. J'étais mince et robuste, et mes cheveux décolorés par le soleil, presque blancs, dépassaient de mon chapeau de paille.

À l'époque, un petit bac s'arrêtait sur demande à un embarcadère situé à l'extrémité nord de l'île. Descendu là sur un coup de tête, j'avais parcouru les deux kilomètres et demi qui me séparaient de la maison en sifflotant la chanson du batelier qui avait manié la gaffe pour la traversée. Les cornouillers blancs étaient en fleur tout le long de l'allée; l'air semblait poisseux et embaumait le miel, bien différent des relents de boue d'une froide matinée de mai sur Spindle Hill. Je portais deux malles attachées à la perche posée sur mon épaule, aussi étais-je sans défense quand deux dogues mastiffs accoururent en aboyant, faisant voler le gravier sous leurs puissantes pattes. C'était, peut-on dire, l'accueil habituel réservé aux colporteurs du Connecticut, notre réputation n'ayant rien de fameux. Trop d'entre nous, dans leur recherche du profit, avaient délaissé l'honnêteté pour la ruse, les convenances pour la grossièreté. Mais je connaissais les chiens : à la maison nous avions un colley qui valait bien une paire de bras supplémentaire quand il fallait rentrer les moutons. Et puis j'avais appris une ou deux choses sur les routes, la plus utile étant que si un cerbère vous saute dessus en grondant et en montrant les dents vous n'avez qu'à l'appeler avec joie et entrain. Neuf chiens sur dix répondront à la peur avec agressivité et à l'amitié avec bonne humeur. Lorsque j'atteignis la grande demeure, ces deux monstres gambadaient à mes côtés, reniflant mes cuisses de leurs gros museaux baveux.

Une jeune servante se tenait en haut du perron, l'air surprise, et peut-être un peu contrariée par cette situation. Elle siffla les chiens, qui baissèrent les oreilles avant de s'éloigner furtivement.

« Vous avez eu de la chance que ces deux-là vous fassent fête comme ça au lieu de vous mordre les fesses avant que vous arriviez à la moitié de l'allée ! »

Sa voix était inattendue, distinguée et vibrante comme une cloche. La jeune femme se tenait les mains sur les hanches, ses longs doigts, brun foncé sur le dessus et rose pâle dessous – contraste qui me surprenait toujours –, posés sur la ceinture d'une jupe amidonnée rayée crème et gris qu'elle portait avec un corsage immaculé à col haut. Teint en rouge betterave, un madras noué autour de sa tête produisait un effet élégant sur son front cuivré. Son apparence était d'excellent augure : une famille dont les esclaves étaient mis avec tant de soin devait avoir la main généreuse.

Tandis qu'elle descendait les marches pour me rejoindre, je posai mes cantines, me découvris et arborai ce que j'espérais être mon sourire le plus engageant. Les manières comptent dans le Sud ; j'y avais rencontré des ouvriers agricoles déguenillés et pieds nus qui se comportaient avec plus de distinction qu'un honnête homme de Nouvelle-Angleterre. J'avais appris également que se gagner la faveur des domestiques de premier rang était l'objectif numéro un du représentant de commerce en quête d'une vente. C'étaient eux, après tout, qui présentaient sa demande d'agrément au maître – ou, ce qui avait plus d'intérêt pour moi, à la maîtresse. Or ils pouvaient s'y prendre de bien des façons, plus ou moins efficaces.

Comme je mesure plus d'un mètre quatre-vingts, je n'ai pas l'habitude de me retrouver à la hauteur des yeux d'une femme. Or, ce jour-là, le bleu de mes yeux plongeait dans le brun des siens, où brillait une légère lueur d'amusement. Aujourd'hui encore, je me souviens avoir détourné le regard le premier.

« Vous pensez me charmer, comme les chiens, reprit-elle de sa voix cristalline. Vous êtes yankee ? Du Connecticut ? »

Elle leva soudain le menton avec un petit claquement de langue :

« Le dernier colporteur qui est passé par ici venait lui aussi du Connecticut. Il a vendu à la cuisinière un bocal de noix muscades en bois.

— Quelle honte ! » m'écriai-je.

Et j'étais sincère, même si j'avais vu mes concurrents tailler nombre de belles contrefaçons à leurs moments perdus, autour d'un feu de camp.

« Je ne pense pas que votre mercerie intéresse mes maîtres, mais nous serions impardonnables de ne pas vous offrir un rafraîchissement par cette chaude matinée. »

Et voilà, songeai-je : une négresse esclave, probablement encore plus jeune que moi, mais s'exprimant d'une façon qui ne déshonorerait pas un pair d'Angleterre. Je ne connaissais personne qui parlât ainsi au pays, pas même le pasteur. Spindle Hill, perché à trois cents mètres d'altitude, avec une seule petite route pour y arriver, était un lieu ordinaire, où les gens parlaient un dialecte fruste que même les habitants de Hartford, à moins de trente kilomètres de là, ne comprenaient qu'à peine. Chez moi, j'étais un « benêt folâtre[1] » plutôt qu'un « bougre de fainéant ». Dans notre hameau clairsemé, le pluriel de *house* était *housen*[2], et non *houses*, et mon père, quand il voulait affirmer quelque chose, achevait sa phrase sur ces mots : « J'vous jure. » Moins d'un siècle me séparait de mes arrière-grands-parents qui avaient arraché les pins, les pierres et les chênes de nos champs ; notre logis, bâti par mon père dans une clairière tracée par le cercle de feu d'un Indien chasseur de cerfs, se limitait à trois pièces de grosses planches de bois brut qui tombaient déjà en ruine. J'espérais aider mon père à trouver l'argent pour reconstruire la maison, et autrefois j'attendais impatiemment le jour où je rentrerais de mes tournées, l'argent de mes bénéfices en poche. Un rêve auquel j'avais renoncé quelque part le long des rives de la York ou de la James. Désormais, à ma grande honte, je me surprends à regarder les femmes de planteurs oisives, toutes de soie vêtues. Et je rougis au souvenir de ma mère usée par le labeur, sa pipe d'argile surmontant un menton hérissé de poils rebelles, les mains occupées à de rudes et incessantes tâches, de l'aube, dans la pénombre de laquelle elles pressaient le pis de la vache, jusqu'au soir, tard, où elles reposaient enfin la navette du métier à tisser le lin.

« Je vous serais très reconnaissant de cette gentillesse », répondis-je, songeant qu'à fréquenter des êtres aux si nobles manières, les siennes s'élevaient, inévitablement.

La jeune femme m'emmena sur le côté de la maison aux murs de pierre, franchit un portillon et pénétra dans un jardin potager au cordeau, où les élégantes pointes violettes des asperges se dressaient telles des sentinelles et où les fraisiers croulaient précocement sous leurs fruits verts.

---

1. En anglais, *loping nimshi. Loping*. « bondissant » ; *Nimshi* est le nom du père de Jéhu, roi d'Israël, mais peut être employé comme adjectif au sens de « béni », « sauvé d'un danger ».

2. Pluriel germanique, semblable à celui de *child, children*.

Ici, on se régalerait de fraises avant que le sol eût dégelé chez nous. Je la suivis, frappé par sa démarche : parfaitement droite, mais non moins souple.

À la cuisine, les saines odeurs matinales des galettes de maïs grillées et d'un bon café parfumé me donnèrent des crampes d'estomac.

« Qui nous as-tu amené, Grace ? » s'enquit la cuisinière, une femme aux hanches pleines, au visage plat luisant de sueur.

Ma faim devait être criante, car d'autorité la cuisinière posa devant moi une écuelle en fer-blanc où s'empilaient des galettes, tout en me sermonnant sur les méchantes façons de mes congénères. Elle n'avait aucune indulgence pour ceux qui tentaient de la duper. Je hochais vigoureusement la tête en enfournant la nourriture.

« Il n'y a aucune sorte de noix muscade dans mes bagages, affirmai-je. Seulement un assortiment d'articles plaisants et utiles destinés au confort du corps et de l'esprit.

— C'est vrai ? demanda-t-elle, les coins de sa grande bouche plissés vers le bas dans sa tentative outrée pour paraître menaçante. Alors vous avez intérêt à montrer vot' mercerie yankee à Annie, et vite, j'ai pas le temps de lambiner. »

À mon départ de Norfolk, j'étais fier de mes malles joliment laquées, avec leurs cases, leurs compartiments intérieurs et leurs fixations astucieuses maintenant les produits en place. J'en avais moi-même sélectionné le contenu, après moult cogitations, et j'étais alors très content de ma marchandise. J'avais investi beaucoup dans des articles susceptibles de plaire aux dames, puisque je me sens plus à l'aise en leur compagnie que parmi ceux de mon sexe : peignes d'écaille de tortue, dont le marchand de nouveautés m'avait assuré qu'ils étaient à la dernière mode, colifichets, amulettes, grenats et perles, fermoirs de réticule et fards à joues. Essences, huiles, savons fins et pommades, dés à coudre en argent, lunettes dorées et argentées dans leurs étuis en chagrin, fil à coudre de soie et de coton, boutons et aiguilles au chas doré et argenté, plumiers, taille-plumes, ciseaux (de la marque Rogers, sur recommandation du marchand), cartes à jouer et pains à cacheter, éventails, cordes de violon, ainsi qu'une collection de cubes de construction et de puzzles pour enfants aux images amusantes. Le fond de chaque compartiment dissimulait des livres. Ces articles-là, je ne me les étais pas procurés chez le marchand de Norfolk; je les avais échangés en chemin, partout où c'était possible. Je les dévorais, assimilant leur contenu avant de les mettre en de nouvelles mains par un nouveau troc.

Ainsi que je l'ai dit, j'avais tiré fierté de ces babioles au moment de prendre la route, de si longs mois plus tôt, mais je savais à présent que les trois quarts de mes articles étaient de la camelote. J'avais mis du temps à apprendre la leçon, car les femmes de planteurs s'étaient montrées polies dans l'expression de leur intérêt, s'extasiant sur les colifichets mais n'achetant que des bagatelles utilitaires, du fil de soie ou des jeux pour les enfants. Ce n'étaient pas leurs paroles mais ce que je voyais de mes yeux qui m'avait révélé les défauts de mes articles. Beaucoup de maisons dans lesquelles j'avais été reçu étaient des temples du bon goût, où même un menu objet tel qu'une salière pouvait être l'œuvre d'un orfèvre florentin ou brugeois du Quattrocento. Quant aux bijoux, parlons-en ! À l'éclat des perles qui ornaient des cous de cygne et aux pierres lumineuses serties dans des montures anciennes, j'eus tôt fait d'évaluer ma verroterie à sa juste valeur.

Les livres, c'était une autre affaire. D'eux, au moins, je n'avais pas à rougir. Je me souviens en détail de ceux que je portais avec moi ce jour-là, puisqu'ils me permirent de m'établir dans cette magnifique demeure tout en étant la cause de mon départ précipité. J'avais de vieux classiques comme *Le Voyage du pèlerin*, ainsi que des acquisitions plus récentes telles que les poèmes et préfaces de Wordsworth, l'édition de John March des *Aides à la réflexion*, de Coleridge, *La Vie et les Lettres*, de William Cowper, la *Physiognomonie*, de Johann Kaspar Lavater, l'*Histoire de Rasselas, prince d'Abyssinie*, de Samuel Johnson, *Le Vicaire de Wakefield*, d'Oliver Goldsmith et l'*Essai sur l'entendement humain*, de John Locke. Pour les enfants, je proposais l'abécédaire de Noah Webster et de petits livres de fables joliment illustrés, comme *Le Renard et les Raisins* ou le conte de Perrette et du pot au lait.

À la vue des livres, la grande esclave, répondant au nom de Grace, se redressa et me proposa un broc d'eau chaude pour procéder à quelques ablutions avant qu'elle me conduisît dans les appartements du maître. Ce matin-là, je m'étais rasé au bord de la rivière avant la traversée, mais la perspective de disposer d'un peu plus de confort me fit plaisir. Quand Grace revint, elle annonça que son maître me priait d'apporter les livres et de laisser le reste puis me guida dans l'étroit couloir qui reliait la cuisine, le chauffoir et l'office aux profondeurs fraîches du corps de logis. Si la maison n'était pas particulièrement grande, et en aucun cas la plus luxueuse où je fusse entré – certaines des demeures de planteurs en bordure de la James étaient de véritables palais –, ses proportions étaient parfaites et elle possédait des aménagements raffinés. Ses murs blancs s'élevaient vers de hauts plafonds décorés avec art de moulures et de rosettes en stuc. Des tapis d'Orient aux coloris précieux réchauffaient les planchers de bois sombre. Au cœur de la maison, dans un vestibule ovale, s'élevait un majestueux escalier en spirale, sculpté de feuilles d'acanthe. D'un geste de sa longue main – des mains qui ne semblaient pas habituées à de pénibles corvées, notai-je –, Grace me fit signe de m'asseoir sur un banc de marbre qui suivait la courbure du mur sud, en face d'une porte à la peinture veinée, flanquée de marbres d'Apollon, de Daphné et de Prométhée enchaîné.

« Voici la bibliothèque de mon maître. Il vous recevra bientôt », dit Grace avant de retourner rapidement à ses devoirs.

Le vaste hall d'entrée de la maison, une grande porte ajourée de verre biseauté, se trouvait à ma droite. De ma place, je regardai les rayons dorés du soleil matinal s'y briser en de minuscules arcs-en-ciel. Ébloui par la lumière éclatante, je ne distinguai pas bien mon hôte, qui apparut à contre-jour quand il ouvrit enfin la porte de la bibliothèque. Une seule impression s'en dégageait : celle d'une personne de haute taille, très droite, à la voix mélodieuse.

« Je vous souhaite le bonjour, monsieur. Veuillez vous donner la peine d'entrer. »

Je m'exécutai, puis m'arrêtai et tournai sur moi-même, comme si j'étais monté sur pivot. C'était une pièce à double hauteur sous plafond, dotée à mi-mur d'une étroite galerie, dont le moindre pouce était tapissé de livres. Beau dans sa simplicité, un imposant bureau en bois de rose en occupait le centre.

« Augustus Clement », reprit mon hôte, me tendant la main.

Déplaçant le poids des livres dans le creux de mon bras gauche, je la lui serrai distraitement, pétrifié par l'ampleur de sa collection.

« Je me suis toujours représenté le paradis comme une sorte de bibliothèque. Maintenant, je sais à quoi il ressemble. »

J'avais à peine conscience d'avoir parlé à voix haute, mais M. Clement me tapa sur l'épaule en riant.

« Nous voyons passer quelques-uns de vos amis, ou plutôt nous en voyions avant le mariage de ma fille. Le bruit avait dû circuler qu'elle était... Comment dites-vous ?... Une cible ? Un bon public ? Quoi qu'il en soit, au fil des ans, elle a acheté à vos collègues un tas d'articles de pacotille. En réalité, je pense qu'elle aimait discuter avec des jeunes gens. Je n'en ai jamais rencontré qui s'intéressât aux livres. Mettez-les là, voulez-vous ? »

Je les posai sur le bureau en bois de rose ; à gestes vifs, il parcourut la pile. Ayant vu la richesse de sa bibliothèque, je doutais qu'il y trouvât un ouvrage digne d'intérêt. La *Physiognomonie* de Lavater retint toutefois son attention.

« C'est une édition plus récente que la mienne. Je suis curieux de voir les corrections de l'auteur. Dites à Grace combien vous en demandez, elle se chargera de vous payer.

— Monsieur, je ne vends pas mes livres.

— Ah ?

— Je les échange, troquant un livre contre un autre. J'ai ainsi toujours quelque chose de nouveau à lire en cours de route.

— Vraiment ? Fameuse idée ! s'exclama-t-il. Bien que cela ne rapporte pas grand-chose.

— L'argent m'intéresse, bien sûr, monsieur. Un jeune homme de ma condition a besoin d'en gagner. J'espère que vous ne me jugerez pas irresponsable si je vous avoue être plus curieux d'accumuler les richesses de l'esprit.

— Belle réponse, jeune... March, c'est cela ? Eh bien, il se trouve que j'ai à faire ailleurs, aujourd'hui. Pourquoi n'useriez-vous pas librement de la bibliothèque ? Faites-nous l'honneur de dîner ici, et vous pourrez me dire alors quel volume vous songeriez recevoir en échange du Lavater.

— Monsieur, je ne saurais abuser de votre bonté...

— Monsieur March, vous me feriez une grande faveur. Notre maisonnée est réduite en ce moment. Mon fils est parti pour affaires avec mon régisseur. La solitude n'est point amie de la science. Vous devez savoir que, dans le Sud, nous souffrons d'une certaine carence de l'esprit : nous préférons l'art de la conversation aux disputes littéraires, si bien que nos réunions favorisent les galanteries et les parties de plaisir. Il y a beaucoup à dire au bénéfice de notre mode de vie agraire. Cependant, j'envie parfois vos grandes villes animées du Nord, où des hommes de génie se retrouvent comme des abeilles dans un essaim et où coule le miel de l'épanouissement intellectuel. J'aimerais parler livres avec vous. Soyez assez aimable pour me réserver l'une de vos soirées.

— Monsieur Clement, ce sera un grand plaisir.

— Très bien, alors. Je m'en fais une joie. » Il marqua une halte à la porte et se retourna. « Grace m'a dit que vous aviez quelques articles destinés aux enfants. Je prendrai tout ce que vous possédez en jeux ou puzzles pour les illettrés, des cadeaux pour les petits de mes esclaves. Vous n'aurez qu'à demander à Grace la rétribution que vous estimerez juste. »

Je sais que la convoitise figure en bonne place sur la liste des péchés mortels. C'est pourtant le mot exact pour décrire la sensation que j'éprouvai ce matin-là – la gorge serrée, les joues en feu, un désir fiévreux – tandis que la porte peinte se refermait et que je me retrouvais libre de consulter tous ces ouvrages. Dès l'après-midi, je pouvais affirmer que j'étais prêt à aimer M. Clement. Car connaître la bibliothèque d'un homme, c'est dans une certaine mesure connaître son esprit. Or cet esprit était noble dans sa portée, large par ses intérêts, sûr de ses goûts.

À un moment donné, Grace frappa à la porte et me servit sur un plateau une collation froide mais, même si ce n'avait pas été de la viande je ne me serais pas arrêté pour déjeuner. Je ne voulais pas retrancher un seul instant de mon examen des volumes. Une heure environ avant le dîner, elle revint, claqua de la langue devant mon repas intact et proposa de me conduire à mes quartiers ; je devais loger dans le cottage du régisseur du domaine, alors absent. Là, je tentai de me rendre présentable dans les limites très restreintes de ma garde-robe. Depuis mon départ, ce n'était pas la première fois que j'étais mortifié à l'idée de m'asseoir à une table civilisée affublé d'un costume fait du lin moissonné dans nos champs, tissé et cousu par ma mère. Je me promis de mettre de côté une part de mes gains pour acquérir une tenue convenable chez un tailleur new-yorkais quand je remonterais dans le Nord.

Quand je me présentai à lui, M. Clement attendait au salon. J'avais espéré rencontrer la maîtresse de maison. Mon visage dut exprimer la surprise.

« Mme Clement vous souhaite la bienvenue et vous présente ses excuses. Elle est souffrante, monsieur March, elle ne descend pas dîner. Toutefois, elle m'a dit qu'elle aimerait beaucoup faire votre connaissance demain, si vous aviez la bonté de lui rendre visite. Elle souhaiterait écouter vos impressions de Virginie telles qu'elles ont été nourries par vos voyages. »

Il n'a jamais été dans mes habitudes de consommer de l'alcool, mais par politesse j'acceptai le verre de champagne que me tendit M. Clement. Les joies du jour m'avaient mis de belle humeur, et lorsque nous nous attablâmes dans l'élégante salle à manger les petites bulles piquantes semblèrent me transporter au paradis. Un nègre entra sans bruit, chargé d'un plateau d'argent sur lequel trônait une pièce de bœuf sanguinolente nappée d'une graisse jaune et chatoyante. Les sucs de ce rôti avaient imbibé les pommes de terre au point de me les rendre immangeables. Vint ensuite un plat de légumes verts, dont j'acceptai une généreuse portion. À peine portai-je la fourchette à ma bouche que l'odeur nauséabonde de la graisse de porc emplit mes narines ; je dus la reposer.

Cependant je sentais à peine ma faim, absorbé que j'étais dans la conversation. Je ne saurais citer tous les sujets que nous abordâmes, seulement que nous passâmes du monde antique au monde moderne, du Caton de Rome à notre Caton révolutionnaire[1], de l'aperception

1. John Trenchard (1662-1723), connu pour avoir écrit avec Thomas Gordon les *Lettres de Caton*.

pure de Kant au Kant de Coleridge, à la dette méconnue de Coleridge envers Schelling. Clement montrait le chemin, et je suivais ; le vin dans mon estomac vide fournissait un carburant volatil à mes envolées. Je ne prêtai pas davantage attention à notre retraite de la salle à manger vers le salon, et je ne sais quelle heure il était quand Clement passa une main – à laquelle brillait une superbe chevalière – sur un front qui, m'avisai-je soudain, était gris de fatigue.

« Vous devez m'excuser, mais je n'ai guère l'habitude de m'occuper des affaires du domaine comme j'y ai été contraint aujourd'hui. D'ordinaire, mon fils et le régisseur se partagent la gestion de la ferme, ne s'en remettant à moi que sur les questions les plus importantes. En leur absence, je dois m'en charger, si bien que je me sens las. Mais je ne sais quand j'ai autant apprécié la compagnie d'un jeune homme. Vous avez l'esprit souple, monsieur March. Il est clair que vous avez beaucoup lu, malgré votre jeunesse, et votre condition, pardonnez-moi, n'a pas dû vous faciliter les choses. Si vos projets le permettent, vous êtes le bienvenu ici, aussi longtemps que vous souhaitez rester. »

Un proverbe populaire circule parmi les colporteurs du Connecticut : « Méfiez-vous de l'hospitalité des planteurs. » Maint jeune homme avait été détourné de sa route et de ses profits par une proposition semblable à celle qui m'était faite alors et avait achevé sa tournée dans une dissipation désœuvrée. Mais j'avais soif de connaissance à cette époque ; la perspective de passer plus de temps à explorer la bibliothèque et l'intelligence de M. Clement était irrésistible.

Le lendemain, je rendis visite à Mme Clement. Je la trouvai parée de *broderie anglaise*[1] et de dentelle blanche

1. En français dans le texte.

vaporeuse. Assise sur une chaise à haut dossier, Grace lui lisait de la poésie avec une étonnante délicatesse.

« Merci, Grace, ma chérie. C'était très joli, comme d'habitude. Pourquoi ne t'arrêtes-tu pas cinq minutes, pendant que ce charmant jeune homme est là pour me divertir ? »

En entendant parler Mme Clement, je m'aperçus que la voix de Grace avait été travaillée pour imiter celle de sa maîtresse. Possédant un registre naturellement plus grave, l'esclave avait pourtant le timbre plus riche et plus vibrant.

Mme Clement tendit une main pour me saluer. Le contact de sa peau – diaphane, brûlante, sèche – fut un choc. Je fis de mon mieux pour cacher mon mouvement de recul.

« Mon mari m'a dit que vous étiez un jeune homme très disert, il n'a pas spécifié que vous étiez si beau garçon. Tout à fait l'"éphèbe blond" dont parlent les poètes. Eh bien, vous devez avoir à vos pieds toutes les belles de Virginie ! »

Elle eut un rire de petite fille. Je toussotai avec embarras. Grace me jeta un regard froid en glissant un signet de soie dans le mince volume avant de se faufiler hors de la pièce. Mme Clement vit mon regard suivre sa sortie silencieuse et soupira :

« Parfois, il me semble être plus attachée à elle qu'à ma propre fille. Trouvez-vous cela mal de ma part, monsieur March ? »

Elle n'attendait pas de réponse, et je restai muet.

« Un fils a sa place dans le monde, une fille se marie jeune et quitte la maison. La mienne s'est mariée l'an dernier, elle n'avait que quinze ans. Vous rendez-vous compte ? Une si jeune personne, maîtresse d'un grand domaine. Je l'ai prévenue. Oh, oui ! j'ai essayé. Mais elle a tapé du pied et décidé d'accepter la proposition du jeune monsieur, bien que son père et moi lui eussions conseillé d'attendre. Les jeunes gens sont entêtés, monsieur March, comme vous devez le savoir, étant vous-même si jeune. Voyons, vous ne pouvez pas être bien vieux...

— J'aurai dix-neuf ans en novembre, madame.

— Vous voyez? J'avais raison... mais vous êtes grand. »

Les vastes yeux noirs me jaugèrent.

« Combien mesurez-vous ? Un mètre quatre-vingts ?

— Un peu plus, madame.

— À la bonne heure ! Et vous avez aussi les épaules larges. J'aime les hommes grands aux épaules larges. Mon mari a la même taille que vous, mais il reste assis toute la journée dans sa bibliothèque et j'ai bien peur qu'il n'ait plus la silhouette virile qu'il aurait s'il montait un peu plus à cheval. »

Elle eut un autre petit rire aux accents maniérés puis plissa le front tandis que ses pensées décousues retournaient une fois de plus à sa fille absente :

« Marianne, lui ai-je dit, on peut te donner du "maîtresse", tu dois toutefois savoir que dans les plus grandes plantations la maîtresse est la première esclave des lieux. »

Elle rit encore.

« Monsieur March, ma Grace a bien plus de liberté que celle dont dispose aujourd'hui ma fille. Mais elle n'a pas la liberté de me quitter, et elle ne l'aura jamais. Grace m'appartient, elle est ici avec moi pour toujours. Elle est née ici, vous savez. M. Clement me l'a donnée en cadeau de mariage. Un si beau bébé ! Il se disait sans doute que je pourrais ainsi exercer mes talents de mère avant la venue au monde de nos propres enfants. Qui eût cru que le premier essai serait le plus probant ? Je lui ai appris à lire. Il ne m'en a pas coûté, pas du tout. Elle a assimilé ses lettres mieux que moi-même enfant, et cent fois mieux que Marianne. Je ne sais ce que je deviendrais, maintenant, malade comme je le suis, sans ma Grace pour me faire la lecture. Ma fille n'a jamais aimé les livres. Cette petite est totalement dépourvue de poésie. Je ne comprends pas pourquoi. Et vous, monsieur March ? Non, comment pourriez-vous avoir une opinion ? Vous ne la connaissez pas, n'est-ce pas ? Mon esprit divague, pardonnez-moi. C'est la maladie. Mon fils est un homme occupé, il ne vient jamais me voir. Il n'est pas venu depuis des jours...

— Je crois qu'il est en voyage d'affaires pour le domaine, madame.

— En effet, M. Clement m'a dit quelque chose de ce genre. C'est la maladie, vous voyez ? Je perds la mémoire. Quand vous descendrez, envoyez-moi mon fils, voulez-vous ? Un garçon doit rendre visite à sa maman, ne pensez-vous pas ? Ce n'est pas beaucoup demander. Ma fille, bon, vous penseriez qu'elle au moins viendrait me voir. Mais non, elle s'est mariée, n'est-ce pas ? Où donc est-elle partie ? Je ne me rappelle plus le nom du domaine. "Un brillant mariage", je me souviens avoir entendu dire. "Le mariage le plus brillant de la saison". Mais j'ai oublié qui elle a épousé... Grace le saura, elle. »

Mme Clement tourna la tête.

« Grace, qui était ce monsieur ? »

Elle pivota, cherchant des yeux l'esclave absente avec une expression égarée.

« Où est Grace ? »

Sa voix grinçait comme un couteau sur de l'étain.

« Vous l'avez renvoyée, madame.

— Allez la chercher ! Allez donc la chercher ! Je ne puis être seule en compagnie d'un visiteur ! Que dirait M. Clement ? Grace ! »

Les efforts qu'elle devait déployer pour crier la firent tousser, une horrible quinte dévastatrice qui tacha de sang son mouchoir de dentelle. Grace, qui devait rôder derrière la porte, rentra furtivement dans la chambre, portant une carafe de citronnade à la menthe dont elle servit un verre à sa maîtresse. Mme Clement le prit d'une main tremblante et but avidement. Avec douceur, Grace remonta une boucle de cheveux clairs qui s'était échappée du bonnet de dentelle, la glissa dessous, puis caressa le front parcheminé.

« Mme Clement est fatiguée, maintenant. Je suis sûre qu'elle apprécierait que vous reveniez la voir une autre fois. »

J'inclinai la tête et me retirai avec soulagement. Plus tard, dans la fraîcheur de la fin de l'après-midi, je sortis me promener par les champs. La lumière tombait obliquement sur les ouvriers vêtus de couleurs vives qui chantaient en repiquant des pousses de tabac d'un vert tendre. Je humai l'air parfumé et songeai que le panorama était magnifique comparé aux terres sèches de Spindle Hill. Moi, je n'avais pas coutume de chanter pendant mon labeur. Je préférais jurer, quand le sol pierreux émoussait les socs et que les bêtes refusaient d'avancer. En revenant vers la maison, je tombai par hasard sur Grace, qui cueillait des roses en boutons dans le jardin d'agrément.

Je lui tins son panier, afin de lui permettre d'atteindre quelques fleurs en haut d'une charmille de rameaux de robinier tressés. Les bras tendus, elle-même avait l'air d'un jeune rameau, souple et mince.

« M. Clement ne vous a rien dit de l'état de Mme Clement, n'est-ce pas ? C'est ce que j'ai pensé. Il a du mal à accepter son déclin. Elle n'a jamais été en parfaite santé, mais elle a été victime d'un accident il y a deux ans. Elle était à cheval et sortait de la pénombre des bois pour retrouver le soleil, lorsque sa jument a fait un écart qui l'a jetée à terre. Depuis lors, elle n'a plus le sens de l'équilibre et ne quitte pas sa chaise longue. La toux et la fièvre semblent empirer avec le manque d'exercice et de grand air. Le monde la terrifie, monsieur March. Si elle se met debout, la tête lui tourne, et elle a l'impression qu'elle va tomber de cheval. Elle dort beaucoup maintenant, ce qui est une bénédiction.

— Sans doute. Cela vous laisse un peu de répit, veux-je dire.

— C'est une bénédiction pour elle, monsieur March. C'est elle qui a besoin de répit dans ses peurs, sa confusion. »

Je sentis la force de sa réprimande.

« Elle vous aime comme une mère », bafouillai-je.

Grace se retourna pour déposer délicatement les roses dans le panier, puis fixa sur moi un regard intense, dont je ne sus déchiffrer l'expression. Quand elle reprit la parole, sa voix était basse, ses mots saccadés.

« C'est vrai ? Je l'ignorais. M. Clement a vendu ma mère dans le Sud avant que j'aie un an. »

Elle me reprit le panier des mains et, bien droite, remonta le chemin menant à la maison en se déhanchant.

Ce soir-là, M. Clement était encore sous l'effet de sa lecture de Lavater. De là, nous sautâmes au livre de Samuel Morton sur le crâne humain[1] – un joli volume tout neuf, dont les élégants plats m'avaient attiré. M. Clement, dans sa générosité, me l'avait proposé en échange – des plus désavantageux pour lui. Il était inévitable que nous passions de ces considérations à la science de la « négrologie », ainsi que l'appelait M. Clement, et, ensuite, par petites étapes, à la question de l'esclavage. Je commençai par le complimenter sur la gestion harmonieuse du domaine et les relations de confiance et d'affection que j'avais pu observer entre maître et serviteurs.

« De confiance ! »

Il éclata de rire en se tamponnant le menton de son épaisse serviette damassée.

« Le seul moyen de garder des esclaves honnêtes est de ne pas leur faire confiance ! »

Il dut me voir tressaillir.

« Cela vous paraît un jugement cruel, monsieur March ? Sans doute, ce n'est pourtant malheureusement que trop vrai. Tenez, j'avais un voisin, un gars épatant, il habitait à

1. *Crania Americana* (1839).

l'ouest de mes terres. Il était connu pour ne jamais punir ses esclaves. Un jour, un jeune garçon est devenu insolent et, quand mon ami a levé à regret le fouet sur lui, eh bien, le chenapan a ramassé une branche de chêne et lui en a fracassé la tête… »

Avec une grimace, il reposa sa fourchette pleine, faisant signe à l'esclave posté derrière lui d'emporter l'assiette. À peine l'homme avait-il franchi la porte – il était encore à portée de voix – que mon hôte reprenait :

« Citez-moi un vice, monsieur March. Paresse, fourberie, débauche, vol… Placez votre confiance en un esclave, et vite, très vite, vous verrez qu'il brille dans n'importe lequel d'entre eux.

— Mais, monsieur, assurément, l'état même de servitude, et non la nature innée des esclaves, explique de tels manquements à l'honneur. Le cœur est un organe écarlate, qu'il batte dans une poitrine blanche ou noire, et la méchanceté peut sûrement se loger dans l'une comme dans l'autre…

— Il ne s'agit pas de méchanceté ! me coupa M. Clement d'un air presque triomphant, abattant sa main sur la table. Vous avez touché le nerf de l'affaire ! Parle-t-on de méchanceté chez un enfant de quatre ou cinq ans, un enfant qui n'a pas atteint l'âge de raison ? Aucunement, car l'enfant ne connaît pas la différence entre l'honnêteté et le mensonge, il ne pense ni à l'avenir ni aux conséquences de ses actes, seulement à son désir du moment et à la manière de le satisfaire. Il en est de même des Africains. Eux aussi sont des enfants, en matière de moralité, et il nous revient de les guider et de les protéger jusqu'à ce que mûrisse leur race. Car je crois à leur mûrissement, monsieur March. Oh, oui ! Je ne suis pas un de ces mesureurs de crânes de Morton. Je ne crois pas que l'ordre actuel des choses soit immuable. On ne juge pas un livre à sa couverture, monsieur March, ni à sa reliure. Vous avez choisi un bel ouvrage, mais vous vous apercevrez bientôt que les méthodes de Morton sont erronées, tout à fait erronées. Tenez, même le grand Aristote s'est trompé sur le sujet : il affirmait que seule la race hellène pouvait s'élever à la civilisation. » Il posa son verre sur la nappe damassée, puis embrassa d'un geste la pièce magnifiquement aménagée, ses porcelaines et ses cristaux étincelants : « ... et pourtant nous voilà, vous et moi, dont les ancêtres étaient des sauvages peints en bleu qui rongeaient des os quand fleurissait la cité d'Aristote. »

Il agita sa serviette, puis s'en tamponna délicatement les lèvres. Sa chevalière étincela à la lueur des bougies.

« L'esclavage passera. Pas à mon époque, ni à celle de mon fils, mais il passera, à mesure que l'Africain se développera moralement à chaque nouvelle génération. Notre seule fréquentation a déjà apporté un grand et bénéfique changement à sa condition. Nous l'avons tiré des ténèbres pour l'amener à la lumière, monsieur March. La tâche est loin d'être terminée. C'est à nous de jouer le rôle du père sévère. Nous ne devons pas le faire sortir trop précipitamment de l'enfance, en quelque sorte. Et si parfois cela exige le recours à la punition, soit, comme le père doit punir l'enfant indocile. Mais jamais par colère. »

Il se renversa sur sa chaise en vidant son verre de vin. Son ton, quand il reprit la parole, était pensif, comme s'il parlait tout seul au lieu de me sermonner.

« Guider le nègre sans excès de passion, tel est le défi chrétien. De cette manière, personne ne prend pour malice personnelle ce qui est simple exigence de gestion.

— Pardonnez-moi, monsieur, l'interrompis-je, vous ne parlez tout de même pas du fouet ?

— Je ne parle pas du fouet tel qu'il hante l'imagination enfiévrée de vos prétendus philanthropes du Nord, répliqua-t-il en se penchant en avant, de nouveau déclamatoire. Il n'est jamais nécessaire de fouetter beaucoup, mais un peu, oui. Pour leur bien comme pour le nôtre. »

Il reposa sa serviette en un triangle soigneusement plié, puis repoussa sa chaise. Je me levai avec lui et nous passâmes au salon, abandonnant le sujet pendant que l'esclave en livrée revenait tendre un flacon en cristal rempli de cognac à M. Clement, qui nous servit généreusement. Alors que le jeune garçon se retirait, mon hôte reprit le fil de la conversation.

« Vous pouvez penser que l'esclavage existe au seul bénéfice du maître, monsieur March, et bénéfice il y a, je le reconnais. Cette institution libère l'individu des peines routinières qui entravent la vie de l'esprit. Ce n'est toutefois pas aussi simple. »

Clement fit tournoyer le liquide ambré dans son verre, le porta à ses narines et inhala profondément. Je l'imitai. Les vapeurs m'irritèrent les sinus et me remplirent les yeux de larmes.

« De même que l'esclave tire profit de l'exemple moral du maître et de l'aperçu d'un échelon supérieur de la condition humaine, de même le maître souffre des contraintes qu'il y a à donner le bon exemple. Je crois que la possession de serfs soumet le tempérament d'un homme à une véritable pierre de touche : soit la discipline requise le détruira, soit elle l'améliorera. »

Mes membres étaient devenus lourds et brûlants. Je souris et inclinai la tête, songeant au bon exemple qu'il donnait, à la chance qu'avaient ses esclaves. Moi aussi, je me sentais béni des dieux, flatté par l'attention qu'il me portait, saisi par sa sagesse et transporté de partager, fût-ce fugitivement, ce mode de vie supérieur.

Ainsi s'écoulaient mes jours, partagés le plus agréablement du monde entre l'étude et la vie sociale. Ma place dans cette maison demeurait floue. Même si je dînais avec M. Clement et profitais librement de sa bibliothèque dans la journée, je ne dormais pas sous son toit mais dans le cottage réservé au personnel, et prenais mon petit déjeuner, comme au premier jour, à la cuisine. À certains égards, j'en vins à aimer ce repas autant que mes conversations du soir avec M. Clement. Sous sa carapace, la cuisinière, Annie, était une âme tendre, chaleureuse, débordante d'un humour terrien et d'une affection toute maternelle. Elle gardait ses enfants aussi près d'elle que possible. Sa fille de sept ans, jeune personne vive et joyeuse baptisée Prudence, cirait les chaussures ou écossait les petits pois, toujours affairée, prenant les corvées comme un jeu. Il y avait aussi Justice, beau petit garçon de dix ans, qui avait pour tâche de rentrer du bois et d'apporter de l'eau, de récurer les marmites noircies et, de temps à autre, de servir à table. Annie me confia fièrement que Justice avait été sélectionné pour le service de maison, contrairement à son père, qui avait travaillé aux champs jusqu'à sa mort dans un accident alors qu'il abattait du bois.

« J'dis pas que c'était pas un brave homme, non, m'sieur, Louis était brave, pour ça, oui. »

Annie préparait de la pâte à frire en parlant. Sa cuillère ralentit pendant qu'elle se penchait sur son passé. Un demi-sourire timide illumina son large visage.

« Je travaillais à la nursery quand le jeune maître est né. Ma mère était cuisinière ici, à l'époque. Je m'rappelle, un jour je m'trouvais avec le jeune maître dehors, dans la cour, c'était l'été et tout était en fleurs, et le chèvrefeuille sentait si bon. Arrive Louis, il feint de parler des heures au bébé et de lui faire de drôles de grimaces et tout. Et je dis : "N'est-y pas un joli bébé ?" Et y me répond : "Ça, il l'est, mais pas aussi joli que toi, Annie !" Et à force de ce genre de bêtises, de fil en aiguille, on en vient à demander au maître une permission de mariage. Oui, il nous a laissés nous marier ici, sur le domaine, oui, m'sieur. Lui et la maîtresse disent c'est bien de faire comme ça. Y sont pas pour le "mariage sous les couvertures". La maîtresse dit au maître: "Tuons un bœuf pour le banquet", et toute la journée d'avant elle m'enferme dans la nursery, elle dit que le promis doit pas voir la mariée. Ça a été de belles noces, c'est sûr, et le bon Dieu m'a laissé ces deux beaux enfants en souvenir de Louis. Justice préférait son papa», conclut-elle en contemplant son beau petit garçon silencieux.

Ce que pensait Justice, je ne l'ai jamais su. Au contraire de sa sœur, qui avait la langue bien pendue, le petit garçon ne disait pas grand-chose. En revanche, il lui arrivait de chanter d'une voix de soprano douce et claire.

Comme j'étais la source des jouets que leur avait achetés M. Clement, les enfants étaient tout disposés à m'aimer. Je les encourageais dans leur affection en assemblant des puzzles devant eux et en leur montrant quelques jeux simples. Parfois, je leur lisais des histoires tirées des livres pour enfants que je n'avais pas vendus – Grace m'avait clairement signifié qu'aucun de ceux-ci ne serait acheté.

Je remarquai que Prudence aimait se lover contre mon épaule pendant la lecture. Un matin, il me vint à l'esprit qu'elle s'efforçait de suivre les mots sur la page. Je commençai alors à souligner le texte avec l'index à mesure de ma progression et ne tardai pas à m'apercevoir qu'elle formait silencieusement les sons de mots courts tels que « à » ou « vers ». Le lendemain, je vis qu'elle essayait de tracer des lettres dans les cendres de l'âtre à l'aide d'un bout de bois. Je pris un second bâton pour en corriger certaines, lui montrant les pleins et les déliés quand on écrivait des lettres telles que *b* ou *d*. Nous tournant le dos, Annie pétrissait un baquet de pâte quand Grace entra chercher quelque chose pour Mme Clement.

Dès qu'elle se rendit compte de ce qui nous occupait, elle eut une bruyante aspiration, empoigna le balai de cheminée et se mit à effacer les lettres. Annie se détourna alors de sa pâte, le sourcil froncé.

« Voyons, Grace, pourquoi tu te salis les mains... ? »

À la vue des traces de lettres dans la cendre, elle s'interrompit brusquement. Son visage s'assombrit, et elle se précipita sur Prudence pour lui arracher son bâton, comme si l'enfant tenait un tison encore brûlant. Elle s'en prit à moi d'un air menaçant :

« Qu'osez-vous faire à ma petiote ? »

Je la regardai, déconcerté, et étendis les mains en signe d'incompréhension.

« Depuis combien de temps vous dites que vous êtes en Virginie ?

— Presque un an maintenant...

— Presque un an, et vous savez pas qu'apprendre ses lettres à un esclave est un crime ?

— Grace sait bien lire ! »

Je me tournai vers Grace, cherchant son soutien :

« Je vous ai entendue faire la lecture à votre maîtresse. C'est elle-même qui a parlé du plaisir que cela lui procure... »

Grace ferma les yeux comme pour me demander un peu de patience.

« En effet. Les esclaves de mon âge - quelques-uns d'entre nous, une minorité d'heureux élus - savent lire. Mais depuis près de dix ans c'est devenu un crime de nous instruire. »

Annie était retournée à son baquet, bourrant sa pâte de furieux coups de poing.

« Du lever au coucher du soleil, vous vous plongez dans leurs gros vieux livres qui pourraient assommer un bœuf et z'avez rien appris ! Quel genre de fou expose une enfant au risque du fouet ?

— Le fouet ? Prudence ? Pour vouloir apprendre l'alphabet ?

— Pourquoi vous interrogez pas maître Clement sur tout ça ? répliqua Annie, tordant sa pâte d'une violente claque. Lui dites surtout pas ce que vous fabriquiez avec ma petite. »

Grace inclina la tête vers la porte.

« Monsieur March, pourriez-vous m'aider à cueillir quelques fruits rouges pour la brioche de Mme Clement ? »

Je caressai la tête de Prudence, remarquai avec émotion ses yeux pleins de larmes et suivis Grace dans le jardin. Elle ne s'arrêta pas avant que nous fussions loin de la cuisine, dissimulés aux regards par une rangée de pommiers en espalier. Puis elle fit volte-face, les lèvres serrées.

« Monsieur March, voulez-vous bien m'aider à instruire cette enfant ? Elle a tellement soif d'apprendre. Annie veut son bien, mais elle ne se rend pas compte... Pour elle, l'avenir, ça veut dire demain, rien de plus. Elle ne voit pas plus loin. La fillette peut avoir besoin... c'est-à-dire... il vaudrait mieux qu'elle ait les moyens... »

Grace, si incroyablement éloquente, semblait avoir pour la première fois du mal à trouver ses mots. Elle prit une profonde inspiration.

« ... Nul ne peut connaître l'avenir, monsieur March, sauf que Prudence est une enfant extraordinairement éveillée, elle apprendrait en quelques semaines là où d'autres mettent un an ou plus...

— Pourquoi ne l'instruisez-vous pas vous-même ?

— Je ne suis pas autorisée à sortir des livres, cahiers ou crayons de la maison. De toute façon, il n'y a pas d'endroit où s'isoler dans les cases des esclaves, et, ailleurs, il y a trop de risques d'être découvert. Mais je pourrais vous amener Prudence... Une petite heure le soir, après qu'Annie s'est endormie. »

Grace n'avait aucun moyen de savoir à quel point sa requête me touchait. Quand j'avais quitté le Connecticut, ce n'était pas avec l'ambition d'être colporteur. J'aspirais alors à enseigner. J'avais le sentiment que la majorité des établissements scolaires s'acquittaient de leur mission de manière rétrograde, étouffant la curiosité naturelle des enfants, les rendant sourds à la sagesse de leur voix intérieure. Je n'avais pas la qualification suffisante pour proposer mes services dans le Nord, où même les villages les plus reculés avaient à leur disposition tout un choix de diplômés frais émoulus de nos nombreux séminaires et universités. Aussi étais-je descendu dans le Sud, pensant que sa population serait peut-être moins difficile en ce domaine. Je n'avais pas tardé à découvrir, même ici, des communautés assez bien organisées pour que leurs écoles exigent des références ou, au moins, une certaine expérience, et je ne pouvais revendiquer ni les unes ni l'autre, tandis que les pauvres des campagnes isolées ne se souciaient aucunement de l'instruction de leurs enfants.

« Pourquoi n'écouterais-je pas le conseil d'Annie et ne demanderais-je pas à M. Clement ? Il est lettré et aime l'étude. Je suis sûr qu'il comprendra qu'apprendre à lire est une bonne chose pour tous les enfants, pas seulement pour Prudence... »

D'un geste coléreux, Grace tira sur une branche de pommier, arrachant les jeunes feuilles.

« Vous ne le connaissez pas ! Annie a peut-être raison, après tout. Malgré toutes vos lectures, vous... »

Elle n'acheva pas sa phrase. Quelle que fût la chose peu flatteuse qu'elle allait me dire, elle s'était visiblement ravisée. Elle se contenta de me décocher un autre de ses regards troublants, me jaugeant cette fois de la tête aux pieds et vice versa. Puis, semblant n'avoir rien trouvé d'intéressant, elle tourna le dos et se remit en marche. Je la regardai s'éloigner, bouche bée, comme le « benêt folâtre » dont m'avait si souvent traité mon père.

Il se trouva que M. Clement en personne me fournit un prétexte me permettant de le sonder sur le sujet. Il vint me voir avant le dîner pour s'excuser de ne pas me tenir compagnie ce soir-là à cause d'une violente migraine.

« En vérité, monsieur March, même si par moments mon fils peut me contrarier avec ses idées mercantiles, je ne suis pas en mesure de me passer de lui. J'ai été contraint de consacrer le plus clair de ma journée à l'occupation abrutissante de faire les comptes du moulin à blé. En quoi est-il si important que le blé de Mme Carter ait été pesé six ou soixante boisseaux ? »

Je décidai de garder pour moi la réponse évidente, à savoir que c'était très important pour Mme Carter, préférant demander, non sans une certaine hypocrisie :

« Un de vos esclaves ne peut-il être formé à une comptabilité aussi courante ? »

M. Clement me lança un regard empreint de reproche.

« Pour qu'il fabrique de faux papiers pour des fugitifs de passage ? »

Il se frotta le front.

« N'avez-vous pas eu vent de l'insurrection de Tidewater[1], monsieur March ? Des femmes et des enfants massacrés dans leur lit ? De simples fermiers remerciés de leur clémence envers leurs esclaves par un coup de pioche dans le crâne ? Ce boucher, Turner, était un homme instruit. Vous devriez vous pencher sur cette tragédie. Les habitants de cette région n'ont cessé de le faire, bien qu'une décennie se soit aujourd'hui écoulée. Quel grand principe moral exige que je prenne le risque de faire égorger ma femme parce qu'un de mes esclaves aura lu quelque tract incendiaire ? Vos pamphlétaires yankees portent une lourde responsabilité de cet état de choses. Je n'autoriserai personne, dans ma propriété, à lire ces infâmes torchons calomnieux et excessifs ! »

Je ne l'avais jamais entendu élever la voix auparavant.

1. Racontée dans *Les Confessions de Nat Turner*, plaquette publiée à Richmond en 1832 et reprise, sous le même titre, par William Styron en 1967, ce qui lui valut le prix Pulitzer 1968.

À ce moment-là, il pressa le bout des doigts sur son front et ajouta avec une grimace :

« Veuillez me pardonner cette outrance, je ne suis plus moi-même. Je ne voulais pas vous offenser. »

Il s'inclina alors, me souhaita une bonne soirée et se retira. J'allai à la cuisine mendier deux pommes et me résolus à un souper solitaire, en pleine confusion.

Au matin, j'avais pris ma décision. Elles vinrent donc le soir même. Grace attendit de voir ma lanterne traverser la pelouse séparant la maison du cottage du régisseur. À peine m'étais-je aspergé le visage avec l'eau du broc de toilette que j'entendis gratter à ma porte. Elle se tenait là, dans l'obscurité, Prudence à son côté. L'enfant ne donnait pas du tout l'impression d'avoir été tirée de son sommeil ; elle se dandinait dans une sorte de sautillement d'excitation.

« Vous avez réussi, alors ? Annie ne vous a pas entendue lever la petite ? »

Prudence pouffa de rire.

« Maman ronfle trop fort pour entendre quelque chose !

— Ta maman est debout avant les oiseaux pour allumer la cuisinière du maître et faire chauffer l'eau de son bain, la reprit doucement Grace. C'est pour cela qu'elle s'endort comme une masse dès qu'elle pose la tête sur l'oreiller. »

J'avais taillé une plume d'oie, tiré des lignes sur une feuille de papier ministre ; nous ouvrîmes l'abécédaire de Webster et nous mîmes au travail. Comme l'avait prédit Grace, Prudence était une élève douée. Il suffisait de lui dire une chose une fois pour qu'elle s'imprime dans son esprit, telle une botte dans la glaise. Elle aurait étudié ses lettres toute la nuit si je n'avais réprimé un bâillement et que Grace n'eût mis fin à la leçon. Prudence se tourna vers elle avec un « Oh ! » de déception.

« Tu ne dois pas abuser de la bonté de M. March, ma petite, et tu as besoin de sommeil aussi !

— Tu peux revenir, assurai-je. Tu es sage et tu as bien travaillé. »

Nous convînmes que, si c'était possible et si les conditions semblaient sûres, nous nous retrouverions une heure un soir sur deux, aussi longtemps que durerait mon séjour chez les Clement. À la porte, Grace se retourna pour me sourire. Je m'avisai que c'était son premier vrai sourire depuis mon arrivée.

« Merci », dit-elle, d'une voix si chaude que j'eus envie de m'y enfouir comme dans un édredon.

Pendant les quinze jours qui suivirent, j'eus le sentiment de n'avoir jamais vécu plus pleinement. Je passais mes journées à étudier, mes soirées en conversations enrichissantes et menais la nuit une mission que je trouvais exaltante. Les soirs où Grace et Prudence ne venaient pas, je veillais de toute façon, réfléchissant à la meilleure manière d'instruire la fillette à notre prochaine leçon. Au début, j'attendais chaque partie de ma journée avec un plaisir égal. Puis, comme Prudence progressait plus vite que j'eusse pu l'imaginer, je m'aperçus que c'étaient nos heures d'apprentissage secret qui m'inspiraient le plus.

J'avais fini par apprécier les bordeaux rouges et fruités dont M. Clement nous abreuvait, mais, les jours de nos leçons, je renonçais à boire au dîner afin de rester bien éveillé. Un soir, M. Clement remarqua mon abstinence et m'en fit reproche ; j'en ris et le laissai me servir généreusement pendant tout le repas.

Si bien que mon jugement s'en trouva amoindri, et je laissai la leçon se prolonger plus que de coutume. Je m'étendais sur quelque point d'une importance pédagogique certainement cruciale, quand je m'aperçus que mon élève, pour la première fois, s'était endormie, son petit menton posé au creux de la main. Je regardai Grace, qui sourit devant la tête penchée de l'enfant.

« Je la porterai, chuchota-t-elle en se levant.

— Elle est sûrement trop lourde pour vous…

— Non, non, pas du tout. Je suis devenue solide, à force de lever Mme Clement. Souvent, elle est trop faible pour... eh bien... pour aller se soulager toute seule... »

Elle détourna le regard. Je sentis le feu me monter au visage, moitié gêne, moitié colère, en imaginant Grace, qui avait la distinction d'une dame, obligée de soutenir le derrière de sa maîtresse démente et de nettoyer ses pots de chambre nauséabonds.

« Ce n'est pas juste ! » m'écriai-je, oubliant de parler à voix basse.

Grace sourit. Non pas d'un de ses rares sourires radieux, mais d'un triste petit sourire de résignation.

« Si vous vivez la tête dans la gueule du lion, il est préférable de la caresser parfois », déclara-t-elle.

Peut-être fut-ce la beauté de ses lèvres rondes, peut-être la pitié ou l'admiration devant sa dignité et sa patience. Ou peut-être seulement les quelques verres de bordeaux de trop. Je me levai à mon tour, tendis une main pour lui toucher la joue. Puis je l'embrassai.

À dix-huit ans, je n'avais encore jamais embrassé une femme. Sa bouche avait la fraîcheur de l'eau de source. Sa suavité me tourna la tête, et je me demandai si je n'allais pas perdre l'équilibre. Je sentis la légèreté fugitive de sa langue sur la mienne, puis Grace leva les doigts, les posa délicatement sur mon visage et me repoussa avec douceur.

« Ce n'est pas sage, murmura-t-elle. Ni pour l'un ni pour l'autre. »

Un flot d'émotions mêlées me submergeait : ravissement dû à la sensation de mon premier baiser, mortification devant mon manque de retenue, et désir de la toucher encore, de la toucher tout entière, de me perdre en elle. Des alarmes face à la puissance de ma concupiscence. Et une certaine mauvaise conscience d'avoir un pouvoir indécent, sachant que si la concupiscence l'emportait, cette femme ne serait aucunement en position de résister à mon désir.

« Pardonnez-moi », dis-je.

Ma voix, à peine audible, ressemblait à un cri de chauve-souris.

Avec un nouveau sourire, elle ramassa l'enfant comme si c'était une plume.

« Ne soyez pas ridicule », murmura-t-elle.

J'ouvris la porte et elle disparut dans la nuit.

Je demeurai longtemps éveillé, méditant sur l'essence du désir et les raisons pour lesquelles Dieu avait pu doter l'homme de passions aussi débridées. Et si nous avions été réellement créés à son image, quelle part de la Nature divine se reflétait en nous ? Aucune réponse ne me venait, non plus que la perspective du repos. Finalement, quand les oiseaux eurent entamé leur bruyant concert matinal, je cédai à la tentation. Il y eut un frisson ardent, suivi aussitôt d'une honte brûlante. Puis je succombai au sommeil.

À mon réveil, un rai de soleil brillant s'infiltrait par la porte entrouverte. J'avais dormi trop longtemps. À la chaleur, je sus que la matinée était déjà avancée. Je me levai tant bien que mal, tandis qu'un petit homme à l'allure de moineau entrait dans le cabanon et me dévisageait à travers une paire de lunettes cerclées d'écaille.

« March, n'est-ce pas ? lança l'intrus, ôtant un chapeau sali par le voyage, révélant ainsi un crâne quasi chauve. Je suis Harris, le régisseur d'Augustus Clement. Il m'a dit que vous logiez ici, mais je ne m'attendais pas à vous trouver encore au lit. Je vous serais reconnaissant d'avoir la bonté de... Ah !... de me permettre l'usage de mes appartements. Sur la route depuis déjà plus d'une semaine. Fatigué, sale, et du pain sur la planche, aujourd'hui. »

Je marmonnai des excuses et me tournai pour rassembler mes effets. Je vis la plume, l'encre, le Webster et les pages d'écriture enfantine, recouvertes de mes griffonnages. À mouvements brusques et maladroits, j'interposai mon corps massif entre Harris et la table, espérant lui en dissimuler la vue, et me mis à parler à toute allure pour tenter de le distraire.

« J'espère que vos démarches ont été couronnées de succès, que votre route n'a pas été trop difficile... »

Harris, qui semblait complètement fourbu, passa une main dans ses cheveux poussiéreux.

« Oui, oui. Aussi bonne que nous pouvions l'espérer.

— Quel itinéraire avez-vous suivi ? Les meilleurs chemins de traverse de Virginie m'intéressent, savez-vous... »

Je tenais mes vêtements en boule devant moi et, d'une secousse malhabile du poignet, j'essayai de jeter ma chemise sur les pages.

« Il me plairait de consulter une carte avec vous... »

Je manquai mon coup, le vêtement tomba en tas à côté de la table. Harris, impatient de me voir partir, se pencha pour le ramasser. Saisissant cet instant, je pivotai et raflai les pages de Prudence sous mon veston. L'homme se redressa et me tendit ma chemise. Je gagnai tout doucement la porte. Au moment où je tendais le bras pour lui prendre la chemise des mains, l'une des feuilles s'échappa de mes doigts, voltigea et atterrit à l'envers sur le sol. En hâte, je m'avançai pour la récupérer. Son attention éveillée par mon étrange comportement, Harris fut tout aussi leste. Nos crânes se heurtèrent avec un bruit sourd. Nous tenions tous les deux le papier. Je tirai, il se déchira. Le régisseur retourna son fragment de feuille, le front creusé de sillons.

« Que diable... »

Il se redressa, son petit visage se plissa en un réseau de rides. À l'évidence, il avait compris.

« Quelle belle vision en rentrant chez soi ! Et pour les Clement, quelle belle récompense de leur hospitalité ! Bougre de lâche nordiste qui se mêle de ce qui ne le regarde pas ! Qu'êtes-vous donc ? Un abolitionniste ? Un quaker ? »

Je secouai la tête en signe de dénégation. La bouche déjà rendue pâteuse par le vin et le manque de sommeil, je sentis un flot de bile amer refluer de mon estomac.

« C'est l'écriture de qui ? »

Je gardai le silence.

« Vous répondrez à M. Clement au grand jour. Je pense que votre séjour ici est terminé. »

Toujours vêtu de son costume de voyage crotté, Harris sortit à grands pas, claquant la porte derrière lui. Je le regardai par la fenêtre se pavaner comme un coq nain en traversant la pelouse vers la maison. Je me laissai choir dans un fauteuil, incertain sur la conduite à tenir. Je voulais prévenir Grace, mais elle devait déjà être à l'œuvre auprès de Mme Clement. Je ne voyais donc aucune solution. Je ne crois pas m'être jamais senti aussi abattu que ce matin-là ; je regagnai la maison le cœur gros. La rumeur m'avait précédé. Dans la cuisine, Annie était affalée sur la table en pin, la tête enfouie au creux d'un bras, l'autre enroulé dans une attitude protectrice autour d'une Prudence à la frimousse mouillée de larmes. Annie leva les yeux en me voyant entrer : ils étaient emplis d'un mélange de reproche, de peine et de peur.

« Je suis désolé ! » balbutiai-je.

Elle me foudroya du regard. Sa réprobation muette était plus éloquente que les plus cinglantes invectives. Je dirigeai mes pas vers la bibliothèque. M. Clement tenait à la main le fragment de papier ministre. Il le jeta sur le bureau en bois de rose. À son côté se tenait un grand jeune homme, dont les traits reproduisaient, en plus hâlés, ceux de son père. Le régisseur se tenait entre eux, sa minuscule stature accentuée par la taille des Clement.

Lorsque M. Clement père prit la parole, j'eus la sensation qu'il déversait un verre d'eau glacée dans mon col de chemise.

« Puisque vous avez trahi mon hospitalité et que vous avez scandaleusement fait fi de ma défense formelle, vous ne jugerez peut-être pas exagéré que je vous demande lequel de mes biens vous avez contaminé par votre instruction. »

Jusqu'alors, je m'étais senti coupable. Mais son usage du mot « biens » à propos du petit être plein de vie qu'était Prudence et de la dignité de Grace balaya soudain ce sentiment.

« Je suis désolé d'avoir passé outre à vos désirs, commençai-je, mais vous m'avez dit vous-même qu'instruire les Africains était l'un des fardeaux de votre tâche. Assurément...

— Comment osez-vous, monsieur ! » aboya le fils Clement.

Il s'avança vers moi, le visage rubicond. Il me rappelait un chiot mimant l'impression menaçante d'un chien adulte. Son père leva une main apaisante.

À cet instant, on frappa doucement à la porte.

« Entrez ! » dit M. Clement, et Grace se glissa dans la pièce. Ses yeux baissés évitaient les miens.

« Qu'y a-t-il, ma fille ? » cria son maître avec impatience.

La tête haute, elle le regarda droit dans les yeux.

« Monsieur, c'est moi la coupable, déclara-t-elle. J'ai prié M. March d'instruire Prudence. Je l'y ai vivement incité, contre son jugement et son penchant naturel. Annie n'y est pour rien. J'ai agi expressément contre ses désirs.

— Merci, Grace. Je vous sais gré de votre franchise. Vous pouvez retourner auprès de Mme Clement, à présent. »

Elle inclina la tête et sortit. Je ne pus croiser son regard, fût-ce un instant, mais j'éprouvai en revanche un immense soulagement devant l'humanité de la réaction de M. Clement.

« Je vous demanderai d'avoir rassemblé vos effets personnels et quitté le domaine d'ici une demi-heure. Et vous voudrez bien me pardonner si je ne vous raccompagne pas. »

Sur quoi il me tourna le dos, et je me dirigeai sans bruit vers la porte tel un enfant puni.

Il ne s'était pas écoulé un quart d'heure quand je m'engageai dans la longue allée bordée de cornouillers. Pendant mon séjour chez M. Clement, mai avait cédé le pas à juin, qui était déjà à son déclin. Les pétales des cornouillers étaient tombés, et les arbres s'étaient couverts de feuilles, offrant une protection contre le soleil de midi qui brûlait déjà avec l'ardeur du plein été. J'étais encore assez éloigné de la grille lorsque j'entendis la voix de M. Clement qui m'appelait :

« Un instant, monsieur March, si cela ne vous ennuie pas. Il vous faut voir quelque chose avant de nous quitter, si vous voulez bien avoir l'amabilité de m'accorder une dernière faveur. »

À ces mots, je me sentis soulagé. J'espérais que nous pourrions nous séparer en bons termes, malgré tout. Je posai mes malles et le suivis sur le chemin menant au hangar à tabac au toit pointu, où étaient suspendues jusqu'à récemment les feuilles séchées de la précédente récolte. À l'intérieur, je fus surpris de voir rassemblés tous les esclaves, les domestiques de maison comme les ouvriers agricoles. Puis j'aperçus Grace.

Ils l'avaient étendue à plat ventre sur un banc, les bras étirés au-dessus de la tête, les deux pouces liés ensemble et attachés à une corde qui passait ensuite sous le banc dans le sens de la longueur pour venir lui lier aussi les chevilles. Une large lanière de cuir qui barrait le creux de son dos mince la plaquait contre le bois, laissant la partie inférieure de son corps exposée dans le plus simple appareil.

« Ce châtiment n'est pas nécessaire, tout de même ? » m'écriai-je d'une voix aiguë et fêlée.

Clement se borna à lever le menton, puis se tourna vers M. Harris. D'un sac de toile, l'homme sortit un fouet de cuir tressé presque aussi grand que lui. Puis, se plaçant à six pieds environ de Grace, il bondit, brandit son fouet et l'abattit avec un claquement. Le coup arracha un fin lambeau de peau qui se retroussa sur le fouet, y pendit un instant avant de tomber sur le sol jonché de feuilles, faisant apparaître une bande de chair sanguinolente. Grace frémit de tout son corps.

« Par pitié, monsieur ! » m'exclamai-je.

Le visage de Clement était aussi froid et immobile que celui de ses statues. Et aussi – bien que le sens de la justice me commande de l'écrire, ceci me crève le cœur – presque marmoréen.

Le fouet frappa une nouvelle fois avec une précision cruelle : un deuxième lambeau se détacha exactement un pouce plus bas sur les fesses, parfaitement parallèle au premier. Prudence hurlait, la tête enfouie dans la jupe d'Annie. Clement leva alors la main ; je sentis mon corps se détendre de soulagement ; ces terribles actes étaient terminés.

« Retournez l'enfant, ordonna-t-il. Elle doit regarder la punition. »

La cuisinière décrocha les doigts de sa fille de son tablier, posa une main sur sa joue humide et lui tourna le visage.

« Continuez », reprit Clement.

Lambeau après lambeau, le fouet déchirait les chairs frissonnantes de Grace. Mes larmes ruisselaient à ce moment-là, de grosses larmes qui venaient rejoindre dans la poussière de feuilles le sang qui commençait à couler du banc. Mes membres étaient si faibles que j'étais incapable de tenter un geste pour essuyer la morve qui dégouttait de mon nez.

Enfin Clement leva de nouveau la main. Tombant d'une planche manquante du toit du hangar, une colonne de soleil se réfléchit sur sa chevalière.

« Merci, monsieur Harris. Ce sera tout. »

L'homme passa un chiffon gris sur le fouet pour en ôter le sang avant de le remettre dans son sac. Les femmes s'étaient précipitées vers Grace. L'une lui dénoua les mains et les massa, les autres apportèrent des brocs d'eau pour baigner ses blessures. Elle était allongée, dérobant sa tête à ma vue. Soudain, elle la redressa et se retourna, de sorte que nous pûmes échanger un regard. Une enclume me tombant sur la tête à cet instant n'eût pu m'écraser davantage.

3

Marqués au fer rouge

1er novembre 1861

Ma chérie,

Votre admirable lettre et le contenu bienvenu de votre colis sont arrivés à bon port. Mille mercis à vous pour les chaudes pensées de la première et la laine non moins chaude du second. Je me réjouis d'apprendre que vous et mes grandes filles vous portez toujours bien, alors que la saison froide approche à grands pas. Dites à ma chère Jo qu'elle ne doit pas mépriser son ouvrage de tricot mais voir ses aiguilles comme des lances de joute, car ses belles chaussettes bleues sont déjà entrées en lice. Je regrette que tant de cadeaux n'aient pas de meilleure récompense que ces lignes que j'envoie à la hâte, car ordre est donné de changer de lieu sous peu, et il y a donc beaucoup à faire. Pour ma part, je ne regrette pas de m'aventurer plus avant, même si dans un lieu tel que celui-ci on peut trouver beaucoup d'élévation morale.

Si d'aucuns, ma très chère, devaient continuer à douter de l'aptitude du nègre à l'émancipation, alors qu'ils viennent se tenir à mes côtés dans l'hôpital de campagne dressé en cette demeure, dont le propriétaire très âgé se vantait autrefois de descendre des Cava-

liers[1] *! Oui, « descendre » est le mot juste, car il est descendu de très haut, maintenant, par un concours de sénilité et d'indigence. La majorité de ses esclaves se sont sauvés avant la bataille de l'île, qui a précédé de quinze jours notre malheureuse offensive sur les côtes de Virginie. Une seule esclave est restée ; s'étant portée volontaire pour aider notre chirurgien, elle travaille inlassablement, avec une adresse et un dévouement dont il pourrait rougir. Dans les jours qui ont suivi, j'ai gardé note des hommes qu'elle a soignés, or la plupart semblent se rétablir mieux et plus rapidement que ceux restés sous sa responsabilité à lui. Le colonel en convient ; il a proposé de la classer « contrebande de guerre » et de lui assurer une place dans un hôpital de la capitale – un emploi rémunéré, à cette femme qui a été une esclave, un bien meuble, depuis sa naissance. Mais voilà l'étoffe dont est tissé son caractère : elle refuse de quitter son maître, jugeant que sa faiblesse lui interdit de survivre sans elle. Je sais pourtant que ce même homme l'a jadis fait fouetter pour un vulgaire manquement à son autorité. Quel bel exemple de pardon chrétien ! Certains disent les nègres moins qu'humains. Pour ma part, je qualifie cette femme plus que de sainte – de modèle, oui, pour nos « petites femmes ». Qui, naturellement, n'ont besoin de nul autre modèle que celui de leur chère mère, elle qui rayonne de perfection et à qui j'ai le bonheur de vouer mon amour éternel…*

Je savais que je devais moucher ma chandelle, au cas où sa lueur gênerait les blessés avec qui je partage le plancher de ce qui était autrefois le boudoir de Mme Clement. Je pris toutefois le temps de tirer de la poche de ma chemise

1. Nom qui désignait, au cours de la révolution anglaise, les partisans de Charles Ier opposés aux Têtes rondes, partisans du Parlement.

la petite enveloppe de soie que j'y cachais. J'en sortis délicatement les mèches de cheveux pour les étaler dans le cercle de lumière. Une grosse boucle d'un blond doré, attachée par un ruban de satin rose : la gloire de ma petite Amy. Une autre d'un brun campagnol, qui me venait de ma douce Beth. Une tresse châtain, qui avait appartenu à Meg. Et enfin deux mèches épaisses, brunes et luisantes. Même si la couleur et la texture de cheveux de la mère et de la fille étaient identiques, je n'eus aucun mal à reconnaître ceux de Jo pour les poser à côté de ceux de ses sœurs. Ma sauvageonne de fille avait taillé à la diable dans sa chevelure, de sorte que les pointes étaient toutes irrégulières et retenues par un bout de ficelle rustique. Pendant une bonne minute, je contemplai ces mèches, m'imaginant les quatre têtes chéries reposant paisiblement sur leurs oreillers à Concord. Je les remis ensuite dans leur enveloppe puis soufflai la chandelle, gardant la dernière mèche dans ma main. Je la pressai contre ma joue en attendant de m'endormir. Mais, allongé sur les planches dures, au milieu des gémissements et des ronflements, j'avais du mal à trouver le sommeil. Aussi eus-je le temps de méditer pourquoi, alors que j'avais tant partagé avec elle, je n'avais jamais confié à ma femme l'histoire de ce triste printemps de Virginie.

Certes, quand nous nous étions connus, ces événements remontaient déjà à plusieurs années. Avec le temps, la culpabilité éprouvée pour m'être laissé séduire par la fortune de Clement et abuser par sa fausse noblesse d'âme était passée de la douleur aiguë à l'élancement sourd. À ce moment-là, je n'avais guère envie de me rappeler le colporteur novice qui retournait la moindre pierre humide dans sa quête d'expérience. Assurément, je rechignais à lui avouer – à elle entre tous, car j'eus tôt fait de voir le violent courroux avec lequel elle accueillait des cas semblables – que j'avais souffert, même fugitivement, d'aveuglement sur la question de l'esclavage. Que j'en avais détourné mes jeunes yeux afin de récolter ma petite part de fruits tentants et vénéneux.

Après mon expulsion du domaine des Clement, j'avais repris le colportage, bien que j'eusse cessé de détourner les yeux. Depuis ma jeunesse, j'ai toujours eu une foi peu orthodoxe. Je ne pouvais accepter les sévères prédications calvinistes selon lesquelles nous sommes tous, jusqu'aux nourrissons béats, pétris de péchés. Pas plus que je ne parvenais à croire en un dieu qui intervenait dans le moindre acte humain. À mes yeux, le divin est cette immanence visible dans les grandes splendeurs de la Nature et les petites douceurs du cœur humain. Pourtant, l'espace de quelques instants, dans une modeste chapelle à la sortie de Petersburg, j'eus le sentiment qu'une transcendance se révélait à moi pour me dire de continuer ma route.

En chemin, j'avais remarqué un cours sur la Bible et, n'ayant pas d'affaires plus pressantes, décidai sur un coup de tête de m'y associer. Pourquoi cette décision ? Je ne le saurai jamais au juste, ayant abandonné depuis longtemps tout espoir de glaner dans les églises la moindre nourriture spirituelle. Je n'y avais trouvé qu'un rituel rassis et pompeux dans le Nord et des superstitions primitives dans le Sud. J'entrai cependant dans la petite cabane de bois tout ce qu'il y avait de plus ordinaire, excepté sa localisation, contiguë à une cour où des esclaves étaient de temps à autre mis aux enchères. Il arriva qu'une telle vente débuta au cours de l'heure d'études bibliques.

Ainsi, alors que d'une oreille nous entendions la bonne nouvelle de la grande allégresse qui doit être le lot, de l'autre nous entendions la voix sonore du commissaire-priseur criant : « Amenez les nègres ! » Pendant que nous méditions les enseignements à tirer de la plus grandiose des vies, la voix au-dehors vantait le lot mis en vente : deux enfants sans leur mère, qui leur avait été enlevée. Le verset « Laissez venir à moi les petits enfants » s'imposa à mon esprit, et, en eussé-je eu alors les moyens, je serais dignement sorti pour racheter leur liberté à ces enfants. Ce qui me frappa le plus fut que personne d'autre dans la chapelle ne semblait remarquer ce qui se passait dehors. Lorsque le pasteur demanda une collecte pour aider à l'envoi des Écritures en Afrique, je ne pus plus supporter cette comédie. Je me levai et, de ma place, demandai comment il était possible que la Bonne Nouvelle ne pût être transmise à moindres frais aux êtres humains présentés sur l'estrade des enchères juste à côté. Ma question fut accueillie par des sifflets, des huées et la froide sommation de m'en aller, ce que je fis promptement et sans regret.

Dehors, les deux enfants avaient déjà été vendus ; un homme robuste d'une trentaine d'années suscitait des enchères animées. Le commissaire vociféra qu'il s'agissait d'un Noir affranchi, mis en vente parce qu'il n'avait pas payé ses impôts. L'infortuné pleurait, ce qui ne me surprenait pas. Comme il doit être insupportable d'avoir jadis acquis la liberté pour se la voir reprendre !

Le lot suivant était un adolescent à qui je donnais quatorze ans, aux cheveux bruns raides et à la peau aussi blanche que n'importe quel acheteur de la foule. Quelques-uns lancèrent des plaisanteries grossières relatives à ses origines, et son visage semé de taches de rousseur s'empourpra. Les enchères étaient basses. Quand le commissaire-priseur, alléguant la bonne santé du garçon, exhorta la foule à renchérir, une voix s'éleva : « On ne veut pas de ce genre de marchandises, même si elles sont données ! » Un homme debout à côté de moi secoua la tête et, après que nos regards se furent croisés, je pensai avoir rencontré un frère d'angoisse.

« C'est mal, dit-il.

— Scandaleux, acquiesçai-je.

— Les nègres blancs ne valent pas les tracas qu'ils occasionnent. »

L'adolescent fut adjugé pour deux cent cinquante dollars. Alors qu'il était remis à son nouveau propriétaire, je vis une très jeune femme parquée avec les lots invendus qui tendait les bras dans sa direction, faisant ses adieux au fils qu'elle ne reverrait jamais. Je m'en fus, incapable d'en supporter davantage. Je ne pouvais m'empêcher de me demander ce qui se serait passé si le pasteur avait entraîné ses ouailles hors de cette petite église pour se réunir sur la place, bibles levées en signe de protestation. De ce jour, j'acquis la conviction que la chaire était le lieu idéal pour dénoncer le système barbare de l'esclavage. Comment allais-je trouver ma voie ? Cela me demeurait obscur à l'époque.

Je continuai donc ma route, vagabondant l'été sur des routes poussiéreuses, par une chaleur étouffante, et l'hiver sur des chemins verglacés ou dans une neige où je m'enfonçais jusqu'aux genoux. Par moments, en quête de nouveaux marchés, je traversais des étendues sauvages et désertes telles que le Dismal Swamp[1]. C'est là que je me perdis, une nuit, au milieu d'une tempête si terrifiante que je crus que j'allais mourir : je courais à la lumière des éclairs, au milieu des branches arrachées et des torrents tumultueux. Mais je survécus et, avec mon profit de trente-trois pour cent sur chaque vente, mes gains s'accumulèrent, jusqu'à ce que j'eusse mis de côté de quoi acheter un cheval et un cabriolet et pusse étendre à la fois mon stock et mon territoire. Dès la fin de la deuxième année, mes recettes augmentant, j'engageai des gars du Connecticut, frais débarqués des sloops, qui travaillaient pour moi à la commission. Lorsque je revendis l'affaire au plus brillant et au plus industrieux d'entre eux, j'en tirai une coquette petite somme.

Je retournai au pays en passant par New York, où je m'arrêtai sur Broadway pour commander le costume que

1. Le Marais désolé.

je m'étais promis, et rentrai à Spindle Hill en triomphe et... en gilet de coton piqué. J'achetai une nouvelle maison à mes parents, puis investis dans le métal une somme équivalente qui me rapporta largement de quoi prendre des intérêts dans une demi-douzaine d'usines sur le Naugatuck. La pauvreté, dit-on, est l'ornement du philosophe et la plaie de l'homme du monde. Bien qu'il me plaise de me voir en philosophe, cela ne m'empêcha pas de ramasser avec gratitude ce qui me tombait honnêtement dans les mains. En bref, peu après mes vingt ans révolus, je me retrouvai riche. Assez riche pour m'offrir un appartement élégant, d'où l'on se rendait facilement à pied dans les grandes bibliothèques de Boston. Là, je commençais à me consacrer à l'étude, à la méditation et, par degrés, au métier de gratte-papier et aux conférences qui me signalèrent à l'attention de ceux dont l'estime me tenait le plus à cœur. Grâce à l'intercession de l'un d'eux, le révérend unitarien Daniel Day[1], je fus accrédité pour prononcer des sermons et devins pasteur sans chaire fixe. À lui aussi je dois d'avoir été présenté à une personne remarquable, sa sœur, qui est aujourd'hui ma femme.

Étendu dans l'obscurité, repensant aux mots que je venais de lui écrire, je me rappelle lui avoir dit que je ne regretterais pas de décamper d'ici. À la réflexion, je me rends compte que ce n'est pas tout à fait juste. En réalité, j'aurai des regrets. Et pour une seule raison : je laisserai de nouveau Grace dans la servitude. Même si, cette fois, c'est elle qui choisit de rester.

Ce soir-là, après la bataille de la falaise, j'étais resté debout très longtemps, tentant de trouver la force de franchir de nouveau le seuil de cette maison. Je ne saurais dire combien de temps j'avais attendu, la tête appuyée contre la colonne blanche écaillée. Malgré le froid, des filets de

1. Oncle de Louisa May Alcott.

sueur brûlante me coulaient dans le dos. J'entendais les cris des blessés venant de l'intérieur et savais que ma place était parmi eux. Leur souffrance était réelle, actuelle, alors que la mienne n'était qu'un vieux souvenir exhumé d'un passé auquel nul ne pouvait rien changer.

Je me redressai enfin, pris une profonde bouffée d'air nocturne et posai la main sur la grande porte. On avait cloué des bouts de planche à l'emplacement des jours biseautés. Ceux-ci avaient dû être brisés dans la bataille pour prendre l'île. À l'intérieur, dans ce qui avait été l'élégant vestibule ovale, s'entassaient des hommes blessés et trempés, certains couchés par terre, d'autres à demi adossés aux murs. Un malheureux avait la tête appuyée au socle du Prométhée enchaîné ; son visage montrait la même expression tourmentée que la tête sculptée au-dessus de lui.

Nul, semblait-il, n'avait franchi la rivière avec un uniforme complet. Certains avaient leur pantalon, mais plus de chemise ; d'autres, à l'inverse, avaient perdu la moitié inférieure de leur tenue. D'autres encore étaient totalement nus. Parmi ceux-ci, quelques-uns se partageaient des tapis d'Orient qu'ils avaient tirés à eux pour s'en couvrir. D'autres enfin, privés de ce confort, frissonnaient si violemment qu'on eût dit qu'ils allaient ébranler la maison sur ses fondations. Je donnai ma propre tunique noire à l'un de ces malheureux.

Des plaintes sortaient de la pièce qui avait été la bibliothèque de M. Clement ; j'en conclus que les cas les plus graves devaient être à l'intérieur, et que j'y trouverais aussi notre chirurgien. Le Dr McKillop est un petit homme trapu, aux avant-bras musclés aussi velus que ceux d'un singe de Barbarie. Il me tournait le dos, penché sur le bras en morceaux de Seth Millbrake, un charron de Cambridge. Je remarquai que même le dos de la blouse du chirurgien était éclaboussé de sang, signe du travail qu'il avait accompli pendant que j'étais resté à me complaire dans mon épuisement et mon désespoir. Je décidai de revoir mon opinion sur lui. À ses pieds se trouvaient un avant-bras, un pied et une jambe coupée au genou. Levant une botte du sol gluant de sang, McKillop entreprit d'affûter son scalpel sur le cuir de sa semelle.

Seth, comme tous les autres, suppliait le chirurgien de ne pas l'amputer. Mais le projectile avait fracassé l'os près du coude, le brisant en une vingtaine d'aiguilles blanches, désormais plantées dans tout le muscle déchiqueté.

Ma décision concernant McKillop fut mise à l'épreuve dans l'instant qui suivit, quand, se retournant pour essuyer sa lame sur un bout de chiffon, le chirurgien remarqua ma présence. « March ! Ce n'est pas trop tôt. Venez ici ! aboya-t-il, comme on appellerait un chien errant. Tenez-lui les épaules. »

Je m'exécutai, me concentrant sur le visage de Millbrake afin de ne pas voir le charcutage de McKillop. Sous l'effet de la souffrance et de la peur, les yeux du charron se réduisaient à leurs pupilles. Ses tremblements secouaient la table sur laquelle il reposait. J'approchai ma tête de son oreille pour lui chuchoter les paroles du psaume : « Et ils criaient vers Yahvé dans la détresse, de leur angoisse Il les a délivrés[1]... » À cet instant précis, l'instrument de McKillop toucha un vaisseau et un jet de liquide chaud me gicla dans l'œil. Ne pouvant lâcher prise pour m'essuyer, je poursuivis donc : « Il envoya Sa Parole et Il les guérit... » J'eus un goût de fer dans la bouche, tandis que le sang dégouttait sur l'aile de mon nez et trouvait le chemin de mes lèvres. Millbrake devint alors flasque sous mes paumes, et je crus qu'il avait miséricordieusement sombré dans l'inconscience. Mais lorsque McKillop leva la main de l'endroit où il comprimait le vaisseau lésé, je vis qu'aucun pouls ne rythmait plus le flux et compris que l'homme était sans vie. McKillop grogna, et se tourna vers

1. Cf. Ps. 107,19, *La Sainte Bible,* traduite en français sous la direction de l'École biblique de Jérusalem, Desclée de Brouwer.

le patient suivant, qui avait pris une balle dans l'estomac. Il plongea un doigt dans la plaie et fouilla sans y croire pendant quelques instants. Puis il retira sa main avec un haussement d'épaules. « Quand des balles se perdent dans le ventre, il est inutile de s'amuser à les chercher. »

Heureusement, le blessé, inconscient, n'entendit pas la funeste sentence émise par le chirurgien. Pendant que McKillop passait à un malheureux dont le crâne enfoncé n'était pas sans rappeler un quart en étain écrasé, je soulevai le bras de Millbrake, à moitié détaché et tordu dans une position anormale, l'arrangeai sur sa poitrine, puis croisai l'autre bras par-dessus.

« Philbride, dans le coin là-bas, dit McKillop sans lever les yeux de son travail. Un éclat d'obus dans la poitrine. Je ne peux rien faire. Il réclamait un aumônier. Ça presse. »

Jamais un paysan n'aurait pris des meules de foin pour des tentes. Mais ce n'était pas un paysan qu'on avait envoyé en reconnaissance sur la côte de Virginie : Philbride était originaire d'une ville ouvrière, habitué à de vraies routes, à des murs de brique et à un horizon guère plus large qu'une rue. La nuit, par un brouillard dense, sa peur avait rempli un champ moissonné d'une compagnie ennemie ; dépourvue de sentinelles, apparemment, regroupée là comme en réponse au désir de victoire facile de notre général. Pauvre Philbride ! Il savait que son rapport erroné était le socle fêlé sur lequel s'était effondré l'édifice de toute notre journée. Ce n'était pas la seule erreur, ni même la plus grave. Et c'était là ce que je chuchotai au jeune homme qui pouvait à peine respirer et dont la sueur, malgré l'air froid de la nuit, perlait sur la peau blême.

J'aurais tant voulu que son regard perdît de son désespoir, que sa respiration se fît plus profonde, pendant que je lui parlais, mais il m'était impossible de l'obtenir. « La volonté de Dieu », « dans le giron de notre Sauveur », peut-être étaient-ce là les mots qu'il souhaitait entendre. Peut-être était-ce dans l'espoir de ce genre de sermon qu'il avait demandé un aumônier. Finalement, ce que je lui dis était la pure vérité : que la tragédie du jour n'était ni l'œuvre de Dieu ni Sa volonté, mais un carnage humain, tout simplement. J'aurais pu ajouter que cela n'avait pas d'importance, qu'on avait perdu une bataille mais pas la guerre, et que la cause que nous servions valait le prix payé, ici comme en peut-être une centaine d'autres lieux dans les jours à venir. Mais tout ce que j'avais tenté ce jour-là avait mal tourné ; mon ministère auprès de ce jeune homme ne fut pas différent. Il se redressa soudain, cherchant désespérément son souffle. Ses poumons transpercés, semblait-il, ne pouvaient plus aspirer d'air, aussi me contentai-je de le tenir ainsi, sa bouche béant comme celle d'un poisson sorti de l'eau, tandis que sa peau prenait lentement la couleur du porridge.

Plus tard, je partis chercher un récipient pour enlever le monceau de membres amputés, dont la présence, estimais-je, ne pouvait qu'accroître l'inquiétude des blessés. Cette corvée accomplie, je cherchai de l'eau pour enlever le sang. Les brocs étant vides, j'en rassemblai autant que je pouvais en porter et, me frayant un chemin au milieu des corps, me dirigeai vers la cabane du puits.

Même à la lueur de la bougie, vingt ans après, le dos tourné, je la reconnus, penchée pour remplir des cruches avec le seau du puits. Quelque chose m'était familier dans la courbe de son dos, le balancement de sa taille et sa manière de se redresser lentement.

Pendant que j'étais resté dehors, sur le perron, m'armant de courage pour entrer dans cette demeure, il m'avait traversé l'esprit que Grace pouvait être l'esclave dont avait parlé le soldat. Je voulais que ce fût vrai, mais l'appréhendais aussi. À l'instant de la révélation, le désir et la terreur s'opposèrent en moi avec une force qui me rendit maladroit ; un broc m'échappa des mains et je tâtonnai pour le rattraper. Naturellement, Grace ne pouvait pas avoir envisagé la possibilité de me retrouver. Aussi, quand elle se retourna, elle ne vit qu'un nouvel inscrit sur la liste des blessés, un soldat sans tunique ni insigne de grade, dont le visage éclaboussé de sang indiquait quelque grave lésion.

« Laissez-moi les prendre, soldat », dit-elle, tendant la main vers les brocs. Cette voix argentine, si particulière…

« … Vous êtes gentil d'essayer de nous aider, mais vous ne devriez pas bouger tant que votre blessure n'a pas été soignée.

— Je ne suis pas blessé, mademoiselle Grace. J'aidais le chirurgien dans une amputation. »

Sa tête savamment enroulée dans un madras, comme dans mon souvenir, se redressa, tel un animal aux aguets. Elle leva la lanterne contenant sa chandelle pour me regarder attentivement.

« Je vous connais, monsieur ?

— Vous ne vous souvenez probablement pas… »

Au moment où je prononçais ces mots, je pris conscience de leur ridicule. Comment ne se serait-elle pas souvenue du jeune étourdi qui avait été la source de son supplice ?

« … Je m'appelle March… J'étais ici en 1841…

— Monsieur March ! Le professeur ! »

Dans l'obscurité, je ne pouvais deviner si elle se voulait ironique en s'adressant ainsi à moi, ou si son ton chaleureux était sincère.

« Pardonnez-moi, je ne m'attendais pas à vous voir en soldat.

— Je sers comme aumônier. »

Elle leva le menton en un léger signe d'approbation, comme si cette information concordait avec le souvenir qu'elle gardait de moi, et me tendit sa main. Je la serrai, remarquant au passage qu'elle était gercée et calleuse.

Mon visage avait dû laisser transparaître mon émotion car, après avoir retiré sa main de la mienne, Grace baissa les yeux d'un air gêné.

« Tant de choses ont changé ici, monsieur March. Vous

en constatez certaines par vous-même. D'autres sont moins visibles. Nous aurons peut-être le temps d'en parler, si vous le souhaitez, mais pour le moment les blessés ont soif...

— Bien sûr, dis-je. Nous avons tous deux beaucoup à faire. »

Je la laissai partir et retournai à mes propres devoirs : apporter une consolation partout où je le pouvais. J'étais assis dans le vestibule ovale peu avant l'aube, le dos calé contre la cage d'escalier, quand l'épuisement eut enfin raison de moi. J'avais pris la main d'un soldat grièvement blessé et la tenais toujours à mon réveil. Elle était froide et rigide depuis longtemps.

Penchée au-dessus de moi, Grace me servait du café. Je fermai les yeux du défunt, puis me levai avec raideur, souffrant dans toutes les fibres de mon corps. En me raccrochant à la rampe, je sentis que le bois était raboteux sous ma main. Grace passa un doigt sur la balustrade.

« C'est moi la coupable, je crains. J'ai caché le cheval de M. Clement ici pendant les combats, poursuivit-elle. Il a mâchonné la rampe, comme vous le voyez, et puis, bien entendu, l'armée l'a trouvé quand même et l'a emmené comme contrebande... »

Grace détourna alors le regard. Je me demandais si elle était consciente que son statut n'était guère différent de celui du cheval : elle aussi pouvait être considérée comme de la contrebande de guerre – cette fameuse « contrebande noire ». J'acceptai le quart de café qu'elle me tendait, bus son contenu brûlant et le lui rendis afin qu'elle puisse continuer sa distribution. À la lumière grisâtre – car il avait plu à verse toute la nuit, ce qui ajoutait au dénuement des nombreux soldats privés d'un abri, fût-il aussi sombre que cette maison – je scrutai les traits de Grace. Incontestablement, elle avait vieilli en vingt ans ; de fines rides marquaient le contour de ses yeux et de sa bouche, et les épreuves avaient terni l'éclat de son teint. Elle était encore belle ; je voyais les hommes la suivre des yeux tandis qu'elle passait de l'un à l'autre.

Il y avait beaucoup à faire ce matin-là. Nous enterrâmes ceux que nous avions récupérés sur le champ de bataille, les allongeant côte à côte dans une fosse peu profonde, chacun avec son nom et celui de son unité inscrits sur un bout de papier glissé dans une bouteille et enfoui sous sa chemise, à condition qu'il en portât encore une. Avant midi, des ambulances arrivèrent sur la rive du Maryland pour transporter les blessés à Washington ; je donnai un coup de main pour descendre les brancards aux bateaux, malgré les protestations de mes muscles endoloris. Ce labeur dura plusieurs heures, rendu difficile par la pluie incessante et la boue. Je n'avais pas de bottes ; avec un bruit de succion, le sol visqueux aspirait mes pieds nus, qui ne tardèrent pas à se retrouver à vif. Sur l'autre rive, alors que le jour avançait, les mulets affamés tiraient sur le harnais, ébranlant les charrettes d'avant en arrière. Les plaintes indiquaient l'effet de la manœuvre sur les malheureux couchés à l'intérieur. Quand le convoi finit par démarrer, il ne nous restait que les blessés valides et ceux si grièvement atteints que McKillop les avait jugés intransportables.

La lumière du jour mettait en évidence certaines réalités demeurées invisibles dans l'obscurité. Manifestement, le délabrement de la maison n'était pas l'affaire de quelques semaines de guerre. Les signes d'un long déclin foisonnaient. Les champs de tabac étaient envahis par les vesces et les chardons ; les plants, qui auraient dû être récoltés pour être mis à sécher, étaient noircis par le gel. Les arbres fruitiers écimés qui avaient enclos le jardin potager n'avaient pas été taillés ; les longues rangées de haricots, autrefois en bon ordre, comme à la parade, formaient des chicots hauts sur pied, tandis que de nombreuses planches n'avaient pas été semées. Je m'avisai que le moulin à vent en ruine que j'avais dépassé dans la nuit était le même qui, en état de marche, avait causé tant de soucis à M. Clement. Manifestement, une calamité avait frappé cet endroit. Malgré mon désir d'en savoir plus, je fus bousculé toute la journée jusque tard dans la soirée et, quand j'aperçus Grace, elle aussi était absorbée par d'innombrables devoirs, si bien que nous n'eûmes pas l'occasion de nous parler. Le lendemain, le colonel vint évaluer l'état des effectifs et nous apprit qu'il ne nous restait plus que trois cent cinquante hommes alors que l'unité en avait compté plus de six cents.

McKillop avait bien évalué la condition des blessés. La majorité de ceux dont il avait prédit la mort étaient décédés en moins de deux jours. L'après-midi, j'aidai à les enterrer, le plus solennellement que le permettait la situation.

Alors que je sortais du coin du champ que nous avions délimité comme lieu de sépulture, je vis Grace marcher sur la terrasse, un frêle vieillard à son bras. Je dis « marcher », mais, en vérité, l'allure de ce déplacement échappait à toute description. Augustus Clement – non que je l'aie reconnu, je devinai seulement que ce devait être lui – n'avait plus figure humaine. Sa tête était tendue en avant et penchée de côté, telle celle d'un coq, l'oreille presque posée sur la clavicule. Grace lui tenait le bras gauche d'une poigne de fer et soutenait sa taille de l'autre main. Le bras droit du vieil homme semblait collé à son côté de l'épaule au coude, mais son avant-bras s'agitait sans contrôle, griffant les airs avec ses doigts. Il avançait en levant un genou presque à la taille, où celui-ci se balançait un long moment, puis non sans hésitation posait la pointe du pied sur le sol avant de laisser retomber à son tour le talon, aussi concentré qu'un danseur.

Ils progressaient lentement, aussi fus-je vite à leur hauteur et je les saluai. Incapable de lever la tête, M. Clement tourna son corps de côté, ses yeux troubles peinant à distinguer son interlocuteur. Son visage était sans expression, on aurait dit que ses muscles faciaux étaient aussi paralysés que le reste de sa personne. Grace se pencha vers sa bonne oreille et lui parla d'une voix apaisante. Un son étrange, une sorte de braiment, fusa de ses lèvres flasques. Une bulle de salive se transforma en filet qui lui dégoulina sur le menton. Les battements de sa main folle devinrent plus violents. Grace sortit un mouchoir pour lui essuyer la figure.

« M. Clement est très agité par tout ce remue-ménage, dit-elle. Pardonnez-moi, monsieur March, mais je crois qu'il vaudrait mieux le ramener dans sa chambre.

— Puis-je vous aider ? Il semble très faible.

— Je vous en serais reconnaissante », répondit-elle.

Je pris donc place de l'autre côté du corps tremblant et, ensemble, nous le reconduisîmes à l'intérieur. Grace lui avait aménagé un lit dans la salle à manger, car il ne pouvait plus monter l'escalier depuis longtemps. Une fois que nous fûmes arrivés à destination, après un trajet sinueux, et que Grace l'eut doucement recouché sur son canapé, il poussa un soupir étouffé de soulagement. Je tins la cuvette, pendant qu'elle lui baignait le visage. Quand elle eut fini, il sembla avoir succombé à un accès de somnolence.

Grace emporta les linges et la cuvette, puis se retira dans ce qui avait été un petit office où une étroite paillasse avait été posée par terre ; ce devait être là, songeai-je, qu'elle passait désormais ses nuits. Après qu'elle eut fini de ranger les affaires de toilette, elle se redressa et regarda par une petite fenêtre à deux battants. Le jour baissait sur les champs abandonnés, où les chardons jetaient de longues ombres.

« "Il ne reste rien à côté. Autour de la ruine de ce colossal débris [1]…" »

Elle poussa un profond soupir. « Mme Clement ado-

1. Vers extraits d'*Ozymandias*, de Shelley, évoquant la statue brisée du tyran Ramsès II.

rait ce poème, monsieur March. Elle me l'a lu jusqu'à ce que je le sache par cœur. Je suis contente qu'elle ne soit plus là pour nous voir tombés si bas ! »

Grace se détourna de la fenêtre et revint dans la salle à manger.

« Elle a passé, savez-vous, l'automne de l'année où vous avez séjourné chez nous. Les obsèques ont été très convenables, mais j'étais vraiment la seule pour qui sa mort ait changé quelque chose. »

Elle s'assit alors sur une chaise à barreaux. Elle devait souvent s'installer ainsi pour veiller le vieillard. Le dos très droit, elle fixait ses mains jointes sur ses genoux, les tournant et les retournant comme si leur usure ne laissait pas de la surprendre. Il me sembla qu'elle voulait ajouter quelque chose. Je m'assis donc à mon tour dans un fauteuil que j'imaginais être la place habituelle de M. Clement. Il devait y avoir des mois qu'elle n'avait eu personne à qui parler librement, car une fois qu'elle eut commencé son récit, les mots coulèrent de sa bouche en une litanie de malheurs.

« Tout a continué comme avant. Je sais que la fille de M. Clement a supplié son père de me donner à elle pour travailler sur sa plantation au bord de la James. Elle prétendait, à juste titre, qu'il n'y aurait désormais plus assez de travail pour moi dans cette demeure. Mais M. Clement lui a opposé un refus, et elle est partie d'ici très fâchée. Je m'attendais à reprendre les tâches d'une de nos servantes et à voir cette malheureuse reléguée aux champs, mais ce ne fut pas le cas. Si M. Harris l'a suggéré, M. Clement ne l'a pas écouté. Je fus laissée libre d'occuper mes heures comme il me plaisait. Alors, je faisais ce que j'ai toujours fait. Je lisais, monsieur March, à cette différence près que je choisissais mes livres en fonction de mes désirs, et non plus de ceux de Mme Clement. Cela a duré plus d'un an, jusqu'à l'automne suivant. M. Clement s'était rendu en avance dans la plantation de sa fille, où devait avoir lieu une fête de famille. Devant l'y suivre la veille de la réunion, son fils décida d'apporter quelques dindes sauvages pour l'occasion. Il partit seul à la chasse et ne revint jamais. C'est M. Harris qui l'a trouvé. Apparemment, il s'était pris le pied dans un buisson de chèvrefeuille et avait reçu une décharge de son fusil de chasse en plein visage. M. Harris a rapporté le corps à la maison. J'ai essayé de le convaincre qu'il valait mieux le mettre en bière avant le retour du maître, mais il répétait qu'il ne voulait rien faire sans l'avis de M. Clement. Et naturellement, M. Clement, rentré à cheval, fou de douleur, a insisté pour voir son garçon. Malgré mes efforts, le résultat n'était pas brillant. » Elle me regarda alors, et je pus voir l'état de la dépouille au souvenir qui se reflétait dans ses yeux. « Il a veillé le corps toute la nuit. Le lendemain matin, j'ai remarqué que sa main tremblait. J'ai pensé qu'il s'agissait d'un simple épuisement. En fait, c'était le début de son long déclin.

» M. Harris n'est pas resté longtemps ici après les événements. On lui a proposé de meilleurs gages. Il était très lié au jeune maître. À sa manière, je crois qu'il l'aimait. Il a certainement passé davantage de temps avec lui que M. Clement, qui ne cachait pas que son fils l'excédait. C'est M. Harris qui félicitait le garçon quand il réussissait dans les travaux agricoles. Je pense que vous savez que M. Clement ne s'est jamais donné la peine de dissimuler son mépris pour la gestion du domaine ou ceux dont elle occupait les pensées. Vous ne sauriez imaginer l'exaspération de M. Harris le matin de son retour, quand il est entré dans la cuisine pour prendre un rafraîchissement et a appris par Annie que vous aviez dîné tous les jours avec M. Clement. Il n'avait lui-même jamais été invité à sa table. Pas une fois, en neuf longues années de bons et loyaux services ! En conséquence, on pourrait probablement dire que M. Clement ne méritait pas sa loyauté.

» Quoi qu'il en soit, la propriété n'a plus jamais été bien tenue du jour où il est parti. Son remplaçant, recruté par M. Clement, était un escroc : il a filé avec les bénéfices d'une année. Le suivant était une brute... » Elle s'interrompit, assaillie de souvenirs qui, à l'évidence, étaient si cruels qu'elle avait du mal à les formuler. « M. Clement l'a congédié après que deux de nos meilleurs ouvriers, Moïse et Asa, se furent sauvés. Jusqu'alors, aucun esclave ne s'était jamais enfui de chez les Clement. À partir de ce moment-là, le domaine eut la réputation d'être mal géré, et la seule personne que M. Clement réussit à trouver pour le tenir était un homme qui passait ses nuits à boire de l'eau-de-vie de pomme et ses journées à cuver. Ce fut cette année-là que M. Clement a commencé à vendre des gens pour joindre les deux bouts. Le marchand d'esclaves voulait me vendre : je l'ai surpris en train d'expliquer qu'une "fille caramel" comme moi valait bien plus que trois ouvriers des champs à La Nouvelle-Orléans. M. Clement ne voulut pas en entendre parler. Il vendit Justice et Prudence à ma place. Le jour où ils furent emmenés, Annie descendit à la rivière. M. Clement a toujours prétendu qu'elle a glissé sur les pierres, mais ce n'est pas vrai. Elle s'est laissé entraîner par le courant jusqu'à ce que l'eau se referme au-dessus de sa tête. »

Je sentis soudain une boule se former dans ma gorge. Grace se leva brusquement et s'affaira à allumer la lampe, car l'obscurité croissait. Avant que la mèche s'enflamme, j'essuyai furtivement mes larmes du dos de la main.

« Dès que nous avons appris que l'armée de l'Union bivouaquait de l'autre côté de la rivière, à Poolesville, la moitié des ouvriers restants se sont sauvés. Nous n'étions plus que trois. Les deux autres sont partis il y a quinze jours, pendant la bataille pour l'île.

— Grace, dis-je, me levant et faisant un pas vers elle. Pourquoi ne partez-vous pas aussi ? Le colonel m'a confié qu'il vous avait proposé une place dans un hôpital de Georgetown... Vous pourriez recommencer votre vie là-bas... »

En guise de réponse, elle se détourna et baissa les yeux vers le visage cireux de M. Clement. Elle se pencha et remonta le couvre-lit. Il ronflait à présent, avec de longs sons vibrants comme ceux d'une bête.

« Ce n'est pas parce qu'il s'est abstenu de vous vendre à une maison close que vous lui devez ce genre de loyauté. Il a une fille, après tout, poursuivis-je. Pourquoi ne peut-elle s'occuper de lui ? »

Elle se redressa et fixa sur moi ce regard direct qui était resté gravé dans ma mémoire.

« Il a deux filles, monsieur March. »

Sur le moment, je ne compris pas. Puis, comme la lumière se faisait dans mon esprit, je posai une main sur le dos de la chaise pour ne pas tomber. C'était pourtant si évident. Son statut dans la maison, le ton clair de sa peau, sa ressemblance avec Clement pour la taille et le maintien. J'étais si innocent la première fois que j'étais venu ici. J'aurais dû comprendre tout de suite. Grace m'avait dit que sa mère avait été vendue au moment du mariage de Clement. Cela devait souvent se passer ainsi.

« Ne croyez pas que je m'illusionne. Telle n'est pas la raison pour laquelle j'ai échappé à la vente. »

Elle se retourna à la lumière chiche de la lampe, je m'aperçus qu'elle dénouait les cordons de sa jupe.

« Grace, murmurai-je, mais elle porta une main à ses lèvres pour me faire taire.

— À quoi rime la pudeur entre vous et moi ? répliqua-t-elle, sa voix au son argentin soudain plus rauque. Vous m'avez déjà vue ainsi. »

Son regard était inflexible, même si ses yeux débordaient de larmes. Elle baissa l'étoffe au-dessous de sa hanche droite. Blanches et froncées, les cicatrices contrastaient avec le doux éclat de la peau intacte au-dessus. Vingt ans plus tard, j'avais sous les yeux la preuve du grand crime dont j'avais été témoin. Dont j'avais été la cause.

« Les marchands de prostituées ne veulent pas de marchandise avariée, monsieur March. »

Je m'avançai vers elle et remontai le jupon pour cacher les marques obscènes. Au passage, l'extrémité de mon doigt effleura son corps. La cicatrice avait la dureté d'une écorce. Je tombai alors à genoux, submergé de chagrin et de pitié.

« Je regrette tant », chuchotai-je.

Mais lorsque je voulus me relever, elle posa les mains sur mes épaules et, doucement mais fermement, m'en empêcha. Puis elle attira ma tête contre elle.

Depuis, je me suis raconté beaucoup de choses pour justifier ce que j'avais ressenti à ce moment-là. J'ai tenté de plaider que la fatigue m'avait ôté le jugement ; qu'au milieu de tant de morts la pulsion charnelle vers la vie, l'acte même de reproduction, était irrépressible. Tout cela est vrai. En cet instant, je crus que l'acte le plus moral que je puisse accomplir était celui qui nous réunirait complètement. Je voulais opposer un démenti formel à toute affirmation de différence, hormis celle de la Genèse, prescrite par Dieu : « Homme et femme Il les créa [1]. »

Mais je la désirais, cela est vrai aussi. La pensée de son corps – arqué, frémissant, abandonné – me troublait jusqu'au fond du cœur.

1. Genèse, 5, 2.

4

Un petit enfer

Devant Harper's Ferry, le 15 janvier 1862

Ma chérie,

Ce matin, enfin, tout est silencieux le long de nos positions. Aussi, je profite de l'occasion pour dégourdir mes doigts gelés avec un exercice, vous écrire ces lignes. Quand vous recevrez ma lettre, toutes les festivités qu'a pu apporter la période de Noël ne seront plus que des souvenirs. J'espère que mes grandes filles ont su, même en ces temps difficiles, trouver un peu de joie et aussi de sens à la vie. Vous connaissant, ma très chère, je n'ai aucun doute quant au second ; je vous imagine tout occupées à quelque importante Bonne Œuvre. Comme j'espère une lettre de votre main pour me dire si je vous vois bien, à cette distance ! Je prie pour qu'un compte rendu de vos faits et gestes réussisse encore à m'atteindre.

Tandis que Meg et Jo, je suppose, se munissent depuis longtemps des brûlants muffins de Hannah pour se rendre de bon matin dans la neige à leur vénérable emploi, ici le premier manteau blanc de la saison a tout recouvert la nuit dernière. Aujourd'hui, le soleil qui s'est levé dans un ciel limpide révèle les sublimes beautés naturelles de ces crêtes. Elles sont maintenant gravées dans une transparence noir et blanc que pourrait capturer notre Amy, si elle était ici avec son crayon pour représenter leur beauté.

Ces contreforts, bien que pittoresques, ont rendu notre marche difficile, et puis nous avons eu toutes sortes d'urgences à affronter. Les jeunes recrues, des gars de Nouvelle-Angleterre au visage frais, nous ont rejoints avant que nous fassions mouvement, et bon nombre d'entre eux sont tombés d'épuisement dans l'effort de porter des paquetages et un armement pesant plus de cinquante livres.

Malgré les épreuves, les nouveaux venus ont bon moral et rêvent de combat, par cette seule raison qu'ils n'en ont pas encore livré ! Ce qui en soi réjouit les vétérans.

Je trouve que cela me convient, cette mission d'aumônier. Je suis, en effet, un « homme d'Église » qui porte en lui tout ce qui est nécessaire au culte. Enfin, il est possible d'avoir la foi sans chaire sculptée ni ogive gothique, sans nappe d'autel en dentelle ni soutane, si l'on met de côté mon simple costume noir.

Il est vrai que certains croyants de stricte obédience sont aussi perplexes devant moi que je le suis devant eux. Je vais partager avec vous une histoire à la conclusion amusante. Un simple soldat venait quotidiennement à ma tente la semaine dernière, tombant à genoux et implorant le pardon du ciel pour ses péchés et ses dépravations, suppliant tous les saints d'intercéder pour qu'il ne meure pas souillé et ne soit pas jeté dans le Feu éternel. J'ai pour principe de ne pas mettre en doute les croyances d'un homme, mais ce garçon me parut si égaré que je voulus guider un peu ses pensées. Aussi lui fis-je part de ma conviction : étant donné qu'il n'existait ni saints ni enfer au sens littéral, il n'avait pas besoin de se tourmenter autant pour ses faiblesses passées, mais devait simplement tenter de mieux faire à l'avenir. Là-dessus, il se releva, jura et tira sur son calot avec une expression des plus dégoûtées. Abattu, je craignis de l'avoir offensé en jetant le doute sur son credo le plus cher. « Ce n'est pas ça, dit-il. C'est juste que je vois que j'ai perdu mon temps ici. Tout ce que je voulais, c'était une permission ; je me figurais que vous m'aideriez à en obtenir une si j'arrivais à vous convaincre de mon salut ! »

Vu la disposition de l'artillerie, il semble clair que nous attendons une offensive sur cette petite ville fluviale, si sacrée dans l'histoire de notre lutte. Hier soir, j'ai célébré un office ; le lieutenant-colonel, un méthodiste braillard ayant du coffre, a entonné un hymne rassembleur. La lumière aurait pu attirer le feu ennemi, aussi avons-nous prié dans l'obscurité. J'ai bâti mon sermon autour du vieux John Brown[1] *grisonnant et de sa bande de gars, noirs et blancs, venus en ce même lieu pour tenter de libérer les esclaves, et sur la manière dont nos efforts ne tarderaient peut-être pas à porter leurs fruits. Comme il faisait nuit, je ne pouvais déchiffrer les visages des hommes, mais tous ont écouté dans un silence respectueux jusqu'à ce que la neige eût abaissé son rideau blanc sur notre office.*

Quand je suis sorti de ma maison de toile ce matin pour contempler ce monde étincelant, mes pensées ont volé vers le Nord, car vous devez vous rappeler que ce fut par semblable journée froide et lumineuse que je vous ai vue pour la première fois…

Lorsque je relevai la tête, elle était là, devant moi, assise sur le deuxième prie-Dieu de la chapelle de son frère, dans le Connecticut. Le révérend Day m'avait appelé pour appuyer son propre message, quelque peu découragé, confessa-t-il, après s'être démené en cet endroit pendant six de ses meilleures années sans grands résultats visibles. Le village demeurait une forêt de doigts accusateurs. Et si leurs propriétaires ne demandaient pas mieux que de condamner, ils n'étaient pas prêts à se lancer dans une action concrète contre le système qui fournissait en coton

1. L'un des premiers Blancs abolitionnistes de l'histoire des États-Unis, dont Victor Hugo demanda en vain la grâce. Il fut pendu le 2 décembre 1859 à Charleston, en Virginie.

leurs manufactures. Il m'avait invité à prendre la parole, et j'étais parti dans une belle envolée, dénonçant, si je m'en souviens bien, la lamentable exclusion de l'esclave du Président des funérailles d'État qui avaient eu lieu plus tôt dans la semaine. Six hommes, dont notre secrétaire d'État, avaient péri à l'occasion de tirs d'essai d'une nouvelle arme annoncée qui avaient avorté. Cinq d'entre eux avaient bénéficié d'obsèques fédérales. Le sixième, un homme noir, n'avait pas eu de deuil national.

« L'éclat d'obus qui a déchiqueté son corps n'a pas distingué cet homme des autres, clamai-je. Il était assez humain pour mourir aux côtés de ses compagnons, mais pas assez pour être pleuré avec eux. En célébrant ce service qui l'ignorait, le pasteur a transformé la religion, qui devrait être notre étoile, en un brandon d'intolérance ! »

Elle était donc assise, tête baissée, le visage plongé dans l'ombre par le bord de son chapeau à brides. Elle portait une robe simple, dont la teinte citron très clair semblait accentuer la flamboyante lumière du soleil réfractée par la neige tombant des hautes fenêtres à meneaux de la chapelle. Soudain, elle leva le nez et me regarda bien en face. Ses cheveux étaient d'un noir luisant, et ses yeux, expressifs, intelligents, sombres et brillants comme ceux d'une Espagnole. Au moment où je croisai son regard, mes paroles m'échappèrent, comme si elles s'étaient envolées par les petits carreaux pour prendre leur essor dans l'air glacé. Je bredouillai, tripotai maladroitement mes notes, me sentis devenir cramoisi. Comme il arrive toujours, le fait de savoir que j'étais en train de rougir me fit monter plus vite le sang au visage. J'avais vingt-deux ans et je me sentais vexé de m'empourprer aussi facilement qu'un écolier pris en faute. Planté dans cette chaire d'acajou, je devais être plus rouge qu'un bocal de betteraves au vinaigre. Désemparé, je priai silencieusement pour retrouver mon empire sur moi-même, ce qui par la grâce de Dieu me fut accordé, de sorte que je pus continuer. Mais je pris soin de ne plus regarder dans cette dangereuse direction tant que je n'eus pas achevé mon sermon. Quand j'osai enfin la chercher des yeux, elle avait de nouveau baissé les siens, cachant une fois de plus leur éclat sous l'armure du bord de son chapeau.

Après l'office, son frère me présenta Mlle Margaret Marie Day, que tout le monde dans la famille appelait affectueusement du surnom enfantin de Marmee. Je fus invité à dîner, naturellement, et je dus m'en remettre à la discipline de toute une vie pour me retenir de regarder fixement son visage. Ce n'était aucunement un visage que le monde conventionnel eût qualifié de « beau ». La « joliesse » n'y jouait certes aucun rôle ; son teint était doré-olivâtre plutôt que de la blancheur tant vantée par la société, les pommettes assez hautes et saillantes, le nez un peu trop long, le menton décidé plus que délicat. Mais l'effet général était tel que le mot qui me venait sans cesse à l'esprit était « noble » : elle ressemblait à une aristocrate sous le pinceau de quelque peintre de cour ibérique.

Durant le dîner, elle tint le rôle d'hôtesse, puisque Mme Day relevait des couches laborieuses de son second enfant. Mlle Day ne prit pas grande part à la conversation, mais sans se montrer non plus timide ou indifférente. Elle était bien plutôt une auditrice active, semblant boire les mots de son frère et de ses autres invités, y compris les miens, fus-je flatté de le noter. C'était une famille débordante de bons sentiments, et l'appétit de vivre de ses membres compensait leur zèle réformiste. Des sujets sérieux étaient abordés lors de discussions animées, mais il y avait aussi des fous rires, auxquels cette Mlle Day participait avec un naturel spontané qui me remplit d'ardeur pour elle. Le repas était copieux et sans prétention – je pris du pain, du fromage et des pommes, présentés à profusion dans une corbeille rustique, doublée d'un linge.

Invité à passer la nuit au presbytère, je m'éveillai le lendemain matin aux sons les plus enchanteurs. En fait, avant même de me réveiller, la musique avait pénétré mes rêves ; quelque part entre sommeil et inconscience, j'avais eu la vision d'un rossignol qui chantait à pleine gorge. Dans mon songe, je ne trouvais pas étonnant qu'un oiseau eût le don du langage, seulement qu'il connût si bien le répertoire du bel canto. Quand j'eus recouvré mes esprits, je compris que ce doux soprano devait être celui de Mlle Day. Elle chantait en vaquant à ses tâches du matin. Couché dans mon lit, j'enviais un tel réveil à mon confrère. Je me représentais les lèvres pulpeuses formant les paroles, la gorge d'où sourdait la musique. J'imaginais mes doigts posés légèrement dessus, sentant ses merveilleuses vibrations. Je voyais la poitrine de Mlle Day se gonfler et se creuser à mesure qu'elle donnait vie à chaque note mélodieuse.

Ces pensées eurent pour conséquence que je m'attardai un peu avant de pouvoir me présenter au petit déjeuner. Quand je me sentis enfin en mesure de descendre, j'appris que M. Day avait été inopinément appelé pour une urgence pastorale.

« La personne n'est pas à strictement parler l'une de ses ouailles, me confia Mlle Day, en m'offrant avec insistance une corbeille de muffins fumants qui embaumaient, mais un horrible vieux calviniste collet monté. »

Sa liberté de langage me fit sourire.

« Cependant, pour mon frère, avoir connaissance d'une souffrance, c'est vouloir la guérir. Il a toujours été ainsi. Déjà, petit garçon, il ramenait à la maison tous les enfants abandonnés qui croisaient son chemin. Un jour, il a même trouvé un chien blessé, dont les seuls remerciements pour ses secours ont été une collection de profondes morsures. »

Elle avait une expression de tendresse en parlant de ce frère aîné bien-aimé ; pour la deuxième fois de la journée, je ressentis une pointe de jalousie.

Après le repas, Mlle Day ne se retira pas sous un prétexte futile, comme auraient pu se sentir obligées de le faire d'autres jeunes demoiselles de l'époque se retrouvant seules avec un célibataire inconnu. Au lieu de cela, elle m'emmena au salon et commença à converser avec une franchise et une absence d'affectation que je jugeai remarquables et rafraîchissantes. La veille, nous avions discuté des théories de l'éducation de son frère. Pendant qu'il énumérait ce qu'il estimait être les carences des écoles publiques du Connecticut, elle n'avait pas dit grand-chose, mais à présent elle s'exprimait librement, et avec passion, sur les carences propres à l'instruction des filles.

« Il est déjà assez regrettable que si peu, si scandaleusement peu d'entre nous, se voient proposer une instruction digne de ce nom, dit-elle. Le pire, toutefois, est de constater que nous, qui avons la chance que nos familles recherchent ce qu'il y a de mieux, devons suivre un programme d'études absurde, oppressif et traumatisant plutôt que stimulant pour notre intégrité morale et notre développement intellectuel. »

Je la priai de citer les disciplines particulières dans lesquelles elle voyait des défauts, et ce fut comme une source jaillissante. Elle se leva d'un bond de sa chaise. Elle portait encore une robe toute simple, cette fois d'une couleur caramel qui mettait en valeur son teint. L'étoffe froufroutait, tandis qu'elle allait et venait, à pas aussi amples que ceux d'un homme.

« Que nous enseigne-t-on ? »

Elle leva une main gracieuse et se mit à énumérer :

« La musique, oui, mais la plus banale qui soit... »

Elle rejeta la tête en arrière :

« ... Tralala, tralalère, chantonna-t-elle d'un air comique... De menus airs et des morceaux de danse pour animer les salons. Pas de quoi se creuser la tête. »

Elle toucha un deuxième doigt.

« Le dessin… des paysages décoratifs et doux au pastel. Mais pouvons-nous apprendre à faire jaillir la vie de la pierre à la manière d'un Michel-Ange ? Ou représenter la souffrance humaine à la peinture à l'huile à la manière d'un Goya ? "Dessine, je t'en prie, petite fille, mais, s'il te plaît, n'aspire pas à devenir une artiste !" Que pouvons-nous apprendre d'autre ? Les langues ? Très bien. Assimiler une autre langue peut permettre de déchiffrer une autre âme, ne croyez-vous pas ? »

Je levai le menton en une mimique d'acquiescement, peu désireux de m'attirer sa désapprobation en avouant que je n'en maîtrisais aucune. Mais elle était lancée et n'avait pas besoin d'encouragements pour continuer.

« Alors on nous enseigne la grammaire et le vocabulaire, mais on nous censure dans l'application de nos connaissances nouvelles. Montrez-moi la classe de français où l'on donne à lire aux jeunes filles les sonnets passionnés d'un Ronsard. Oh, non ! Ce n'est pas pour nous. Nous ne devons pas corrompre nos esprits délicats. Nous ne pouvons pas non plus lire les essais des révolutionnaires français ! Non, il ne faut pas de discussions, d'émotions fortes. Une petite idylle insipide, peut-être, mais pas d'amour, pas de passion. Pas ce qui bat au fond du cœur d'une femme ! »

Tendue comme un ressort, elle se tenait presque sur la pointe des pieds, les mains levées désormais, serrées ensemble sous le menton.

« Vous devriez peut-être enseigner aux jeunes femmes ? lançai-je. Votre passion pour le sujet vous désigne pour cette profession, j'en suis certain. »

Elle pouffa de rire, ce qui la détendit brusquement, et secoua la tête.

« Qui m'engagerait pour corrompre l'esprit de ses filles ? Quand bien même cela arriverait, je ne maîtrise pas ce que je voudrais enseigner. Je n'ai pas gravi les montagnes du savoir, seulement vagabondé dans leurs contreforts. Si j'ai pris un peu de hauteur dans mes études, c'est à la manière de l'épervier qu'une brise favorable emporte brièvement dans les airs. » Elle s'affala sur la chaise longue dans un bruissement de jupes avec le naturel d'une enfant. « Vous m'avez démasquée ! Je suis de ceux qui savent comment ils ou elles souhaiteraient que soit le monde sans avoir la discipline nécessaire pour le transformer.

— Vous êtes sévère envers vous-même.

— Au contraire, je vous assure. Si j'étais plus sévère, je serais plus accomplie. Mais peut-être un jour aurai-je la charge de mes propres filles. Si c'est le cas, je veillerai à ce qu'elles n'aient pas l'esprit moulé sur l'idéal mignard de la féminité promu par la société. Oh ! comme j'aimerais éduquer des écrivains et des artistes qui obligeraient le monde à reconnaître ce dont les femmes sont capables ! » Elle partit d'un rire léger. « Bien entendu, il me faudra d'abord trouver un partenaire qui accepte de partager sa vie avec une mégère aussi intransigeante. »

Il s'écoula un silence gêné. Sincèrement, je ne sais comment je l'aurais comblé, si le révérend Day n'était rentré à cet instant précis. J'aurais dû la demander en mariage séance tenante, ce qui nous eût épargné une attente aussi inutile que douloureuse. Mais il rentra, et le moment passa. Elle se retira pour s'occuper de la convalescente et se rendre utile à la nursery.

En général, je recherchais l'occasion de m'entretenir avec Daniel Day : c'était un grand lecteur, dont l'intelligence vive et la générosité de cœur illuminaient toujours le moindre propos. Ce matin-là, il voulait débattre des ouvrages du Dr Channing[1], que nous admirions tous les deux. Daniel m'exposa en détail la magistrale définition de la grandeur par le docteur, qu'il faisait exister par ordre décroissant, selon ses racines essentielles dans la morale,

1. William Ellery Channing, théologien unitarien, promoteur de l'abolition de l'esclavage (1788-1842).

l'intellect ou le royaume de l'action. Je me rappelle avoir soutenu que la grandeur morale avait peu de sens sans action pour en rendre la fin effective. C'était, je m'en rends compte aujourd'hui, la répétition du grand argument qui devait animer mon existence ; le même qui m'a mené sur ces crêtes glaciales en ces moments cruels. Mais ce matin-là, comme nous nous promenions dans le jardin de Daniel Day, nos écharpes remontées jusqu'au nez, et la glace craquant sous nos pas, je peinais à édifier l'échafaudage de mes jugements. Mes regards erraient souvent vers une mansarde de l'étage. Même à travers la fenêtre fermée, on pouvait entendre les accents d'une voix douce qui roucoulait une berceuse à un heureux nourrisson.

Comme il est fréquent qu'une idée qui semble pleine de relief et étincelante de clarté quand on l'étudie à l'église ou qu'on en débat avec un ami dans un jardin gelé devienne brumeuse et obscure, à l'aune des obligations réelles !

Si l'on peut dire d'une guerre qu'elle est juste, alors cette guerre-ci l'est, puisqu'elle défend une cause morale aux fondements intellectuels les plus rigoureux. Et pourtant, où que je porte mes regards, je vois commettre des injustices en son nom. Et quotidiennement, alors que m'ouvrir à ma femme de mes pensées devrait être un heureux devoir, je cherche vainement des mots pour rendre ne fût-ce qu'une part de ce dont j'ai été témoin et que j'ai ressenti. Quant à ce que j'ai fait et aux conséquences de mes actes, je n'essaie même pas d'en parler.

Beaucoup d'événements fâcheux se sont succédé pendant ces semaines d'attente, où nous nous sommes trouvés cantonnés dans les faubourgs de Harper's Ferry. Les nôtres ont lancé plusieurs petites opérations de harcèlement. Quelques citadins loyaux envers le Nord ont franchi la rivière pour venir nous rejoindre, tandis que nos espions et nos éclaireurs s'aventuraient en ville. Après qu'un des nôtres, un homme aimé de tous, eut été tué dans une fusillade, le major ordonna des représailles à mon avis excessives. Il chargea un groupe d'incendier tous les immeubles de la ville compris entre la fabrique d'armes et le pont de chemin de fer. La majorité de ces constructions étaient des logements de civils ou des commerces et, leurs ruines carbonisées ayant fourni un abri aux tireurs d'élite des Confédérés, je ne vois pas en quoi leur destruction a servi un quelconque but militaire. Quand je lui communiquai cette réflexion, le major blêmit. Il refusa par la suite de venir à mes offices, ou même de me saluer. Plus tard, j'appris que ce même major, Hector Tyndale, avait été détaché pour escorter Mme Brown, deux ans plus tôt, quand elle avait rapporté le corps de son mari de Virginie à New York après son exécution. Brown avait prophétisé que la ville de Harper's Ferry serait détruite ; une bonne partie l'était, désormais. Je me demandais si l'esprit du « Vieil Homme[1] » n'avait pas mystérieusement possédé Hector Tyndale pour le pousser à agir ainsi. Qui savait mieux que moi le pouvoir de possession de cet homme ? Pour lui, j'avais été un outil dont on pouvait user sans plus de pensées qu'un maréchal-ferrant n'en accorde à la paire de pinces qu'il met au feu. C'était, à parts égales, une source de fierté et de mortification que Brown se fût servi de moi comme il se servait de quiconque lui tombait sous la main, pour débarrasser notre pays de l'abomination esclavagiste.

La ville, que nous finîmes par occuper vers la fin de février, offrait un spectacle de désolation. Beaucoup de ses habitants avaient fui, et ceux qui restaient ne s'y étaient résolus que dans l'espoir de protéger leurs biens, lequel se révéla vain dans de nombreux cas.

Dès la prise de la ville, je décidai d'effectuer un court pèlerinage à la rotonde où la tentative du capitaine Brown

1. Old Man Brown ou Old Man of Kansas, surnoms de John Brown.

pour prendre l'arsenal fédéral et provoquer une rébellion des esclaves s'était terminée dans un bain de sang. Profitant enfin d'une heure de loisir, je descendis jusqu'à ce petit édifice, oscillant entre répulsion et admiration. Y avait-il jamais eu action plus hardie et plus féroce ? Y en avait-il jamais eu d'aussi justifiée, inspirée par l'esprit de sacrifice ? Mon esprit était troublé comme il l'avait été le jour où j'avais appris la nouvelle. Je ramassais des châtaignes dans les bois avec Beth et Amy, un après-midi d'automne. Tom Higginson, encore un de ceux qui avaient accueilli Brown à Concord, s'était avancé vers nous d'un air grave pour nous annoncer la tentative d'insurrection de Brown et sa capture. Il se tordait les mains en décrivant les blessures au sabre du capitaine et ses jeunes partisans tombés sous les balles. Sur le coup, je dis à Higginson que d'après moi cette action donnerait une telle impulsion au camp de la liberté que peu importait ce qu'il était advenu de son instigateur et les cris d'orfraie poussés par les États. Mais je ramenai en hâte mes cadettes à la maison, le cœur battant la chamade, et allumai un feu dans l'âtre de mon bureau. J'y jetai tous les papiers attestant de mes relations avec Brown, même si les trois quarts d'entre eux n'étaient guère que des relevés topographiques.

Quelques semaines plus tard, par une douce journée hivernale, on eût dit que tout Concord était dehors pour marquer l'heure de l'exécution de Brown. Il n'y eut ni cloches ni discours, seulement des lectures. Par Waldo Emerson, par Henry Thoreau. Sanborn, l'instituteur, avait composé un hymne funèbre que chanta toute l'assemblée. Pour ma part, je lus un extrait du Cantique de Salomon et un passage de Platon. Et maintenant ? Que dirait Brown aujourd'hui, me demandais-je, de cette « terre coupable » et de l'effusion de sang qu'il avait prédite ?

Mes réflexions furent distraites par le comportement inconvenant de quelques-unes de nos recrues autour du petit édifice qui servait, semblait-il, de cellule de détention. Quelle faute de goût, songeai-je, de transformer en prison un lieu qui mériterait de devenir objet de pèlerinage ! Il semblait y avoir trois ou quatre rebelles incarcérés là-dedans, et les nôtres s'étaient mis à grimper à tour de rôle sur des tonneaux pour regarder par les hautes fenêtres et accabler de sarcasmes grossiers les infortunés prisonniers. J'eus quelques mots avec eux à propos de leur conduite mais les trouvai moroses et obtus.

Je remontais les rues pentues, absorbé par la douloureuse histoire de mes rapports avec Brown, lorsque mes pensées mélancoliques furent de nouveau interrompues, cette fois-ci par un cri perçant de femme jailli d'une belle maison située un peu plus haut dans la côte. Naturellement, je pressai le pas pour voir si je pouvais être d'un quelconque secours. La porte était entrebâillée, et au moment même où j'entrai, je manquai me faire écraser par la table d'harmonie d'un piano dévalant l'escalier cul pardessus tête. Heureusement pour le salut de mon crâne, la partie la plus lourde, qui penchait à gauche, s'avéra fatale pour la rampe et passa au travers, atterrissant avec fracas sur ce qui avait été jusque-là la table de la salle à manger. D'au-dessus vint encore un bruit de verre brisé. Alors que je me retournais vers la rue, je vis les restes des fenêtres de l'étage tomber en une pluie scintillante.

À ce moment, la femme cria de nouveau. Je montai quatre à quatre l'escalier, trébuchant au passage sur les pieds du piano cassé. Le tableau qui m'accueillit à mon arrivée sur le palier défie toute description. Il y avait trois soldats ; j'en reconnus deux, qui étaient de mon unité, le troisième était une nouvelle recrue ou un homme transféré d'une autre unité, et tous appartenaient à la patrouille censée prévenir les troubles à l'ordre public. Ils étaient tout rouges et hilares, tandis qu'une femme et une jeune fille d'environ treize ans, la mère et sa fille selon toute apparence, tremblaient d'effroi, le visage strié de larmes. Les hommes jouaient au ballon au milieu de la pièce dévastée avec un vase chinois visiblement ancien. La malheureuse criait que c'était tout ce qui lui restait des biens de sa grand-mère et les suppliait d'arrêter. Sa fille courait de l'un à l'autre pour tenter d'attraper le vase au vol. Le troisième soldat l'agrippa par la taille et la tira à l'écart. Quand je le vis glisser d'un geste obscène sa main entre ses cuisses, mes pensées volèrent vers mes propres filles, et le hurlement de fureur qui m'échappa fut si féroce et assourdissant que tout le monde se figea.

« Qui commande, ici ? »

Cinq visages – ceux des soldats, rubiconds, bouche bée de surprise, ceux des femmes, pâles et marbrés d'émotion – se tournèrent brusquement vers moi.

Je baissai le ton et répétai ma question :

« Qui commande, ici ?

— Moi, monsieur, dit le caporal, en essuyant la sueur de son front.

— Alors, ayez l'amabilité de m'expliquer ces exactions.

— Eh bien, monsieur, on fait juste passer un mauvais petit quart d'heure aux Confédérés. La Bible ne dit-elle pas que Sodome et Gomorrhe ont été détruites parce que leurs habitants étaient méchants ? Pourquoi pas ce nid de rebelles ?

— Caporal, vous aviez pour ordre de prendre tout ce dont les hommes ont besoin. Les actes de vol ou de vandalisme gratuit sont formellement interdits. Ce que vous avez fait ici est méprisable. »

Le caporal me jeta un regard sombre, puis il se racla la gorge et cracha sur le tapis d'Orient.

« Aussi méprisable qu'abattre de sang-froid tous ces braves soldats sous la falaise, selon vous, monsieur l'aumônier ? » Je sentis mon visage devenir exsangue sous l'insolence de son regard. « Les hommes ne l'ont pas oublié, eux.

— Un gentleman... non, disons plutôt un homme... porterait son juste courroux sur le champ de bataille, ripostai-je froidement. Vous ne pouvez pas le faire retomber sur des civiles innocentes. Voulez-vous bien avoir la bonté de remettre de l'ordre, autant qu'il est possible, et de me suivre chez le colonel ? »

Je me tournai vers la femme et sa fille. La mère avait tiré son enfant contre elle et lui caressait les cheveux d'un geste tendre qui me rappela ma Marmee et ma petite Beth.

« Madame, repris-je plus doucement. Je vous présente mes plus plates excuses. Ces hommes ne représentent pas l'armée de l'Union et déshonorent notre cause. »

Elle se redressa, ayant oublié ses tremblements. Ses yeux gris étincelaient de rage.

« Vos hommes, monsieur, sont de la racaille. Aussi vils que ce que vous appelez votre cause ! »

J'entendis le caporal émettre un grognement qui signifiait clairement : « Je vous l'avais bien dit ! » Quand je me retournai pour lui jeter un regard noir, je le vis se livrer à un ménage sommaire, consistant simplement à rassembler à coups de pied des débris de meubles devant la cheminée. Impatient de quitter cette maison, je ne pris pas la peine de l'exhorter à davantage de soin. Peu après, dans un silence de mort, nous nous dirigions au pas vers la maison où le colonel avait installé son poste de commandement.

À notre arrivée, ce dernier donnait une conférence sur le pont flottant. Nous fûmes donc contraints d'attendre un peu plus d'une heure pour avoir une audience. Lorsque nous pûmes enfin entrer, il étudiait encore de près les plans de l'ingénieur et parut écouter mes doléances d'une oreille distraite.

« Très bien, dit-il quand j'eus conclu, avant de se tourner vers les soldats fautifs. L'aumônier a raison. Je ne veux pas de brutalités contre des femmes civiles, même si ce sont des épouses et des enfants de rebelles. Je comprends ce qui vous y a poussés, mais ne recommencez pas. Rompez ! »

Les soldats sortirent, comme propulsés hors de la pièce par leur soulagement. Seul le caporal s'arrêta pour me gratifier d'un fugitif sourire de mépris. Muni d'un compas, le colonel entreprit de mesurer les distances sur les plans de l'ingénieur.

« Mon... », commençai-je, mais il me coupa la parole :

« March, je pense que vous devriez reconsidérer votre place au sein de ce régiment.

— Mon colonel ?

— Vous semblez ne sympathiser avec personne. Vous avez agacé les autres officiers... Même Tyndale ne peut plus vous souffrir. Or, il est aussi abolitionniste que vous-même. Le plus souvent, le chirurgien McKillop perturbe mon mess en tempêtant contre votre dernière incartade. Avant-hier soir, vous l'avez ulcéré par un de vos sermons où vous disiez qu'un chrétien n'a nul besoin d'adorer le Christ comme Dieu. Je l'entends encore se plaindre que vous ne prêchiez pas contre le péché. Et voilà que vous semez la discorde dans les rangs en voyant un grave péché dans des frasques inoffensives !

— Mon colonel, de telles exactions gratuites ne sont guère...

— Pour une fois dans votre vie, taisez-vous, March ! » Il planta son compas si violemment que sa pointe traversa le plan pour aller se loger dans le bel acajou du bureau, puis il fit le tour de celui-ci et me posa une main sur le bras. « Je vous aime bien. Je sais que vos intentions sont bonnes, mais le hic, c'est que vous êtes trop radical pour ces gars des cités ouvrières. Je connaissais vos opinions quand mon vieil ami Day vous a recommandé pour notre armée. En outre, personnellement, je n'ai aucune sympathie pour l'esclavage. Mais les trois quarts de ces garçons ne sont pas descendus pour défendre les nègres... les esclaves. Vous devez bien le voir, mon ami. Soyez franc avec vous-même, pour une fois. Voyons, il y a à peu près autant de vrais abolitionnistes dans l'armée de Lincoln que dans celle de Jefferson Davis[1]. Quand les hommes de cette unité vous écoutent prêcher l'émancipation, tout ce qu'ils retiennent c'est qu'une bande de singes dépenaillés va monter dans le Nord pour leur prendre leurs emplois !

— Mon colonel ! Je ne pense pas… »

Il me jeta un regard sévère. Je tins ma langue avec la plus grande difficulté, me demandant de nouveau comment Daniel Day avait jamais pu compter un homme pareil parmi ses amis. Il poursuivit, comme s'il parlait tout seul :

« Pourquoi prenons-nous des aumôniers ? Le règlement militaire ne dit pas grand-chose sur le sujet. Étrange, non ? Dans cette unique institution où l'ordre est tout, où chaque homme a une place et un devoir, seul l'aumônier n'a ni place définie ni devoir prescrit. Eh bien, selon moi, votre devoir est d'apporter du réconfort aux troupes. » À ce moment-là, il me regarda durement et éleva la voix. « C'est votre rôle, March, bon sang ! Mais tout ce dont vous semblez capable, c'est de déstabiliser les hommes. »

Le colonel arracha le compas de son bureau et en tapota impatiemment le dossier du fauteuil. Quand il reprit la parole, ce fut d'un ton plus amène :

« Ne croyez-vous pas que vous seriez plus utile au côté des grands penseurs de l'unité de Harvard ?

— Mon colonel, même chez ses hommes de troupe, l'unité de Harvard a de célèbres pasteurs. Ils n'ont guère besoin de… »

Il leva sa grosse main charnue, comme pour m'accorder ce point, puis, se détournant de moi, l'agita vaguement en direction du Sud.

1. Premier et unique président des États confédérés d'Amérique (1808-1889).

« Eh bien alors, puisque vous semblez tant aimer les nègres, avez-vous songé à aider l'armée à lutter contre leur évasion ? Le besoin est patent. Depuis que Butler a ouvert les portes du fort Monroe à ces malheureux, nous en avons vu des centaines franchir nos lignes, et bien plus encore tomber sous notre responsabilité sur les plantations libérées. Il nous faut prendre des dispositions. Le labeur des hommes est toujours utile, mieux vaut qu'ils soient employés à bâtir nos parapets que ceux de l'ennemi ! Mais ils veulent emmener leurs concubines et leur marmaille. La fortune des armes nous les a jetés sur les bras, sauf que, avec une campagne à mener, nos officiers n'ont guère le temps de jouer les nourrices. Si l'on ne fait rien, l'armée sera noyée dans une marée noire…

— Mais, mon colonel, l'interrompis-je, m'avançant d'un pas pour me replacer dans son champ de vision. Je connais les hommes de ce régiment. J'étais avec eux au camp d'instruction, nous avons fait nos classes ensemble. J'ai prié avec eux, quand nous avons appris la nouvelle de la défaite de Bull Run et que nous avons fait mouvement au sud dans la ruée générale vers le front qui a suivi…

— Seigneur, mon ami, épargnez-moi la liste de tous vos états de service ! »

Je ne m'arrêtai pas, je parlais plus fort que lui, poussé par le besoin de me justifier, sans me rendre compte que je l'ulcérais au plus haut point.

« J'ai essuyé la défaite avec eux, j'ai été couvert de leur sang. Aucun autre aumônier…

— Silence ! » cria le colonel.

Il se dirigea vers la fenêtre qui donnait sur un admirable paysage de falaises dont les multiples facettes en à-pic surplombaient le confluent des deux rivières. Le jour déclinait ; un reflet rougeâtre ternissait la surface des flots. Il s'adressa à moi le visage tourné vers le panorama, afin de ne pas devoir me regarder.

« March, je voulais vous le dire gentiment, mais si vous exigez la vérité brute, vous allez être servi. Je dois vous prévenir que McKillop est décidé à porter plainte contre vous et que certains des éléments qu'il a l'intention d'invoquer sont plutôt... gênants. Je ne vais pas fouiller dans votre vie personnelle. Vous êtes peut-être aumônier, mais vous êtes aussi un soldat en guerre, et un homme ; ces choses-là arrivent...

— Mon colonel, si le capitaine McKillop laisse entendre...

— March, laissez-moi vous rendre service. Rendez-vous service à vous-même. Demandez une nouvelle affectation au surintendant, pour vous occuper de la contrebande. Qui sait ? Vous pourriez vous rendre utile. »

Je quittai ce bureau de fortune bouillonnant de rage, de mortification et – oui – de honte. Car la plainte du chirurgien n'était pas sans fondement. Venu chercher l'aide de son infirmière, il nous avait trouvés ensemble dans la chambre de M. Clement. J'avais détaché le madras de la belle tête de Grace, enfoui mon visage dans sa chevelure et goûté une nouvelle fois à la douce fraîcheur de ses lèvres. Mais j'avais alors senti des larmes sur ses joues et m'étais soudain retrouvé transporté dans un autre temps, face à une autre joue humide de larmes. La pensée de Marmee et de tout ce que je lui devais me doucha. Je pris alors le visage de Grace dans mes mains et plongeai le regard dans ses yeux débordant de larmes. Elle s'écarta de moi.

« Qu'y a-t-il ? murmurai-je.

— Il est trop tard, répondit-elle d'une voix tremblante. Vous n'êtes plus le beau vagabond innocent qui marchait vers moi avec ses malles sous les fleurs de cornouillers, la tête pleine de ses colifichets. Et je ne suis plus la femme de chambre chérie de ces dames... »

J'étais revenu vers elle et l'avais prise de nouveau dans mes bras, mais cette fois-ci comme quelqu'un qui étreint une amie dans la peine. Et lorsque McKillop nous avait surpris peu de temps après, il nous avait trouvés dans cette position : Grace, avec les cheveux détachés, le visage blotti contre mon épaule. Aux yeux de cet homme qui voyait le mal partout, cela suffisait.

Quant à moi, avoir nourri ces désirs et avoir été aussi loin constituait déjà une grave transgression. Dans une certaine mesure, je méritais ce qui m'arrivait. Mais le châtiment serait ô combien plus grand si des échos de cette faiblesse momentanée parvenaient aux oreilles de ma chère femme ou que le scandale atteignît mes filles dans leur jeune innocence. En conséquence, je regagnai par les rues glissantes le campement installé à la sortie de la ville, sortis mon écritoire et rédigeai ma demande de transfert. Voilà qui est fait. Et maintenant je suis face à cette feuille destinée aux yeux de mon épouse, des yeux dont l'éclat et l'intelligence ne me semblent pas moins admirables aujourd'hui que ce fameux jour, dans l'église de son frère, il y a tant d'années.

Quand j'avais imaginé notre correspondance, j'avais pensé ne rien garder en réserve qui puisse s'exprimer élégamment par des mots. Je croyais que je confierais à ces pages même des choses qui ne se disent pas facilement et que, à la fin de mon temps de service, elles subsisteraient comme une trace tendre et fidèle attestant de nos deux vies.

Mais les mots de ma missive du jour ne sont qu'un enrobage trompeur. Après mûre réflexion, j'ai décidé de présenter mon transfert sous un angle positif, laissant de côté ce que je ne pouvais confesser. Je m'aperçois aussi que je ne parviens pas à lui parler de mes petites défaillances. Elle ne doit rien savoir de mon incapacité à me gagner l'approbation des officiers ou les cœurs des simples soldats. Car comment pourrai-je justifier le sacrifice qu'elle a consenti en me laissant venir ici remplir mon ministère auprès de ces hommes, si elle apprend qu'aucun d'eux ne veut de moi, et que mon service est en réalité objet de mépris ?

À la place, je vais dire que ma décision de postuler une charge dans la contrebande de guerre est une inspiration qui m'est venue en mettant mes pas dans ceux du capitaine Brown pour arpenter ces rues. Je dirai, comme notre célèbre hymne, que « sa vérité est en marche[1] », et que je me sens appelé à l'accompagner. Alors même que j'écris ces mots, je sais bien qu'entre ma bien-aimée et moi la vérité s'éloigne à chaque mot que je note.

1. L'*Hymne de bataille de la République*, chant patriotique américain écrit par Julia Ward Howe pendant la guerre de Sécession, qui prône la libération des esclaves du Sud.

5

Un crayon amélioré

IL FUT UN TEMPS, PAS SI ÉLOIGNÉ, où je partageais avec elle la moindre pensée. J'avais regagné mes appartements de Boston, après ce dimanche passé à l'église de Daniel Day, dans le Connecticut, mais des rêves de cheveux sombres et de prunelles plus sombres encore m'avaient accompagné. Je découvris que j'étais incapable de m'appliquer à l'écriture ou à la réflexion, à moins qu'il ne s'agisse d'écrire des vers dédiés à la beauté de sa voix ou de réfléchir à la vivacité de son esprit. Elle était celle qui avait hanté mon imagination, noble et pourtant naturelle, sérieuse et spontanée. Il ne me fallut pas très longtemps pour comprendre que j'étais amoureux.

J'étais déjà en relation avec son frère, il n'était pas compliqué de trouver le prétexte d'une nouvelle visite, puis d'une troisième. Nous abordâmes ensemble un très large éventail de sujets. Mais sur le sujet, entre tous, dont je souhaitais l'entretenir, je restais muet de timidité. Après notre deuxième rencontre, je revins à Boston, frustré par ma propre réserve, et épanchai mes désirs dans les pages de mon journal. Le dégel avait gonflé les eaux de la Charles, les arbres s'étaient couverts de feuilles sur le terrain communal, et je ne lui avais toujours pas parlé. Aussi, quand je reçus un message du révérend Day m'avisant que sa sœur allait retourner quelque temps chez leur père, je n'eusse guère pu être plus ravi. Le vieux M. Day, veuf depuis cinq ou six ans, affaibli, avait besoin des soins de sa fille. Il se trouvait que je connaissais le village où il habitait, situé à moins de vingt miles de mon logement. Il m'incombait désormais d'en venir au fait ; si je ne trouvais pas moyen de conclure, me disais-je, je ne méritais pas d'être heureux.

Quelques années plus tôt, mon oncle s'était établi dans le même village que le père de Mlle Day et y avait amassé une petite fortune dans la tôlerie de plomb. C'était un homme plein de bonté, et j'aurais pu solliciter de lui une invitation si je m'étais mieux entendu avec son épouse. Il s'était marié sur le tard avec la descendante d'une vieille famille bostonienne, bien au-dessus des prétentions de notre monde de Spindle Hill, une femme à qui une claudication et un caractère chicanier avaient fait perdre tout espoir d'une union de condition plus égale. Son esprit emporté, qui la mettait ainsi à part des manières fades du jour, avait mystérieusement attiré mon oncle, si tranquille. D'autres ne lui trouvaient pas autant d'attrait, et j'avoue être de ceux-là. Quand leur enfant unique, une fille, leur avait été enlevée en bas âge, le tempérament de ma tante s'était encore aigri. Elle devint une sorte de guêpe, toujours prête à planter son dard en qui était assez imprudent pour lui exposer un endroit vulnérable. Je ne jugeais donc guère prudent de faire ma cour sous son toit. Je finis par écrire à mon oncle sous un prétexte mercantile, pour lui demander s'il ne connaissait pas quelque entreprise locale susceptible d'être à la recherche de capitaux. Il me répondit en me parlant d'un mécanicien du village dont le fils avait imaginé un nouveau procédé de fabrication pour un crayon amélioré. J'étais enclin à trouver un intérêt immédiat à cette proposition assez banale, le lui écrivis et reçus par retour du courrier une invitation enthousiaste du mécanicien.

Un voyage en diligence est fastidieux ; je me surpris à penser en chemin que j'aurais eu avantage à me déplacer à pied. La première impression que m'inspira ce lieu que j'ai fini par tant chérir fut plutôt mitigée : il me parut pauvre en arbres et suréquipé en tavernes. Je fus toutefois frappé, dans la joie de la découverte, par un magnifique chapelet d'étangs bordés de bois qui s'étendait au sud du village. Se promener dans ces bois, au bord de ces eaux, songeais-je, devait apporter du délassement. Ce qui s'avéra durant toutes ces années.

Deux mille âmes industrieuses étaient installées dans ce village et aux alentours, qui se consacraient principalement à l'agriculture mais aussi à la production manufacturière et au commerce ; les nombreuses auberges locales profitaient de la clientèle des charretiers. J'avais prévu de descendre dans l'une de celles-ci, mais le mécanicien ne voulut pas en entendre parler. Venu m'accueillir à ma descente de diligence avec un cheval et un cabriolet, il m'apprit que sa femme louait des chambres dans leur propre maison, où je serais le bienvenu. Ladite maison était plus élégante que je ne l'avais espéré : une belle construction carrée à bardeaux jaunes, sur un terrain nouvellement planté de nombreux sapins baumiers et d'autres du Canada. Je n'étais pas le seul, me dis-je, à avoir remarqué que le village manquait d'arbres.

Je ne m'étais pas attendu à une quelconque forme de société agréable dans la poursuite de ma ruse : je croyais que d'assommants exposés sur le meilleur procédé de fabrication de la plombagine et la qualité inférieure du blanc de baleine étaient le prix à payer pour approcher Mlle Day. Mais sur ce point je me trompais. À peine avais-je franchi la porte que la femme du mécanicien se lançait dans le panégyrique d'un de mes récents sermons sur l'internement des marins noirs du Massachusetts dans les ports du Sud. Elle était, semblait-il, l'une des têtes pensantes du mouvement des femmes anti-esclavagistes de Concord. Ce qu'apprenant, je ne pus m'empêcher de demander étourdiment si elle ne connaissait pas Mlle Day.

Le regard qu'elle me jeta était à la fois perçant, intuitif et bienveillant. « Pourquoi ? Oui », répondit-elle. Cette demoiselle était une amie proche de ses filles, Sophia et Cynthia. En fait, Sophia et elle avaient parlé le matin même du retour de Mlle Day et de leur obligation de l'inviter à dîner. Je rougis à cette nouvelle, confirmant son instinct, et suivis le mécanicien à l'étage avec exultation, prêt à écouter toutes ses théories sur l'amélioration du crayon.

Son fils, s'avéra-t-il, était l'innovateur de la famille. Ce jeune homme était de mon âge, peut-être un peu plus vieux. Nous le trouvâmes au deuxième étage, occupé à emballer des crayons pour expédition. L'air de l'atelier semblait gras, et il y régnait une forte odeur de cèdre coupé. Des atomes de sciure de bois et des volutes d'un gris sale dansaient ensemble dans les bandes de lumière tombant des mansardes du grenier. Si Henry Thoreau n'était pas physiquement beau, avec ses jambes courtes et ses longs bras, sa physionomie, encadrée par une masse hirsute de cheveux, était inoubliable. Il avait des traits prononcés : un nez grand et busqué, une bouche charnue et des yeux immenses – clairs, très enfoncés et prodigieusement intelligents. Comme son père nous présentait l'un à l'autre, il inclina sèchement la tête. Je remarquai la merveilleuse économie de ses gestes : il saisissait une douzaine de crayons exactement à chaque mouvement de sa main velue, pas un de plus, pas un de moins, puis glissait les élastiques verts autour du paquet avec la précision d'une machine.

John Thoreau était aussi volubile que son fils était taciturne.

« Je fabrique des crayons, monsieur March, depuis que mon beau-frère a découvert un filon de plombagine, ou de graphite, comme certains aiment l'appeler, nom qui vient du grec, *grafein*, "écrire", en... Ah ! je crois que c'était en 1824. » Je peinai à retenir un bâillement pendant qu'il continuait. « Les crayons que nous fabriquions n'avaient alors rien de spécial et n'atteignaient pas la qualité des articles européens. Mais notre jeune Henry ici présent, pendant son séjour à Harvard, a profité de la bibliothèque pour se pencher sur la question et a appris le secret des Européens : mélanger de l'argile avec la plombagine pour servir de liant. Mais il n'était pas encore satisfait, n'est-ce pas, mon grand ? »

Le vieil homme se tourna vers son fils, qui secoua sa tête indisciplinée sans lever les yeux, ni marquer de pause dans son activité.

« Henry a imaginé un atelier plus moderne d'où sortira un graphite moins granuleux, ainsi qu'un foret de la même taille que les mines, de sorte à ne plus devoir scier et coller les fragments de cèdre – idée brillante, selon moi. »

Tandis que M. Thoreau pérorait sur le projet de son fils de fabriquer des mines de degrés variés de dureté, ce qui, pensait-il, plairait à la fois aux artistes et aux techniciens, mon esprit s'évada. Je voyais facilement les vertus des améliorations proposées, et le montant du capital nécessaire pour les réaliser était vraiment très raisonnable. Cependant, puisque la conclusion rapide d'un accord contrecarrerait mes objectifs personnels, je feignis de ne pas être convaincu, avançant une série de questions assez ternes jusqu'à ce que le jeune homme, las de mon apparente lourdeur d'esprit, lançât un dernier paquet de crayons dans un carton. Il s'essuya les mains sur un bout de chiffon, jeta celui-ci à terre avec impatience et sortit de l'atelier d'un air furieux. Au moment où il me frôlait pour passer, il me regarda bien en face. Ses admirables yeux gris dardèrent sur moi un regard pénétrant, assez glacial pour brûler le feuillage d'un chêne.

John Thoreau soupira tandis que les bottes de son fils résonnaient dans l'escalier.

« Il va aller courir les bois, maintenant, et je ne sais pas quand nous le reverrons. Ne vous formalisez pas des manières peu conformistes de Henry, monsieur March. Son frère est décédé récemment. Ils étaient proches, et Henry s'en ressent. Il s'est beaucoup refermé sur lui-même depuis.

— Vraiment ? Je vous présente mes condoléances. »

Il passa une main sur son crâne chauve et frotta ses yeux très clairs et larmoyants, gentils et intelligents.

« Le jeune John était un garçon épanoui, très différent de Henry. Henry préférera toujours une balade solitaire au fond des bois à une soirée dans un salon, mais John aimait la société, et Henry suivait son frère, par affection, et sortait donc, malgré sa sauvagerie naturelle. Maintenant, il a embrassé la solitude et ne supporte pas toujours la compagnie des autres. »

Je tâchai de rassurer le vieux monsieur. Non, je n'étais pas froissé, et j'étais enclin à investir dans son entreprise. En fait, disais-je, une balade dans les bois me semblait un délassement propice à la réflexion, moi qui avais été serré comme un hareng saur toute la matinée dans une diligence bondée. J'avais apporté quelques vieux habits dans ce but, aussi M. Thoreau me conduisit-il à ma chambre, où je me changeai, avant de me voir montrer courtoisement le chemin.

Combien l'amoureux aspire à apercevoir sa bien-aimée ! Alors que je traversais le village en allant aux bois, j'imaginais mettre mes pas dans ceux de Mlle Day. Je m'abandonnai à ma rêverie au point de me convaincre de la présence, dans l'air que j'inhalais, d'une infime quantité de son souffle. Telle est la folie de la jeunesse ! Toute vision d'une femme au loin m'incitait à presser le pas, tandis que je comparais sa taille et sa silhouette à l'idéal ancré dans mon esprit. Mais aucune n'était elle, et je finis donc par m'enfoncer dans les bois en me reprochant ma sottise.

Au début, ces bois ne me parurent ni aussi luxuriants, ni aussi bruissants de vie que les forêts du Sud que j'avais fini par si bien connaître, ni non plus aussi sauvages et touffus que ceux qui entouraient la maison de mon enfance, à Spindle Hill. Ces bois-ci étaient domestiqués, exploités par les bûcherons, défrichés par les larges trouées des fermes, semés des cabanes délabrées des Irlandais, sillonnés de chasseurs, de pêcheurs et de promeneurs sans but, comme moi. Mais, à mesure que je m'enfonçais plus profondément, je voyais des cèdres rouges ayant échappé à la hache, griffant l'air de leurs larges branches, et de vieux épicéas tout festonnés de guirlandes de lichen. C'était une nature rassurante, hospitalière, saine. Je marchais toujours, écoutant avec ravissement le murmure des feuillages. Et quand, assoiffé, j'arrivai au bord de l'étang, l'eau que j'y puisai dans la coupe de mes mains était d'une pureté et d'une douceur que pouvaient égaler peu de lieux aussi proches d'un peuplement humain.

Ce jour-là, je fis connaissance avec les visions et les odeurs qui devaient me devenir si chères et familières. Après avoir chassé à grandes enjambées la nervosité de mes membres, je commençai à ralentir le pas, m'arrêtant pour étudier un tronc de hêtre éclaboussé de la couleur vive d'un champignon, contempler la gracieuse dentelle des fougères. Je me penchais pour mieux voir, m'allongeais sur le tapis de feuilles pour chercher des terriers ou admirer de minuscules et délicates étoiles fleuries, piquées sur un coussin de mousse émeraude.

J'étais ainsi occupé, inhalant à fond les senteurs enivrantes de l'herbe écrasée et du bois pourri, quand Henry Thoreau surgit dans mon dos, aussi silencieux qu'un Indien. Il devait m'observer depuis un moment, car, lorsque je levai la tête, il était nonchalamment adossé à un grand aulne, souriant, les bras croisés sur la poitrine. Une flûte dépassait de la poche de son veston.

« Je ne vous voyais pas en naturaliste, lança-t-il.

— Un gars de la campagne qui vit en ville se languit parfois de l'odeur du terreau », répondis-je, en lui retournant son sourire.

Je me relevai, époussetai les brindilles de mon veston bien rapiécé. Henry inspecta ma tenue avec approbation.

« Venez donc pêcher avec moi ! »

Il gardait une petite embarcation au sec sur la berge d'un étang, à environ un demi-mile de là. Je m'efforçai de ne pas me laisser distancer, tandis qu'il se déplaçait à travers bois avec l'agilité d'un cerf. Finalement, nous débouchâmes devant une nappe d'eau qui ressemblait plus à un lac qu'à un étang, et dont le bord couvert de joncs cédait la place à des rangées de roseaux ondulant doucement au rythme des vagues. Nous étions sur la berge sauvage ; celle d'en face était constituée de terres cultivées. Henry trouva son bateau et le mit à l'eau, maniant sa barque aussi adroitement que ses crayons, avec une grâce que démentait son corps dégingandé.

« Ce n'est pas le plus beau des étangs, déclara-t-il. Pour la beauté, je préfère l'étang Blanc, le joyau de ces bois. Pour la pureté, Walden, mais celui-ci est le plus fécond en poissons.

— Quel est son nom ? »

Son expression, auparavant bon enfant, se renfrogna.

« On l'appelle l'étang de Flint… mais pas moi ! » Ses rames frappèrent l'eau avec violence. « L'étang de Flint ! De quel droit ce paysan stupide, dont la ferme donne sur cette eau d'azur, lui a-t-il donné son nom ?

— Notre nomenclature paraît bien pauvre quelquefois », approuvai-je.

Henry rejeta la tête en arrière en signe d'assentiment. Il était agité, exalté.

« Mieux vaudrait qu'il tienne son nom des poissons qui y nagent ou des fleurs sauvages qui croissent sur ses rives. Pas de lui, qui n'a d'autre prétention à sa possession que l'acte à lui donné par un voisin ou une autorité judiciaire, lui qui ne pense qu'à sa valeur marchande et a dénudé ses berges ! »

Il rama jusqu'au centre de l'étang puis s'étendit à la renverse à l'avant, laissant la barque décrire un arc paresseux dans l'eau.

« L'étang de Flint ! répéta-t-il. M. Flint, qui ne l'a jamais aimé, qui ne l'a jamais protégé, qui n'a jamais dit un mot pour le célébrer, ni remercié Dieu de l'avoir créé. Tenez, cet homme l'aurait bien asséché et vendu pour la vase déposée au fond. Il porterait le paysage au marché, il y porterait même son Dieu s'il pouvait en tirer quelque chose ! »

Sous l'effet de son agitation, il se rassit, si bien que la barque tangua et que je dus me cramponner à un tolet.

« Je sais que je suis extrémiste.

— Pas du tout, dis-je. Vous êtes éloquent. C'est la manie de notre espèce de piller tout ce que nous touchons. Peu d'entre nous, pourtant, s'en rendent compte.

— Oui, peu, mais je suis content d'en connaître un autre. »

Il redressa les épaules, mais ne jeta pas sa ligne. À la place, il sortit sa flûte. Alors que le soleil déclinant enflammait les flots, il joua des airs mélodieux, jusqu'à ce que les perches, charmées, montent tout autour de nous en battant la surface de l'étang, de sorte que nous nous retrouvâmes au milieu d'un cercle miroitant.

Au petit déjeuner du lendemain matin, Mme Thoreau glissa qu'elle avait invité à dîner quelques amis de Henry ce jour-là.

« Ce sont les Emerson… Henry a logé un temps chez eux, l'an dernier, ils lui ont montré beaucoup de gentillesse. »

J'affectai un enthousiasme poli, mentionnant que j'avais écouté M. Emerson à Cambridge, mais ma mine devait trahir la déception. En effet, j'avais espéré que cette invitation aurait pu concerner une amie des filles plutôt que du fils. Mme Thoreau se leva de sa chaise et était déjà presque sortie de la pièce quand elle se retourna avec un demi-sourire à peine réprimé pour ajouter après coup :

« Mlle Day sera également des nôtres. Vous avez dit que vous vous connaissiez, je crois, monsieur March ? »

Je toussotai et levai ma serviette, espérant masquer le feu qui me montait aux joues.

Je pus à peine me contenir pendant les heures qui suivirent, attendant impatiemment la fin du jour et le moment du dîner. Je tentai de lire quelques articles de M. Emerson dans l'espoir de pouvoir briller dans la conversation, mais mes pensées virevoltaient, fébriles comme des colibris, sans pouvoir se fixer.

Nous allions dîner à la table abondante des Thoreau, un modèle rond en noyer foncé, aux pieds peu communs en forme de bobine. Je me demandai si Henry n'avait pas lui-même façonné le meuble et m'apprêtais à lui poser la question, quand arrivèrent Waldo et Lidian Emerson. Henry coupa court à notre conversation avec la brutalité d'un pêcheur sectionnant sa ligne. Il se précipita au côté des Emerson, salua sèchement le mari, puis entraîna son épouse à l'autre bout de la pièce, où tous deux se mirent à converser avec une véhémence qui excluait le reste de l'assemblée. Ainsi, et non sans une certaine gaucherie, je ne fus présenté qu'à M. Emerson. Bien qu'il irradiât une pondération qui semblait admirable, ses manières envers moi étaient réservées ; il avait l'esprit manifestement ailleurs. Il était évident que rien de ce que j'eusse pu dire ne pouvait rivaliser avec l'intérêt qu'il portait à ses propres pensées. Mais, à cet instant, l'entrée de Mlle Day l'entraîna dans la conversation de la façon la plus inattendue.

La dernière à nous rejoindre, elle arriva avec de belles couleurs, étant venue en trop grande hâte de la maison paternelle. L'incarnat de ses joues ressortait admirablement sur le blanc de sa robe simple. Mes retrouvailles avec elle, tant désirées, me laissèrent sans voix. Après avoir rêvé de l'apercevoir, je me trouvais à présent incapable de soutenir son regard. Pour sa part, semblait-il, elle ne souffrait pas autant. Elle me salua d'un poli : « Monsieur March ! Quel plaisir inopiné de vous revoir ici à Concord ! », avant de se tourner vers son hôtesse pour s'excuser de son retard, expliquant assez mystérieusement qu'elle avait été retenue par l'arrivée d'un colis inattendu. Sophia Thoreau lui jeta un regard bienveillant et entendu.

« Votre père est-il de force à s'en occuper ? Vous auriez pu l'apporter jusqu'ici, vous savez, sans réserve. »

Mlle Day répondit par un sourire rayonnant de gratitude et embrassa son amie.

« Merci, ma chère. Je sais que je peux toujours compter sur vous et votre famille en ces matières. »

M. Emerson eut l'air grave.

« J'espère que vous ne m'en voudrez pas si je me risque à exprimer le souci, mademoiselle Day, que vous ne mêliez pas votre père à cette affaire au-delà de ses souhaits ou de ses capacités. Car vous connaissez l'étendue de votre influence sur lui, comme vous connaissez l'actuelle fragilité de sa santé. C'est sur lui, après tout, non sur vous, que pourrait retomber le poids de conséquences défavorables. »

Son teint, déjà coloré, prit une teinte plus cramoisie encore, où je crus voir de la mortification, jusqu'au moment où elle se remit à parler.

« Monsieur Emerson – elle prononça ce nom avec un léger sifflement –, si certains éminents citoyens de cette ville assumaient les responsabilités inhérentes à leur position, ces obligations ne reviendraient pas à des jeunes femmes ou à de frêles vieillards.

— Chère mademoiselle Day, un individu ne peut prêter une attention active qu'à un nombre fini de demandes. Cependant, partout où j'entends dénigrer l'homme noir ou chaque fois que je vois maltraiter un nègre, je me sens toujours obligé de le défendre. Par ailleurs, je ne crois pas actuellement en mon pouvoir de le faire.

— Pas en votre pouvoir ! »

Elle ne semblait pas consciente d'avoir élevé le ton. Henry et Lidian interrompirent leur tête-à-tête passionné pour reporter leurs regards de l'autre côté de la pièce. Sophia et Cynthia s'étaient rapprochées de Mlle Day. Elles l'encadraient et semblaient la caresser en la refrénant, comme on apaise et on retient un chien qui grogne et menace.

« Pas en votre pouvoir ! Vous qui disposez des grandes foules du Lycée, vous qui pouvez écrire pour n'importe laquelle d'une dizaine d'éminentes gazettes... Dire que vous ne pouvez faire plus est une imposture ! C'est une honte ! Pis, c'est un mensonge ! »

L'outrance de sa charge me coupa le souffle. En général, on ne peut pas dire que les femmes en colère se montrent à leur avantage. Voir ce charmant minois défiguré par l'expression qui était alors la sienne était extrêmement choquant pour moi. Qui eût pu imaginer que cette jeune femme bien élevée fût à ce point dépourvue de la faculté de se contrôler ? Je n'avais jamais vu pareil emportement, même chez une poissarde.

M. Emerson semblait lui aussi stupéfait. Blanc comme un linge, il répondit à ses cris inconvenants d'une voix si basse qu'il chuchotait presque.

« Je suis profondément désolé d'être descendu si bas dans votre estime, mademoiselle Day. Je regrette d'avoir douté de votre jugement. Je vais reconsidérer vos paroles. »

Elle tremblait d'une rage irrépressible, je craignis qu'elle ne poursuivît sa tirade. Au lieu de quoi elle tourna la tête et me regarda, moi qui demeurai pétrifié, ébahi. Ses yeux noirs débordaient de larmes d'impuissance.

« Venez avec moi, ma chère, dit Sophia. On étouffe ici. J'aimerais vous montrer mes rosiers avant que nous allions à table. »

Sans attendre sa réponse, elle se contenta de passer le bras sous celui de son amie, qui tremblait, et l'entraîna hors de la pièce. Le reste d'entre nous respira. Le pauvre M. Thoreau, si courtois et aimable, semblait souffrir autant que si on lui avait percé l'orteil avec un vilebrequin. Mme Thoreau parvint miraculeusement à entretenir Mme Emerson d'un sujet plus léger, mais nul ne se détendit réellement avant le retour du jardin de Sophia, seule. Mlle Day s'excusait, dit-elle, mais elle était prise d'une migraine et jugeait préférable de rentrer chez elle.

J'attirai Sophia à l'écart.

« Si je comprends bien, cette Mlle Day participe activement au chemin de fer souterrain[1] ? »

Les yeux intelligents de Sophia scrutèrent mon visage. Elle baissa la voix.

« Mlle Day et son frère sont conducteurs depuis quelque temps, murmura-t-elle. Elle m'a dit que le colis de ce soir fera une courte halte, de quelques heures seulement, mais parfois elle héberge des fugitifs pendant plusieurs jours. C'est une femme déterminée, monsieur March. Même si certains – elle décocha un regard en direction de M. Emerson – disent qu'elle est exaltée. »

Nous fûmes contraints de nous séparer, on nous appelait à table. Je ne pris aucun plaisir au dîner, bien que Mme Thoreau se fût donné la peine de mettre au menu des plats de légumes, par respect pour mes convictions. L'assemblée, toujours sous le coup de l'incident, se dispersa de bonne heure, à mon vif soulagement.

Il faisait chaud ce soir-là, l'atmosphère refusait obstinément de se rafraîchir. Aussi, après m'être tourné et retourné dans mon lit, je me relevai, mis mes vêtements de marche et j'emmenai mes pensées enfiévrées faire un tour. La pleine lune éclairait mon chemin à travers le village, semblant me guider, me pousser sur le sentier boisé, déjà

---

1. En anglais : *underground railroad*. On désignait ainsi le fait d'abriter et de cacher des esclaves en fuite.

familier, qui serpentait vers les étangs. Sous les arbres, l'air était plus frais, et la brume qui m'obscurcissait l'esprit commença à se lever. Bien avant d'apercevoir l'eau illuminée par la lune, je sentis que je n'étais pas seul. Les sons portent dans la nuit. Les notes d'une flûte m'apprirent que Henry était sorti lui aussi. Quelque part au milieu de l'étang, dans son bateau, il donnait la sérénade aux perches. Je longeai la berge, dont les galets blancs et lisses brillaient assez pour me montrer la voie. Mes pensées étaient concentrées sur Mlle Day. Je l'imaginais, mortifiée par son éclat, agitée, ne parvenant pas à trouver le sommeil. Il me semblait inconcevable qu'elle ne fût pas consciente de sa faute, ni de la nécessité de la réparer. Je ne connaissais pas M. Emerson et n'étais donc pas en état de juger de la justesse de ses accusations. Certes, s'il existait une cause qui méritait d'être chaudement défendue, c'était bien celle-ci. Mais la manière de la charge, l'ardeur du tempérament… Peut-être, songeai-je, les conseils aimants d'un mari pourraient-ils l'aider dans le combat à livrer contre un ennemi intérieur aussi dangereux. Mais si elle était inconsciente, après tout, si son incapacité à tenir sa langue et le besoin de blesser avec étaient enracinés au point d'être inextirpables ? Quelle sorte d'épouse, quelle sorte de mère…

À cet instant précis, mon regard fut attiré par un reflet blanc scintillant dans les bois, un peu plus loin sur la berge. Comme si je l'avais appelée, elle passait entre les arbres, telle une sylphide. À la seule vue de Mlle Day, mes réserves morales furent balayées par mes désirs charnels. Je l'appelai. Elle sursauta, se retourna et, dès qu'elle m'eut reconnu, répondit à mon salut par un rire.

« Tout Concord est donc ici, ce soir ? »

Changeant de direction, elle se fraya un chemin à la lisière de la forêt pour venir me rejoindre sur les galets.

« Enfants, mon frère et moi venions ici par les soirées d'été comme celle-ci. Nous faisions un feu et prenions du poisson avec des vers de terre accrochés à une ligne. Mes parents m'ont obligée à y renoncer quand j'ai grandi. Ils voulaient me garder dans leurs salons étouffants, à faire poliment la conversation… »

Mlle Day s'interrompit. Je me demandai si, comme moi, elle ne songeait pas à un certain échange dans un salon qui n'avait rien eu de poli.

« Eh bien, reprit-elle du même ton léger, maintenant, je suis encore plus grande et je dispose de mon libre arbitre, alors je décide de venir ici, même si Père ne le sait pas. Il n'approuverait pas que je sorte seule. »

Elle s'assit et commença à défaire les lacets de ses bottines, qu'elle posa sur les galets blancs, puis entreprit de retirer ses bas. Elle leva les yeux vers moi.

« Trouvez-vous cela très choquant, monsieur March ? »

Le blanc de ses yeux sombres luisait dans l'obscurité. Elle se releva d'un bond, soulevant le bord de sa robe, faisant apparaître la courbe pâle d'un mollet nu. Elle gambada sur la grève, trempant la pointe d'un pied dans l'eau clapotante. Un son animal jaillit de mes lèvres, qu'elle dut prendre pour un grognement désapprobateur.

« Vous trouvez cela choquant ! s'exclama-t-elle. En une seule soirée, je me suis montrée à vous à la fois en harpie et en Hélène de Troie ! »

Elle rejeta la tête en arrière et émit ce que je pris d'abord pour un rire léger. Mais ensuite ses épaules tremblèrent et je compris qu'elle pleurait. Une longue mèche de cheveux échappée de ses épingles dégringola, serpentin noir sur le blanc de sa robe.

« Ils l'ont marqué, monsieur March, l'homme que j'ai aidé ce soir. Un être humain. Ils ont pressé un fer rouge sur la chair de son visage… Et nous restons dans nos salons à parler, sans rien faire, à nous persuader que c'est suffisant… »

Sa gorge se serra, et les pleurs emportèrent sa capacité à poursuivre. Faisant crisser les cailloux sous mes pas, je me précipitai vers elle, tendis mes bras, repoussant en arrière la masse de ses cheveux – lourds, épais et doux au toucher –, et relevai son menton ; le clair de lune illumina son visage baigné de larmes.

Il était heureux pour nous deux qu'elle eût une si longue habitude de ces escapades nocturnes illicites, car quelques heures plus tard, quand nous regagnâmes clandestinement le village, nous n'étions ni l'un ni l'autre dans un état facile à expliquer. Je n'ai aucune idée de ce qu'elle fit de cette robe blanche, maculée comme elle l'était de boue et – oui – de sang. Cette nuit-là, nous nous étions en effet unis sur une couche d'aiguilles de pin – aujourd'hui encore cette senteur m'émeut –, avec le son lointain de la flûte de Henry en guise de *Marche nuptiale* et la voûte des frondaisons de bouleaux pour basilique. Au début, elle frissonnait comme un tremble, et j'eus honte de mon manque de retenue, pourtant je ne pouvais la lâcher. Je m'identifiais à Pélée enlaçant Thétis sur la plage, avant de m'apercevoir que, soudain, c'était elle qui me serrait ; ce même tempérament de feu attisé par la colère s'était ranimé sous l'effet de la passion.

Je passai une nuit blanche. Bien qu'il fût trop tôt pour une visite de politesse, je me précipitai dès le matin vers sa maison, où une gouvernante revêche, Mlle Mullet, me fit entrer – elle avait peut-être vu la robe souillée. En temps utile, je fus introduit dans le bureau paternel, où je me pliai à l'usage pour demander ce que j'avais déjà pris. Le vieil homme s'irrita et protesta, quand je dis que nous préférions une simple cérémonie, ici même, au salon, et aussi tôt que possible, au grand mariage à l'église dont il avait toujours rêvé pour sa fille. Mais je ne pouvais souffrir aucun délai qui nous séparât une seule nuit pour rien. Nous fûmes donc unis par son frère en moins de quinze jours, en présence seulement de son père, de mon oncle et de ma tante, avec les Thoreau pour témoins.

J'avais eu raison d'insister car à la pleine lune, exactement neuf mois plus tard, je tenais notre premier enfant dans mes bras. Le bébé vint au monde avec mes traits et ma carnation en miniature. Nous avions plaisanté entre nous que, si l'enfant était de sexe masculin, les circonstances de sa conception nous obligeraient à l'appeler Achille. Mais nous eûmes une petite femme, aussi fus-je libre de lui donner le prénom qui m'était devenu le plus cher au monde, celui de sa mère. Je nommai notre première-née Margaret.

6

Le levain yankee

À bord de la Hetty G., *le 10 mars 1862*

Ma très chère,

Vous n'imaginez pas combien, ce mois-ci, j'ai pu me sentir semblable à l'un de nos Rois mages, prenant la route à la mauvaise saison mais profondément convaincu que le but du voyage me récompensera de toutes les épreuves rencontrées en chemin ! Cette nuit, je dors sur le pont raboteux de notre navire, espérant demain être mieux logé, dans l'une des grandes maisons blanches abandonnées par les chefs de cette rébellion. Vous qui avez consacré autant de temps à gratter la charpie, enrouler des bandes et coudre des guêtres, savez mieux que personne à quel point on a un besoin urgent du coton qui pousse ici, abandonné aux herbes folles ou qui pourrit sur pied ou, encore pis, est détruit gratuitement, juste pour que nous n'y touchions pas. J'ai parfois aperçu des volutes de fumée, résultant sans doute des champs auxquels mettent le feu des rebelles qui se replient. À d'autres moments, nous avons navigué sur des flots jonchés de coton, déversé par des balles éventrées puis jetées à la rivière.

Demain devrait me voir parvenir enfin à la destination qui m'a été fixée : un millier d'arpents libérés, où les nègres, désormais sous notre protection, apprennent la douceur du labeur rétribué. J'ai le cœur léger, ce soir, en pensant que je prends part à cette première grande expérience égalitaire.

Je suis déjà descendu si loin dans le Sud que je me trouve en un lieu où notre expression toute faite « blanc comme neige » ne veut plus rien dire. Ici, pour que les mots aient un sens clair, il est préférable de la remplacer par « blanc comme du coton ». Je ne dirai pas que je trouve ce paysage beau. Nous nous élevons vers Dieu grâce à la nature, et mes yeux de nordiste cherchent désespérément la sublimité qui favorise cette ascension. J'ai la nostalgie des montagnes ou, du moins, du vallonnement du Massachusetts, des doux replis du terrain et des sillons qui offrent la diversion d'un nouveau panorama à mesure qu'on conquiert chaque col ou sommet. Ici, tout est évident, une chanson écrite sur une seule note. On se réveille et l'on s'endort pour retrouver une monotonie verte, un soleil semblable à un jaune d'œuf pâle apparaissant dans le blanc du ciel.

Et la rivière ! Des eaux aussi différentes de nos torrents purs et rapides qu'une grosse poule pondeuse d'un oiseau-mouche. Brunes comme de la mélasse, plus larges qu'un port, ce sont des eaux sans scintillements ni reflets. Par endroits, elles roulent, comme chauffées par une chaudière cachée dessous. Dans d'autres, elles absorbent la lumière pour ne renvoyer qu'un éclat impénétrable qui dissimule les bas-fonds comme les hauts-fonds. Ce fleuve est un imposteur. Il feint une benoîte lassitude, mais sous sa surface serpentent des courants qui ont brisé des troncs d'arbres majestueux et emporté des hommes pour les noyer…

Je levai les yeux de ma page, par-dessus le garde-corps, et revis la scène : le bateau-bélier fédéral éperonnant le bâtiment ennemi, enfonçant sa coque comme du papier froissé, de sorte qu'il avait sombré en moins de trois minutes, faisant périr tous les hommes. Je ne lui avais pas dit que j'en avais été témoin. Non plus que je ne lui avais parlé du sinistre silence régnant à bord de la *Hetty G.* la veille de cet engagement, ni du chirurgien qui jetait à terre de la sciure de bois pour éponger le sang qui devait encore couler, chacun méditant si ce serait le sien ou celui de son camarade. Ni de l'abondance avec laquelle il avait coulé. Ce jour-là, j'avais couru de blessé en blessé, détendant un bandage sur un membre enflé, tenant des cornets de chloroforme pour le chirurgien, baignant des plaies boursouflées, brûlures de vapeur causées par un tuyau rompu par un obus. L'un des brûlés, visiblement agonisant, se déclara catholique et me demanda si j'étais prêtre. Sachant fort bien qu'il n'y en avait aucun à appeler, je regardai autour de moi pour voir si l'on pouvait nous entendre, puis lui chuchotai que je l'étais. Je le laissai se confesser et lui donnai l'absolution comme je l'avais vu faire par les pères. Je me suis souvent interrogé depuis sur mes torts. Je ne puis penser que même le Dieu exigeant de Rome me condamnerait.

À dater de cette sinistre matinée, le pont était demeuré taché de sombre malgré une semaine de briquage acharné. Cependant, je me contentais de ces planches ensanglantées, croyant que la lettre que j'avais écrite mettrait fin à la nécessité de la dissimuler. Parmi mes nouvelles obligations, j'en étais convaincu, il n'y en aurait aucune que je ne pusse partager avec ma femme. Enfin, ma tâche aurait pour objet l'amélioration de la vie plutôt que sa fin.

Toute la journée du lendemain, dès le lever du soleil, je restai à l'avant, impatient d'apercevoir le débarcadère annonçant mon nouveau foyer. Il n'y avait pas un souffle de vent, l'air était inconcevablement doux pour la saison. Comme il semblait curieux de glisser entre des berges où poussait une herbe haute et verdoyante, à l'abri de la brûlure du gel !

J'avais été affecté à un domaine baptisé Débarcadère des chênes, à présent aux mains d'un certain Ethan Canning, un avocat de l'Illinois. Il avait signé un bail d'un an avec la propriétaire, veuve d'un colonel confédéré du nom de Croft. Cette dame, nordiste de naissance, s'était réfugiée en ville après que ses terres étaient tombées sous l'occupation de l'Union et avait prêté serment d'allégeance avec empressement. Par conséquent, ses biens bénéficiaient de la protection de l'Union, et elle était libre de les louer, ce qu'elle avait fait pour une modeste somme, à laquelle s'ajoutait la moitié de tous les bénéfices que M. Canning pourrait en tirer.

Affermer des terres à des hommes tels que M. Canning, avait, à ce que je compris, un triple objectif : sauvegarder ce qui pouvait l'être du coton dont on avait grandement besoin, introduire un certain « levain » yankee dans le pain sudiste et montrer la direction aux esclaves tombés sous notre protection. Ceux-ci travailleraient pour la première fois de leur plein gré, et non par peur du fouet. Les ouvriers adultes devaient être payés dix dollars par mois, moins une petite somme destinée à l'habillement et autres produits de base.

Mon rôle était d'aider à ouvrir des écoles pour les enfants de couleur et ceux de leurs parents qui avaient le désir d'apprendre à lire. À bord du bateau à vapeur, j'avais occupé mes heures d'oisiveté à dresser des plans de leçons et dessiner des abécédaires qui pourraient être accrochés dans la salle d'égrenage, la cuisine ou la forge, afin que les adultes puissent s'instruire en travaillant. Mon implication dans cette tâche avait eu l'effet d'un baume sur la piqûre qu'avait représentée mon renvoi par le colonel. En effet, à mesure que grandissait mon enthousiasme, mes véritables sentiments commencèrent de refléter la belle apparence dont j'avais revêtu mon changement d'affectation dans mes lettres à ma famille. Je me réjouissais à l'avance on ne peut plus sincèrement de cette nouvelle vocation.

J'avais sans doute imaginé que Canning en personne viendrait m'accueillir au débarcadère, puisque la nouvelle de mon arrivée m'avait précédé avec la patrouille. Aussi, fus-je surpris de n'y voir qu'un négrillon squelettique et en haillons, d'une douzaine d'années, m'attendant avec un mulet boiteux qui broutait l'herbe de la berge dans la lumière rasante de cette fin d'après-midi. Me reprochant mon orgueil pour avoir espéré une réception plus glorieuse, je composai mon visage et gratifiai d'un salut chaleureux le jeune garçon, qui, supposai-je, serait bientôt un de mes élèves. Il ne me rendit pas mon sourire, ni ne leva les yeux. Je me présentai et lui demandai son nom. Sa réponse fut inaudible, aussi fus-je obligé de le lui redemander, me penchant pour pouvoir entendre.

« Josiah, m'sieur », murmura-t-il, le menton planté dans sa poitrine et les yeux fixés sur le caillou qu'il faisait tourner sous ses orteils nus et calleux.

Il tira sur la têtière du mulet pour le réveiller, s'attendant apparemment à me voir monter. Quand je lui dis que je marcherais à ses côtés afin qu'il puisse plus facilement me décrire le lieu, il me jeta un regard rapide, terrifié. Je lui parlai gaiement, sans réussir à obtenir autre chose que des monosyllabes en réponse à toutes mes questions. Ses yeux étaient noyés d'un écoulement purulent ; et avant longtemps, il se mit à respirer bruyamment, cherchant son souffle. Pendant un moment, nous suivîmes en silence le chemin d'argile jaune, longeant des arbres mouchetés de lichen et enguirlandés de mousse espagnole. Je dus ralentir le pas pour m'adapter à celui du garçon, qui restait pourtant à la traîne même à la plus faible allure. Lorsque la fatigue couvrit son front de sueur, cela me devint insoutenable. Je m'immobilisai sur le chemin et attendis qu'il me rejoigne.

« Monte sur le mulet, Josiah », dis-je d'une voix bienveillante.

Il secoua vigoureusement la tête, qu'il tenait baissée, et m'opposa un front d'ébène.

« Allez, insistai-je. Tu es trop malade pour marcher.

— Non, m'sieur, maître. J'ai pas le droit.

— Josiah, dis-je, regarde-moi. »

Lentement, le gamin leva ses yeux chassieux.

« Je sais que cela doit être difficile de s'habituer à un aussi grand changement de condition, mais bientôt tu seras un jeune homme libre. Monte sur le mulet. Personne ne te battra plus.

— Descendre dans ce trou, c'est pire qu'être battu.

— Quel trou ?

— Le coin pour les méchants nègres. »

Il refusa d'en dire plus, même si je l'en priai gentiment. Il détourna la tête, fuyant mon regard. Je conclus qu'il parlait de quelque barbarie de l'ancien régime, dont le sujet le peinait, aussi je mis fin à cet interrogatoire et repris simplement ma marche, aussi lentement que je le pouvais. J'espérais que l'indolence du garçon n'était qu'un effet de sa mauvaise santé, non le funeste présage d'un quelconque trait de caractère commun à tous mes futurs élèves, et qu'il me faudrait surmonter.

Le terrain commença de monter en pente douce, annonçant la proximité de la maison. De l'avant de la *Hetty G.*, j'avais remarqué que les habitations de l'aristocratie terrienne occupaient toujours les moindres hauteurs qui pouvaient être gagnées sur les marécages et les marais. Le crépuscule tombait quand le chemin tourna à angle aigu avant de s'élargir brusquement en une grande allée, ombragée par des ramures courbes de chênes. Le manoir n'apparut qu'après que les arbres eurent cédé le pas à des jardins remplis d'azalées et de lilas des Indes : une maison de brique à un étage, avec un grenier et un portique de huit colonnes simples toscanes soutenant un entablement de style temple grec. À chaque extrémité du portique, des jalousies vert mousse promettaient un répit contre le soleil. Je voyais que toutes les pièces du rez-de-chaussée et du premier étage donnaient sur la galerie par des portes vitrées. Mon imagination bouillonna de visions de dames alanguies, du bruissement de leurs robes de soie entre ces portes, à la tombée du soir, au moment où elles sortaient profiter de la brise venant du fleuve.

Mes visions se dissipèrent alors que je traversais le patio de brique. Un frêle jeune homme ouvrit la porte à panneaux. L'intérieur de la maison avait été dépouillé de son ancien luxe. Je pénétrai dans un vestibule vierge de tout tapis ; le plancher présentait une couche de poussière révélatrice de son abandon. Ethan Canning me tendit la main et serra énergiquement la mienne. Bien que la sienne possédât la douceur de qui ne connaît pas le travail manuel, son étreinte était ferme au point d'en être presque brutale, comme s'il désirait affirmer son pouvoir. C'était, me dis-je, la poignée de main trop zélée d'un enfant qui joue à l'homme. Sa jeunesse, en effet, me stupéfia. Ce garçon à l'air intelligent, aux traits anguleux, ne devait guère avoir beaucoup plus de vingt ans. Son visage lisse était plissé de fatigue. Après s'être détourné pour me montrer le chemin, il entra avec la claudication caractéristique du pied-bot et m'expliqua pourquoi, à son âge, il n'était pas sous les drapeaux. Il leva la tête et me scruta de derrière ses demi-lunettes dorées, qu'il portait perchées sur le bout du nez.

« Je pensais que nous dînerions tout de suite, si cela ne vous ennuie pas, monsieur March. Le voyage a dû vous donner faim et nous nous couchons tôt ici. »

Il me conduisit dans ce qui devait avoir été jadis une imposante salle à manger, dont les murs lambrissés étaient peints de scènes frivoles où des libertins français gambadaient sur des prés émaillés de fleurs. L'aristocratie sudiste qui avait conçu cette pièce devait avoir mené jadis semblable vie de plaisante oisiveté. À présent, les dames enrubannées des fresques tournaient leurs regards mutins sur un espace rempli d'échos. Une petite desserte avait remplacé la belle pièce de mobilier qui avait occupé autrefois la place d'honneur. Dessus étaient posées quelques assiettes de porcelaine ébréchées et dépareillées. Comme je m'asseyais avec précaution sur un tabouret bancal, un vieux domestique noir s'avança pour me servir un morceau de porc bien gras. Je déclinai sa proposition, me contentant d'une bonne cuillerée de patate douce aqueuse. Ce n'était pas le dîner de mes rêves.

L'obscurité s'épaississait. Canning demanda au domestique d'apporter de la lumière. Traînant les pieds, le vieil homme revint avec deux bougies plantées dans une pomme de terre évidée.

« Merci, Ptolémée, dit-il, avant de laisser échapper un petit rire, au moment où la lueur des flammes illuminait mon visage.

» Ce n'est pas ce que vous imaginiez, hein, March ? Ce n'est pas non plus ce que j'avais en tête. » Il mastiqua avec application sa viande filandreuse. « D'abord, les fédéraux sont passés par là, du temps où le défunt propriétaire était encore vivant. Ce qu'ils n'ont pas pris, les mercenaires rebelles sont partis avec dès qu'ils ont appris que la maîtresse avait prêté le serment d'allégeance. J'ai retrouvé un ou deux objets dans le quartier des esclaves, et vous pouvez être sûr que quantité d'autres ont disparu avec ceux qui se sont enfuis, ce qui représente plus de la moitié d'entre eux, d'après mes calculs. Certains sont revenus, et se sont joints aux quarante individus – dont ce vieux domestique fourbu – assignés ici par le camp de contrebande noire installé à Darwin's Bend par l'armée de l'Union pour accueillir tous les fugitifs réfugiés dans nos lignes. Au moins, le fait d'avoir été complètement dévalisés nous met désormais un peu plus à l'abri des incursions, puisque le bruit a circulé qu'il ne nous restait rien qui vaille la peine d'être pillé. Bien qu'une fois connue l'arrivée d'un nouveau Yankee, ils puissent venir renifler…

— J'avais pourtant cru comprendre qu'il y avait une garnison à Waterbank pour protéger les fermiers nordistes de la région, non ? »

Canning eut un rire amer.

« Il y a bien un poste à Waterbank, oui, mais ce qu'on appelle cavalerie est risiblement insuffisant, aussi bien pour organiser des patrouilles entre cette ville et la garnison voisine que pour pourchasser les irréguliers. Je n'ai jamais vu de force aussi médiocrement montée. Tenez, certains sont même à dos de mulets ou de chevaux de trait confisqués aux habitants. Vous pouvez imaginer leur efficacité dans une poursuite acharnée ! Non, monsieur March, la protection de la garnison ne repose que dans sa présence. Je n'attends pas qu'on fasse des efforts héroïques pour nous défendre. »

Pendant la suite de ce dîner sans joie, Canning énuméra les malheurs de l'exploitation. La saison de la cueillette, dans cette région, commençait généralement en septembre, en tout cas pas plus tard que novembre, afin d'être terminée à Noël. Mais, à son arrivée, Canning avait trouvé les lieux dans la plus grande anarchie. Les esclaves restants – avec raison, me semblait-il – s'étaient tournés vers des cultures vivrières qui devaient leur éviter la famine. Avant que Canning ait pu obtenir que le directeur du campement de Darwin's Bend lui affecte des ouvriers, et qu'il ait ensuite organisé tout ce monde en brigades de travail, il s'était écoulé plusieurs mois. Si bien que les pluies d'hiver avaient détaché la moitié des boules de coton de leurs tiges. La dernière cueillette, toujours en cours, était décevante.

« Mme Croft m'a certifié – et elle m'a montré les comptes du courtier à l'appui – que le rendement d'un ouvrier dépassait cinquante kilos de coton par jour. Nous aurons de la chance si nous arrivons à vingt-cinq, et cela chez les meilleurs cueilleurs. Les enfants et les plus vieux ramassent beaucoup moins. Mais nous devons utiliser tous les bras disponibles. »

Ces nouvelles étaient décourageantes, car cela voulait dire que ma salle de classe demeurerait vide jusqu'à la fin de la cueillette. Je me demandai à haute voix si dans l'intervalle je ne pouvais pas me rendre utile auprès d'esclaves tels que Josiah, trop malades pour travailler.

Le visage étroit de Canning s'empourpra.

« Ce garçon n'est pas trop malade pour travailler ! »

Il poussa un soupir et, après avoir cherché à tâtons sur ses genoux une serviette de table qui en fait n'existait pas, essuya son menton couvert de graisse du dos de la main.

« ... Quoi que vous ayez pu entendre, monsieur March, sur l'horrible exploitation du système des plantations – j'ai moi aussi entendu ce genre de choses et j'y ai cru, je ne le nierai pas –, bon nombre de propriétaires d'esclaves ont dû être crédules à la folie, si ce domaine peut servir de critère d'évaluation. Tenez, ici, les ouvriers croient qu'ils peuvent rester couchés toute la journée dans leurs cases à la moindre douleur ou au moindre rhume. Mon opinion est que tout homme capable d'uriner debout doit aller aux champs accomplir sa part de travail. Ou alors, qu'il se passe de sa ration de maïs ! »

Mon visage devait exprimer l'émotion qui montait dans ma poitrine, car Canning me jeta un regard furieux.

« Si vous me trouvez dur, attendez une semaine. Vous verrez ce dont j'ai hérité. Le colonel Croft et sa femme disposaient de toute la vie d'un esclave pour se rembourser les frais de sa maladie, réelle ou imaginaire. Mon bail à moi court sur une année, et j'ai bien l'intention d'en tirer un profit à l'expiration, en échange de tout le danger et de tout l'inconfort que j'aurai supportés. Je ne me prétends pas un apôtre de l'abolition, comme vous, monsieur March. Je suis un homme d'affaires, c'est aussi simple que cela. Mais nous avons tous les deux notre rôle à jouer dans l'amélioration de la condition des nègres. La raison de ma venue dépasse l'intérêt ordinaire que l'on peut porter au travail volontaire. Je crois que la production du coton et du sucre par un travail libre doit être à la fois possible et profitable… Pour eux comme pour nous. Si nous ne prouvons pas que nous avons raison, quel avenir ont ces populations ? Sombre, me direz-vous, non ? » Canning eut un sourire suffisant à son trait d'esprit, repoussa sa chaise et consulta sa montre de gousset. « Et maintenant, si vous voulez bien, je vais vous montrer vos quartiers. Il faut que je fasse ma ronde nocturne des cases, pour m'assurer que tout le monde est bien là où il est censé être, au repos, plutôt qu'occupé à dilapider ses forces dans une bamboula. Les surveillants doivent avoir leurs brigades dans les champs un quart d'heure avant le lever du soleil. »

Je le suivis hors de la salle à manger, il tenait le bougeoir en pomme de terre devant lui. Las et découragé, il me tardait d'être dans mon lit, le premier vrai lit où je dormirais depuis mon départ de Concord tant de mois plus tôt. Mais Canning ne prit pas le grand escalier qui montait majestueusement aux étages supérieurs. Il m'emmena à la cuisine, où le vieil esclave Ptolémée lui tendit un paquet emballé d'un chiffon constellé de taches de graisse, avant de m'en tendre un autre semblable.

« Des galettes de maïs pour demain matin, expliqua Canning. Nous n'avons ni le temps ni le personnel pour préparer le petit déjeuner. »

Gardant mes réflexions pour moi, je pensai que si le vieux Ptolémée à demi paralysé, qui semblait faire office à la fois de cuisinier et de majordome, était considéré comme un ouvrier indispensable, la situation devait être vraiment grave.

Canning se tourna ensuite vers la porte donnant sur la cour et me précéda dehors.

« Vous êtes libre, naturellement, de dormir dans la maison, mais je ne vous le recommande pas. Je vous conseille plutôt de m'imiter et de choisir une des dépendances. Si les rebelles reviennent, ce sera probablement de nuit, et ils ont la réputation de ne pas être tendres avec les abolitionnistes de votre genre. »

La lune était pleine, aussi nous trouvâmes facilement notre chemin pour traverser la cour en direction d'un ensemble de formes indistinctes qui, à notre approche, se révélèrent être le centre industriel de la plantation. La cheminée d'une grosse machine à vapeur dominait une série de cases et d'ateliers bas. L'odeur piquante de la sève indiquait une scierie. Un autre atelier se révéla être la forge ; ce que je supposais être la salle d'égrenage se trouvait à l'autre bout de la cour. D'un coup sec, Canning tira l'une des chandelles de la pomme de terre et me la tendit.

« Ne la gaspillez pas… Moi-même, je me contente d'une demi-chandelle par semaine. Je dors dans le moulin à maïs. Je vous recommande la grange. Il y a des sacs de graines de coton. Vous vous apercevrez que celles-ci font un bon matelas. Oh ! et pas de bougie à proximité de la salle d'égrenage. La ouate prend feu comme de l'amadou. »

Je poussai la porte récalcitrante du bâtiment indiqué par Canning. Un énorme tas de graines – plusieurs centaines de boisseaux, estimai-je – s'élevait presque jusqu'au toit. Une bonne partie des semences avaient été stockées dans des sacs de jute. Avec deux d'entre eux, je me confectionnai une paillasse et me servis de ma capote militaire comme couverture.

Je me réveillai dans le noir, au son d'un grand tintamarre. J'avais dormi d'un sommeil lourd ; les graines de coton faisaient en effet un matelas moelleux, et je restai un moment à fixer les chevrons, tâchant de me rappeler où je me trouvais. Finalement, je compris que le tintamarre devait être la cloche de réveil des esclaves. Impatient de rencontrer mes futurs élèves, je me levai et, jetant ma capote sur mes épaules, sortis chercher de l'eau en vue d'un semblant d'ablutions matinales.

C'était, comme m'avait prévenu Canning, quelques minutes avant le lever du soleil. L'air d'avant l'aube était glacé, et je resserrai ma capote autour de moi. Je m'étais tellement habitué à la clémence de cette région que je dus me rappeler qu'une fraîche matinée n'était pas une anomalie à cette époque de l'année. Je tournai en rond un bon moment dans l'obscurité avant de pouvoir distinguer la cabane du puits. Un froid humide et pénétrant régnait à l'intérieur. Aucun seau n'était accroché à la corde enroulée autour du rouleau ; je tâtonnai le long des potences murales pour voir si je ne pouvais pas en trouver un. Glissant sur les dalles de pierre grasse, je perdis l'équilibre et atterris lourdement sur les fesses, laissant échapper un juron devant ma maladresse.

Une voix tremblante, venant de quelque part sous terre, me fit presque sauter au plafond.

« Maître, c'est vous, m'sieur ?

— Qui est-ce ? m'écriai-je. Où êtes-vous ?

— C'est Zeke, maître. Vous vous rappelez pas ? Je suis au fond depuis plus d'deux jours, et je regrette vraiment ce que j'ai fait. S'il vous plaît, m'sieur, j'ai bien faim et froid. S'il vous plaît, laissez-moi sortir ! »

Je me mis à plat ventre sur cette pierre froide et humide, puis risquai un regard par-dessus la margelle du puits, lequel s'enfonçait dans le sol à quelque vingt pieds de profondeur. Au début, je ne vis que du noir, mais, une fois que j'eus accommodé, je distinguai la tache claire d'une chemise et le blanc de deux yeux remplis d'effroi. Le puits, découvris-je, était sec, à l'exception de quelques pouces d'eau, au fond, où se tenait le misérable.

« Seigneur ! mon ami, si je descends la corde, auras-tu la force d'y grimper pour sortir ?

— Oui, m'sieur, je crois que j'peux, mais vous êtes pas l'maître, après tout, et s'il me donne pas la permission de sortir, j'sais pas très bien si j'dois.

— Zeke, dis-je, je travaille avec M. Canning. Je réglerai cela avec lui. Allez, prends la corde, je vais te remonter. »

Malgré sa haute taille, Zeke était décharné, aussi ne me fallut-il pas un gros effort pour le hisser sur la margelle du puits. Avant de se lever, il y demeura allongé un instant, essoufflé et frissonnant. Je le couvris de ma capote, puis l'aidai à sortir à l'air libre, où la température était plus chaude d'au moins deux degrés. Il trébucha ; je vis des lambeaux de chair macérée se détacher de ses pieds nus, ridés et tout bleus d'être restés dans l'eau. Nous nous assîmes le dos au mur de la cabane, tandis qu'un soleil blême montait doucement au-dessus de l'horizon luxuriant. J'ouvris le torchon enveloppant mes galettes de maïs et le fis passer à Zeke. Il le prit dans des mains tremblantes, sillonnées de veines sinueuses, et mangea avec le désespoir des affamés, sans laisser une miette. Il se renversa alors en arrière et ferma les yeux avec un soupir. Son visage avait dû être beau, autrefois. À présent il avait les joues hâves.

« Pourquoi étais-tu là-dedans, Zeke ? »

Ses paupières papillotèrent.

« Vaut mieux que vous demandiez à maître Canning.

— Non, dis-je avec fermeté. C'est à toi que je le demande. S'il te plaît, donne-moi ton explication.

— J'ai tué un cochon et l'ai donné à manger à mes enfants, répondit-il. Le maître s'est mis en colère parce que j'ai dit que j'ai pas volé le cochon. Pour moi, y avait pas de mensonge. Le maître possède le maïs, le maître possède aussi le mulet, et j'pense que donner le maïs à la mule et ci et ça, ça s'appelle prendre soin de la propriété du maître. Bon, moi et mes enfants, on est la propriété du maître, le cochon est aussi la propriété du maître, alors quel mal y a si nous mangeons le cochon ? Le cochon fait partie de nous, maintenant, et le maître est toujours propriétaire puisqu'il nous possède toujours.

— Mais, Zeke, protestai-je, M. Canning ne te possède pas. En tant que contrebande de guerre, tu es son employé, pas son esclave !

— C'est vrai ? J'ai toujours l'impression d'être son esclave présentement. » Il pointa un doigt tremblant vers l'horizon, où s'attardait encore une lune pâle. « Quand la lune, là, croît et décroît, et croît encore, il nous a promis d'être payés, mais plus d'un mois a passé et nous avons pas vu un *cent*. Du temps du vieux maître Croft, il disait : "Accomplis ta tâche quotidienne, finis ce que tu as à faire, puis va bêcher tes pommes de terre pour nourrir tes enfants." Le jeune maître Canning, il dit : "Accomplis ta tâche quotidienne, et puis continue." Mais si un homme doit travailler de la nuit noire à la nuit noire, y a plus de jour pour planter des légumes, et nos pommes de terre sont envahies par les mauvaises herbes, et nos enfants ont mal au ventre. »

Ne sachant pas si sa version des choses était vraie, je ne soufflai mot et décidai d'aller tout droit trouver Canning. Comment ce jeune homme pouvait-il approuver une telle cruauté ? Laisser ses gens affamés, puis les jeter dans un trou pour les punir du crime de s'être nourris ! Pareil châtiment pouvait ne pas outrepasser la lettre des directives de l'armée, qui n'interdisait expressément que le fouet, mais il outrepassait certainement l'esprit dans lequel avait été lancée l'expérience d'affermage.

En conséquence, après avoir demandé mon chemin à Zeke, je me dirigeai vers le champ de coton. Peu après, je rencontrai une petite porteuse d'eau – une fillette plus jeune, selon moi, que mon Amy, mais qui lui ressemblait par la grâce de ses mouvements et la délicatesse de sa stature, sauf que son gros baquet d'eau reposait sur une mousse brune de cheveux crépus, et non sur cette cascade de boucles dorées dont ma chère petite a tendance à tirer vanité. Je saluai la fillette ; elle me répondit avec une gaieté et une liberté de manières qui furent pour moi un soulagement après les réticences de Josiah la veille. Quand je lui appris que je serais bientôt son instituteur, elle tapa dans ses mains, réussissant le tour de force de garder le baquet sur sa tête sans même s'aider d'un bras pour le retenir.

« Je veux trop apprendre ! » s'écria-t-elle.

J'aurais tant aimé que mon Amy, qui se plaignait sans arrêt des épreuves que lui infligeait sa classe, partageât l'enthousiasme de cette petite. Cilla, ainsi qu'elle se présenta, fut heureuse de me conduire au champ, jacassant en chemin sur l'avancée des cueilleurs, les prévisions d'un temps sec prolongé et me pressant de questions sur les leçons et la date de leur début.

Le champ, quand nous y arrivâmes, offrait une vision imposante. J'estimai qu'il s'étendait sur plus de un mile de terrain, mais l'ensemble semblait aussi soigneusement entretenu que le carré de petits pois d'un jardinier bostonien. Les pieds s'alignaient en rangs serrés, nourris des riches alluvions du fleuve. Si certains montraient les séquelles visibles du temps pluvieux dont avait parlé M. Canning – quelques hautes tiges dépouillées ou cassées, un feuillage bruni par la rouille –, une bonne partie d'entre eux se paraient encore de leurs grandes feuilles luxuriantes. Toute cette étendue brillait à la lumière matinale, baignant dans une douce et verdoyante fraîcheur.

Les cueilleurs semblaient avoir atteint la moitié du champ. J'ignorais combien de parcelles aussi grandes comptait le domaine. En me rapprochant des brigades de travail, je fus frappé par l'économie de gestes des cueilleurs. Les meilleurs d'entre eux, semblait-il, étaient capables de cueillir simultanément des deux mains, tordant et tirant la fibre de telle façon qu'elle tombait aisément dans leur escarcelle. Les moins expérimentés devaient agripper la boule d'une main et arracher la fibre de l'autre. Canning avait dit qu'on avait eu recours à tous les bras, et je constatai vite la véracité de cette affirmation. Même de très jeunes enfants ramassaient des fibres au bas des plants, tandis que des hommes et des femmes courbés par l'âge et le poids de leurs sacs, les mains tremblantes, se démenaient pour apporter leur obole aux nuages de coton qui s'amoncelaient.

Malgré son infirmité, Canning arpentait en tous sens les longues rangées, exhortant les ouvriers à plus d'efforts, les pressant de suivre la pointeuse et surveillant attentivement le poids marqué par la balance. Il avait avec lui un registre, où il notait le compte de la cueillette de chacun, qu'il comparait apparemment avec celui des jours précédents. Il invectiva un homme, déçu par le contenu de son sac, et en complimenta un autre qui avait dû dépasser la quantité assignée.

Canning portait toujours le gilet et le pantalon couleur sable froissés qu'il avait la veille, mais il avait ôté son veston, et des taches de sueur commençaient déjà à maculer sa chemise. Son visage paraissait cireux à la radieuse lumière matinale et je me demandai si ses manières brusques ne cachaient pas les prémices d'une maladie. Sa tête disparaissait sous le même grand chapeau en feuilles de palmes que portaient les nègres. De temps en temps, il l'ôtait d'un large geste impatient pour s'éponger le front.

J'observai un moment, soudain gêné d'interrompre cette scène industrieuse. Les nègres avaient l'air absorbés par leur besogne ; peu d'entre eux levèrent la tête ne serait-ce que pour remarquer ma présence, ce qui m'étonna : les étrangers ne devaient pas être très nombreux dans les champs. Canning donnait peut-être l'exemple car, bien qu'il n'ait pu me manquer là où je me tenais, il ne m'adressa aucun signe de bienvenue ni de reconnaissance.

Comme l'heure avançait, je vis que bon nombre de membres de la brigade ne tenaient visiblement plus debout. Plusieurs avaient la même toux sèche que Josiah. Aucun d'entre eux ne semblait robuste. Beaucoup, surtout parmi les enfants et les plus âgés, étaient émaciés. Presque tous leurs vêtements étaient rapiécés, déchirés ou usés.

Quand Canning appela la porteuse d'eau, j'en profitai pour aller me planter devant lui. Désireux de commencer sur une note positive, je louai ce spectacle de dur labeur. Canning avala une gorgée, se rinça la bouche et la recracha sans prendre la peine de me répondre. Offensé par sa grossièreté, je lui exprimai sans ambages ma consternation devant les mauvais traitements subis par le dénommé Zeke.

Canning me saisit brutalement le bras et m'entraîna à grands pas loin de la pointeuse. Dès que nous fûmes hors de portée de voix des ouvriers, il se lança dans une diatribe blessante :

« Comment osez-vous, monsieur ! Comment osez-vous, arrivant ici sans la moindre idée de mes difficultés, avoir l'insolence de me contester ? Oui, me contester ! Des mauvais traitements ? Je puis vous assurer qu'ici, c'est moi qui suis maltraité... Par ma bailleresse, par l'armée, par les nègres ! Et aborder pareil sujet devant mon personnel ! N'avez-vous aucun sens de l'ordre ? Aucun sens commun ? »

Sa poigne s'était resserrée comme une pince, et sa voix muée en hurlement. Il me lâcha le bras d'un geste presque violent et ouvrit la bouche pour continuer sa tirade, puis sembla se raviser. Il se ressaisit et changea de ton :

« ... Je n'ai pas de temps à perdre. Si vous avez des questions à me poser sur ma gestion de l'exploitation, ayez la bonté de vouloir attendre jusqu'à ce soir. Je tâcherai alors de répondre en détail à vos inquiétudes. Maintenant, vous voudrez bien m'excuser. Mon travail m'attend. Il serait avisé de vous trouver quelque tâche pour vous occuper. N'avez-vous donc pas une salle de classe à préparer ?

— Je ne sais pas exactement... »

J'étais sur le point de lui dire que je ne savais pas quel

bâtiment était disponible, mais Canning me coupa la parole :

« Non, vous ne savez pas. Vous ne savez absolument rien. »

Là-dessus, il me tourna le dos et repartit à grands pas vers ses ouvriers. C'était le jeune homme le plus discourtois et le plus arrogant que j'eusse jamais rencontré, songeai-je.

Je passai le reste de la journée à explorer le domaine afin de me familiariser avec sa disposition et ses bâtiments. À midi, je pris à la cuisine un quignon de pain et le trempai dans un bocal de miel, d'où je dus retirer des cadavres de mouches. Après ce déjeuner frugal, je partis à la recherche des quartiers des esclaves. De la taille d'un village, découvris-je, ceux-ci étaient un amas de chaumières grossières, construites de poteaux recouverts d'argile, disposées en parallèle, comme une rue. Au premier abord, les lieux semblaient déserts ; tout le monde était au travail. Mais de l'une des huttes sortaient des piaillements d'enfants en bas âge. M'étant approché pour jeter un coup d'œil à l'intérieur, je vis une vieille femme bossue, toute brune et ratatinée, assise dans un coin. Aux chevrons étaient suspendus huit ou neuf petits hamacs, dont chacun contenait un bébé, certains nouveau-nés, d'autres d'à peine quelques mois, tous entièrement nus. Des enfants de un ou deux ans sachant marcher, également nus, se bousculaient comme des chiots autour d'un tas de pois bouillis qui avaient été versés du chaudron à même le sol de terre. La vieille tenait un long bâton qui lui permettait d'atteindre chaque hamac et de le balancer doucement sans avoir à se lever de son tabouret. Elle alternait celui-ci avec une badine de roseau, dont, d'un geste encore vif, elle donna un petit coup à un bambin qui avait volé une poignée supplémentaire de ces ignobles pois grisâtres. Celui-ci retira sa menotte et se mit à hurler.

« Voyons, ma commère, protestai-je. Il n'est tout de même pas nécessaire de frapper un enfant aussi petit ! »

Elle me lorgna de ses yeux opaques.

« Qui ose me dire ça, d'abord ? »

Je me présentai. Elle caqueta :

« Bon, si vous êtes pasteur, vous me dites alors pourquoi le Seigneur a fait des badines, si c'est pas pour fouetter les galopins. »

Elle se leva et boitilla dans ma direction.

« Bougez pas d'un pouce, vous m'entendez ? croassa-t-elle aux pauvres petits agneaux noirs, qui s'écartèrent d'un air terrifié. Je dois m'occuper des nouveaux arrivants, expliqua-t-elle, et aussi soigner ceux qui vont bientôt nous quitter. »

Sur quoi elle me tendit une serre osseuse que je pris à contrecœur.

S'appuyant sur moi et sur son bâton, elle sortit de la garderie des tout-petits d'un pas mal assuré pour suivre le chemin de terre battue menant à la case voisine. Sitôt qu'elle ouvrit la porte, une véritable infection nous assaillit. Cet endroit était donc une infirmerie ! Une douzaine d'êtres gisaient sur des tapis de sol crasseux. Des cafards trottinaient sur ceux qui étaient trop faibles pour les chasser, ou trop mal en point pour s'en soucier. Nul besoin d'être médecin pour voir que chacun d'entre eux était très gravement malade.

Il y avait un baquet d'eau près de la porte. La femme en tira un linge mouillé et passa d'une silhouette prostrée à la suivante, bassinant leurs fronts moites. Un second seau contenait une louche. Je la remplis et suivis la vieille, proposant de l'eau à ceux qui étaient capables de boire ou humidifiant de quelques gouttes les lèvres parcheminées de ceux à qui cet effort n'était plus possible.

« De quelles maladies souffrent-ils ? » m'enquis-je.

Elle haussa ses épaules contrefaites.

« Fièvres, dysenterie. Certains ont la jaunisse, d'autres la diarrhée blanche. Cette jeune fille là-bas, elle a la fièvre des couches.

— Un médecin a-t-il vu ces gens ? »

Elle poussa un grognement.

« Y a pas de médecin par ici. Pas pour nous. »

Je trouvai étrange que Canning n'eût pas appelé un médecin de l'Union.

« Que se passait-il ici avant, ma commère, quand les gens tombaient malades ?

— Eh bien, au printemps, le vieux maître nous donnait de la mélasse, du soufre et du thé au sassafras pour purifier not' sang. Il donnait la même purge à tous les cochons, les mulets et les esclaves du domaine. Ça marchait bien. Du temps du vieux maître, y avait pas autant de malades qu'aujourd'hui. S'ils sont un peu malades, ils prennent un peu de ci, un peu de ça, des herbes et des racines que Mme Croft connaissait. Quelqu'un a la fièvre, elle dit : "Lavez-le avec de l'ellébore pure, du vinaigre et du sel", mais nous avons ni sel ni vinaigre, maintenant. Surtout, elle et le vieux maître disent aux malades : "Repose-toi un peu", et bientôt ils vont mieux. Le jeune maître, lui, dit : "Non, levez les malades et qu'ils travaillent jusqu'à ce qu'y peuvent plus se lever..." »

Je regagnai la maison, le cœur fermentant de rage contre Canning et ses cruautés. Dans l'attente de son retour, je répétais mes griefs en arpentant le salon poussiéreux, si bien que les atomes de poussière bondissaient et scintillaient dans la lumière oblique. Quand j'entendis enfin son pas claudiquant, je me ruai dans le vestibule, prêt à l'aborder. Mais son aspect me stoppa dans mon élan. L'homme était couleur de cendre. Sa boiterie s'était accentuée, on eût dit qu'il traînait sa jambe gauche comme un poids mort. Je calculai alors qu'il avait dû surveiller ses ouvriers pendant seize bonnes heures. Cela m'exaspéra encore plus. Les consignes de l'armée stipulaient que la main-d'œuvre de contrebande ne devait pas travailler plus de dix heures les jours d'été et plus de neuf heures en hiver. Mon visage devait laisser transparaître mes sentiments, car Canning leva une main en me voyant et murmura :

« Tout à l'heure, pas maintenant. Donnez-moi juste un peu de temps, mon père, avant de me soumettre à votre glaive vengeur. »

Il gravit l'escalier avec difficulté, se hissant marche après marche en s'aidant de la rampe. Ptolémée le suivait, portant des brocs et un linge pas très net.

Une demi-heure plus tard, Canning redescendait, l'air quelque peu revigoré. J'avais patienté devant la cheminée de marbre noir du salon ; mes mains, dans leur agitation, tambourinaient sur la pierre froide. Les hautes et larges fenêtres s'ouvraient sur la perspective circulaire des jardins, qui avaient dû être magnifiques en leur temps. Mais les buis étaient désormais hirsutes, et ce qui devait former jadis le jardin ornemental était jaune, mort et abandonné. Je me détournai de l'âtre au moment précis où entrait Canning. Approchant un fauteuil de bois à barreaux, il s'y assit lourdement.

« Maintenant, dit-il. Maintenant, vous pouvez y aller. »

Je commençai par l'« infirmerie » et le cruel manque de soins pour les sujets gravement malades.

« Avoir cette vieille femme, qui paraît elle-même l'air à moitié morte, pour seul réconfort est navrant.

— Monsieur March, répondit-il avec une courtoisie exagérée. À mon arrivée ici, la première chose que j'ai faite a été de m'adresser au chirurgien de l'Union, à Waterbank. Le bon docteur a d'emblée élevé des objections, sous prétexte que les besoins des soldats étaient trop urgents. Quand je l'ai repris en décrivant la situation critique de ces êtres humains dont j'étais responsable, il m'a répondu que "les nègres n'étaient que des animaux, et moitié moins précieux que le bétail". Après cet échange, j'ai mis fin à mes démarches. Quel soulagement attendre d'un homme aux convictions aussi monstrueuses ?

— Bien, dis je. Mais les maladies que cette vieille femme rapporte aux tout-petits dont elle ne prend aucun soin et qu'elle maltraite ? Cela vaut-il quelques sacs de coton supplémentaires ? Ne pourriez-vous charger l'une des mères de cette tâche ?

— Les mères ne sont pas toujours les madones que vous croyez, monsieur March. Avez-vous entendu la manière dont elles parlent à leurs enfants ? » Il eut un léger sourire. « Par les temps qui courent, le sort des nouveau-nés est incertain, quoi que je fasse. Mais je vais réfléchir à la possibilité de me passer d'une demi-paire de bras. Oui, cela semble un risque inutile d'exposer des nourrissons aux miasmes que la vieille bique rapporte de la case des malades.

— Comment avez-vous pu ne pas y songer ! » m'exclamai-je, désarmé par son facile accord sur ce point.

Il passa une main dans ses cheveux blond-roux.

« Il y a des choses, une myriade de choses, chaque jour, auxquelles j'aimerais avoir songé. Je suis venu ici pour mettre une récolte de coton sur le marché, pas pour jouer au politicien, ni au médecin, ni à la nourrice. Je suis avocat, monsieur March. Licencié en droit. J'ai dû apprendre les rudiments de l'agriculture et de la gestion avec la seule assistance – et contrairement aux fadaises romantiques qui ont circulé à leur sujet – d'une classe d'êtres humains très abjects et peu prometteurs. Comment exiger de moi que je maîtrise aussi la médecine et l'obstétrique ? Bon sang, je fais de mon mieux, March !

— De votre mieux ? m'écriai-je, avec un regain d'indignation. Comment pouvez-vous parler ainsi, quand vous jetez au fond d'un puits un être humain dont le seul crime est d'avoir faim ?

— Ah, murmura-t-il. Nous en venons au cas de Zeke.

— Oui, lançai-je d'un ton sec, le pauvre homme était dans un état des plus pitoyables… »

Il me coupa la parole :

« Je présume qu'il vous a raconté avoir volé le cochon pour nourrir ses enfants ?

— Prétendez-vous que c'est faux ?

— Non, c'est vrai. Ce qu'il a omis de vous dire, c'est que ces "enfants" sont des grands qui portent l'uniforme gris et chevauchent avec les rebelles. » Mon visage devait s'être vidé d'expression sous l'effet de la confusion. Son ton devint acerbe. « Ne soyez pas naïf, March. Il y a des nègres qui servent les sécessionnistes. Vous devez le savoir.

— Oui, bien sûr. Mais seulement sous la contrainte. »

Canning secoua la tête en signe de dénégation. Visiblement, j'abusais de sa patience.

« La femme de Zeke était la domestique du contremaître, ses garçons ont donc grandi comme domestiques et compagnons des fils du contremaître. Au dire de tous, ils étaient très privilégiés : dispensés de travaux des champs, formés aux métiers de la forge et de la sellerie, autorisés à gagner un peu d'argent en louant leurs services à d'autres. Quand les fils du contremaître se sont enrôlés dans l'armée, ceux de Zeke les ont suivis pour les servir. L'un des jeunes Blancs est mort dans l'escarmouche qui a tué Croft. Le fils survivant a rejoint les irréguliers. Les garçons de Zeke sont revenus ici, mais ils se sont sauvés dès qu'ils ont su que j'attendais d'eux qu'ils travaillent aux champs avec tous les autres. Il semble qu'ils préfèrent être des esclaves vivant de pillage plutôt que de la contrebande obligée de travailler. Vous voudrez bien me pardonner, j'espère, si je désapprouve que le maigre bétail de la plantation serve à nourrir ceux-là mêmes qui harcèlent et menacent mon existence.

— Ma foi, repris-je, peut-être ne se seraient-ils pas

sauvés si vous n'aviez pas traité tout le monde aussi cruellement...

— Je suis venu dans le Sud récolter le coton pour la cause de l'Union qui vous est si chère, monsieur March, et cette récolte, aussi tardive et effectuée dans ces conditions, exige des sacrifices, oui, des sacrifices de tous. Pour la rentrer, je dois tirer le maximum des forces de tous les hommes, femmes et enfants de cette plantation, y compris de moi-même. Et je ne vais pas me répandre en excuses pour cela ! »

Il s'était levé d'un bond pendant qu'il parlait et avait haussé la voix. Puis il chancela légèrement et se frotta la poitrine.

Je fis un pas involontaire dans sa direction, pensant qu'il allait peut-être s'évanouir, mais il m'écarta d'un geste et se rassit avec un soupir. Quand il reprit la parole, ce fut d'un ton calme et mesuré :

« Ce que j'ai dû combattre ici, ce ne sont pas seulement le mauvais temps et des rebelles meurtriers, mais un état d'esprit, monsieur March. Il faudra un temps considérable pour amener le nègre à comprendre qu'être affranchi ne veut pas dire être libéré de la peine qui est le lot de tous les enfants de Dieu depuis qu'Adam et Ève ont été chassés du paradis. Tenez, certains d'entre eux semblaient imaginer que M. Lincoln les emmèneraient tous en grande cérémonie à Boston et leur attribuerait des esclaves blancs !

— Comment pouvez-vous espérer qu'ils se sentent affranchis, alors que vous les tyrannisez de toutes les manières – à l'exception du fouet – sans les payer ?

— Allons, je paie mes ouvriers huit dollars par mois et les demi-ouvriers – enfants, personnes âgées – en fonction de leur travail quotidien.

— Mais ils affirment n'avoir rien reçu.

— Bon, bien sûr qu'ils n'ont encore rien reçu. Je les paierai sur les fonds du grossiste dès que nous les encaisserons, après la récolte. »

Je ne jugeai pas très surprenant que des hommes comme Zeke se défient de ce genre de promesses : jusqu'alors tous les Blancs n'avaient cessé de leur mentir. C'était leur politique. Je connaissais le genre de « faits » qu'on enseignait aux esclaves : ceux qui s'enfuyaient au Canada seraient pris par les Britanniques, qui leur crèveraient les yeux et les enverraient travailler dur dans des mines souterraines jusqu'à leur mort.

Je songeai aux femmes que j'avais vues dans les champs ce jour-là, leurs chemises criblées de trous, sans trace de sous-vêtement. Je songeai aux tout-petits, nus, pleurant dans leurs hamacs, trempés d'urine.

« N'est-il pas possible, entre-temps, de faire quelque chose pour augmenter leurs rations, de mieux les vêtir ? »

Avec un geste de désespoir, Canning leva alors les yeux.

« Dites-moi comment, March ! Donnez-moi un moyen. Je me suis creusé la tête sur la question. Je n'étais pas un homme riche quand je suis descendu dans le Sud. J'ai mis jusqu'au dernier sou que j'avais pu économiser grâce à mon cabinet d'avocats, et je me suis même endetté pour signer le bail de Mme Croft et payer ces quelques mules décharnées que vous voyez en remplacement de celles qui avaient été volées. Maintenant, je m'aperçois que ce bail ne me rapportera probablement que la moitié de ce que j'espérais. J'aurai beaucoup de chance si je ne repars pas ruiné. Ou si les fièvres ou une incursion rebelle ne me tuent pas avant ! Dans ces conditions, comment pourrais-je nourrir et vêtir cent soixante-sept personnes ? J'imagine que vous n'avez pas de fortune personnelle dans laquelle vous pourriez puiser ? »

Je pensais sans rien dire que, moins d'une décennie plus tôt, j'aurais eu encore une telle fortune. Mais je ne souhaitais pas débattre avec Canning de l'imbroglio qui m'avait mené si rapidement de la richesse à la pauvreté. Cependant, les paroles du jeune homme m'avaient donné une idée. Il y avait des gens fortunés – à Concord, à Boston et à

New York – auprès de qui nous pouvions chercher des secours.

« Du pain et du poisson, monsieur Canning. Voilà ce qu'il nous faut.

— Je suppose que la foi dans les miracles est une nécessité de votre vocation !

— En effet, monsieur Canning. Et j'ai bien l'intention de vous convertir. Puis-je espérer disposer de votre cheval demain ?

— Si Aster peut vous aider à réaliser un miracle, n'hésitez pas. Mais puis-je vous demander ce que vous avez en tête ? »

Nous rentrâmes pour dîner. Autour d'un repas beaucoup plus agréable que je ne m'y étais attendu (à la fois parce que j'avais trouvé une raison d'espérer que M. Canning n'était peut-être pas le jeune ogre pour qui je l'avais pris, mais aussi en raison des prouesses du cuisinier, qui avait préparé des haricots mangeables sans y ajouter l'inévitable graisse de porc), je lui exposai les grandes lignes de mon projet.

À la fin de mon discours, Canning secoua la tête, mais il souriait en parlant.

« Ce serait vraiment un miracle, si vous parveniez à vos fins, monsieur March. Mais je vous souhaite le succès. »

Nous nous levâmes ensuite de table, lui pour effectuer sa ronde nocturne, moi pour gagner mon « lit », sur lequel je restai éveillé une bonne partie de la nuit. Je commençai à récapituler en détail les tâches du lendemain, dont beaucoup avaient à voir avec la rédaction et l'envoi de diverses requêtes à certaines de mes connaissances, fortunées et abolitionnistes. Tandis que je composais mentalement ces lettres, il était inévitable que mon esprit se tournât vers les jours où c'était à moi qu'avait été adressé ce type de courrier. De là, mes pensées dérivèrent, par petites étapes, vers la dilapidation de ma fortune et les rigueurs d'une situation présente si difficile que même mes filles étaient obligées de travailler. Aucune d'elles ne me le reproche, je le sais. Mais il est difficile pour un homme de se trouver ruiné pour la cause qui lui tenait le plus à cœur. Cette nuit-là, alors que malgré moi je m'agitais sans pouvoir dormir, je ne pus m'empêcher de m'accabler de reproches.

7

Du pain et un abri

SI L'ON DOIT PERDRE SA FORTUNE, il est préférable d'avoir été pauvre avant d'être entré en sa possession ; la pauvreté, en effet, exige des dispositions. Heureusement, j'avais su manier l'herminette et la houe longtemps avant d'avoir appris à déchiffrer des livres de comptes ou à négocier un contrat.

Bien qu'il fût vrai que, nouveaux mariés, nous vivions sans ostentation dans notre foyer de Concord, il est tout aussi vrai que nous ne manquions de rien. Je m'étais donné pour mission de libérer le plus possible Marmee de toute contrainte, afin qu'elle puisse s'adonner à ses deux passions jumelles – l'éducation de nos petites femmes et la cause de l'abolition – sans devoir s'inquiéter des menus tâches du ménage. Car nous avions à peine passé plus d'une année bénie, tout occupés de notre Meg chérie, que notre brune et vive petite Joséphine – le portrait de sa mère – venait à son tour au monde.

Le père de Marmee avait emménagé avec nous, amenant sa vieille économe, Hannah Mullet, une personne capable mais fruste dans son idée de ce que devait être une maison. J'imaginais une sorte de séminaire, où tout ne serait qu'ordre, calme et beauté. Au début, Hannah vit dans le chef de cuisine, le valet et la gouvernante des enfants des usurpateurs de son royaume, mais ses récriminations diminuèrent à mesure que le déclin de M. Day exigea davantage de sa part; elle fut alors contente d'avoir du temps libre pour se consacrer à ses soins.

Marmee, quant à elle, se plaignait que notre important personnel ne lui laissât rien d'autre à faire que « s'occuper de son mouchoir ». Parfois, quand je la trouvais en train de fredonner devant le berceau de Jo quelque mouvement d'une symphonie de Beethoven qui n'avait rien d'une douce berceuse, ou de rouler dans l'herbe pour une sauvage partie de lutte avec notre petite Meg, je me rappelais notre première conversation intime dans la maison de son frère et la taquinais en lui demandant si elle avait déjà décidé laquelle de nos filles serait le célèbre auteur, laquelle l'artiste peintre réputée.

Au cours des mois qui avaient suivi notre mariage, je m'étais discrètement arrangé pour introduire de la beauté dans notre vie quotidienne. La maison que j'avais achetée était vaste, mais dépourvue de charme. En ordonnant la suppression ici et là d'une cloison ou de portes en accordéon, deux petits salons trop carrés en formèrent un grand, rempli de lumière même par les jours les plus gris. J'avais transformé de vieux fours en belles alcôves voûtées et petit à petit, avec tact, j'avais remplacé le mobilier classique et massif offert par M. Day par des meubles plus anciens et plus raffinés. Une table d'orme cirée trouva sa place dans la salle à manger; une paire de sofas recouverts de soie française ornèrent le grand salon. Je mis également en œuvre un projet ambitieux pour le jardin. C'est un plaisir d'achever le dessein de la Nature en ajoutant quelque chose au paysage, plutôt que de se contenter de la dénuder afin d'en tirer combustible et fourrage. J'agrandis les écuries et y ajoutai un enclos circulaire, pour que nos filles puissent apprendre à monter à la première occasion. Le long de nos murs de clôture, je plantai des arbres fruitiers en espalier – pommiers, pruniers et poiriers. Nous étions au pied d'un versant pentu, que j'aménageai en terrasses, introduisant sur ses différents niveaux quantité de styles de plantations, en laissant à l'état sauvage quelques arpents, où venaient chercher refuge les oiseaux, les petites bêtes et les insectes pollinisateurs. Sur d'autres, je dessinai des parterres d'un classicisme formel. Je voulus faire grimper des rosiers sur des tonnelles et conçus pour les enfants un jardin au bord du ruisseau. Sous couvert de tous ces embellissements dédiés au plaisir et à l'élégance, je m'attaquai aussi, en secret, à la conversion du grenier en un lieu pouvant rappeler ce qu'au Moyen Âge on nommait « trou du curé ». Quand les travaux furent finis, j'emmenai Marmee à l'étage et lui montrai comment une boiserie d'aspect innocent dissimulait notre nouvelle « gare de chemin de fer », où un fugitif pouvait trouver une cachette sûre et confortable pendant autant de jours que nécessaire. Son ravissement dépassa le plaisir apporté par tous mes autres aménagements confondus.

Libérés des contraintes du quotidien, Marmee et moi passâmes nos premières années de mariage de la manière le plus profitable qui soit : elle m'entraînait par les chemins et les sentiers secrets des alentours de Concord qui avaient été les repaires de son enfance, m'apprenant à connaître mon nouveau pays. En retour, je m'efforçais de lui expliquer, au moyen d'allusions voilées et de tendres conseils, que ce qui pouvait être considéré comme des écarts de jeunesse chez une demoiselle n'était guère convenable chez une femme mariée et mère de famille. Et de même que certains des chemins qu'elle me montrait étaient pierreux et hérissés de ronces, de même nous trébuchions aussi parfois dans notre progression sur cette voie étroite. Mais à force de persévérance, nous devînmes de plus en plus intimes l'un avec l'autre, et puis avec ces autres que nous étions très heureux d'avoir pour voisins.

Waldo Emerson n'était nullement le personnage renfermé et distant que j'avais vu en lui à notre première rencontre. Au risque de me flatter, je peux dire qu'il finit par apprécier mes opinions sur les idées de notre temps. Bientôt nous passâmes de longs moments à discuter presque tous les jours. Marmee fut ravie quand M. Emerson commença à avoir son franc-parler, oui, à être plus passionnément éloquent, sur le sujet de l'affranchissement, et inclinait à s'attribuer le mérite du changement. Mais je crois que les Thoreau exercèrent sur nous une plus grande – quoique plus discrète – influence, surtout Henry, par son intimité surprenante avec Lidian Emerson. La femme de Waldo était la seule personne adulte avec laquelle Henry n'était jamais gauche ni réservé, et il n'eût guère pu être plus affectueux envers ses enfants s'ils avaient été les siens. Avec mes filles aussi, il se montrait prévenant et concerné, et dès qu'elles purent prendre part à la conversation, il s'institua leur tuteur officieux dans le monde naturel, ce qui en fit notre intime au quotidien. Il adorait emmener Meg et Jo dans les bois observer la vie qui s'y abritait, mais il dépassait les frontières de la science : une rangée de champignons orange était un escalier d'elfes, une toile d'araignée le mouchoir de dentelle des fées.

C'était pour moi un objet d'étonnement permanent qu'un homme abrupt parfois jusqu'à la grossièreté avec des personnes adultes ne fût que patience et douceur avec les enfants. Un jour qu'il se présentait à notre porte, il suggéra aux filles une expédition pour aller cueillir des myrtilles. Las d'une matinée passée à tenir la plume, je décidai de les accompagner. Henry était un maître dans ce genre de mission : avec un instinct infaillible, il savait exactement où trouver chaque variété de baie et pouvait ainsi assurer aux petites un rapide succès dans leur cueillette. Jo avait amassé une honorable récolte, quand elle trébucha sur une racine d'arbre, renversant tout le contenu de son panier. Elle se mit à pousser des hurlements propres à chasser les bêtes sous terre et à faire s'envoler les oiseaux dans le bois tout entier. Déjà, à cette époque, Jo montrait des signes du tempérament volcanique de sa mère, et

Marmee refusait absolument de refréner ses éclats, disant que le monde se chargerait bien assez tôt de briser son caractère. Nous avions échangé des propos vifs sur le sujet, et j'étais content que Marmee ne soit pas là quand je réprimandai Jo et lui demandai de se contrôler. Mes remontrances restèrent cependant sans effet. Meg fit tout son possible, lui offrit gentiment une part de sa propre récolte, mais Jo ne voulait rien entendre. Ses myrtilles à elle étaient perdues, et rien ne pouvait les remplacer.

Thoreau s'agenouilla alors et entoura les petites épaules palpitantes de son bras puissant.

« Chère petite Jo, c'était obligatoire que tu tombes ici : les fées de la Nature t'ont fait un croc-en-jambe. Elles veulent que les petites filles trébuchent, de temps en temps, pour semer les baies de la récolte suivante. L'année prochaine, quand nous reviendrons, nous trouverons grâce à toi à cet endroit précis un magnifique parterre de buissons chargés de fruits. »

À ces mots, la petite bouche de Jo cessa de trembler et ses lèvres se retroussèrent en un sourire de fierté mêlée de plaisir.

Quand Marmee m'annonça qu'un troisième enfant n'allait pas tarder à agrandir notre petite famille, je me réjouis de la nouvelle ; d'autant que son pauvre père déclinant fut enfin libéré de ses souffrances en moins d'un mois. Il semblait juste que la douce créature qu'est notre Elizabeth arrivât du paradis en guise de consolation.

Si Marmee avait défendu avec ferveur l'abolitionnisme avant la naissance de ses enfants, leur venue au monde donna à ses convictions une intensité nouvelle. Je la surpris un jour en train de bercer Beth, avec Jo, pelotonnée, endormie sur ses genoux et Meg qui jouait à la dînette à ses pieds. C'eût été un ravissant tableau de sérénité maternelle si les épaules de ma femme n'avaient tressailli sous l'effet des sanglots et que son visage n'eût été mouillé de larmes. M'approchant d'elle, je lui demandai doucement la cause de son chagrin, pensant que la fatigue de sa nouvelle maternité et la mort de son cher père s'étaient peut-être conjuguées pour l'accabler.

« Non, sanglota-t-elle après que je l'eus questionnée. Je pense aux mères esclaves. Comment puis-je rester ici à puiser du réconfort dans mes bébés, alors que quelque part dans cet abominable pays on arrache des enfants aux bras de leurs mères ? »

Mon épouse passionnée avait une faculté peu commune à ressentir la souffrance d'autrui. Tantôt, dure avec elle-même, elle qualifiait ce trait de caractère des termes peu flatteurs de « sympathie morbide pour la souffrance humaine ». Tantôt le poids de son émotion l'éperonnait dans ses actes. Mais elle avait toujours le sentiment que nos discours, le refuge d'une nuit que nous procurions à un fugitif ne suffisaient pas. Parfois, la violence de ses opinions éclatait avec la même furie que j'avais vue se déchaîner contre M. Emerson. C'était la seule ombre à notre union. Je n'aimais pas beaucoup en être l'objet, et l'appréciais encore moins quand elle était dirigée contre l'un de nos intimes.

Ma guêpe de tante, on le comprendra, n'occupait pas une grande place dans son cœur, mais, par égard pour moi, Marmee supportait par force une certaine intimité. Je le lui avais demandé, car, cet hiver-là, mon cher oncle se trouvait au stade final d'une longue maladie ; je pressentais – à juste titre, se trouva-t-il – qu'il ne serait plus là au printemps. Le spectacle du vieil homme, qui lui-même n'avait pas eu d'enfants, jouant avec les nôtres, avait quelque chose de poignant. Jo, surtout, le charmait. En effet, avant même de savoir lire, notre écrivain en herbe était attirée par les livres. Mon oncle possédait une belle bibliothèque et y laissait toute liberté à Jo, même celle de construire des chemins de fer et des ponts, y compris avec ses volumes rares. Lorsqu'elle se lassait de ses constructions, il descendait un vieil in-folio illustré de somptueuses planches et lui faisait signe de grimper sur ses genoux. C'était un plaisir de voir Jo nichée au creux de son bras, sa tête brune fourrée contre son cou ridé, pendant qu'il tournait les pages une à une.

Ce fut justement une scène aussi paisible que ternit l'humeur de Marmee, un dimanche à l'heure du thé, peu avant la disparition de mon oncle. J'avais dit que nous formions le projet, ce même soir, d'assister à une conférence de John Brown à l'occasion de sa première visite à Concord. Tante March, toujours carrée dans ses opinions, déclara qu'elle trouvait les vues de M. Brown extrémistes, et il ne lui serait jamais venu à l'idée d'écouter un discours tenu par un individu aussi radical. Elle n'était pas seule de cet avis à Concord ; la rumeur voulait que ce vieux sauvage de Brown dormît avec un couteau entre les dents et un pistolet pour oreiller.

« J'ai toujours considéré, dit tante March avec l'accent bostonien qu'elle accentuait fièrement, que l'abolition de l'esclavage relevait davantage de la prière que de l'agitation politique. Et, de préférence, asséna-t-elle, jetant un regard entendu par-dessus ses demi-lunes à mon épouse volubile, de la prière silencieuse. »

Sous le coup de la colère, Marmee engagea les hostilités. Sa voix devint tranchante :

« Alors, dût-il apparaître à Concord, je crois que vous refuseriez la compagnie de cet autre radical notoire, Jésus ! »

Ma tasse de thé tinta dans ma main. Les yeux de tante March s'étrécirent. Je posai un index sur mes lèvres, signal dont nous étions convenus avec Marmee quand, pleine de remords après un autre éclat de ce genre, elle m'avait demandé de l'aider à lutter contre ses emportements. Bien qu'elle me regardât droit dans les yeux et que mon geste n'ait pu lui échapper, elle choisit de l'ignorer.

« Vous êtes, siffla-t-elle à ma tante, incapable de comprendre un argument moral. »

Ces mots, quoique vindicatifs, étaient moins violents que le ton sur lequel elle les prononça. Je suis incapable de répéter tout ce qu'elle dit – ma nature me pousse à refouler tout souvenir de ce type d'échanges –, mais les invectives succédèrent aux insinuations, ne laissant à la partie adverse aucune chance de répondre. En de tels moments, j'aurais préféré les violences d'une tempête à celles de cette furie. Tante March, qui ne pouvait se targuer elle-même d'équanimité, était devenue cramoisie.

Mon oncle, qui avait bien plus d'années d'expérience que moi pour éviter pareilles scènes, porta une main à sa poitrine. Jo se glissa à bas de ses genoux en levant des yeux inquiets.

« Je ne suis pas bien, dit-il, se levant d'un pas chancelant. Voulez-vous bien m'excuser ? »

Il avait vraiment un teint de cendre, et j'éprouvai une pointe de colère à l'égard de ma femme d'avoir ajouté à ses misères par son esclandre.

L'oncle March tendit le bras vers la main de son épouse, marbrée et tremblante de rage.

« Ma chère, s'il vous plaît, j'ai besoin de votre secours. »

Contre son gré, car elle n'était pas femme à éviter une escarmouche, tante March donna le bras à son mari, puis tous deux gagnèrent la porte tant bien que mal. Sans attendre une autre perfidie, je jetai un bras autour de la taille de mon épouse pour l'entraîner dehors. Mon idée était de lui faire oublier sa colère en nous promenant, croyant que l'air vif de l'hiver lui rafraîchirait les idées. Mais nous aurions pu marcher jusqu'à Boston et en revenir avant qu'elle parvienne à reprendre ses esprits.

Elle finit par se calmer, et nous nous rendîmes à l'hôtel de ville pour écouter l'orateur semeur de discorde. Plus d'une centaine de citoyens s'y étaient réunis, sans doute curieux, comme moi, de voir l'homme sur le compte de qui nous avions lu tant de choses. La salle était mal éclairée ; quelques lampes à pétrole jetaient des ombres tranchées sur le visage sévère de Brown, tandis qu'il montait sur l'estrade. Il avait l'allure du vrai pionnier. Je subodorai qu'il devait cultiver cet effet, puisqu'il portait, à son arrivée, une toque de raton-laveur. Par la suite, j'appris qu'il était entièrement inconscient de son apparence ; la toque – des fourrures rapportées par ses trappeurs de fils et cousues par ses filles – était un pur produit de sa condition rustique. Il se débarrassa de son épaisse capote de laine, découvrant des épaules larges et des bras musclés, qu'il devait aux longues journées passées à défricher la terre et aux autres tâches physiques nécessaires pour s'installer avec son importante progéniture dans le paysage sauvage des Adirondacks.

Il devait alors approcher la cinquantaine. Mais il possédait l'énergie contenue d'un homme plus jeune. Le mot d'héraldique qui me vint à l'esprit fut *couchant*[1] prêt à bondir au moindre bruissement d'herbe. Pour continuer la comparaison avec un prédateur, il avait un grand nez busqué comme un bec de rapace, et aussi des yeux d'aigle ; ses cheveux roux, argentés aux tempes et rejetés en arrière, étaient implantés bas sur un grand front profondément sillonné de rides.

Brown connaissait son public. Il commença son allocution par un salut à la glorieuse histoire de la ville, s'étendant sur la justice de ce qui avait eu lieu ici en 1776[2] – pas seulement, en réalité, la justice des événements, mais aussi sur leur caractère inévitable. Son argumentation en vint alors, pas à pas, à soutenir qu'une guerre pour mettre fin à l'esclavage était tout aussi inévitable.

« Je vous le dis, s'enflamma-t-il, les deux textes les plus

---

1. En français dans le texte.
2. En 1776, en effet, eut lieu à Lexington et à Concord une bataille qui opposa les insurgés américains aux forces britanniques et qui marqua le début de la guerre d'Indépendance américaine (1775-1783).

sacrés connus de l'homme sont la Bible et la Déclaration d'indépendance. Mieux vaut que toute une génération d'hommes, de femmes et d'enfants périsse de mort violente qu'un seul mot de l'une ou de l'autre soit violé dans ce pays ! »

Ces paroles soulevèrent çà et là quelques applaudissements, mais pas les miens. Je n'étais pas aussi généreux que lui avec les vies des femmes et des enfants. Je jetai un regard à Marmee, mais, au lieu de la désapprobation que j'escomptais, ses yeux brillaient d'enthousiasme. Voilà donc un homme aussi emporté qu'elle, un homme à sa mesure ! Élevant la voix, Brown affirma sa certitude que la lutte contre l'esclavage justifiait non seulement la mort violente mais aussi le meurtre. Je sentis mon visage se figer à ses dernières paroles. S'il est une catégorie de personnes en qui je n'ai jamais eu confiance, c'est bien celle des individus qui ne connaissent pas le doute.

Je ne crois pas avoir été jaloux de Brown, en lisant l'approbation dans les beaux yeux de ma femme, pas exactement. J'étais pourtant mal à l'aise alors que, sortant de l'hôtel de ville, nous étions invités par le maître d'école de nos filles, M. Sanborn, à une réception improvisée en l'honneur de l'orateur. Les Emerson et les Thoreau y seraient, nous assura Sanborn. Marmee accepta, sans même attendre ma réponse ; devant cette attitude, je sentis la tristesse s'abattre sur moi et me submerger de ses brumes froides.

Nous arrivâmes à l'appartement de Sanborn un peu avant Brown, qui à son entrée sembla embarrassé. Je le jugeais peu accoutumé aux intérieurs raffinés. Le jeune homme le présenta à ceux qu'il ne connaissait pas encore, terminant par nous. De près, je remarquai que le costume de velours de Brown était élimé aux poignets. Sa main, quand je la serrai, était calleuse, comme on pouvait s'y attendre, et ses ongles incrustés de terre.

Marmee s'adressa à lui avec beaucoup d'animation, s'informant dans les moindres détails de son projet des Adirondacks qui, grâce aux largesses d'un riche bienfaiteur quaker, visait à transformer des Noirs indigents en petits propriétaires terriens – et en électeurs. Brown et ses garçons avaient passé en revue et enregistré les titres de propriété des affranchis, pour éviter que des Blancs peu scrupuleux pussent les revendiquer; à présent, ils aidaient les nouveaux colons à maîtriser les rudiments de l'agriculture dans un pays sauvage, à la période de culture réduite. Brown apportait des réponses aimables mais laconiques aux questions de ma femme, et ne s'échauffa que lorsqu'elle lui demanda si une telle colonie de peuplement n'était pas une bénédiction pour l'organisation qui aidait les fugitifs à passer au Canada, puisque la frontière n'était pas très loin et que cette communauté noire devait offrir les meilleures possibilités de cachette. Brown plongea ses yeux dans les siens pour lui raconter la fuite d'un couple qu'il avait récemment soustrait à un chasseur de primes lancé à leurs trousses, qu'il avait été obligé d'abattre, à la fin, précisa-t-il froidement. À ces derniers mots, les lèvres de Marmee s'entrouvrirent. Son visage prit une expression que je pus seulement décrire comme avide. Brown enflammait dans l'âme de ma femme ce que je voulais y étouffer : les éléments bohèmes et anarchiques de sa nature.

Elle le félicita de ses efforts et lui souhaita plus de succès encore à l'avenir.

« Je pourrais faire davantage, madame, si seulement j'avais des moyens. Mais je suis harcelé de dettes et de procès ! »

J'avais eu vent des déboires financiers de Brown ; il n'aurait pas eu beaucoup de chance dans certaines tentatives bien intentionnées de vendre de la laine américaine aux manufactures anglaises. Mais, jusqu'à ce qu'il se mît à énumérer ses malheurs à ma femme, je n'imaginais pas l'ampleur de son endettement et de ses soucis judiciaires.

Marmee se tourna vers moi, et je lus une question dans ses yeux. J'avais remarqué la manière dont nos filles cherchaient son regard et, en cet instant, je me sentis moi aussi un enfant en quête de son approbation. Je compris alors que j'étais vraiment jaloux. Elle voyait en Brown le personnage héroïque que j'aurais voulu être pour elle. Mais j'étais incapable de lancer des raids jusqu'à la frontière, en tirant par-dessus l'épaule sur des chasseurs de primes. Quant à mes discours, mon sermon le plus émouvant paraissait bien terne, comparé à l'éloquence sanglante de Brown.

Allons ! Si je ne parvenais pas à gagner l'estime de ma femme, j'avais peut-être les moyens de l'acheter. Depuis quelque temps déjà, je me débarrassais discrètement de mes intérêts industriels, les pratiques répugnantes liées à ce système économique m'étaient devenues claires. J'en étais arrivé à la conclusion que je ne pouvais, en conscience, tirer profit de la dégradation du travail humain et de la spoliation de l'eau et de l'air, dès que j'avais commencé à comprendre que mes bénéfices étaient liés à ces conséquences. Ayant donc revendu mes parts de cette usine-ci ou de celle-là au gré des occasions, je disposais d'un important capital qui n'attendait qu'un usage honorable. Bien que je n'en eusse touché mot à personne, j'avais dans l'idée de fonder un jour, quand les filles seraient plus grandes, une communauté utopique, un « lieu juste », où des hommes et des femmes de savoir vivraient en accord avec la Nature, sans l'exploiter. Ce rêve pour l'avenir ne nécessitait pas d'écarter toute utilisation présente de mon capital.

« Si vous avez un moment demain pour venir me voir, monsieur Brown, nous pourrions peut-être prolonger notre discussion ? »

À voir le sourire de Marmee, quand j'eus prononcé cette dernière phrase, je jugeai qu'il valait bien tout l'argent que me réclamerait Brown.

L'homme d'affaires débonnaire qui se présenta à mon bureau le matin suivant était très différent de l'orateur aux yeux égarés de la veille. Le Brown chargé de son livre de comptes n'avait rien en commun avec le Brown portant son grand sabre. C'était une métamorphose si complète qu'elle en était désarmante. Brown semblait humble, timide, presque embarrassé par sa démarche. Je tâchai de le mettre à son aise. Comme il serait étrange que mon ancienne activité de colportage me serve à financer un idéaliste en croisade ! Brown avait recherché la richesse pour les plus nobles raisons, afin de pouvoir entretenir sa nombreuse famille et de soutenir son combat contre l'esclavage. Qu'il n'eût pas amassé une fortune était, dans une large mesure, le fruit de la malchance. Assurément, pendant qu'il m'expliquait ses affaires, je vis une succession de tentatives industrieuses voire éreintantes. Il avait travaillé dur et je n'avais pas le cœur à le blâmer. Il n'était pas venu à moi, me dit-il, me demander la charité, mais un investissement foncier, qui serait aussi un investissement dans la liberté de l'homme. Il avait un nouveau projet qui, en cas de réussite, réduirait son endettement, puis financerait ce qu'il présentait comme une grande extension du chemin de fer souterrain. Je fus transporté par la vision qu'il m'exposa : celle de vaillants bataillons bien armés et généreusement financés, qui prendraient tous les risques, non seulement pour conduire des individus vers la liberté, mais, couvrant plantation après plantation, pour libérer des dizaines, des vingtaines, peut-être même des centaines d'évadés à la fois.

L'opération commerciale qui devait financer cette entreprise semblait assez saine ; Brown connaissait visiblement à la fois la terre et le bétail. Il sortit ses cartes et me montra des terrains, dans l'Ohio, qui avaient bondi de vingt-deux dollars à un stupéfiant quatorze cents dollars l'hectare. Le prix de ceux qu'il me proposait d'acquérir monterait de la même façon, prétendait-il, à mesure que le système de canaux se développerait vers l'ouest. Extrapolations mirobolantes. Mais même s'il se trompait ou si le profit potentiel n'était pas aussi important qu'il l'avait calculé, mon capital serait au moins garanti par la terre. Dès que je lui eus donné mon accord, il retrouva son comportement d'apôtre passionné. Il me serra énergiquement la main. Je sonnai pour le thé, et Marmee vint nous le servir. Ce fut un moment de bonheur, car elle entra dans le bureau à temps pour entendre Brown clamer :

« Monsieur March, sachez qu'un homme bon, croyant et qui sait ce qu'il veut, comme vous, vaut cent… non, vingt mille hommes dépourvus de caractère. »

Je ne pus m'empêcher d'ajouter une fioriture de style à son compliment :

« Je n'ai aucun mérite, monsieur Brown. Que dit Heine, déjà ? Nous ne possédons pas d'idées, c'est l'idée qui nous possède… et nous pousse dans l'arène, afin que nous nous battions pour elle tels des gladiateurs, qui luttent de gré ou de force. »

C'était une petite sentence un brin pompeuse, rétrospectivement ; me souvenant du visage inexpressif que m'opposa Brown, il était assez clair qu'il avait peu de temps à consacrer aux poètes allemands, quelle que soit la justesse avec laquelle ils décrivaient son caractère. De fait, je pense qu'il avait peu de temps pour la lecture en général, sauf celle de l'Ancien Testament, qu'il semblait connaître par cœur et où il voyait, je finis par le comprendre au fil de nos relations, un manuel militaire autant qu'un guide spirituel.

Pendant environ un an, je me laissai bercer par son approbation et, plus encore, par celle de ma femme, qui en découlait indirectement. La somme initiale qu'il avait sollicitée était déjà importante et, au cours des mois qui suivirent mon premier versement, il m'écrivit pour me parler de frais supplémentaires devant être couverts pour garantir les mises de fonds antérieures. La ville qui allait pousser sur notre terre aurait besoin d'un hôtel, et aussi d'un entrepôt. Les charpentes de ces imposants édifices ne tardèrent pas à se dresser sur la prairie nue, mais le canal promis et la ville elle-même demeurèrent à l'état de rêves. Je ne sais comment, mais la confiance de Brown finissait toujours par dissiper mon scepticisme et m'emballer. Chaque fois, il était sûr qu'un petit versement supplémentaire garantirait notre grand retour sur investissement, et à chaque demande je donnais mon accord. J'étais déjà si profondément engagé dans le courant que regagner la rive à la rame paraissait plus ardu qu'aller de l'avant. Ce que j'ignorais – et voilà où Brown était coupable –, c'est que je n'étais pas, comme je le croyais, son seul financier. Pour les mêmes étendues de terre, Brown avait emprunté maintes et maintes fois, dépensant l'argent, l'appris-je bien plus tard, en caches d'armes, non pas destinées à l'évacuation des réfugiés mais à l'organisation de l'insurrection.

Maintenant que je peux prendre du recul vis-à-vis de cette affaire, je ne pense pas qu'il se considérait comme un menteur. Il croyait sincèrement – il s'en était complètement persuadé – que les bénéfices seraient suffisants pour couvrir toutes ses dépenses. Quand le tracé du canal fut déplacé ailleurs, et les terrains revendus pour trois fois rien, ma demande d'indemnité n'en était qu'une parmi d'autres de mérite égal, et dont aucune n'aboutit. À la fin, j'utilisai le reliquat de ma fortune pour rembourser ses autres créditeurs, afin de ne pas le voir emprisonné pour escroquerie, et de ne pas voir non plus s'achever son combat pour l'abolition.

« Mais fallait-il y engager tout notre capital ? » s'enquit Marmee, le jour où je lui dévoilai l'état désespéré de notre fortune.

Elle était debout devant la fenêtre du salon, à demi détournée de moi. Sa main caressait son ventre rond, car la nouvelle de ma ruine était arrivée alors que nous attendions la naissance de notre quatrième enfant. Je m'avançai vers elle et la pris dans mes bras, posant mes mains sur les siennes. Je ne pouvais lui avouer que j'avais pris ces risques uniquement pour mériter son approbation. Cela aurait été trop cruel et dans tous les cas, à ce moment-là, ce n'était pas entièrement vrai. Car, si Brown l'avait en quelque façon séduite, alors il m'avait séduit aussi.

« Il se donne entièrement à sa cause. » Je pressai mon visage contre le sien et lui chuchotai à l'oreille : « Lui risque sa vie, il m'a seulement demandé de risquer mon argent. Comment alors ne pas tout proposer ? »

Nous restâmes là quelque temps sans bouger, en silence. Sentant son corps frémir, je sus qu'elle pleurait.

« Les corbeaux nourrissent les prophètes », dis-je.

Elle tourna alors la tête et eut un sourire contraint.

« Est-ce vrai ? Eh bien, j'espère qu'on leur a indiqué le chemin de Concord. »

J'essuyai ses larmes de mes baisers. Nous n'en avons plus reparlé.

De quoi un homme a-t-il réellement besoin, somme toute, sur le plan matériel ? De pain, d'un abri, de quelques habits. Des derniers, nous en avions, et même des cotonnades, des soieries et des lainages à revendre. Qui donc peut porter deux manteaux ? J'étais content de renoncer aux vêtements accrochés à la patère, qui me parlaient du travail des esclaves, du massacre des vers et de la tonte des moutons. Mon costume le plus simple, en lin, filé à la maison, fut le seul que je gardai.

Nous pouvions fabriquer notre pain, grâce à ma familiarité avec les travaux des champs. L'abri, nous l'avions, bien que notre existence dans la grande maison dût subir de considérables modifications. Il fallut placer ailleurs nos domestiques, sauf notre fidèle Hannah, qui insista pour rester avec nous, si dérisoires que fussent les gages que nous pourrions désormais lui donner. Nous vendîmes les chevaux et la voiture. Nous nous déplacions désormais à pied ou au moyen des transports publics. L'élégante table d'orme s'en alla, remplacée par un meuble plus simple, que je façonnai de mes mains. Les canapés français émigrèrent dans de nouvelles demeures, ainsi que l'argenterie et le service de porcelaine. Mais le génie et l'application de Marmee compensaient chaque perte. Lorsque nous nous séparâmes d'un paravent peint que nous aimions tous, elle orna la pièce de branchages blonds d'érable et de guirlandes de chèvrefeuille écarlate. Son aiguille industrieuse broda des coussins colorés pour les simples tabourets qui avaient succédé à nos sièges capitonnés de soie. Nous fûmes ainsi sauvés de la laideur et de la monotonie par les raffinements de sa simplicité. S'il lui pesait de s'atteler à ces tâches, elle ne m'en laissa rien voir ; en ce temps-là, elle chantait plus souvent que jamais et trouvait le temps de jouer avec les filles. Leurs éclats de rire s'adoucirent, à la fin de l'été, quand s'y mêlèrent les vagissements de notre petite Amy.

Nous étions restés discrets sur cette diminution de notre train de vie, en partie par penchant naturel, en partie à cause de nos inquiétudes pour Brown, qu'aucun de nous ne souhaitait exposer à l'opprobre public. Mais nos amis ne purent s'empêcher de remarquer les charrettes qui venaient chercher nos meubles. Et malgré toutes nos économies, je fus rapidement submergé de dettes. Les commerçants parlent, dans les tavernes, aussi tout Concord finit par savoir que nous nous trouvions dans le dénuement. Nos bons amis, les Emerson et les Thoreau, nous aidèrent, avec délicatesse : ils nous invitaient plus souvent à leur table, invoquant la surabondance d'un produit ou d'un autre, faisaient déposer des paniers à notre porte.

J'en pris note et le consignai comme une autre injustice de la vie : l'ancien riche fait l'objet de plus d'égards que celui qui n'a jamais connu que la pauvreté. Mes créanciers venaient me voir on ne peut plus courtoisement, timides, s'ils ne se confondaient pas platement en excuses, pour me demander ce qui leur revenait. On eût dit qu'en leur payant une somme insignifiante sur mes dettes en souffrance, je leur rendais un service inespéré. Je les invitais à prendre le thé, conversais poliment avec eux. Et quand ma réponse à leurs justes instances devait se réduire à un « Rien, monsieur » empli de regret, ma mortification n'était jamais volontaire, face à leur inlassable civilité.

On pourrait s'étonner que je ne sois pas reparti de zéro pour rebâtir ma fortune. Mais il est nécessaire d'avoir un capital de base, et je n'étais plus le jeune homme libre comme l'air qui pouvait s'engager sans compter son temps sur les chemins perdus de Virginie. Ce que je pouvais gagner avec ma plume et mes sermons était dépensé avant d'être encaissé, pour payer les intérêts de nos dettes et cet unique luxe auquel ni Marmee ni moi ne pouvions renoncer : donner notre obole aux malheureux encore plus démunis que nous.

Et puis cela aussi : j'étais arrivé par étapes à une opinion différente sur la manière dont on doit se conduire dans cette vie. Je suis aujourd'hui convaincu que le devoir d'un homme consiste à s'abstenir de beaucoup de choses qu'il a l'habitude de consommer. Si je prolonge mes heures de veille en brûlant une huile précieuse, je gaspille à la fois la vie de la bête qui l'a fournie et la clarté d'esprit qui vient d'un sommeil bien réglé. Boire du café revient à payer pour me droguer, alors qu'un verre d'eau purificatrice ne coûte rien. Personne ne mangeait de viande dans notre maison, mais nous avions désormais appris à nous passer aussi de lait et de fromage, car pourquoi le veau serait-il privé du lait de sa mère ? En outre, nous nous aperçûmes qu'en limitant le nombre de nos repas à deux par jour nous étions en mesure de mettre de côté un panier de provisions dont les filles pouvaient tirer un plaisir bien plus grand que de la satisfaction d'un appétit animal. Une fois par semaine, elles apportaient les fruits de leur sacrifice en offrande à la progéniture d'immigrés allemands sans ressources.

Ma tante, qui aurait pu se montrer généreuse dans notre malheur, choisit à la place de nous proposer une forme d'aide qu'elle aurait dû savoir mal accueillie. Mon oncle, mort en me croyant, à juste titre, amplement en fonds, n'avait rien prévu pour mes filles ou pour moi. Mis à part quelques legs à diverses relations de Spindle Hill, cet homme bienveillant avait laissé tous ses avoirs aux mains parées de bijoux d'une épouse déjà riche. Dès qu'elle apprit que j'étais tombé dans la misère, elle se présenta à notre porte sans se faire annoncer ni inviter, et se mit à me tancer dans les termes les plus acerbes qui se puissent imaginer, sans se soucier de la présence de mes deux aînées, Meg et Jo – notre petite Beth se sauvait déjà à la simple rumeur d'une visite, et le bébé faisait sa sieste. Je vis Marmee s'empourprer et pressai mon doigt sur mes lèvres avec le regard le plus éloquent que je pusse trouver. Je vis aussi son léger signe de tête, et le trouble de son visage tandis qu'elle tâchait de garder son sang-froid.

En ayant fini avec ses réprimandes, tante March en vint alors au véritable objet de sa visite, agitant vers notre chère Meg un bras emmailloté de dentelles.

« Je veux bien prendre celle-ci, déclara-t-elle, avec un soupir de résignation affectée. Je l'adopterai sur-le-champ, vous soulageant ainsi au moins du fardeau d'une bouche à nourrir. »

Je jetai un regard à ma femme. Rien de ce que je pourrais faire ne l'arrêterait plus. La main que j'avais posée sur mes lèvres se leva toute seule, comme un homme lèverait le bras pour parer un poids près de lui tomber sur la tête.

« Le "fardeau" ? Vous osez traiter ma fille chérie de "fardeau" ? »

Marmee fut debout comme si un ressort sur la chaise l'avait propulsée en l'air, puis avança sur tante March d'un air menaçant. Bien qu'offensé moi aussi, je ne pouvais laisser ma femme réagir ainsi. Pas envers une parente âgée qui, quelle que fût sa conduite, avait droit à notre respect. Et certainement pas non plus devant nos petites femmes impressionnables.

« Les filles, dis-je à voix basse mais d'un ton pressant, allez jouer dehors maintenant. »

Meg, les yeux humides et la bouche tremblante, se rua hors du salon. Jo, toutefois, se leva lentement, les sourcils froncés sur ses prunelles brunes qui étincelaient – non pas de larmes, mais de colère. Elle foudroyait sa tante du regard, reflet vivant du visage farouchement indigné de sa mère.

« Allez ! » ordonnai-je, élevant la voix.

La dernière chose que je souhaitais au monde était qu'elle, en particulier, soit témoin des façons de sa mère, ou des moyens auxquels je me sentais à présent contraint de recourir afin de les contenir.

Pour la première fois en pareille circonstance, je m'affirmai, m'approchant en hâte de Marmee pour l'entourer de mes bras comme je l'aurais fait pour une des enfants qui faisait une grosse colère. Ce n'était cependant plus une petite fille, mais une femme, et une femme forte. S'en prenant à moi, elle pivota, le visage altéré par la fureur, et se mit à m'insulter. Je crus réellement qu'elle allait me frapper. Je resserrai l'étreinte de mon bras droit et plaquai ma main gauche sur sa bouche. Recourant à la force brute, je la poussai vers la porte et la lui fis franchir. Au moment où je la lâchais, elle virevolta pour me faire face et je vis avec consternation l'empreinte rouge que la pression de ma main avait laissée sur sa joue. Comme elle tentait de rentrer dans la maison, je n'avais d'autre solution que de lui claquer la porte au nez. Elle tambourina contre le battant d'un poing furieux.

« Allez dans le jardin, je vous en supplie, ma chérie, et ressaisissez-vous, dis-je aussi calmement que je le pouvais. Je vous y rejoindrai tout à l'heure. »

« Ne vous donnez pas cette peine ! » fut la réponse sèche et courroucée qui me parvint de l'autre côté de la porte.

J'entendis des bruits de pas précipités qui s'éloignaient puis la voix apaisante de Hannah. Je sus que ma femme était entre des mains sûres, Hannah ayant une longue expérience de son tempérament de feu.

Lorsque je me détournai et croisai le regard de ma tante, j'y vis briller une lueur de triomphe vengeur. L'affront que m'avait causé son manque de tact tourna alors à la colère.

« Nous ne renoncerons à nos filles à aucun prix, ma tante. Riches ou pauvres, nous garderons notre famille unie et trouverons le bonheur dans un amour que certains ne connaîtront jamais, parce que tout l'or du monde ne saurait l'acheter. »

Tante March pinça les lèvres. Elle se leva et passa devant moi en claudiquant, sa canne à pommeau d'argent retombant lourdement sur le plancher mis à nu par le départ de notre tapis d'Orient. Arrivée à la porte, elle marqua une halte et se retourna.

« L'amour ? De cette harpie à la langue de vipère ? Je vous souhaite bien du plaisir. »

Sur ces mots, elle sortit de notre maison – et de nos vies – pendant dix longues années.

Je n'ai pas, comme je l'ai dit, l'habitude des liqueurs fortes. Mais après cet échange, je me surpris à chercher le fond de vin de Porto qu'en des jours meilleurs j'offrais autrefois à mes invités. Le chiffonnier où je cachais les alcools étant parti, je fus contraint d'aller voir Hannah pour lui demander où le carafon avait été rangé.

« Le carafon ? » Elle eut un rire. « Nous l'avons vendu, il y a une quinzaine de jours. »

Elle me tendit un bocal contenant un doigt de porto. L'ayant avalé, je me lançai à la recherche de Marmee.

Je la trouvai dans le jardin des enfants, en train de marcher de long en large sur la berge boueuse, abîmant ce que je savais être sa dernière paire de bottines convenable. À ma vive consternation, je vis que l'orage n'avait pas encore éclaté. Je connaissais la météorologie de son caractère : la pression intérieure qui montait, tandis que des nuées noires s'amoncelaient, obscurcissant l'éclat de sa véritable nature ; les coups de tonnerre de sa fureur et, enfin, le soulagement d'une grosse pluie, des cataractes de larmes suivies d'un flot de bonnes résolutions. Mais l'expression sombre de son visage me disait que nous étions encore au milieu des cumulonimbus et, quand j'approchai, elle confirma mon intuition en m'invectivant :

« Vous m'étouffez ! Vous m'écrasez ! Vous prônez l'émancipation, mais vous me traitez en esclave de la manière la plus primitive qui soit. Ne suis-je pas libre de m'exprimer dans ma propre maison ? Face à de telles insultes ? Vous appelez vos filles vos "petites femmes" ? Eh bien moi, je suis votre femme humiliée, et j'en suis lasse. Lasse de contenir mes vrais sentiments, lasse de rappeler mon cœur à l'ordre, comme une élève dissipée face au maître d'école. Je ne me laisserai pas rabaisser de cette manière !

— C'est vous, dis-je, m'efforçant de garder un ton égal, même si le sang me battait au front. C'est vous qui vous rabaissez, quand vous perdez votre maîtrise. »

À ces mots, elle se pencha, ramassa une poignée de boue et me la jeta au visage. Un goût de terre m'emplit la bouche. Sans même tenter de l'essuyer, je restai immobile, laissant la vase glisser le long de ma joue, et tournai mes paumes vers elle en un geste éloquent. Puis je tendis le bras pour casser une baguette de bouleau et la lui tendis :

« Allez-y », dis-je.

Elle saisit la baguette, qui cingla les airs en sifflant. Je sentis la brûlure à l'endroit où elle m'écorcha la joue.

Enfin la bourrasque. Elle courut vers moi, en larmes, et toucha mon visage ensanglanté. Je pris ses doigts boueux dans mes mains, mais dus me tourner pour recracher un morceau de feuille gluant. Nous éclatâmes de rire et nous serrâmes l'un contre l'autre puis, comme cela arrivait si souvent, l'ardeur de sa colère prit une forme plus agréable et nous dûmes regagner la maison en cachette, afin de soustraire aux regards de Hannah et des filles le désordre de notre toilette. Dès lors, ses efforts pour garder le contrôle de soi prirent un tour plus sérieux.

« J'aurais pu frapper l'une des enfants », dit-elle, malade à cette seule pensée.

Il fallut plus d'un mois, plus d'un an pour obtenir ce résultat. Peut-être n'est-il toujours pas atteint. Mais jamais les orages ne menacèrent autant de nous engloutir que ce jour-là.

La réconciliation avec ma tante ne fut pas non plus l'œuvre d'une semaine. Je jugeais inconvenant, dans une ville aussi petite, de montrer des signes de fâcherie avec un proche parent. Pour pénitence et à la suite de ses bonnes résolutions, Marmee rendit visite sans attendre à la tante March pour lui présenter ses excuses. Mais celle-ci les refusa, ainsi que toutes les tentatives d'ouverture qui suivirent, gardant un silence rancunier. Je ne pus donc aller la voir quand il devint nécessaire d'hypothéquer la grande maison, encore moins quand je fus forcé de la vendre. Par bonheur, les Emerson avaient entendu parler d'un petit cottage brun, près de leur demeure, qui était libre pour un loyer insignifiant. Afin d'y pourvoir, je coupai du bois pour le salaire royal de un dollar par jour. Grâce à quoi nous pûmes rester dans notre Concord bien-aimé. Meg et Jo pleurèrent amèrement le jour où nous quittâmes le seul logis qu'elles avaient connu, mais Jo ne tarda pas à s'aménager un antre d'écrivain dans le nouveau grenier. Recourant aux techniques que j'avais apprises enfant à Spindle Hill, où tout ce que nous possédions sortait de nos mains, je lui fabriquai une table à abattant qui lui servirait de bureau dans l'espace exigu.

Marmee enrôla Meg pour revêtir les murs décrépits de tonnelles de rosiers à l'extérieur et de rideaux coquets à l'intérieur, et les filles aidèrent à parer au plus pressé : l'aménagement d'une cachette sûre pour nos fugitifs. Cela mit en perspective leur propre infortune, et les larmes disparurent.

Peu de temps après notre déménagement, tante March rendit visite à notre voisin, un certain James Laurence, un homme riche qui avait fait fortune dans le commerce avec l'Inde. Comme il vivait en reclus et partait souvent à l'étranger, nous n'avions pas encore fait sa connaissance. Tante March, toutefois, avait bien connu son épouse et gardé des relations avec le veuf. Au moment où elle sortait du manoir de notre voisin, elle manqua être bousculée par Jo, qui rentrait à la hâte à la maison, le nez dans un livre. À sa manière habituelle, brusque et comique, notre sauvageonne de fille brisa dix ans de glace. Toutes ces années avaient affaibli tante March, dont l'infirmité était devenue un obstacle à son traintrain quotidien. Et puis elle se sentait, à mon avis, bien seule dans sa grande demeure poussiéreuse ; en tout cas, elle lui proposa une place rémunérée de demoiselle de compagnie pour une partie de la journée. Meg allant déjà faire la gouvernante pour arrondir les finances familiales, Jo était elle aussi impatiente d'apporter son écot. Mais alors qu'elle était très appréciée dans notre ville, nul ne semblait vouloir d'une gouvernante plus échevelée, fantasque et casse-cou que ses jeunes élèves. Aussi Jo accepta-t-elle la place chez ma tante et, à la surprise générale, ce tandem apparemment si mal assorti s'entendit remarquablement bien. Jo avait le cuir assez épais pour affronter les traits acérés de tante March, et suffisamment de gaieté pour éclairer les mornes journées de la vieille dame.

En plus de l'argent, qui était le bienvenu, Jo avait en compensation le libre usage de la bibliothèque de mon oncle. Tous les jours, quand ma tante se reposait ou recevait de la visite, elle en profitait pour lire. Si, enfant, elle avait aimé ce lieu, pour elle c'était le bonheur suprême à présent. Fussé-je gardé ma fortune, je lui aurais procuré les meilleurs précepteurs du pays, ou même d'Europe. Mais elle se trouvait libre de se précipiter sur tout le savoir à portée de sa main, avec ses parents pour seuls guides, et cette pièce, remplie de ses livres orphelins, devint son université.

À ma Meg chérie, j'aurais voulu offrir la vie de loisirs et de raffinement à laquelle elle aspirait, en étant témoin quotidiennement dans la demeure cossue de la famille King. Ayant à peu près son âge, les sœurs aînées des enfants dont elle s'occupait commençaient à sortir dans le monde. Ma Margaret voyait les robes de bal et les parures de coiffure dont elle était privée et devait en outre écouter de gais papotages sur des concerts et des représentations théâtrales auxquels elle ne pouvait assister. C'était vraiment une épreuve ; elle était en effet assez grande pour avoir conçu des espérances fondées sur son enfance privilégiée et pouvait s'imaginer ce qu'aurait dû être sa vie.

Aurait-elle été meilleure ainsi pour autant ? Je n'en suis pas convaincu. Au lieu de développer un penchant pour l'oisiveté et la vanité ou un esprit à qui tout est mâché, mes filles ont acquis énergie, assiduité et indépendance. En ces temps difficiles, je ne crois pas qu'elles aient perdu au change.

8

L'autel du savoir

Débarcadère des chênes, 30 mars 1862

Ma chérie,

Aujourd'hui, l'égrenage du coton a enfin commencé. Le lieu qu'on appelle la salle des fibres ne ressemble à rien tant qu'à Concord sous une tempête de neige ; le coton y tourbillonne en flocons, avec une légèreté incomparable, formant sur le sol un moelleux édredon. J'ai été obligé de tancer des quantités de chenapans qui s'amusent à entrer furtivement pour se jeter dedans, leurs têtes luisantes se détachant sur tout ce blanc comme des boulets de charbon. Et si les enfants adorent jouer à ce jeu, l'égrenage n'est pas une tâche très recherchée, à cause de la poussière de coton fatalement inhalée qui parvient jusqu'aux poumons. Les hommes nouent des chiffons sur leurs visages pour travailler dans cet espace malsain.

Maintenant que notre dernière récolte est rentrée, j'ai bon espoir que M. Canning relâche son régime de fer. Il se révèle déjà sensible aux conseils et aux suggestions qui allègent le lot de nos ouvriers. Je dois vous remercier par avance de la peine que vous vous donnez pour nous procurer ces denrées dont nous avons tant besoin. Je connais votre pouvoir de persuasion, et j'attends tous les jours avec impatience l'arrivée d'un bateau chargé du fruit de vos bons offices. J'ai déjà écrit à tous ceux dont j'espère avoir encore l'estime pour leur expliquer l'urgence de la situation ici.

En attendant la réponse, j'ai choisi ma « salle de classe ». Elle se trouve dans le bâtiment qui servait autrefois de hangar à voitures, aujourd'hui totalement vide. Une des voitures a conduit la maîtresse de maison en ville, où elle reste à sa disposition, l'autre, m'apprend M. Canning, ayant été volée par des pillards, heureux sans doute de se trouver si magnifiquement transportés. J'ai balayé les toiles d'araignées, demandé aux enfants de ramasser des branches de feuillage et des guirlandes de fleurs printanières en guise de décoration et confectionné une bannière pour la porte où l'on peut lire notre vers préféré :

Les montagnes se dressent et les mers se creusent en vain
Si l'autel du savoir disparaît de la plaine[1].

Les enfants comme les adultes semblent avides d'instruction. Beaucoup me demandent chaque jour quand vont commencer les classes. On a peine à comprendre comment un peuple laissé si longtemps dans les ténèbres de l'ignorance peut éprouver un désir si aigu de maîtriser l'expression écrite. Certains d'entre eux, il est vrai, ont été si avilis par l'esclavage qu'ils ignorent les usages de la vie civilisée ; leurs mains ne connaissent ni la plume ni le crayon, n'ayant pas manié grand-chose d'autre que le manche de la hache, la poignée de la charrue ou la balle de coton. Pourtant, même ces malheureux ne sont nullement privés d'intelligence. Nombre d'entre eux, semble-t-il, ont pris l'habitude de dissimuler le brillant de leur esprit sous un voile opaque de pure idiotie. Je puis seulement présumer que la vie est ainsi plus facile pour eux : un supposé simplet est aussi peu menaçant que peu prometteur. M. Canning

1. William Ellery Channing.

les qualifie de bornés et de paresseux, mais là où il lit des preuves de ses affirmations, je vois pour ma part celles du discernement. Par exemple, il déplore leur propension à s'éclipser sans cesse des champs de coton pour aller cultiver leur lopin de maïs. Pourquoi donc ne préféreraient-ils pas travailler la terre pour se nourrir, alors qu'ils n'ont aucune preuve que cette culture non comestible va leur rapporter un sou ?

Nous sommes tellement habitués à juger de l'esprit d'un homme à ses connaissances ! Ici, pourtant, je m'aperçois qu'il existe bien d'autres critères. L'apprentissage par les livres a été si longtemps refusé aux nègres qu'ils ont par force cultivé diverses autres facultés. Leur acuité visuelle est remarquable, et leur mémoire prodigieuse. Par exemple, un vapeur remonte-t-il le fleuve qu'ils sont capables d'identifier le bateau bien avant qu'il soit assez près pour qu'ils puissent lire un nom sur sa coque. À l'arrivée d'un nouveau bâtiment, ils s'informent de son nom et l'observent attentivement, si bien que, même un an plus tard, ils sont en mesure de le reconnaître.

J'espère commencer les classes après-demain, qui est un dimanche, et l'occasion de mon premier prêche. Les nègres ont une « maison de prière » où ils font leurs dévotions. J'ai convié des membres d'un groupe de reconnaissance actuellement cantonné ici, ceux d'entre eux qui le souhaiteraient, à venir prier avec nous. Ainsi, j'espère continuer mon office de pasteur, tout en progressant dans mes nouvelles tâches d'instruction des gens de couleur. Pensez à moi, si vous voulez bien, ne m'oubliez pas dans vos prières et vos vœux…

Cet après-midi-là, je flânais sur la berge du fleuve, en un lieu qui m'était devenu familier, où un sycomore géant et difforme surplombait de sa ramure torse les eaux brunes et paresseuses. C'était un vieil arbre, qui avait survécu après avoir été foudroyé jadis. Une partie du tronc était noircie, morte et creuse, et le reste clair, vigoureux, plein de sève vivifiante. Là où le bois mort rejoignait le vivant, une cavité doucement incurvée formait un siège des plus confortables. Je m'y perchai pour préparer le contenu de mon prêche, auquel j'avais décidé de donner pour thème : « Travaillez à votre propre salut avec crainte et tremblement : car c'est Dieu Qui opère en vous le vouloir et le faire, selon Son bon plaisir[1]. »

Quand je tins quelques feuillets qui me parurent bons, je les rassemblai et, au lieu de rentrer souper en la morne compagnie de Canning, décidai de faire un détour par le campement des éclaireurs venus de Waterbank, pour voir si je ne pouvais pas glaner auprès d'eux des nouvelles du monde. À la différence de mon hôte, qui dînait dehors chaque fois qu'il trouvait un moment de liberté, je n'aimais pas aller en ville. Les troupes de l'Union en garnison à Waterbank étaient généralement d'une étoffe grossière : des conscrits, dont beaucoup d'Irlandais, qui servaient la cause de mauvais gré et sans ferveur, et ne se gênaient pas pour spolier les populations civiles environnantes. Ils prenaient les poulets des fermiers ou leurs cochons, et si un vieil homme tentait de défendre son bien, leur réponse était une rossée ou pis. Quant aux femmes, ils les agressaient par leurs assiduités inopportunes. Comment s'étonner alors si, à l'apparition du moindre Yankee, les habitants de la ville se renfermaient ! Les femmes et les mères de combattants étaient particulièrement distantes et tournaient le dos si on leur souhaitait le bonjour. Waterbank ne recelant aucune perspective d'agréable société, j'attendais que les nouvelles vinssent à moi.

Dix hommes composaient le groupe de reconnaissance. Ils me hélèrent avec bonne humeur et m'invitèrent à m'asseoir parmi eux. Un peu plus loin, ils avaient allumé

1. Épître aux Philippiens, 2,12-16.

un feu, sur lequel bouillottait un chaudron de mélasse brune et bien épaisse. Ma bouche s'humecta. Pendant qu'un simple soldat versait à la louche des portions fumantes dans les quarts métalliques de ses frères d'armes, et passait les leur distribuer, les hommes faisaient tourner un gros flacon de grès d'alcool de maïs. Celui-ci circulait de main en main et, quand il arriva à ma hauteur, je le passai à mon voisin, sans, je l'espère, rien montrer de ma désapprobation, n'en ayant pas moins remarqué que le contenu avait baissé de plus des deux tiers. Je leur demandai s'ils avaient fait de fâcheuses rencontres dans leurs incursions. Ils me relatèrent un échange, deux jours plus tôt, avec un groupe de rebelles, qu'ils avaient repoussés à portée de tir de l'artillerie de leurs garnisons. Une fois sous le feu, les rebelles s'étaient repliés, s'évaporant comme la rosée, avec la facilité déconcertante qui les caractérisait, dans on ne sait quels terriers que personne n'avait encore été capable de repérer.

« C'est ce magasin de Waterbank, dit un caporal blond et barbu aux yeux clairs. Tenez, si les femmes et les sœurs des maraudeurs n'étaient pas libres d'aller et venir pour acheter autant de ravitaillement qu'elles en peuvent porter et payer avec tout l'argent volé par leurs hommes, on aurait nettoyé ces bois en un rien de temps.

— Pourquoi le général n'interdit-il pas ce commerce au propriétaire ? » m'enquis-je.

Le jeune homme rit si fort qu'un jet d'alcool lui jaillit de la bouche. Les autres partagèrent son hilarité.

« Mon père, vous êtes rudement innocent !

— Le meilleur - et le plus ancien - ami du général a des intérêts dans ce magasin, lança un autre éclaireur. Il ne va pas contrarier son ami, n'est-ce pas ? Surtout quand le magasin en question doit encaisser quelque chose comme mille dollars par jour !

— Ce n'est pas seulement ce magasin, et ce n'est pas seulement ici non plus, intervint un homme avec des bajoues et une tête de chien, beaucoup plus vieux que les autres, en repoussant son calot, découvrant une tignasse grisonnante. C'est pareil de haut en bas du fleuve. Le chef des rebelles fait comprendre au commandant de la garnison que son fort ne sera pas menacé trop méchamment tant que le magasin restera ouvert aux dames. L'esprit de chevalerie du Sud, voilà comment ils appellent ça ! Le résultat, c'est qu'il tombe entre les mains des rebelles une quantité de ravitaillement plus que suffisante pour continuer à harceler et à tenir en alerte nos sentinelles et gêner nos affaires avec les nègres. »

Si ce que les hommes disaient était vrai – et je n'avais aucune raison d'en douter –, quel encouragement pour les rebelles à rester dans le voisinage ! J'étais si occupé à digérer cette déplaisante nouvelle que je ne remarquai ce qui se passait près du feu qu'après avoir entendu un cri – un son éraillé, comme un croassement. Une troupe d'enfants décharnés – des tout-petits, à vrai dire –, qui devaient avoir guetté dans les broussailles, se tenaient accroupis avec de grands yeux autour de l'un d'eux, qui se tenait la main en hurlant. J'accourus et le pris dans mes bras. Sa paume et ses doigts étaient brûlés, des cloques se formaient déjà sur sa chair tendre. Je me tournai vers l'éclaireur qui, sans un regard pour l'enfant, éparpillait et piétinait les braises.

« Que s'est-il passé ? demandai-je.

— Je voulais juste m'amuser avec les petits bamboulas. Ils bavaient là autour comme des cabots affamés, alors je leur ai dit : "Allez-y, nettoyez le chaudron !" » répondit-il en haussant les épaules.

Les sanglots de l'enfant ébouillanté par la mélasse me fendaient l'âme.

« Donnez-moi votre bidon, ordonnai-je d'un ton brusque, et comme il ne me le tendait pas immédiatement, je le lui arrachai des mains pour arroser d'eau froide la menotte de l'enfant. Ne pouviez-vous pas lui donner une cuillère ? »

L'homme eut une grimace.

« Vous croyez que je laisserais un négrillon manger avec ma cuillère ? »

Furieux, je m'éloignai à grands pas, le petit dans mes bras. J'entendis dans mon dos les protestations indignées de l'éclaireur, suivies des rires moqueurs des autres hommes.

Arrivé à la maison, je cherchai en vain un baume. Il nous manquait tant de choses, et nous étions si éloignés des amis qui, je l'espérais, tâchaient de pourvoir à nos besoins. Tout ce que je pus trouver fut un peu d'eau froide dans une cruche de grès et un bout de chiffon, avec lesquels je baignai et pansai la petite main. Le poignet de l'enfant était si frêle que le résultat de mes soins maladroits ressemblait à une pelote de coton plantée d'une aiguille à tricoter. J'emmenai mon protégé sur la loggia, en quête d'un souffle d'air, l'installai sur mes genoux et lui demandai son nom.

« Jimse », répondit-il d'une petite voix aiguë.

Je le nourris des légumes verts, rendus gris et spongieux par la cuisson, et de la bouillie de maïs coagulée que le cuisinier m'avait préparés pour le dîner. Jimse fit ses délices de cette triste pitance. Je le gardai encore contre moi, lui chantant des chansons qu'avaient aimées mes petites filles, jusqu'à ce que la douleur eût suffisamment diminué pour qu'il s'assoupît dans mes bras. Il était léger comme une plume. Je posai ma joue sur sa tête soyeuse. Ses cheveux, qu'on avait laissés pousser, retombaient en petites boucles lourdes et serrées, lui donnant l'air d'un chérubin. Je jouai avec une de ses frisettes, pensant à ma famille et au poids de son absence.

Je dus somnoler dans mon fauteuil, car la nuit était totale quand le petit bougea dans son sommeil et me réveilla en sursaut. Une demi-lune dardait ses rayons clairs par les fentes des persiennes vertes et formait des motifs sur la brique irrégulière. L'idée m'était venue que les parents de l'enfant devaient s'inquiéter de son absence, quand je la vis, elle.

Immobile comme une souche dans le jardin, elle me regardait fixement. Elle avait la peau si sombre que je ne distinguais pas ses traits. J'ignore depuis combien de temps elle était restée dans cette position, ou jusqu'à quand encore elle aurait pu tenir ainsi. Je me levai avec l'enfant qui ne pesait guère plus qu'un chiot dans mes bras, et descendis le perron à sa rencontre. C'était une grande fille, très jeune. J'aurais dit trop jeune pour être la mère du garçonnet, si je n'avais su à l'époque que la vie charnelle de ces populations commençait parfois bien avant la fin de l'enfance. Elle tendit ses bras maigres pour prendre son fils, penchant sur lui une tête frisée coupée ras avec le mouvement d'un oiseau en train de couver. Puis elle se tourna et disparut dans l'herbe à grands bonds, ses longs pieds nus laissant des traces dans la rosée. À mon réveil, le lendemain matin, un chapeau de palmes à large bord confectionné à la main était pendu à la poignée de porte de l'entrepôt. Sa manière, sans doute, de me remercier.

Quand je la revis, je portais son chapeau, que je soulevai pour la saluer, et elle répondit par le plus imperceptible sourire que j'eusse jamais vu sur un visage humain – presque une crispation – avant de reprendre son expression habituelle de gravité prudente. Elle était accroupie sur le sol bien balayé de ma salle de classe, ses plantes de pieds nues à plat par terre, les coudes posés sur ses genoux pliés. Cette posture m'avait l'air inconfortable, mais elle et les autres semblaient n'avoir aucun mal à s'asseoir ainsi sur leurs talons. Son front lisse se fronçait sous l'effort de tracer la lettre M dans la terre battue. J'avais choisi de commencer l'apprentissage des lettres en demandant à tous mes élèves d'apprendre à écrire leur nom. Mais, d'abord, je comptais leur enseigner le mien.

L'adolescente, avais-je appris, non par elle – sa réticence ou sa peur la rendant complètement muette en ma présence –, s'appelait Zannah. Son petit garçon, Jimse, était assis tout près d'elle, comme s'ils étaient rattachés par les côtes. La salle était très remplie. Des bouffées d'un parfum chaud et musqué montaient des corps pressés les uns contre les autres. Les premiers jours de classe se révélèrent très éprouvants. Mes élèves ne savaient pas rester assis sans bouger, ni fixer leur attention, ni arrêter de bavarder ou de rire quand l'envie les en prenait. M. Canning fit une courte apparition le deuxième jour et se retira aussitôt, sans prendre le temps d'observer qu'il se passait quelque chose derrière ce chaos apparent. Au dîner, ce soir-là, j'exprimai ma déconvenue devant la brièveté de sa visite.

Il murmura quelque chose sur la nécessité d'emballer le coton, puis plissa le visage.

« On est si à l'étroit, là-dedans, je me demande comment vous pouvez le supporter.

— C'est un groupe bien nombreux pour un espace aussi restreint », concédai-je.

Même si je donnais mes leçons en deux séances, afin de m'adapter au rythme des travaux des champs, il y avait en effet rarement moins de cinquante personnes dans la salle. « Oui, je suis surpris d'en voir venir autant, étant donné les longues heures de travail qu'ils doivent fournir. Ils font de leur mieux, même les plus arriérés d'entre eux. Sincèrement, ainsi que dit le poète, ils me semblent "des images de Dieu taillées dans l'ébène"[1]. »

Canning éclata de rire.

« Je prie pour que Dieu ne sente pas aussi fort ! Je trouve qu'ils empestent déjà assez dehors. Je ne tiendrais pas une heure enfermé parmi eux comme vous... »

Comment lui expliquer ? Et à quelles fins, avec un

---

1. Citation de Thomas Fuller (1608-1661), reprise par Herman Melville dans *Benito Cereno* (1855).

homme tel que lui ? J'aimais leur enthousiasme et leur gaieté, même s'il fallait un certain temps pour établir l'ordre que je jugeais propice à l'apprentissage. C'était là l'école dont j'avais rêvé plus jeune, au temps de mes vagabondages. Enfin, je serais en mesure de tester mes théories sur l'enseignement. Mon objectif était d'éveiller leur cœur aux idées qui y dormaient, plutôt que d'implanter des faits dans leur mémoire. En raison de leurs conditions de vie, l'esprit des adultes était autant approprié à cette approche que celui des enfants, également malléable, et tout aussi susceptible d'être façonné par les passions du cœur que par les contraintes de l'esprit. La première heure de notre travail se passait à copier des lettres et à en apprendre les sons. Nous écrivions à même la terre, à l'aide de bâtons, ou sur des bouts de planches avec des morceaux de charbon de bois. Même si nous n'avions pas de papier, ni aucun espoir de nous en procurer, je leur expliquais comment tailler leur plume et préparer de l'encre avec de l'écorce en prévision du jour où ce savoir-faire pourrait leur être utile.

Nous passions ensuite quelque temps à discuter des mots et de leur véritable sens. Par cet exercice, je cherchais à les inciter à une expression plus libre et à un mode de pensée plus profond que ceux auxquels ils avaient été jusque-là habitués. Par exemple, je les interrogeais sur la signification du terme « doux », puis enchaînais en leur demandant de penser à une personne douce qu'ils connaissaient et de me dire ses qualités. Après avoir réfléchi à la douceur dans toutes ses acceptions, je les provoquai en leur demandant une définition de « brutal » et des exemples de comportement illustrant ce mot. Par des chemins sinueux de ce genre, je les amenais à réfléchir sur leur situation et leur permettais d'en parler vraiment. Cela exigeait des efforts de leur part, aussi faisions-nous ensuite une petite pause pour nous détendre : les enfants sortaient se dégourdir les jambes et les adultes oubliaient la tension qu'avait exigée leur concentration. Canning, quand il tombait sur l'une de nos récréations, comme je les appelais, fronçait le sourcil, soutenant que je perdais mon temps. Il menaçait de diminuer les heures de liberté qu'il accordait sur les travaux des champs. J'étais obligé de lui rappeler que l'armée approuvait l'instruction prodiguée à la contrebande de guerre au sein de la mission de l'expérimentation du travail libre ; pour ce qui était de la manière dont je choisissais de conduire cette mission, il était mon subordonné.

Après la récréation, quand nous nous retrouvions avec mes élèves pour reprendre les leçons, nous quittions le domaine de l'abstraction. Nous abordions la géographie en dressant des plans du quartier des esclaves ; pour l'arithmétique, nous comptions les épis de maïs – combien étaient déjà épluchés, combien en attente d'être décortiqués – et calculions la différence. Quelques-uns d'entre eux, semblait-il, n'assimileraient jamais ne serait-ce que les rudiments du calcul ; une petite vieille parcheminée aux dents mal alignées, à qui je donnais dans les soixante ans, me dit fièrement qu'elle savait compter jusqu'à dix, puis voulut me montrer ses connaissances : « Un, deux, trois, cinq, huit, dix. » Je la complimentai d'avoir placé les chiffres dans le bon ordre, puis lui fis gentiment remarquer que, si elle se reportait au nombre de ses doigts, elle verrait que le compte n'y était pas. Après mon observation, elle eut l'air très abattue et ne revint plus en classe. Quand j'allai la chercher et l'encourageai à persévérer, elle secoua tristement sa tête grisonnante.

« Il est trop tard pour moi, maître. Je crois que je vais laisser ma place aux jeunes. »

Il fut impossible de la faire changer d'avis.

D'autres – tels que Jesse, un jeune homme bâti en force, que M. Canning employait comme chauffeur – présentaient des aptitudes qui révélaient un haut degré d'intelligence innée et un niveau surprenant d'autodidactisme, étant donné les conditions frustes dans lesquelles ils avaient grandi. Ses dons pour les mathématiques étaient remarquables. Avec lui, je pus me lancer dans des projets comme le calcul en pourcentage de l'augmentation de la valeur du coton dans son cycle de vie, de la graine au vêtement fini en passant par la balle. Je n'avais qu'à l'initier à un concept pour constater qu'avec seulement un peu d'entraînement il était capable de trouver plus vite que moi la réponse exacte à un problème.

Je m'aperçus que mes élèves ne savaient pas grand-chose sur leur pays et avaient été encore moins encouragés à réfléchir. Ils aimaient la géographie, matière totalement taboue, à cause de ses liens avec les fugitifs et les routes du Nord. Mais l'histoire était pour eux une page vierge ; au début, mes tentatives pour les y intéresser ne portèrent aucun fruit. Je tâchai de les convaincre qu'ils devaient désormais se considérer comme faisant partie de l'histoire américaine et en tant que tels être fiers du passé de leur nation. Je n'arrivai absolument à rien tant que je n'eus pas dit que je venais de Concord. Je découvris que mes élèves étaient plus réceptifs à ce qui revêtait une note personnelle, en sorte que, quand je leur parlai de ma ville et des grands événements qui y avaient eu lieu dans la formation de notre nation, je parvins à éveiller leur intérêt. Finalement, je crois qu'ils en vinrent à préférer ce « temps de l'histoire », ainsi qu'ils l'appelaient, à tout le reste, aussi le gardais-je pour la fin de la classe. Ils formaient un public attentif, peu disposé à voir une histoire se terminer. Cilla levait toujours sa petite main, suppliant : « Dis-nous ce qui s'est passé après, maître… », et j'avais toutes les peines du monde à les renvoyer à leurs travaux, arborant des visages longs d'une aune.

Pour rendre justice à un si grand nombre, il eût fallu davantage de maîtres. Fréquemment, je rêvais d'être épaulé. Dans ces moments, je pensais à Marmee, mais plus souvent, je dois l'avouer, à Grace. Comme cela enflammerait les ambitions de mes élèves, songeais-je, de voir l'une des leurs aussi cultivée ! Mais Grace était hors de portée, enchaînée par ses nobles principes à un vieil homme qui l'avait engendrée sans jamais jouer son rôle de père. À défaut, je portai à la connaissance de mes élèves l'autobiographie de Frederick Douglass et les poèmes de Phillis Wheatley[1], dont je connaissais bon nombre par cœur. Je me délectai de voir leurs yeux écarquillés devant les œuvres de cet esclave fugitif et de cette Africaine arrachée de sa terre natale pour être réduite en esclavage.

Je ne crois pas avoir jamais éprouvé autant de lassitude que ces soirs-là, pas même après une bataille militaire. Enseigner aux nègres exigeait une énorme dépense d'énergie physique. Je m'avisais, en effet, qu'à moins de parler avec une grande animation et un éventail quasi théâtral de gestes et de mimiques, je ne parvenais pas à retenir leur attention. Je regagnais mon lit de sacs épuisé, mais mon esprit dévidait toujours le fil de la classe du lendemain. Je m'endormais et rêvais de leçons. J'avais trouvé le métier pour lequel j'étais né. C'est cette conviction, et non la fatigue ou la frustration de vouloir former tant de créatures à tant de niveaux différents de compréhension, que j'essayais de communiquer à ma chère épouse, quand je griffonnais quelques lignes tous les soirs avant de succomber au sommeil.

Combien de fois j'ai formé le vœu de posséder une espèce de télescope magique à l'aide duquel je pourrais vous regarder de loin, vous et mes filles, et voir comment vous vous portez ! Vous pourriez également le retourner, afin de le braquer sur moi pour observer comment prospère mon

1. Frederick Douglass, premier candidat noir aux élections présidentielles américaines et auteur de *La Vie de Frederick Douglass, esclave américain, écrite par lui-même* (1818-1895), et Phillis Wheatley, auteur de *Poems on Various Subjects, Religious and Moral* (1753-1784).

entreprise. Si c'était possible, quelle différence vous verriez ! Le passage d'une saison a apporté un merveilleux changement aux êtres qui demeurent au Débarcadère des chênes.

Mes élèves, grands et petits, progressent à grands pas dans l'apprentissage de leurs lettres. Ils m'ouvrent maintenant leur esprit, ayant oublié leurs réticences. Josiah, encore souffrant, dont la toux affreuse qui brise le cœur de qui l'entend, est devenu un vrai moulin à paroles. J'ai peine à reconnaître en lui le garçon morne et silencieux venu me chercher au bateau. Il est maintenant si libre que je peux le taquiner sur cette époque. Il m'a expliqué que son silence venait de la peur et de la prudence. Dans ces régions, on apprenait jeune, semblait-il, que même un échange innocent avec un Blanc pouvait être dangereux. Une fois, chargé de quelque course en ville, me raconta Josiah, il avait lancé un « Bonjour » à un cantinier blanc qui lui avait fendu la joue parce qu'il avait eu l'« impudence nègre » de lui adresser la parole.

Là, je marquai une pause pour me demander si je devais mentionner Zannah, l'étudiante qui refusait de me parler librement. Pendant plusieurs jours, j'avais pris son silence pour une forme aiguë de timidité qui nuisait à sa capacité à prendre la parole en classe ou en privé. Mais comme les jours se transformaient en semaines et qu'elle continuait à venir à l'école à la première occasion, je commençais à m'interroger ; à la fin, je la pressai de participer à la classe. Je m'y pris gentiment, disant que les idées de tous les élèves étaient un précieux ajout à notre voyage commun dans le savoir. Je ne tirai pourtant pas un mot d'elle, et les autres s'agitaient autour, mal à l'aise.

Par la suite, le dénommé Jesse, qui, outre qu'il était mon meilleur élève, avait l'étoffe d'un chef, s'avança vers moi et demanda à me parler. Il m'apprit que si Zannah ne s'exprimait pas, c'était parce qu'elle ne le pouvait pas. Très jeune, elle avait été victime des violences de deux ivrognes blancs débarqués d'un vapeur de passage. Comme elle protestait contre leurs brutalités, « des cris et des jurons à fendre les cieux », selon les mots de Jesse, l'un d'eux l'avait tenue, tandis que l'autre sortait son couteau et lui ouvrait la bouche de force pour lui couper la langue. Quand les Croft, ce qui est à leur honneur, avaient réclamé justice de ces sévices, on leur avait dit qu'ils ne pourraient obtenir réparation pour « dégâts à leur propriété », l'esclave en question étant dans l'impossibilité de faire une déposition sur sa prétendue agression.

J'évitai ce sujet dans ma lettre car, si Marmee n'avait guère d'illusions sur le degré de barbarie auquel étaient soumis les esclaves, je pensais que les oreilles de mes petites femmes ne devaient pas être souillées par de telles horreurs. Au lieu d'écrire sur l'inhumanité, je tournai donc ma plume vers une description du monde naturel :

> *Ici, le printemps n'est pas celui que nous connaissons, la promesse froide et humide de la fonte des neiges et d'un sol gelé se muant en boue. Ici, un jour, une chaleur soudaine tombe du ciel, et l'on respire, et l'on bouge comme au fond d'un chaudron de soupe. En retour, la végétation jaillit de terre avec une force irrésistible. Au moment où le corps souhaite ralentir et céder à la lassitude, il doit au contraire accélérer, et c'est un défi d'aligner le labeur des hommes sur l'œuvre de la Nature, afin de ne pas se laisser submerger par ses excès d'abondance.*

S'il y avait quelque chose d'effrayant dans cette fécondité brutale et extrême, je n'en touchai mot. Je parlais de mes espoirs d'une grande récolte à venir au Débarcadère des chênes, d'une saison qui verrait mûrir à la fois ses productions agricoles et humaines. J'éprouvais alors le besoin de ne représenter ce moment de croissance verdoyante que comme une période pleine de promesses. Les fléaux susceptibles de survenir – chenilles, mauvaises herbes, intempéries ou guerre –, je choisis d'y penser très peu, d'en dire encore moins. Il me semblait n'avoir d'autre choix qu'accepter l'époque les yeux fermés.

9

Premières fleurs

Débarcadère des chênes, 10 mai 1862

Ma chérie,

Il y a eu une grande fête ici, aujourd'hui. Cela aurait été, de toute façon, un jour à marquer d'une pierre blanche. Nous allions enfin voir notre coton égrené et emballé chargé sur un bateau pour être vendu sur le marché. Les balles avaient été descendues au débarcadère depuis plus d'une semaine, mais un trop grand trafic de canonnières sur le fleuve empêchait tout vapeur d'approcher. Chaque jour qui passait, nous redoutions une visite des rebelles, qui n'aiment rien tant que de voir le labeur de plusieurs mois partir en fumée, ou encore d'éventrer et vider les balles dans les flots. Mais le bateau arriva, et le coton partit, ce qui a donné lieu à des réjouissances, qui n'ont fait que s'amplifier avec l'arrivée inattendue d'un second bateau, le Mary-Lou, *lequel, vous l'aurez déjà deviné, contenait la cargaison rassemblée par vos bons offices. Comme j'eusse aimé que vous et nos généreux donateurs pussiez voir les visages illuminés de joie et d'incrédulité, tandis que les fûts de molasse, les caques de sel et de harengs, les savons, les fils de soie et de coton, les ardoises et les cahiers, les boîtes de fines herbes séchées et de simples, mais surtout les caisses de vêtements de seconde main, s'empilaient sur le quai ! Vous auriez rougi de plaisir au spectacle des femmes essayant les jupes et se pavanant, comme si ces effets ordinaires étaient des toilettes de Paris. J'ai été heureux de découvrir une si grande quantité de médicaments, car la saison chaude devient de plus en plus malsaine, et les fièvres sont une menace permanente. Nous avions chacun des raisons de sourire et de nous extasier, pendant que la cargaison était déchargée du bateau, et le contenu de chaque caisse exposé aux regards.*

J'omis de lui parler du seul visage qui ne souriait pas. M. Canning resta renfrogné d'un bout à l'autre de l'opération, et je ne parvenais pas à comprendre sa méchante humeur. Quand je me résolus à l'interroger, il me répondit du bout des lèvres :

« Voilà bien une générosité démesurée ! Vous ne rendez pas service aux nègres.

— Mais, Ethan ! m'exclamai-je (nous nous appelions désormais par nos prénoms, et ce non par une quelconque affection mais simplement du fait de la nécessaire familiarité créée par notre cohabitation). Vous avez donné votre accord, vous m'avez encouragé à solliciter cette charité…

— Oui, je ne m'attendais cependant pas à pareil succès. Ces gens doivent apprendre que, puisqu'ils sont payés, ils doivent en retour payer pour subvenir à leurs besoins. C'est vrai, oui, j'ai donné mon accord pour demander quelque secours, puisque nous ne sommes pas encore en mesure de payer leurs salaires, mais ce que je vois dépasse tout ce que j'ai imaginé. Je ne connais personne dans l'Illinois qui donnerait des biens de qualité semblables – et en telle abondance ! – à des nègres, en temps de guerre, alors que des Blancs se trouvent dans le besoin…

— Ma foi, il vous faut peut-être élargir le cercle de vos connaissances de l'Illinois », ripostai-je, avant de m'éloigner afin de ne pas donner libre cours à mon énervement.

Certaines de mes élèves me faisaient des signes, désireuses que je les admire dans leurs nouveaux atours. En réalité, ces vêtements étaient des batistes et des bleus de travail pratiques que pouvait porter n'importe quel ouvrier ou ouvrière – en rien des fanfreluches ! Et pourtant chacun avait été soigneusement blanchi et raccommodé avant d'être empaqueté. En cela, je crus reconnaître les délicates attentions de mes chères petites femmes, entraînées par leur admirable mère. Qui d'autre qu'elles eût songé à de tels détails ?

Si Ethan Canning pensait que ces menus soulagements de leurs besoins corrompraient les nègres, il aurait dû observer quel soin ils prenaient de leurs plus misérables loques, chemises ou caleçons, lorsqu'ils les troquaient contre leurs nouveaux habits. Même les hardes les plus usées étaient pliées et mises de côté, sans doute pour renaître à une date ultérieure sous forme de pièces dans une chaude courtepointe.

Marmee s'était souvent étonnée de l'amour des Africains pour les couleurs et les motifs éclatants, et nous avions dû convaincre plus d'un « colis » féminin de passage dans notre « gare » qu'un châle flamboyant n'était peut-être pas très indiqué pour passer inaperçue. Mais, dans cette cargaison-ci, parmi le nécessaire quotidien, elle avait inclus une collection de fichus, confectionnés, semblait-il, à partir de vieilles robes de bal exactement dans les tons vifs et les tissus brillants qu'elle savait être les plus appréciés.

Songeant à Zannah, que sa timidité coutumière retenait en arrière, à l'écart du groupe des femmes bruyantes et hilares, je choisis un carré de satin d'un turquoise lumineux et allai la trouver.

« Je pense que ceci vous ira très bien. »

Elle me le prit des mains et, en moins de quelques secondes, l'eut enroulé en un madras aussi sophistiqué que ravissant. Jimse, qui était à son côté, comme d'habitude, réclama d'être soulevé de terre pour mieux voir sa jolie maman. Je le pris dans mes bras, enivré par les doux accents de son rire. Il tapa dans ses petites mains, désormais guéries, si l'on exceptait la toile d'araignée de tissu cicatriciel blanc qui traversait sa paume de part en part, puis tendit celles-ci vers sa mère, qui se pencha pour le saisir avec ce sourire fugace qui était devenu un tic et l'enserra de son habituel mouvement caressant.

Afin de fêter l'expédition du coton, Canning avait promis aux nègres une nuit de liberté où ils pourraient se livrer à ce qu'il appelait leurs « sauvages gambades ». Et pour la fêter, ils la fêtèrent, jusque fort tard. Les brigades chargées des déchets avaient déblayé les champs de coton de monceaux de paille, dont ils se servirent pour alimenter un immense feu. De mon refuge près de la salle d'égrenage, je voyais les étincelles s'envoler dans le ciel. La nuit était paisible, aussi leur musique portait-elle, malgré l'éloignement des quartiers des esclaves. Sur ma paillasse solitaire de graines de coton, j'écoutais leur chant : une voix claire et vibrante, suivie d'une autre qui montait et redescendait, auxquelles répondait un chœur étoffé. Ce chant était plein de vie et de rythme, mais aussi de nostalgie. Ses sonorités réveillèrent ma propre mélancolie ; je me sentis seul et inexplicablement triste. Quand je finis par sombrer dans le sommeil, ils chantaient toujours. L'écho avait dû s'en propager dans mes rêves car je m'étais cru traqué par des poursuivants invisibles. Je me réveillai le cœur battant au moment où ils me rattrapaient, le morceau de sac me servant d'oreiller mouillé de larmes que je ne me souvenais pas avoir versées.

Les choses changèrent après cette première expédition. Depuis mon arrivée, le rythme des enterrements avait été d'un par semaine – trois au cours de ma sinistre deuxième semaine, dont un enfant mort-né et la pauvre jeune fille que j'avais vue à l'infirmerie, brûlante de la fièvre des couches. Je ne voyais pas de fin à ces célébrations funèbres, car les cas de fièvre se multipliaient, avec la saison qui avançait. Mais des infusions de jalap et de camomille, combinées aux légères améliorations de leur régime alimentaire qu'avaient apportées les denrées de nos bienfaiteurs, eurent sur les organismes des malades un effet si bénéfique que certains des cas les moins graves commencèrent à sentir la vigueur leur revenir.

Le plus grand changement concernait les ouvriers. Après avoir constaté ne serait-ce qu'une petite récompense de leurs efforts, ils se remirent à la tâche avec un regain d'ardeur. Le travail aux champs évoquait une majestueuse procession. Les brigades de labour ouvraient la marche, rejetant la terre de part et d'autre en vue d'édifier un monticule. Sur la crête de celui-ci suivait une charrue tirée par un mulet. Zannah, une des semeuses, marchait derrière, tirant un sac aussi grand qu'elle, où elle puisait des semences à pleines mains pour les jeter dans la tranchée toute fraîche. Derrière les semeurs suivait à son tour une petite herse, qui recouvrait les graines de ce sol riche. Le temps que le dernier champ fût semé, une brume verte brouillait déjà la terre rouge des premiers plantés. Pour quiconque avait cultivé les sols froids et chiches du Nord, la croissance de la végétation était un petit miracle.

Il y en eut d'autres. Au dîner, un bougeoir d'argent remplaça notre lampe-pomme de terre. Thomas, l'apiculteur, était tombé dessus en dépouillant l'une de ses ruches. « Quelqu'un a dû le cacher astucieusement là pour le mettre à l'abri des rebelles pillards, déclara-t-il, puis l'a oublié. » Le chandelier et notre réaction d'indulgente gratitude à sa réapparition semblèrent rafraîchir d'autres souvenirs : le service de porcelaine, semblait-il, avait été bien gardé sous les nids de nos poules pondeuses ; deux couverts – nombre curieux – de la ménagère d'argent furent retrouvés sous l'auge à cochons.

À mon grand soulagement, Canning prit la chose avec un amusement bon enfant. Les objets, après tout, ne lui appartenaient pas et avaient été « cachés pour rester sous bonne garde » longtemps avant son arrivée. Bien que dur et peu généreux, c'était au fond un homme juste ; il voyait les efforts sincères que les travailleurs déployaient pendant que sortaient les pieds de coton et leur en savait gré.

Moins de quinze jours après que la dernière graine eut été plantée, les sillons formaient déjà une masse verte et compacte. Les pieds se comptaient par centaines, par milliers. La semence de coton n'étant pas considérée comme de grande valeur, elle est dispersée en une couche épaisse – plus de vingt ou trente fois, estimai-je, que ce qui était nécessaire. Des sarcleurs devaient donc intervenir et je ne crois pas avoir jamais vu travail manuel plus expert. Armés de leurs seules houes grossières, ces chirurgiens des champs circulaient dans les massifs ; ils s'arrêtaient tous les deux ou trois pieds, ils sélectionnaient une seule pousse délicate, éliminant toutes les autres à grands coups sifflants. À la tombée de la nuit, nous pouvions contempler les rangées de jeunes plants de coton, parfaitement alignées à perte de vue.

Le désherbage devint désormais la corvée quotidienne. Toutes les mains furent mobilisées pour venir à bout de l'exubérance des herbes, des plantes rampantes et des fleurs des champs qui menaçaient quotidiennement d'étouffer les semis. Avec du zèle et quelques semaines de plus, le coton commença à dépasser en hauteur ses rivaux et jetait assez d'ombre pour empêcher leur croissance. Tout ce que nous avions à faire, c'était d'attendre juillet et l'apparition de la première fleur. Je dis « tout », mais bien sûr il y avait les cultures vivrières qui exigeaient toujours des soins, principalement le maïs, dont nous espérions avoir des excédents à vendre. Personne ne chômait, et mes élèves arrivaient souvent fatigués de corps mais non d'esprit.

Je m'inquiétais au sujet de Canning, qui ne s'épargnait pas davantage que ses ouvriers. Il était émacié et fluet, sa claudication s'accentuait de jour en jour, au point qu'il avait besoin d'un bâton affûté pour s'aider dans ses allées et venues entre les rangées. Il attendait, je le savais, le rapport du régisseur et les recettes de nos ventes de coton. Le rendement du domaine avait été effroyablement bas, comparé aux prévisions de Canning. Les intempéries et l'état d'abandon avaient causé trop de pertes. Des arpents qui pouvaient produire deux cents livres de coton n'en avaient donné que le quart. Cependant, la rareté faisait monter les prix, et l'humeur de Canning oscillait entre optimisme et désespoir; il calculait et recalculait les dépenses et les salaires, puis soustrayait le total obtenu de ses recettes hypothétiques. Lorsque le paiement arriva enfin par le vapeur, Canning se retira au salon pour recompter. Il en ressortit, triste, avec son livre de comptes et la caisse.

« Mme Croft sera forcée d'économiser cette année, dit-il avec un sourire contraint et sans joie. Après que j'aurai distribué leurs salaires aux nègres, il ne lui restera qu'un maigre revenu, quant à moi… »

Sa voix se perdit dans les airs. Je le suivis dehors, où il chargea Ptolémée de sonner la cloche pour rassembler le personnel.

« Quelle que soit votre déception, dis-je, en réglant mon pas sur celui de Canning, qui boitait à toute allure à travers la cour puis le long de la clôture du champ voisin, je me vois dans l'obligation de vous rappeler que c'est un jour exceptionnel pour ces hommes et ces femmes. Dans l'intérêt de tous, ce serait une bonne chose si vous pouviez vous contraindre à une apparence de bonne humeur pendant que vous effectuerez ces paiements, fût-ce pour le salut de la prochaine récolte. »

Canning fronça le sourcil.

« Vous avez raison, bien sûr. Il le faut. » Nous avions atteint l'éminence surplombant le plus grand champ de coton. Il tendit la main pour embrasser cet horizon de promesse d'abondance. « Tous mes espoirs sont là. Voici la récolte qui fera ma fortune ou ma ruine. »

Les nègres déposaient leurs outils et arrivaient de tous côtés. Nous croisâmes la brigade de désherbage. La petite Cilla, qui m'évoquait une version brune de mon Amy, accourut entre les rangées en poussant des cris de joie. S'arrêtant, haletante, à notre hauteur, elle plongea la main dans ses cheveux crépus et volumineux et en retira une fleur délicate aux pétales crémeux.

« C'est pour toi, maître, dit-elle, soudain timide, en la donnant à Canning. La première fleur ! »

Avec un léger sourire, Canning tendit une main hésitante pour caresser la tête de l'enfant.

Quand nous arrivâmes aux quartiers des esclaves, la foule qui y était réunie bourdonnait de conversations à voix basse. Canning sortit un registre d'appel puis, à ma grande surprise, m'invita à prononcer une prière d'action de grâces. C'était le genre de geste que je n'aurais jamais attendu de lui. Ma prière venait du fond de mon cœur. Alors que l'émancipation n'avait pas encore force de loi dans le pays, dis-je, les habitants du Débarcadère des chênes s'apprêtaient à goûter l'un des fruits de la liberté, et je priais pour que soit proche le jour où celle-ci serait totale. L'assemblée cria « Amen ! », « Gloire à Dieu ! » et autres réponses du même ordre. Puis Canning appela les ouvriers par leur nom pour leur distribuer des billets de banque. Les hommes traînaient les pieds et les femmes ébauchaient une génuflexion en recevant leur salaire. Certains embrassaient l'argent, d'autres le levaient en l'air et dansaient une petite gigue. Lorsque nous parvînmes à la fin des paiements, le soleil se couchait.

Il y eut un peu d'agitation parmi les hommes. Jesse, mon meilleur élève, un bonhomme colossal à la voix aussi retentissante que les graves d'un grand orgue, s'avança et se planta devant Canning et moi, les yeux baissés.

« Les autres me demandent de vous dire que nous avons quelque chose à vous remettre. »

Canning parut déconcerté. Je souris à Jesse d'un air rassurant.

« C'est très gentil. Qu'est-ce que c'est ? » dis-je.

Il se tourna et fit signe à l'assemblée. Une moitié de celle-ci s'éparpilla dans les cases pour en ressortir en tirant les gros sacs en toile de jute qui leur servaient de paillasses. Le fils de Jesse laissa choir le premier aux pieds de son père et lui remit une faux. D'un geste large, Jesse fendit de sa lame la couture grossièrement cousue et il en jaillit un coton mousseux : la fibre la plus longue jamais produite par le domaine. Tout le long de la rangée, les gens sortaient de gros matelas semblables.

« Quand la maîtresse nous a quittés, expliqua Jesse, et que les rebelles ont appris qu'elle avait signé les papiers pour se mettre sous la protection de l'Union, ils sont passés et nous ont ordonné de mettre le feu à toutes les balles du domaine. Bon, on n'avait pas le choix. On a brûlé peut-être cent balles de Mme Croft cette fois-là. Mais quand ils regardaient pas, on a jeté les barbes de maïs ou la mousse de nos matelas pour les bourrer de la fine fleur de la récolte. On a sauvé six, huit balles ici, je crois. Comme vous êtes juste avec nous et que vous faites ce que vous dites, nous vous les rendons. »

Je n'avais jamais vu l'étroit visage de souris de Canning aussi empreint d'émotion. Il retira ses lunettes et se tripota les yeux. Je compris qu'il pleurait, de gratitude ou de soulagement, je ne saurais dire.

« Merci, articula-t-il enfin, quand il eut recouvré sa voix. Merci à vous tous ! Le couvre-feu est levé ce soir. La fête peut durer aussi tard que vous voulez. »

Canning se tournait pour s'en aller, quand Jesse reprit la parole :

« Les autres demandent si les messieurs veulent bien se joindre à nous pour le cri », dit-il.

Je regardai Canning. À mon vif plaisir et soulagement, il ébaucha un sourire puis inclina la tête. Je répondis avec une ardeur sincère :

« J'en serais très honoré. »

J'ignorais alors que la nuit me transporterait par-delà les mers, vers quelque clairière d'une jungle de l'Afrique occidentale, dans un temps bien plus ancien que mon propre passé et le Dieu de ma religion. Je sais seulement que ce que je voyais, entendais et percevais était émouvant à l'extrême. Malgré mes efforts, je ne parviens pas à traduire en mots la totalité de cette expérience.

Ils avaient sorti à notre usage deux tabourets branlants. Pendant que le soleil striait le ciel de bandes dorées, écarlates et indigo, ils allumèrent leur feu et s'assemblèrent autour en un large cercle. L'un d'eux se munit de deux vieux manches à balai, qu'il commença à battre l'un contre l'autre à un rythme complexe et accéléré. Un à un, les nègres reprirent ce rythme en frappant le sol de leurs pieds et se mirent à tourner autour du cercle. Des voix, celle de Jesse d'abord, puis d'autres, s'élevèrent pour conduire le cri, et la foule répondait avec un bourdonnement grave et approbateur. Oui, c'était véritablement un cri : rauque, éraillé, presque discordant, aussi différent que possible de leurs chants mélodieux. Il y avait des phrases harmonieuses, certaines répétées plusieurs fois. Les mains claquaient sur un autre rythme encore, rapide, tout à fait à contretemps des pieds, à contretemps aussi du battement effréné des manches à balai. Je ne savais pas comment ils réussissaient leur effet – les enfants, les vieillards et les jeunes, tous à l'unisson. Je ne comprenais pas toutes les paroles qui étaient criées, mais j'en saisissais quelques-unes :

By myself... by myself... tonight... you know I got to go... chariot comin'down... Oh my Lord... Oh when when when[1]...

Quelque chose dans ce rythme intense et rapide se mit à agir en moi, faisant battre mon cœur plus vite. L'excitation, l'émotion m'envahirent. Je me mis debout et me balançai follement, sans même avoir conscience que j'avais eu l'intention de me lever. Mon esprit devint aussi creux qu'une gourde, vide de toute pensée. Mystérieusement, sans que je sache comment, je me retrouvai dans le cercle à traîner les pieds et taper dans mes mains, ajoutant ma voix à celles des autres, jusqu'à en avoir la gorge à vif. J'ignore combien de temps s'écoula ainsi, mais quand je finis par sortir du cercle, trempé de sueur, les muscles fourbus et tremblants, je cherchai Canning des yeux. Son tabouret était vide, et lui invisible.

---

1. « Tout seul... tout seul... ce soir... tu sais que je dois partir... le chariot descend... Oh, mon Dieu !... Oh, quand, quand, quand... »

10

Fièvre récurrente

JE ME RÉVEILLAI, COMME D'HABITUDE, au son de la cloche de travail, mais ce jour-là son tintement brutalisa mes tympans. J'ouvris les yeux ; le faible demi-jour entrant par les interstices des planches de l'entrepôt semblait avoir un éclat insupportable. Quand je tentai de me retourner pour échapper aux doigts lancinants de l'aube, mes muscles regimbèrent devant l'effort et je m'aperçus que je ne pouvais même pas soulever l'épaule.

Je me sentis ridicule. Manifestement, les nerfs d'un aumônier de quarante ans n'étaient pas faits pour des festivités nocturnes animées par les corps en bonne santé de travailleurs des champs. Je dressai un inventaire des dégâts : tête, migraineuse ; yeux, cuisants ; gorge, à vif. Je m'armai de volonté et commandai à mon corps de se lever, mais quand je bougeais mes articulations, il semblait que mes os tournaient dans des cavités remplies de verre pilé. Et puis je frissonnais, alors que d'ordinaire je m'éveillais couvert de sueur, dans la chaleur de ces nuits d'été. Il n'y avait rien à faire, pensai-je, serrant le couvre-lit autour de moi, les doigts endoloris. Je devais juste me reposer un peu plus jusqu'à ce que je puisse rassembler mes forces…

Je demeurai couché, sombrant dans une somnolence inconfortable et en émergeant tour à tour. Finalement, les frissons se transformèrent en une fièvre qui monta si haut qu'elle me donna le délire. Pour le détail de ce qui se passa ensuite, je suis redevable aux récits des autres.

Canning rit en apprenant que je ne m'étais pas présenté à ma salle de classe ; il croyait que je dormais pour me remettre de mes stupides excès, et vint me chercher dans l'idée de me taquiner. Au dire de tous, il était plein d'un entrain inaccoutumé, ayant calculé que les balles de premier choix supplémentaires suffiraient à couvrir ses dettes. Quel que soit le sort du coton alors sur pied, il n'était plus confronté à la perspective de quitter honteusement le Débarcadère des chênes, ruiné au terme de son bail. Il contemplait désormais avec sérénité la nouvelle récolte qui croissait avec vigueur. Quoi qu'il arrivât, rien ne pourrait l'anéantir ; au contraire, il pouvait retourner dans l'Illinois en homme riche. Pour la première fois, je revoyais en lui le jeune colporteur que j'avais été, rentrant triomphalement du Sud à la maison.

Il arriva à l'entrepôt à midi, au retour des champs, et ouvrit la porte toute grande avec un bonjour chaleureux, laissant de propos délibéré le soleil éclatant me frapper en plein visage. Après la révélation de mon état, les plaisanteries moururent sur ses lèvres. Il se précipita à mon côté, s'accroupit pour poser une main sur mon front et la retira aussitôt comme si le contact de ma chair l'avait brûlé.

« Apportez de l'eau froide ! cria-t-il. Sellez Aster ! M. March est gravement malade ! »

Après avoir donné ordre à Ptolémée de me baigner et recruté quelques enfants pour qu'ils agitassent des éventails qui aideraient peut-être à faire baisser la température, Canning se rendit d'un galop à Waterbank et demanda à voir le médecin de l'Union. Informé que ce monsieur était sorti, il fit irruption au mess des officiers et insista pour que le chirurgien m'apportât ses soins, arguant que, puisque j'avais toujours le grade de capitaine dans l'armée de l'Union, celui-ci était, comme chirurgien militaire, responsable de ma santé. Mais, apparemment, le bon docteur avait aussi peu de temps à perdre pour les « amoureux des nègres » que pour la race opprimée elle-même ; il refusa de renoncer à son repas, émettant l'opinion que j'avais dû contracter le paludisme, la plus commune des fièvres estivales de la région. Il renvoya donc Canning avec une bouteille d'essence de térébenthine et la consigne de me l'administrer à petites doses. Quand Canning lui demanda pendant combien de temps, le médecin leva les épaules.

« Jusqu'à ce qu'il aille mieux… ou que cela le tue. »

Et il retourna à son assiette.

Apparemment, le seul effet de la térébenthine fut de provoquer de violents vomissements. Je gémis et m'agitai, en proie au délire, pendant deux jours, mais, la seconde nuit, la fièvre tomba et je trouvai un sommeil paisible. À mon réveil, le lendemain matin, la petite Cilla dormait, pelotonnée dans un coin. Elle s'éveilla en sursaut, puis me sourit d'un air radieux lorsque je m'assis sur mon grabat. Il apparut que mes élèves m'avaient veillé à tour de rôle, me couvrant de courtepointes pendant mes crises de frissons, me bassinant d'eau du puits où avait infusé de la barbotine quand la température montait. Quand je rajustai ma courtepointe, un grand nombre de petites graines rondes roulèrent par terre.

« C'est des graines de moutarde, dit-elle, avec de grands yeux. Zannah les a éparpillées sur vous tous les soirs pour pas laisser approcher la vieille sorcière. » Elle baissa la voix et poursuivit en chuchotant : « Elle attend que maître Canning vous quitte tard dans la nuit parce que le maître est contre les histoires de sorcières. »

Jesse confirma que Canning avait passé de nombreuses heures à mon chevet. J'accueillis cette nouvelle, et sa preuve d'affection inquiète, avec les larmes faciles du convalescent, ce qui nous mit tous deux dans l'embarras.

Ce premier jour, je me délectai de mon rétablissement, heureux que cette terrible fièvre n'eût pas duré. J'étais si faible que Jesse avait été obligé de me porter jusqu'à un vieux fauteuil d'osier installé sur la galerie ombreuse, protégée par des persiennes. Assis là, je jouissais du simple plaisir de me sentir mieux, et du loisir de griffonner quelques lignes aux miens.

Vous ne devez pas croire, ma chérie, que, parce que mes lettres sont un peu moins fréquentes ces dernières semaines, mes pensées vont moins vers vous. Vous êtes avec moi du premier instant où je me réveille jusqu'au dernier avant que je m'endorme. Et souvent vous, ou l'une ou l'autre de mes petites femmes, ou encore toutes ensemble, vous me visitez joyeusement dans mes rêves. Je porte le trousseau de chemises confectionné par notre Meg chérie. Chaque fois que je les mets, je revois les blanches mains qui ont tant peiné sur ces travaux d'aiguille, et si je le pouvais, je déposerais un tendre baiser sur chacun de ces doigts qui me sont si chers.

Me tiendrez-vous rigueur si j'impute le ralentissement de ma correspondance, non à une grave affaire de guerre ou de politique, mais vraiment à une minuscule excuse ?

Je parle du moustique, qui est devenu un si horrible fléau ici que je ne peux en général absolument rien écrire le soir, alors que j'en ai le loisir, et que c'était mon habitude. J'ai bien tenté de me réfugier sous le filet que j'avais accroché aux chevrons pour protéger mon sommeil de ces démons en maraude, mais ma chandelle a mis le feu à la chose et vous auriez ri de me voir danser la gigue en voulant étouffer les flammes sous mes pieds. Vous pourriez dire que les mots que je vous ai écrits à cette occasion étaient pleins de chaleur !

Ainsi, comme j'ai le rare plaisir de disposer d'une heure de jour, je voudrais vous donner une idée de ce que je vois en parcourant les champs en ce moment. Le coton est en pleine floraison. Ces fleurs timides, d'un blanc crémeux délicat qui semble émettre sa propre lumière ou refléter l'éclat de la lune, s'ouvrent nuitamment. Elles resplendissent toute la matinée mais, dès midi, sous la chaleur implacable, les pétales se fanent et se gâtent. Le lendemain, ils ont roussi, et, dès l'après-midi de ce second jour, ils sont déjà tombés, découvrant la minuscule pépite qu'on appelle « forme », qui mûrit en donnant la capsule du cotonnier. Très tôt – trop tôt, semble-t-il à ceux qui travaillent –, il faut organiser les équipes de cueillette. L'extrême retard de la première récolte a laissé, je le crains, trop peu de répit aux ouvriers ; ils ne sont pas prêts à replonger déjà dans une nouvelle période de travail aussi acharné. Et puis, les fièvres ont fait beaucoup de malades. C'est la saison.

Étant rétabli, je ne voyais aucune raison de l'alarmer en lui annonçant que j'avais été des victimes. De fait, je songeais à raturer les deux dernières phrases quand un bruit de ferraille dans l'allée vint me distraire. Je levai une main pour saluer Canning, qui s'était rendu en voiture à Waterbank en quête de quelques provisions – un piètre ersatz de café, un peu de pain rassis et, pour sa seule consommation, du bœuf mariné, qu'il appelait avec mépris « cheval salé », et dont il se plaignait, même s'il affirmait ne pas pouvoir s'en passer, étant donné qu'il y avait des limites à la quantité de viande de porc qu'un nordiste pouvait digérer.

Canning était parti de bonne humeur, réjoui de ma guérison, plein d'un optimisme nouveau sur le monde en général. Je fus donc surpris de lui voir de nouveau un visage tiré et renfrogné, tandis qu'il claudiquait dans l'allée, donnant des coups de pied rageurs aux mauvaises herbes qui avaient poussé entre les graviers.

« Ethan, que se passe-t-il ? » m'enquis-je.

Il ôta ses gants de conduite et les fit claquer avec fureur sur la paume de sa main.

« Ils retirent la garnison de Waterbank. D'ici la fin du

mois, la présence de l'Union sera réduite aux effectifs d'une seule compagnie.

— Mais... en êtes-vous sûr ? Peut-être est-ce seulement une feinte pour tromper les rebelles ? »

Il secoua la tête en signe de dénégation.

« J'en suis parfaitement sûr, répondit-il.

— Pourquoi donc cette folie ? Il y avait déjà tout juste assez de cavalerie ici. Nous ne sommes pas les seuls fermiers dans le coin. Sur quoi se fonde cette décision ?

— Sur quoi croyez-vous qu'elle se fonde ? répliqua-t-il. Sur le fait qu'on est en train de perdre cette guerre parce que les généraux de Lincoln sont les plus incompétents à avoir jamais conduit une armée sur le champ de bataille ! »

Ptolémée était apparu à son côté avec une cruche d'eau. Canning prit le gobelet en terre qui lui était tendu d'un geste si impatient que l'anse lui échappa des doigts et que le gobelet se brisa à ses pieds sur les briques. Il se retourna, prêt à insulter le vieil homme courbé. Je me levai, non sans mal, pour m'interposer.

« Ethan, murmurai-je. Je vous en prie, maîtrisez-vous. Je sais que cette nouvelle est une contrariété...

— Une contrariété ! C'est la ruine complète ! Combien de temps s'écoulera-t-il, à votre avis, avant que les irréguliers – ou même les forces régulières des Confédérés – entreprennent de reprendre jusqu'au dernier pouce de ce pays fertile ? Ils sauront l'évaluer, eux, je puis vous l'assurer, même si notre camp ne le sait pas... »

À genoux, Ptolémée ramassait les morceaux brisés. Ses mains tremblaient plus que d'habitude. J'ébauchai un signe de tête dans sa direction, puis portai une main à mes lèvres. La dernière chose que nous souhaitions provoquer, c'était une panique générale dans les quartiers des esclaves. Canning comprit ma mimique.

« Bien sûr, reprit-il à la hâte, les forces de l'Union contrôlent le fleuve. Les Confédérés n'oseront pas attaquer un domaine comme le nôtre, à portée de tir des canonnières, que Waterbank ait toute sa garnison ou non. »

J'acquiesçai chaudement :

« Il n'y a donc pas de quoi s'inquiéter. »

Ptolémée se releva en faisant craquer ses articulations ; les éclats de poterie s'entrechoquaient dans sa main. Il se tourna vers la maison, mais j'avais eu le temps de voir son visage assombri par l'alarme.

« Naturellement, je suis allé voir le colonel, qui m'a conseillé d'installer un contremaître ici, de louer un immeuble à Waterbank, près de la caserne des forces restantes, et de m'informer des mouvements ennemis avant de risquer une courte visite quotidienne…

— Eh bien, déclarai-je, les risques d'incursion sont plus élevés la nuit, et je suis certain qu'un homme tel que Zeke, qui a, selon vous, des liens avec les rebelles, peut être un bon choix comme contremaître… »

Il m'interrompit avec colère :

« Combien de temps croyez-vous que ces gens tiendront encore le manche de la charrue sous la direction d'un des leurs ? Combien de temps s'écoulera-t-il avant que mes mulets "s'égarent", revendus avec profit, ou que les cochons se transforment en jambons et disparaissent dans des gosiers gourmands ? Non, c'est de la folie de partir, et pourtant, il est imprudent de rester. Vous êtes libre de faire ce qu'il vous plaît. Peut-être parviendrez-vous encore à instiller un peu de savoir à ces gens en vous éloignant, mais je ne puis diriger une plantation dans ces conditions.

— Ethan, repris-je doucement. Ne pensez pas que je sois moins engagé envers ma récolte que vous l'êtes envers les vôtres. Je travaille à une moisson, moi aussi. Ne le savez-vous pas ? En tout cas, si vous croyez que je vous abandonnerai ici, que je vous laisserai seul affronter le danger, c'est que vous n'avez pas appris à très bien me connaître ces derniers mois… »

Une fois de plus, l'émotivité du convalescent me trahit, et ma voix se brisa. La physionomie de Canning se radoucit. Il me donna son bras.

« Vous ne devriez pas être déjà debout, dit-il en m'aidant à me réinstaller dans le fauteuil d'osier qui grinça au moment où je m'assis. Ptolémée vous a-t-il servi de quoi manger ? Il vous faut reprendre des forces. Je lui demanderai de vous apporter quelque chose qu'il piochera dans nos délicieuses provisions "fraîches" », ajouta-t-il en ébauchant un pâle sourire.

Il entra dans la maison en boitant. Je l'écoutai donner l'ordre de décharger la voiture et me tournai vers mon écritoire, mais j'étais trop distrait pour poursuivre ma lettre de manière sérieuse. À la fin du mois, avait dit Canning. Dans deux semaines. Et alors nous verrions bien.

Le lendemain, j'étais de retour dans mon école pour une heure ou deux, même si j'étais obligé de me déplacer à dos de mulet et de rester assis pour enseigner. Mes élèves étaient contents de me voir de retour, ce qui me toucha, et encore plus désireux de faire de leur mieux. À la fin de la classe, Jesse m'aida à remonter sur mon mulet. L'un des enfants devrait me suivre à pied et ramener l'animal aux champs quand je n'en aurais plus besoin, et un petit groupe discutait pour savoir qui aurait ce privilège, quand Jesse les dispersa tous pour prendre lui-même la bride. Dès que nous nous fûmes un peu éloignés, il me parla à voix basse :

« Je voulais juste vous demander… Vous et maître Canning, vous décidez de rester ici… ?

— Ma foi, bien sûr, Jesse. Pourquoi non ? »

Il me regarda, ses yeux sombres étaient injectés de sang.

« Je crois que vous savez pourquoi, non ? »

Je ne répondis pas. Nous continuâmes à cheminer. La touffeur de la fin d'après-midi nous étreignait à la manière d'un être animé ; on la sentait sur la peau, aussi chaude et moite qu'une énorme bête pantelante. L'air était si lourd que l'inhaler même semblait nécessiter un gros effort ; il pesait sur les poumons et semblait n'apporter aucune fraîcheur. Le bourdonnement monotone des insectes emplissait le silence qui s'était installé entre nous. Comme je ne disais toujours rien, Jesse marmonna, les yeux rivés au sol :

« S'ils viennent, ils vous tueront, c'est un fait.

— Un fait ? répondis-je. Je crois plutôt qu'il s'agit là d'une hypothèse hardie. D'abord, les forces de l'Union stationnées à Waterbank ne se retirent pas complètement. Deuxièmement, leur présence sur le fleuve est importante. Et troisièmement, M. Canning et moi sommes des non-combattants. Vous savez ce que cela signifie ?

— Ça signifie vous avez pas de fusil pour vous protéger.

— Jesse, un soldat confédéré est un adversaire difficile et prêt à tout, mais ce n'est pas un sauvage. Il existe des règles, même en temps de guerre… »

S'arrêtant alors, il me jeta le genre de regard qui ne m'était devenu que trop familier au cours de mon existence. La pitié le disputait à l'exaspération.

« Maître, les hommes qui se cachent dans les bois par ici… ils grouillent comme des mouches, là-dedans… ils sont pas présentement dans l'armée et, c'est sûr, ils suivent pas les règles. Les gars du quartier, ceux qui sont pas d'ici, les gars qui sont arrivés chez nous du camp de Darwin's Bend, ils ont peur. Nous qui sommes du Débarcadère des chênes, nous les connaissons et ils nous connaissent, et probable qu'ils brûleront juste le coton et nous laisseront la vie sauve si on dit qu'on plante plus. Mais ceux qui sont pas d'ici… bon, y en a qui parlent de s'enfuir d'ici avant qu'on les vende quelque part. »

Je ne sus quoi répondre à cela. Je n'avais aucun moyen de m'assurer si ces craintes étaient fondées ou non. Je ne pouvais guère conseiller à quiconque d'abandonner Canning, mais ne pouvais pas non plus exhorter les hommes à rester s'ils avaient des raisons de croire leur liberté menacée. Nous étions arrivés au jardin. Le mulet frôla en passant une branche tombante de lilas des Indes, déclenchant sur nos têtes une pluie de fleurs roses. Je parvins à mettre pied à terre sans aucune aide et tendis la bride à Jesse.

Il me tourna le dos pour ramener le mulet aux champs. Les pétales froissés formaient comme une couronne sur sa tête. Il me jeta un regard par-dessus son épaule et me considéra avec tristesse.

« Si j'étais vous, maître Ma'ch, je partirais loin d'ici et j'emmènerais le jeune maître. »

J'avais bien l'intention d'aborder le sujet avec Canning au dîner, mais il rentra avec un teint de cendre, se frottant la poitrine comme s'il souffrait. Alléguant qu'il n'avait pas faim, il alla se coucher. J'avalai ma bouillie de maïs et quelques feuilles de salade que j'avais cueillies pour ma consommation personnelle, puis sortis retrouver mon lit, encore troublé par les paroles de Jesse. Cette nuit-là, je mis à exécution un petit plan : creuser une galerie dans la très épaisse couche de graines de coton amoncelée sur le sol de la réserve et l'étayer à l'aide de sacs pleins. Je finis par évider un refuge suffisant pour me cacher, moi et mes quelques effets. J'y plaçai un bidon plein d'eau, des quantités de biscuits et dissimulai la petite entrée avec un tonnelet de mélasse vide. De l'intérieur, il suffirait de déplacer un seul sac pour qu'une pluie de graines masque complètement l'accès. Si les rebelles arrivaient, je pourrais me terrer là.

Le lendemain, alors que je montais sur le mulet pour me rendre à la salle de classe, Canning, qui à cette heure était d'habitude déjà aux champs, s'avança vers moi, le visage fripé comme un lit défait. Il semblait ne pas avoir dormi de la nuit.

« Je retourne à Waterbank, me dit-il. Je vais essayer de recruter des gardes. Peut-être pourrai-je ramener les mulâtres qui travaillaient au poste. Je ne peux laisser les nègres se sauver…

— Ethan ! Vous n'êtes pas sérieux ! »

Il me jeta un regard perplexe.

« À quoi diable songez-vous ? repris-je. D'une part, dois-je vous rappeler que vous n'avez absolument aucun droit de maintenir ces malheureux en état d'arrestation ? Vous n'êtes pas leur maître, quel que soit le nom qu'ils vous donnent. D'autre part, si vous désirez provoquer un exode massif, c'est assurément le meilleur moyen. Pensez-vous sincèrement que deux ou trois mulâtres mal armés suffiront à retenir ici cent personnes, si elles ont décidé de fuir ? Vous devez avoir attrapé une insolation. »

Je ne lui avais jamais parlé aussi brutalement, même au pire de nos nombreux différends. Il me regarda, et son arrogance de coq nain parut l'abandonner.

« Je n'avais pas vu les choses sous ce jour. Je veux dire, je comprends ce que vous… »

Soudain, il eut l'air très juvénile.

Je changeai de ton et me penchai pour lui poser une main sur l'épaule.

« Ce qui doit advenir adviendra, dis-je doucement. Nous y ferons face ensemble. »

Juillet s'acheva donc ; le retrait du poste de Waterbank eut lieu, comme prévu, mais les environs demeurèrent tranquilles. On ne signala pas d'augmentation significative des activités rebelles. Tandis que les jours se succédaient sans incident, nous vaquions à nos diverses tâches de plume et de labour, essayant de ne pas penser à notre vulnérabilité. Pendant la première semaine d'août, un nouvel accès de fièvre délirante me fit perdre trois jours. Une fois rétabli, je me rendis compte de cette vérité cruelle : je pourrais bien ne plus jamais recouvrer la santé. Il était désormais évident que je n'avais pas été victime d'une simple crise de paludisme, mais d'une fièvre récurrente, ainsi nommée parce qu'elle n'offrait que des répits temporaires entre ses attaques répétées. Cependant, le découragement ne va pas toujours de pair avec le désespoir. La conscience de ma fragilité se révéla une incitation supplémentaire à redoubler d'effort dans ma salle de classe. Si je disposais de moins de temps, il était d'autant plus nécessaire de transmettre à mes élèves passionnés des connaissances utiles. J'exigeai beaucoup d'eux, et aucun ne s'en plaignit.

Les nègres de Darwin's Bend ne s'étaient finalement pas enfuis ; peut-être parce qu'ils redoutaient davantage les incertitudes de la route que le possible danger qu'il y avait à rester. Ces hommes et ces femmes qui avaient été autrefois des réfugiés n'avaient aucune envie de renouveler cette expérience. Ils étaient les mieux placés pour connaître les obstacles qui se dressaient entre eux et les rares sanctuaires qu'ils pourraient trouver derrière les lignes de l'Union ; ils connaissaient aussi la misère et la désorganisation des campements de contrebande noire qui les y attendaient. Peut-être encore restaient-ils parce qu'ils avaient apprécié de toucher un salaire pour leur travail et n'étaient pas disposés à renoncer à l'argent de la prochaine moisson. Peut-être restaient-ils, enfin, parce qu'ils en étaient venus à nous faire confiance et à mettre tous leurs espoirs dans notre décision de ne pas fuir.

Les saisons comme celle que nous avons vécue cet été-là possèdent un éclat particulier. Nous continuions la même routine et accomplissions nos tâches dans un milieu qui avait été ébranlé. Je me rongeais les sangs, ainsi que Canning, et je suis certain que nos ouvriers agricoles le ressentaient aussi.

Je reconnaissais un signe des temps. J'avais déjà traversé une saison tout aussi difficile, dont chaque jour était gâté par les miasmes d'une peur impossible à regarder en face, sans qu'on puisse pourtant l'ignorer.

11

Sonner les cloches

EXISTE-T-IL DEUX MOTS DE NOTRE LANGUE plus étroitement jumelés que « courage » et « couardise » ? Je ne crois pas qu'il y ait un homme au monde qui n'aspire à posséder le premier et ne redoute d'être accusé de la seconde. L'un est tenu pour être l'apogée de la nature humaine, l'autre pour son nadir. Et pourtant, à mes yeux, tous deux sont côte à côte sur le cercle de la vie, séparés l'un de l'autre par un infime degré.

Qui peut-on qualifier de brave ? Celui qui ne connaît pas la peur ? S'il en est ainsi, la bravoure n'est que le terme poli pour désigner un esprit dénué de rationalité et d'imagination. Le brave, le vrai héros, tremble de peur, transpire, sent ses entrailles le trahir et, malgré cela, avance pour accomplir l'acte qu'il redoute. Je ne trouve pourtant pas héroïque d'aller au feu, uniquement aiguillonné par la crainte d'être traité de lâche. Parfois, le véritable courage exige l'inaction ; par exemple, rester chez soi tandis que la guerre fait rage si, ce faisant, on écoute la douce voix d'une conscience respectable.

À Concord, notre participation au chemin de fer souterrain nous avait permis de connaître beaucoup d'hommes qui correspondaient à cette description. C'était en général des quakers, dont l'abolitionnisme et le pacifisme étaient issus d'une même conviction foncière : il y a quelque chose de Dieu en chacun, et l'on ne peut donc pas réduire un homme en esclavage, pas plus qu'on ne peut le tuer, même pour libérer ceux qui sont asservis.

Puis, en octobre 1859, John Brown, soutenu à bon ou mauvais escient par des quakers et d'autres pacifistes, tua, au nom de la liberté. Brown avait trois de ses fils parmi les vingt hommes qu'il conduisit à l'attaque de l'arsenal fédéral de Harper's Ferry, en Virginie. Il espérait que les esclaves des environs se soulèveraient dès qu'ils auraient vent de son action. Il avait préparé des armes à leur intention : mille lances, des wagons de fusils et de pistolets Sharps. Je fus malade d'apprendre que le premier à être mortellement blessé par les insurgés de Brown n'était pas un propriétaire d'esclaves mais Hayward Shepherd, un Noir affranchi travaillant comme bagagiste aux chemins de fer. Mais les « abeilles » de Brown, ainsi qu'il appelait les esclaves qui dans son esprit rallieraient sa bannière, ne répondirent pas à ses vœux. Deux de ses fils et plusieurs autres partisans furent tués ; lui-même fut blessé et fait prisonnier.

J'avais absous Brown depuis longtemps pour la perte de ma fortune ; je m'étais contraint à regarder l'épisode sans rancune ni reproche. Mais je lui avais avancé des fonds pour libérer des êtres humains, non pour les massacrer. Je savais que je ne pourrais pas lui pardonner, si mes liens innocents avec lui me compromettaient dans ces violences et se révélaient un moyen de défaire les attaches sacrées de ma famille.

Je ne mis pas longtemps à apprendre que je n'étais pas le seul dans l'angoisse. Le jeune Frank Sanborn, le maître d'école de Concord, avait été plus étroitement associé aux projets de Brown que je ne l'avais imaginé. Sanborn s'apprêtait à organiser la récolte de châtaignes annuelle de l'école ; au lieu de quoi, quand un fugitif du groupe de Brown se présenta inopinément à sa porte en quête d'asile, il le confia à Henry Thoreau et, affolé, s'enfuit du village, disant qu'il y avait mille meilleures manières de poursuivre le combat contre l'esclavage qu'en risquant d'être arrêté et extradé vers la Virginie.

L'aide de Sanborn à Brown était récente, la mienne remontait à quelques années. La prudence était toutefois de mise, comme pour celui qui longerait le bord d'une falaise dans le brouillard. Des fonds avaient bien servi à acheter les caisses de fusils Sharps pour John Brown, et les sudistes hurlaient pour connaître l'identité du généreux donateur.

Le soir, comme nous étions tous réunis au salon, l'inquiétude assombrissait ce qui avait été mes plus douces heures. Je ne pouvais plus m'adonner au plaisir de contempler les cinq têtes brunes et dorées penchées sur un carnet de croquis ou un journal intime : la luxuriante chevelure de Jo dégringolant de son serre-tête en mèches rebelles, les boucles d'Amy joliment arrangées sur ses épaules menues ; ma tendre souris, Beth, parlant doucement à ses chatons ; Meg et Marmee plongées dans leurs travaux d'aiguille. Je les regardais puis détournais les yeux, pressentant une séparation. Mon imagination n'embrassait pas alors la réalité : ce serait moi qui choisirais de trancher ces liens sacrés et provoquerais une séparation dont aucun de nous ne pouvait prévoir la fin.

D'autres dans ma situation faisaient plus que se tourmenter. Le riche quaker Gerrit Smith, qui avait longtemps été le plus grand bienfaiteur de Brown, prit des dispositions pour que ses amis le fissent interner dans un asile d'aliénés afin de se mettre hors de portée des inquisiteurs sudistes. Sanborn s'enfuit au Canada, Frederick Douglass s'embarqua pour l'Angleterre. Ces hommes se comportaient-ils comme des lâches ? Je ne le croyais pas, même si Douglass écrivit qu'il s'était « toujours plus distingué en se sauvant qu'en combattant et que, à en juger par l'expérience de Harper's Ferry, [il] manqu[ait] misérablement de courage ».

Si les sudistes avaient tué Brown dans les rues de Harper's Ferry, ou s'ils l'avaient pendu expéditivement dans la semaine qui avait suivi l'attaque, je suis convaincu qu'il n'aurait été qu'une note en bas de page de l'histoire. « Fou », « malavisé », voilà les choses les plus aimables qui furent dites dans un premier temps à son sujet, y compris dans la presse abolitionniste. Mais Brown mit brillamment à profit ses derniers jours sur terre. Lorsqu'il rencontra son bourreau au début de décembre, sa conduite en captivité, son discours à la cour, le baiser déposé sur le front de l'enfant esclave pendant qu'il se rendait à la potence, tout cela avait changé l'opinion que le monde avait de lui.

Dès que la nouvelle de son incursion nous parvint, notre ville fut aussi divisée que la nation sur son bien-fondé. Henry Thoreau, seul de nous tous, se prépara immédiatement à prendre la défense de Brown. En vérité, cela devint son obsession et il déclara qu'il s'exprimerait à l'hôtel de ville. Tous, même Waldo, nous lui conseillâmes de ne pas y aller. Sa réponse fut, comme toujours avec lui, abrupte : « Je ne vous ai pas envoyés chercher en quête d'un conseil, mais pour vous annoncer que j'allais prendre la parole. » Quand les conseillers municipaux refusèrent de sonner les cloches pour signaler le début de sa conférence, Henry les sonna lui-même. Ce fut l'un des discours les plus passionnés que j'aie jamais entendus de sa bouche. On devait lui demander de le prononcer dans de nombreuses réunions au cours des semaines suivantes ; et chaque fois, le sol trembla sous les pieds de son public :

« Il y a mille huit cents ans, Jésus-Christ a été crucifié. Ce matin, le capitaine Brown a été pendu. Voilà les deux bouts d'une chaîne qui n'est pas sans compter d'autres maillons. »

Enfin, pensais-je en l'écoutant, le Christ n'a jamais tué personne pour mériter sa condamnation à mort. Mais en regardant les visages transportés autour de moi, je compris que l'ardeur des arguments de Henry faisait oublier à ses auditeurs n'importe quel défaut logique.

« Ce n'est plus le vieux Brown, clamait Henry, mais un ange de lumière... »

Lorsque nous nous réunîmes de nouveau à l'hôtel de ville, en ce jour presque étouffant, anormal pour la saison, où Brown fut réellement exécuté[1], sa transfiguration de fou en martyr était accomplie. Le portrait qu'en avait brossé Henry était devenu un lieu commun.

La façon de voir du Sud était très différente. Si un nordiste tel que Brown, prêt à tuer des Blancs, qu'ils possédassent ou non des esclaves, était canonisé pour ce motif, alors la guerre était pour ainsi dire déclarée. Les sudistes se mirent à décrier les gens du Nord installés depuis longtemps parmi eux ; une populace s'empara d'un jeune colporteur semblable à celui que j'avais été, brailla que « les amoureux des nègres venus du Nord devaient être peints de la couleur des nègres », arrosèrent le malheureux de goudron et l'expulsèrent de leur ville. Les esclaves, pendant ce temps, virent le nœud coulant de leur captivité se resserrer autour de leur cou ; des nègres affranchis perdirent leur liberté de mouvement.

Conséquence immédiate : la diminution du nombre de « colis » arrivant à Concord via le chemin de fer souterrain. Je ne mâcherai pas mes mots : j'en fus content. Je ne voulais plus risquer d'avoir maille à partir avec la justice à ce moment-là, pour cette cause-là. Mais je me gardai d'exprimer mes craintes à Marmee. La perte de notre petite contribution à la liberté la chagrinait. Notre « ligne » était l'une de la demi-douzaine qui partaient de Boston Harbor, où un schooner, un prétendu bateau de pêche et de plaisance, servait en réalité de navire de transport pour les esclaves en fuite. Parfois aussi, les passagers clandestins trouvaient tout seuls le moyen de gagner le Nord par la mer. Plusieurs

1. Le 2 décembre 1859, à Charleston.

maisons de notre village servaient de « gares » et de là des conducteurs transportaient les « colis » vers l'ouest, à Leominster et Fitchburg ; on y trouvait des trains à destination du Canada, où des amis les attendaient. Nous devions seulement fournir une nuit d'asile, de ravitaillement et de protection pendant qu'on organisait le transport. En temps normal, il pouvait y avoir deux ou trois arrivages par mois. Mes filles s'étaient accoutumées à accueillir un visage noir inconnu à notre table. Dès leur plus tendre enfance, elles avaient appris à faire preuve de tact à la maison, et de circonspection à l'extérieur. Une seule fois, quand Amy était très petite, je l'avais surprise en train de se vanter devant une camarade de la cachette en haut de l'escalier. Ce soir-là, dès que nous fûmes réunis au salon pour notre séance de lecture, je mis de côté Spenser et ouvris *La Case de l'oncle Tom, ou la Vie des humbles*[1]. À peine en avions-nous lu quelques chapitres que les yeux jacinthe de ma chère petite s'emplirent de larmes de compassion. Je n'eus plus jamais besoin de lui dire de garder sa langue.

Nous avions aidé, je pense, quelque soixante personnes en tout : surtout de jeunes hommes, quelques couples, mais en deux occasions une femme qui tentait seule ce dangereux voyage. Celles-ci étaient à mes yeux les plus touchantes. L'imagination peinait à concevoir quel degré de barbarie pouvait pousser une femme à braver les terreurs d'une fuite solitaire.

Ce fut justement une femme – une jeune fille, plutôt – qui nous arriva, par un soir glacial de janvier où il faisait déjà nuit ; notre premier colis depuis l'attaque du mois d'octobre précédent. Nous étions réunis autour du feu, contents de notre gros tas de bois, fruit de mes efforts dans les forêts d'automne. Lorsque nous entendîmes le claquement d'un harnais et les cris « Ho ! » devant notre fenêtre, toutes les filles se précipitèrent pour relever le rideau,

1. De Harriet Beecher Stowe, 1852.

curieuses de savoir qui pouvait nous rendre visite par une nuit aussi glacée. Elles reconnurent sur-le-champ la charrette de notre ami M. Bingham, de Boston Harbor, et chacune courut remplir sa tâche. Meg et Beth s'élancèrent à la cuisine pour réchauffer du pain et voir s'il restait encore des pommes au four que l'on avait servies au dîner. Jo monta bruyamment l'escalier, gauche comme toujours, pour préparer le lit de la cachette. Amy prit sur elle de rester avec nous pour accueillir notre futur hôte.

M. Bingham, emmitouflé jusqu'aux yeux, refusa d'entrer, disant qu'il ne voulait pas laisser le cheval attendre par un temps pareil. Lui et moi nous dirigeâmes vers la charrette pour décharger le sac contenant notre colis. La silhouette qui se déplia semblait celle d'un adolescent, mais M. Bingham me présenta Flora ; je compris que la tenue masculine n'était qu'un déguisement. Quand je m'aperçus qu'elle n'avait pas de chaussures, juste de simples chiffons entortillés autour des pieds, je proposai de la porter sur le chemin enneigé. Elle fixa sur moi ses grands yeux sombres, puis les détourna, embarrassée. Voyant qu'elle frissonnait, je résolus de prendre cela pour un oui et la soulevai du plateau à ridelles. M. Bingham était déjà remonté sur son siège au moment où nous atteignions la porte, et ses mots « Adieu et bonne chance ! » se perdirent dans le crissement des roues sur le gravier verglacé.

Elle pesait moins qu'Amy, bien qu'elle fût aussi grande que Meg, et à peu près de son âge, estimai-je, après l'avoir déposée devant l'âtre et avoir pris le temps de la regarder. Elle portait un manteau d'homme trop grand de plusieurs tailles, que Bingham avait dû lui fournir. Elle le gardait serré autour d'elle, malgré la chaleur du feu, mais leva une main pour ôter un calot crasseux et le cache-nez entortillé autour de son cou. Je me dis qu'ils avaient dû bien l'aider à se déguiser, car son visage était tout sauf masculin, même encadré par ses cheveux crépus coupés sans soin. Bien que fatigué et maculé par la poussière du voyage, c'était un ravissant minois aux traits fins, éclairé par de grands yeux expressifs. Pendant que Marmee prononçait de douces paroles de bienvenue et de réconfort, Beth lui tendit des gants de toilette imprégnés d'eau chaude. Flora s'en frictionna vigoureusement le visage, les mains et la gorge avec un petit soupir de plaisir, puis elle prit un verre d'infusion de camomille fumante, pressant ses deux mains autour comme pour en embrasser la chaleur.

Marmee avait déjà remarqué le pitoyable état de ses pieds ; à mi-voix, elle demanda à Beth d'apporter dans une cuvette ce qui restait d'eau chaude. Commençant à dérouler les chiffons raidis par la saleté, elle eut le souffle coupé en voyant un lambeau de chair, collé au linge noirci, se détacher du pied de la jeune fille.

« Oh, ma chérie ! Je suis désolée… », s'écria Marmee.

Flora ne montra aucune réaction, aucun signe de douleur. Elle posa son verre et se pencha en avant pour finir de démailloter la chair à vif, couverte de cloques. Elle tressaillit un instant en les plongeant doucement dans l'eau, puis accepta calmement l'assiette de pain et de pommes au four que lui proposait Meg.

Nous avions tous appris à ne pas questionner nos usagers du chemin de fer, tant pour des raisons pratiques que par humanité. Les gens qui venaient à nous étaient souvent en proie à une certaine torpeur, provoquée par la peur, l'épuisement et, j'imaginais, une forme de deuil de ce qu'ils laissaient derrière eux – peut-être une famille, probablement des amis, et la sécurité d'un entourage familier. Un foyer dans la servitude reste un foyer ; ce n'est pas une mince affaire de le quitter, lorsqu'on sait que son acte est irrévocable. Mais Marmee m'avait également expliqué, à l'époque de notre mariage, que moins nous en savions moins nous pouvions parler. Cette prudence était particulièrement de mise quand nos filles étaient petites, et que des détails tels qu'un nom de route ou de personne pouvaient leur échapper, en toute innocence, ou leur être arrachés par des questions astucieusement posées.

Marmee continua de prodiguer à Flora ses paroles réconfortantes qui ne demandaient pas de réponse, tout en lui enduisant les pieds d'un onguent à la menthe fraîche, avant de les bander de pansements propres. Lorsqu'elle tendit les chiffons nauséabonds à jeter, Amy, qui était la plus proche, recula d'un pas, ses petites mains blanches cachées dans son dos. Marmee lui jeta un regard qui aurait pu geler la surface d'un étang; Amy s'empourpra et tendit la main vers le petit paquet, prenant soin de le tenir à bonne distance de son tablier immaculé pendant qu'elle l'emportait hors de la pièce.

Quand Flora eut mangé et se fut réchauffée, Marmee et Meg la soutinrent toutes les deux pour la conduire à la cuisine, où Hannah lui avait préparé de quoi faire sa toilette. De là, elles l'aidèrent à gravir l'escalier jusqu'à son « trou », que Jo avait rendu douillet en l'équipant d'une chandelle, de courtepointes et d'une bouillotte. Ces rites féminins n'étant absolument pas de mon ressort, je me retirai. Lorsque Marmee vint me retrouver, son visage était crispé d'angoisse. Elle referma la porte, puis s'adossa au battant, les yeux clos. Un grand soupir la secoua.

« Qu'y a-t-il, ma chérie ? N'est-elle pas à son aise à présent ?

— À son aise ! je doute qu'elle connaisse la signification de ce mot. »

Elle traversa la pièce en direction du lit et s'affala dessus, triturant frénétiquement de ses doigts les cordons de sa mante. Je voulus l'aider, mais elle chassa ma main d'une tape et se tourna face à moi. Il y avait dans son expression un vestige de son ancienne fureur, telle l'ombre d'un nuage passant fugitivement sur un champ ensoleillé.

« Cette fille porte un enfant, dit-elle brusquement. Et c'est un miracle, car son dos est zébré de... »

Sa voix se brisa. Marmee se tut et enfouit la tête dans mon épaule.

Marmee n'avait qu'un désir, garder Flora chez nous jusqu'à la fin de sa grossesse. Elle détestait l'idée de la laisser, dans son état, poursuivre sa route vers un avenir incertain, dans un pays inconnu. Bien que son accueil chez les Noirs libres du Canada fût assuré, cette communauté disposait de peu de ressources. Je comprenais son point de vue, sans parvenir à le trouver sage, même en mettant de côté mes propres inquiétudes égoïstes. Le Fugitive Slave Act[1] pesait sur tous les clandestins, y compris au Massachusetts, et je ne pouvais faire abstraction du risque quotidiennement encouru d'un retour en esclavage. Aussi décidâmes-nous qu'elle resterait quinze jours sous notre toit pour se reposer en sécurité, le temps que ses pieds se cicatrisent. Marmee se mit à soigner la future petite mère avec ses prodigieuses capacités maternelles.

Dans les jours qui suivirent l'arrivée de Flora, nous nous efforçâmes de rester aussi fidèles que possible à notre traintrain afin de ne pas attirer une attention malvenue. Meg retourna à son travail auprès des enfants King et cette semaine-là, pour une fois, je ne surpris, ni n'eus donc à réprimander, aucune jérémiade sur sa difficulté à « courir toute la journée après des nains trop gâtés ». Jo n'eut elle non plus aucun mot désagréable sur les lubies de sa tante ; même Amy parvint à parler avec légèreté de ses ennuyeuses camarades de classe.

Je voyais peu Flora ; en dépit de mes paroles bienveillantes, je semblais l'intimider, voire l'effrayer, et lui épargnai donc ma présence. Étant donné son état, je pouvais imaginer maintes raisons pour lesquelles elle ne

1. Loi sur les esclaves fugitifs : nom de deux textes de loi du congrès des États-Unis, datés respectivement du 12 février 1793 et du 18 septembre 1850, dans le cadre du compromis de 1850 entre les États sudistes, agraires et esclavagistes, et les États nordistes, industriels et abolitionnistes.

pouvait associer aux hommes blancs de mon âge que de mauvaises choses. Mais Marmee aussi trouvait la jeune fille réservée et impénétrable.

Ce fut notre petite souris, Beth, elle-même la timidité incarnée, qui parvint à percer la carapace de Flora et à accéder à ce qu'elle cachait. La santé délicate de Beth et son âme sensible la rendaient inadaptée à l'animation du monde, aussi n'était-il pas question d'école ni de travail dans son cas. Elle restait à la maison et aidait Hannah avec application dans les tâches domestiques, recevant de Marmee et moi l'instruction nécessaire. Flora ne pouvait sortir non plus, de peur d'être remarquée par des yeux inamicaux. Les esprits s'étaient échauffés, même à Concord, et l'insurrection de Brown avait fait monter la température. Le village était aussi un relais pour les charretiers, et qui connaissait l'opinion des voyageurs qui fréquentaient les tavernes ?

Comme le temps restait glacial et que notre visiteuse avait besoin de repos, sa réclusion forcée n'avait rien d'une pénitence pour elle. Mais notre Beth, qui aimait la Nature en toute saison, rapportait de ses promenades quotidiennes des branchages de sapin et de flamboyants bouquets de houx et décorait la cachette de Flora de ces témoignages du monde extérieur. Parfois, dans la journée, en passant dans l'escalier, j'entendais deux voix fluettes discuter ensemble : les chuchotements hésitants et familiers de Beth, et puis, en réponse, cet étrange accent du Sud. J'aurais bien aimé savoir ce dont elles parlaient : à onze ans, ma petite souris avait mené une vie complètement protégée, tandis que la pauvre jeune fille, qui ne pouvait en avoir plus de quinze, avait été exposée aux plus misérables dépravations de la société. Je m'inquiétais pour l'innocence de ma fille chérie et la paix de son esprit, mais il eût été inconcevable d'interférer dans leur communion. Ma petite Mlle Tranquillité possédait une âme généreuse, et notre malheureuse invitée avait sûrement besoin d'une amie.

Un après-midi, alors que Flora était chez nous depuis trois jours, je lisais dans mon bureau un nouveau manuscrit de Waldo sur lequel il avait sollicité mon avis lorsque j'entendis à peine un grattement à ma porte. Quand il se fit entendre une deuxième fois, je levai la tête.

« Oui ?

— Père, couina la petite souris. Puis-je entrer ?

— Bien sûr que tu peux, ma chérie ! » répondis-je, mettant mes papiers de côté avant de me lever.

Pareille intrusion ne ressemblait pas à ma Beth. Ne voulant pas qu'elle ait l'impression de me déranger, je me dirigeai vers mon fauteuil au coin du feu, afin que le monument de mon bureau ne se dressât pas entre nous, et, d'un geste, l'invitai à venir s'asseoir sur mes genoux.

Son petit poing roulé dans son tablier en triturait nerveusement le tissu. Je pris la minuscule main dans la mienne, la dépliai pour baiser les petits doigts et souris d'un air encourageant.

« Qu'y a-t-il, mon cœur ?

— Eh bien, je sais que nous ne consommons plus de lait ni de fromage, parce qu'ils sont la propriété légitime du veau, mais je me demandais si à ton avis le veau accepterait de partager un peu de son lait avec Flora, car elle est très maigre. Elle travaille depuis l'enfance dans une usine de Richmond… Oh ! » Sa main vola à ses lèvres : « Je n'étais pas censée dire ça !

— Ce n'est pas grave, ma chérie, ton secret est en sécurité avec moi. Continue. »

Elle me regarda avec confiance.

« Je le sais, Père. » Son front lisse se fronça. « J'ai toujours cru, même quand nous lisions le livre de Mme Beecher, que les esclaves avaient au moins l'air libre, le soleil et la chaleur de la terre pour les consoler. Je n'ai jamais pensé aux usines qui existent dans le Sud, ni que des gens pouvaient y être enfermés et asservis à des machines sales et bruyantes comme celles que m'a décrites Flora... »

Sa petite tête s'inclina et, entendant un reniflement, je donnai mon mouchoir à ma fille. Je caressai ses doux cheveux bruns à l'endroit où une raie bien droite les partageait. Peu après elle reprenait :

« Elle a marché pendant six jours, tu sais, avant qu'ils la rattrapent la première fois et la ramènent pour la fouetter. Puis elle a réussi à s'enfuir de nouveau, moins de quinze jours après. Elle est si brave, Père, et tant d'épreuves l'attendent. Hannah dit que des crèmes anglaises et ce genre de chose seraient exactement ce qu'il lui faudrait...

— Mon cœur, tu as tout à fait raison, et tu es très sensée de penser à cela. Dis à Hannah qu'elle a carte blanche pour les provisions, aussi longtemps que Flora demeurera chez nous. Tout ce qu'elle pense nécessaire à cette jeune fille, si nous en avons les moyens, elle doit se le procurer. »

Beth me fit un grand sourire, glissa à terre et se sauva à toutes jambes pour courir à la cuisine. Dès qu'elle eut disparu, je me levai et fis les cent pas, l'esprit en ébullition. Des souvenirs que j'avais refoulés depuis longtemps me submergeaient : des souvenirs d'une journée accablante, d'une grange obscure et d'un fouet déchirant les chairs nues d'une jeune femme. J'allai à la fenêtre et contemplai les arbres dénudés et gelés. La rage contre la cruauté et mon impuissance face à celle-ci m'étreignaient. Sans m'en rendre compte, je serrai le poing et l'abattis violemment sur l'appui intérieur. La vitre trembla entre les montants.

Obligés de rester le plus fidèles possible à nos habitudes, Marmee et moi ne pouvions décliner la moindre invitation. Un jour, nous nous rendîmes donc à un déjeuner en l'honneur de Nathaniel Hawthorne, revenu au village très récemment, après des années passées à l'étranger. Les conversations tournaient encore autour de John

Brown et des recherches en cours, menées par d'influents politiciens du Sud en poste à Washington, pour repérer ses conjurés. Naturellement, cela me mit mal à l'aise, d'autant plus quand Hawthorne, qui n'avait pas été là pour assister au changement de mentalité des nordistes, déclara que « jamais un homme n'avait été si justement pendu ». Tous les regards de l'assemblée se tournèrent vers moi, dans l'attente d'une défense ardente de Brown, mais je restai coi.

Sentant mon inconfort, je pense, Marmee se plaignit d'un léger mal de tête, si bien que nous fûmes parmi les premiers à partir. Tandis que nous parcourions à pied la courte distance qui nous séparait de notre maison, je tenais son bras plus serré que d'ordinaire et songeais à toutes les fois où nous avions suivi ce chemin pendant nos années de vie commune. Je me disais que je ne survivrais pas, si je devais être privé de sa compagnie. En arrivant à notre portail, je vis l'allée piétinée par des marques de grosses bottes. Je me précipitai vers la porte et, quand je l'ouvris, je trouvai Hannah à quatre pattes, nettoyant les traces boueuses qui menaient à l'intérieur.

« Que Dieu nous bénisse ! Je suis contente que vous soyez rentrés ! s'écria-t-elle. Celle-ci est dans un sacré état. »

Elle pencha la tête vers le salon où Beth était étendue sur le sofa, le visage marbré de larmes, tout agitée.

« Que se passe-t-il ? s'écria Marmee, courant s'agenouiller à ses côtés et tâtant son front pour savoir si elle avait de la fièvre.

— Le sergent de ville est venu chercher Flora, dit Beth d'une voix tremblante.

— Je n'étais pas là, l'interrompit Hannah. J'étais allée au marché. La pauvre petite a dû faire face toute seule à la situation... »

Les yeux de Beth s'emplirent de nouveau de larmes. Marmee la prit dans ses bras.

« Allons, allons ! Ce n'est pas ta faute ! Tu n'aurais rien pu faire pour la sauver…

— Ah, mais elle l'a sauvée, c'est cela le plus étonnant ! continua Hannah, se relevant lourdement, puis jetant son chiffon sale dans le baquet. Flora est en sécurité là-haut. Notre petite a renvoyé le garde champêtre, elle a été très futée. » Hannah sourit à Beth, qui était maintenant assise, la tête posée sur l'épaule de Marmee : « Qui aurait pensé qu'elle en aurait le courage ! Maintenant, je vais préparer des boissons chaudes pour vous tous, m'est avis que ce ne sera pas de refus. »

Hannah disparut et Marmee pressa doucement Beth de raconter ce qui s'était passé. D'une petite voix, elle expliqua comment des coups violents avaient retenti à la porte.

« Flora et moi, nous jouions avec les chatons dans ma chambre, en haut, mais, pour plus de sécurité, elle s'est enfermée dans sa cachette pendant que je descendais ouvrir. C'était tout aussi bien, parce que cet homme a fait irruption sans se présenter, et sans votre permission. Il avait une très grosse voix, vibrante de colère. Il disait que, selon des renseignements en sa possession, nous hébergions une esclave fugitive, alors je lui ai répondu que ses renseignements n'étaient pas bons.

— Beth ! » m'exclamai-je.

J'avais peine à imaginer ma petite souris en train de parler à un inconnu – encore moins à un officier de police à la grosse voix – et de proférer un mensonge aussi flagrant.

« Ce n'était pas un mensonge, Père, répondit-elle posément, comme si elle lisait dans mes pensées. Je lui ai dit que je n'avais jamais vu d'esclave dans cette maison, et c'est la pure vérité. Ne nous as-tu pas affirmé, maintes fois, qu'il n'y a pas d'esclave aux yeux de Dieu ? Dieu voit tout, et s'Il ne voit pas d'esclave dans cette maison, comment pourrait-il y en avoir ? »

Sa mère et moi échangeâmes un regard par-dessus la petite tête brune, partageant le bonheur d'avoir une enfant dont nous pouvions être fiers.

« Il a été alors très impoli. Il a crié qu'il allait vérifier cela de ses propres yeux et a voulu monter l'escalier, mais je lui ai barré le passage en disant qu'avant qu'il vérifie quoi que ce soit, je serais contrainte de voir son mandat. Il a pris une drôle de couleur, car il n'en avait pas, et il est sorti à pas lourds.

— Beth ! m'écriai-je, tu es merveilleuse. »

La triste vérité, c'était que, même si le sergent de ville devait mettre du temps à trouver à Concord un magistrat qui lui délivrât un mandat, il ne manquait pas de juges dans le Massachusetts qui soutenaient le Fugitive Slave Act. Si content que je fusse de mon travail de menuiserie, la fierté que m'inspirait la cachette n'allait pas jusqu'à risquer la liberté de Flora en soumettant celui-ci à l'épreuve d'une perquisition en bonne et due forme. Flora devait donc nous quitter, et vite. J'envoyai Hannah prévenir nos amis et, dès la nuit tombée, Henry vint la chercher pour la conduire chez Edwin Bigelow, le maréchal-ferrant, qui organiserait la suite de son voyage. Jo et Meg, qui n'étaient pas encore revenues de leurs activités du jour, ne purent même pas lui faire leurs adieux. Il y eut beaucoup de larmes, de la part de Beth et de Meg, et Marmee et moi ne fûmes pas loin d'en verser quelques-unes. Flora, elle, garda les yeux secs, mais elle prit Beth dans ses bras, avant que Henry l'emmenât de l'autre côté de la colline, derrière chez nous, en suivant les chemins qui se faufilaient à travers bois jusqu'à la maison d'Edwin.

Un an plus tard, nous reçûmes une lettre de la dame canadienne qui avait pris Flora à son service. C'est Flora qui lui avait demandé d'écrire ; elle tenait à nous faire savoir que, même si son bébé n'avait pas vécu, elle se portait bien. « Malgré le chagrin naturel que lui a causé le sort de son enfant, écrivait la dame, elle voit l'avenir avec optimisme et place sa confiance en Dieu, qui, dit-elle, ne l'aurait pas délivrée de son esclavage en Égypte sans avoir un projet pour elle, alors qu'il en a laissé tant d'autres dans les chaînes. C'est une jeune femme intelligente et, je le sais, je n'ai pas besoin de vous évoquer son courage et sa détermination. Je lui apprends à lire et à écrire. Vous pouvez donc espérer prochainement des nouvelles de sa main. Je reste, etc. »

Le hasard voulut que cette lettre arrivât le lendemain du jour où Jefferson Davis[1] rendit son siège de sénateur de ce qui était désormais les « États désunis ». Comme nous nous trouvions rassemblés au salon, je lus aux filles la lettre, puis le journal. Avant son adieu final, Davis avait « déclaré à ses confrères sénateurs qu'aucune hostilité ne l'animait et qu'il ne leur voulait aucun mal. Selon une source sénatoriale, il [avait] confié qu'il passerait la nuit en prières pour la paix ».

Eh bien, nous priions tous pour la paix. Mais, au fond de mon cœur, je m'attendais à la guerre. Alors qu'un hiver d'angoisse cédait le pas à un sombre printemps, il m'apparut que John Brown avait raison : pas dans sa politique de terreur aveugle et aléatoire, mais dans sa prophétie d'un inévitable bain de sang. Car comment tendre l'autre joue à l'ennemi lorsque cette joue n'était pas la sienne, mais celle d'innocents, comme la jeune femme aux pieds en sang et au dos zébré de cicatrices qui avait échappé aux chasseurs d'esclaves en se cachant dans un trou, en haut de notre escalier ?

La guerre éclata, bien entendu. Au début de l'été, les jeunes soldats de notre village qui devaient descendre dans le Sud se rassemblèrent sur le champ de la foire aux bestiaux. À l'instar d'autres habitants, nous allâmes les

1. En janvier 1861. Le mois suivant, il fut élu président des États confédérés d'Amérique.

encourager. Parmi les mobilisés, beaucoup me connaissaient. L'un d'eux s'écria :

« N'avez-vous pas un mot pour nous, monsieur March ? »

D'autres ne tardèrent pas à reprendre son cri. Je me trouvai entraîné au milieu d'une multitude de visages ardents et juvéniles et hissé sur la chaire précaire d'une souche d'arbre mort. Ils levaient tous les yeux vers moi avec un air d'expectative, ces jeunes gens qui étaient prêts à mettre leur vie en péril. Malgré moi, je me demandais combien d'entre eux reviendraient chez eux. Mon regard s'arrêta sur un garçon aux cheveux blond-roux qui semblait pâle et pensif. Je le reconnus, c'était le fils d'une famille quaker. Je savais qu'être là avait dû lui poser de graves problèmes de conscience.

« Vous savez que même Celui Que nous appelons le Prince de la Paix a dit un jour à Ses disciples : "Que celui qui n'a pas de glaive vende son manteau pour en acheter un[1]." Le jour est maintenant venu pour nous. Nous n'avons pas demandé que le fléau de la guerre soit lâché sur nous, mais il l'a été, et il est bon, en pareil jour, que nous réfléchissions aux raisons pour lesquelles nous combattons et à ce contre quoi nous combattons.

» La Bible ne dit-elle pas : "Nous-mêmes prendrons les armes à la tête des enfants d'Israël, jusqu'à ce que nous ayons pu les conduire au lieu qui leur est destiné… Nous ne rentrerons pas chez nous avant que chacun des enfants d'Israël n'ait pris possession de son héritage[2]" ?

» Nous partons parce qu'il y a dans ce pays béni une terre impie. Une terre où l'enseignement de la parole de Dieu aux enfants de Dieu est devenu un crime. Nous partons, parce que dans ce pays se trouve une terre déchue, où un homme peut éloigner ceux que Dieu a unis. Nous

1. Luc, 22,36.
2. Nombres, 32,17.

partons parce qu'il existe dans ce pays une terre que l'on peut, que l'on doit, en toute révérence, appeler "damnable", et que nous devons aller extirper le mal qui y réside. »

Alors même que je proférais ces mots, je sentais leur vide fondamental. Qu'étaient des paroles après tout, comparées à l'action que ces jeunes gars allaient engager ? Désormais, l'action était tout ce qui comptait.

Je marquai une halte pour m'éponger le front ; parcourant les têtes courbées, j'aperçus Marmee qui, elle, gardait la tête haute et me regardait bien en face, des larmes dans les yeux. Elle avait entendu une vérité dans mes paroles et connaissait mon intention avant que j'en eusse moi-même pris conscience. Nous échangeâmes un long regard. Je lisais la question sur son visage aussi clairement que si elle l'avait posée tout haut et je lui fis signe que oui.

J'avais dit « nous partons ». Elle savait avant moi que j'étais sérieux. Elle leva ses paumes de main en un geste d'assen timent, comme pour me donner des ailes. Aussi repris-je :

« Je dis "nous", mes amis, parce que, si l'armée veut bien de moi, je souhaite vous accompagner. »

Les jeunes gens relevèrent alors la tête et me saluèrent d'un grand hourra. Je leur imposai silence et poursuivis :

« Nous partirons ensemble. Et ensemble nous reviendrons, si Dieu le veut, en ce grand jour éclatant où tous les enfants d'Israël entreront en possession de leur héritage. Cet héritage, ce sera une nation une, et cette nation une sera libre pour toujours ! »

Je descendis de ma souche et me faufilai à travers la foule jusqu'à Marmee. Elle était si fière de moi que, incapable de parler, elle se contenta de saisir ma main et de la serrer avec la poigne d'un homme.

Au cours des semaines qui suivirent, le village me traita en héros. Tous les grands et tous les hommes de bien de Concord défilèrent dans notre maison. Ils organisèrent une collecte et me remirent une bourse. Tout le monde tenait à me féliciter. Si certains me jugeaient imprudent, à mon âge, de me lancer dans une telle aventure, seule ma tante March prit la liberté de me le dire. Elle me traita de fou vaniteux, de père irresponsable, puis prédit que je n'en reviendrais pas vivant et laisserais ma famille sans ressources. Je la remerciai de sa sincérité et lui demandai de prier pour moi, sinon de me bénir.

Il se trouva que le commandant de l'unité de Concord avait déjà pris pour aumônier un pasteur d'une obédience plus orthodoxe que moi. Je n'accompagnai donc pas les gars de chez nous. Mais j'avais dit que je partirais et pouvais difficilement rendre la bourse ou les applaudissements, aussi le révérend Day me recommanda-t-il à une unité d'inconnus issus de villes manufacturières. Je les rejoignis à l'automne et les servis du mieux que je pus, même si, comme je l'ai raconté, cette affectation fut brève. Mais elle m'a conduit ici, à mon ministère auprès des usagers du Débarcadère des chênes.

Il s'est déjà écoulé un an depuis que je me suis engagé et, tous les jours, je me réveille en nage dans ma grange solitaire, en proie à l'incertitude. Plus que des mois, plus que des miles se dressent maintenant entre moi et cet orateur passionné, perché sur la souche d'arbre qui lui servait de chaire. Un jour, j'espère revenir. Vers ma femme, vers mes filles, mais aussi vers l'homme plein de certitudes morales que j'étais ce jour-là, cet homme innocent convaincu de ce qu'il devait faire.

12

Lune rouge

QUAND JE VEUX REFOULER LES IMAGES DES ÉVÉNEMENTS qui se sont enchaînés, le souvenir auquel je m'arrête est celui d'un manteau scintillant, d'un blanc si pur qu'il en était éblouissant.

D'après les nègres, nous avions une chance extraordinaire. Cela avait été une saison sans revers, notre récolte se dressait sans défaut dans les champs. Ils disaient que nous aurions achevé la cueillette à temps pour danser à la lumière de la pleine lune rouge, ainsi nommée en raison de la couleur de son globe au moment où celui-ci montait dans les cieux humides, à la fin de l'été. Nous étions prêts pour une belle moisson. Les pointeuses étaient installées aux extrémités des rangées, les sacs des cueilleurs entièrement raccommodés, la maison d'égrenage nettoyée afin de pouvoir recevoir la nouvelle récolte. Mais cette moisson ne fut jamais rentrée.

Ils apparurent avant même que le premier éclat de la lune rouge eût percé à l'horizon. Dans l'heure silencieuse et noire comme la poix qui précède l'aube, ils avançaient au petit trot, se déployèrent à travers les quartiers des esclaves, puis entrèrent dans la cour séparant la salle d'égrenage, le moulin et les annexes, où Canning et moi dormions sans méfiance.

Je crois avoir entendu quelque chose dans mon sommeil, l'ébrouement d'un cheval dans l'obscurité ou le cliquetis d'un éperon. Quelque chose, en tout cas, me réveilla ; je sentis l'odeur du crottin frais. Il n'y avait pas d'écurie à proximité. Sans prendre le temps de réfléchir, je roulai à bas de ma paillasse, rampai jusqu'à ma cachette et tirai sur le sac de toile ; dans un bruissement, l'éboulis de graines en ferma l'accès.

Un fracas de bois brisé suivit quelques instants après. J'entendis la plainte d'un vieux gond en train de céder, puis le martèlement des bottes sur un plancher de bois. Un léger chuchotis de graines qui retombent, au moment où quelqu'un donna un coup de pied dans ma paillasse, et puis un juron.

« Le nid est encore chaud, énonça une voix calme. Ce maudit abolitionniste ne peut pas être bien loin. »

Par le tunnel d'aération que j'avais aménagé, j'apercevais la lueur d'une lampe qui se balançait d'avant en arrière pendant qu'ils inspectaient les lieux à ma recherche.

« Il manque une planche, ici, dit une autre voix au fond de la grange. Il a dû sortir par là. »

La lumière virevolta de nouveau, puis disparut. Dans mon trou, les ténèbres étaient complètes. J'étais recroquevillé sur moi-même, les genoux remontés contre la poitrine. Mes mains moites étaient étroitement jointes devant mon visage, mais je ne les voyais pas.

J'entendis des pieds – plusieurs paires de pieds – qui couraient, claquant sur la terre battue au-dehors. Ensuite me parvinrent encore des clameurs, une détonation et un cri.

Ils traînaient quelque chose dans la cour, s'arrêtèrent juste devant l'entrepôt. Me parvinrent des gémissements et des geignements, puis la voix éraillée d'Ethan qui hurla :

« Non ! »

La voix qui lui répondit était posée, grave et presque courtoise :

« Je suis au regret de vous dire que votre fâcheuse claudication se sera un peu aggravée dans la nuit. Je vous en prie, appelez-le, monsieur Canning. Sinon, je serais contraint de tirer aussi une balle dans votre jambe valide.

— Allez au diable ! » hoqueta Ethan.

Il y eut une autre détonation, et un cri si pitoyable, si empreint de souffrance, que mon estomac se retourna et rendit son contenu. L'odeur aigre de mes vomissures emplit le trou privé d'air. Je tremblais, je devais sortir, je devais me livrer. Mais la peur oppressait ma poitrine, m'empêchant de respirer, m'écrasant comme un éboulement. Je ne bougeai pas.

Sous le rugissement océanique de mon propre sang, j'entendis la voix courtoise reprendre :

« Faites-nous une faveur, monsieur Canning. Il ne peut pas aller bien loin. Nous l'attraperons dans les bois, si nous ne le prenons pas maintenant. »

Ethan sanglotait et hoquetait, cherchant sa respiration. Il prononça des mots presque inaudibles. Se succédèrent le bruit d'un sabre sortant de son fourreau, un autre cri puis un bruit sourd.

« Il s'est évanoui, dit une voix différente, plus vulgaire.

— Cela ne fait rien, attache-le sur son cheval et amène-nous le vieux nègre. »

Il y eut une brève période de nouveaux traînements de pieds. Puis j'entendis :

« Quel est le nom du domestique, déjà ?

— Ptolémée, major. »

La réponse - grave, calme, respectueuse - n'avait pas le tremblement sénile de Ptolémée, elle émanait d'un nègre plus jeune : Zeke.

« J'ai toujours aimé ce nom, déclara le major. Nous avions un Ptolémée, autrefois. Allons, mon brave, ayez la bonté de vous agenouiller. Non, là, c'est bien, près des billes de bois, à côté du billot. Merci. »

Le major éleva alors la voix ; un cri sonore emplit la cour :

« Monsieur March, j'espère que vous m'entendez. Parce que je connais votre affection pour les nègres. Nous avons ici le dénommé Ptolémée, et je crains de devoir lui couper la tête si vous ne sortez pas de votre trou pour accueillir vos visiteurs. » Il baissa la voix pour s'adresser à ses hommes. « Ils ne connaissent pas les bonnes manières, ces Yankees. »

Des rires fusèrent.

Je transpirais, je frissonnais. Mon esprit avait beau commander à mon corps de bouger, de ramper, de sortir pour sauver le vieil homme, mes forces s'étaient liquéfiées.

J'entendis alors la voix fêlée de Ptolémée :

« Monsieur March, si vous êtes là, restez caché, vous entendez ? J'suis fourbu et j'suis prêt à être rappelé à Dieu... »

Un ferraillement, un choc brusque, au moment où la lame fendait le bois, puis un bruit sourd, quand le corps de Ptolémée heurta le sol. J'eus l'impression qu'une lance de glace me transperçait. Ma lâcheté avait provoqué la mort d'un vieil homme inoffensif. Je m'effondrai dans mon trou, me cognai la tête aux sacs de graines en sanglotant comme un enfant.

« Nous n'avons plus le temps de jouer à cache-cache, cria le major. Vous trois, mettez le feu à la salle d'égrenage et à la grange. Vous autres, incendiez les champs. Quand ce sera fait, rassemblement aux quartiers des esclaves ! »

Il dut alors éperonner sa monture, car celle-ci hennit, pirouetta et s'éloigna au petit galop en direction des cases.

Je perçus des grésillements, suivis d'un rugissement. La fibre de coton avait pris feu dans la salle d'égrenage. Ils approchaient de la grange à présent. Je sentis l'âcre odeur de la paraffine. Ils aspergèrent les poutres de la grange avec le combustible de leurs lampes. Si je ne m'échappais pas, j'allais brûler vif. Mes membres tétanisés acceptèrent enfin de bouger. J'étais assez courageux, semblait-il, pour sauver ma propre vie. Je me frayai un passage à travers le rideau de graines et rampai à plat ventre sur le sol, vers la planche branlante que les rebelles avaient trouvée au fond de la grange. Ils l'avaient arrachée à coups de pied et avaient agrandi le trou, de sorte que je pus me faufiler dehors. Toujours face contre terre, je me tortillai sur les coudes et les genoux pour traverser le terrain à découvert et gagner un tas de bois de sciage. Les incendies éclairaient la nuit d'encre, et j'aurais été facilement repéré si l'un des rebelles avait regardé de mon côté. Mais le bâtiment en feu se dressait entre nous, monopolisant leur attention. J'atteignis le tas de bois. Mes mains tremblaient en déplaçant les planches. Une longue écharde se planta dans le renflement charnu à la base de mon pouce. J'écartai les pieux de la clôture et me glissai derrière tant bien que mal. Ce ne fut qu'une fois caché par les madriers que je pus regarder par la claire-voie et embrasser la scène.

La cour était désormais illuminée, les deux annexes flambaient violemment. À cette lumière infernale, je distinguai Canning, ligoté sur Aster, les jambes pendant selon un angle étrange. Un liquide sombre dégouttait de deux blessures à l'emplacement de ses genoux. Sa tête était affaissée sur l'encolure du cheval. La crinière du hongre était elle aussi poisseuse du sang qui coulait du côté de la tête d'Ethan ; ils lui avaient tranché une oreille. Terrifié par le feu et l'odeur du carnage, Aster piaffait, les yeux révulsés, tentant de se débarrasser de son terrible fardeau.

Un jeune homme grimaçant attrapa la bride d'Aster, tout en s'efforçant de garder le contrôle de sa propre monture. Menu, très maigre, il ne devait pas être bien vieux. Comme Aster se cabrait, la bride lui échappa de la main. Il jura, puis cria aux autres :

« Nous n'avons plus rien à faire ici. Occupons-nous des nègres et finissons-en avec cet endroit, mais jetez d'abord le vieux au feu ! »

Les trois autres – des hommes plus âgés au visage sillonné de rides – semblaient, étrangement, sous l'autorité de leur cadet. Deux d'entre eux ramassèrent le corps frêle de Ptolémée. Le troisième, avec un juron, empoigna sa tête. Ils jetèrent leur charge dans le brasier avec autant de désinvolture que s'ils ajoutaient des bûches à un feu de camp. Je murmurai une prière pour le repos de son âme.

Mais pourquoi Dieu écouterait-Il à présent mes prières ? Mon cœur n'était plus qu'un puits noir de haine. Haine envers le commandant invisible à la voix de miel, envers le jeune et cruel freluquet, envers ces hommes au visage dur. Mais avant tout envers moi.

Je me dissimulai dans mon tas de bois jusqu'à leur départ. Puis j'en sortis en rampant et restai étendu sur le sol, les doigts enfoncés dans la terre compacte. Terré dans mon trou, j'avais laissé torturer un homme et en assassiner un autre. Pourquoi avais-je fait cela ? Pourquoi avais-je laissé la peur s'emparer si totalement de moi ? Parce que je voulais vivre. Mais à quoi bon vivre, si on devait vivre en sachant cela de soi ? Que serait mon existence après cette nuit ? Comment pourrais-je regarder en face ma femme, mes enfants, avec cette honte marquée en moi comme au fer rouge ?

Petit à petit, mêlée au chagrin et au dégoût de moi-même, une résolution grandit en moi. Je me forçai à cesser de frémir et à me relever. J'étais à genoux. Je me passai les mains sur le visage. La terre macula mes joues et l'écharde m'égratigna l'œil. Je devrais, d'une manière ou d'une autre, racheter mes agissements de cette dernière heure, et si cela devait me coûter la vie, eh bien, celle-ci n'avait désormais plus guère de valeur, de toute façon. Je fis le point sur ma situation. Je portais des vêtements de nuit, une mince blouse et un pantalon. J'étais pieds nus. Mes bottes et mon veston avaient été ramassés ou avaient brûlé dans l'incendie. De quelle aide je pouvais être dans une telle tenue était loin d'être clair. Mais je sus alors qu'il me fallait suivre Canning, même si la seule chose que je pusse faire pour lui était de l'assister jusqu'à la fin. S'il restait une once de miséricorde en ce monde, il y aurait au moins un temps pour cela.

Les ténèbres avaient commencé de se dissiper légèrement ; je me remis enfin en mouvement dans une grisaille nacrée. Je traversai la cour au pas de course et entrai dans la maison, marquant une halte pour voir s'il restait encore quelqu'un. L'intérieur était sombre et silencieux. Je passai vite à la salle à manger ; avec une efficacité rapide et discrète, les rebelles avaient visité les lieux et emporté les rares objets précieux. Le bougeoir avait disparu, les vestiges du service de porcelaine aussi. La précision de leur brigandage indiquait la trahison. Zeke. Tous ces mois écoulés, et il était resté fidèle à ses fils et aux rejetons confédérés qu'ils servaient ! J'imagine qu'il avait nourri des rancunes issues de l'ancienne dureté de Canning. Rien de ce qui s'était passé ensuite n'avait modifié ses sentiments.

Mais Zeke ne connaissait pas la cache, sous une latte déclouée du plancher d'une des pièces de l'étage, où Ethan avait entreposé ses biens personnels. Ce dernier ne me l'avait montrée que récemment, en cas de pareille éventualité. J'ouvris grand le volet pour avoir un peu de jour, puis cherchai à tâtons par terre la latte en question. Je la soulevai en faisant levier. Elle contenait un portefeuille en cuir, où Canning m'avait dit conserver quelques espèces. En l'ouvrant à la hâte, je m'aperçus qu'il contenait aussi un ambrotype[1] – le portrait d'une jeune fille aux cheveux bruns, à peu près du même âge que ma petite Meg. Canning ne m'avait jamais parlé d'elle. J'approchai la photographie de mes yeux et pris quelques secondes pour l'étudier. Il n'y avait absolument aucune ressemblance entre la mignonne brunette aux joues rondes et le

1. Procédé de photographie élaboré par James Ambrose Cutting en 1854, qui concurrença le daguerréotype.

blond au visage de furet. Ce ne pouvait donc pas être la sœur de Canning. La possibilité qu'il eût une bien-aimée, qu'il se tuât à la tâche afin, peut-être, d'épouser cette jeune fille, me transperça le cœur. Je refermai le portefeuille et le fourrai dans la poche intérieure de ma blouse, où je gardais la petite pochette de soie contenant les mèches de cheveux de mes chéries.

Je tentai de glisser mes pieds dans les meilleures bottes de Canning, mais ils étaient plus grands de plusieurs tailles ; mes efforts furent vains. Il me fallait pourtant des bottes. Je les emportai donc à la cuisine et, après avoir trouvé le couteau le moins émoussé qui restait, m'en servis pour couper grossièrement le bout de celles-ci avec des mains tremblantes. Les bottes, trop étroites aussi, me comprimaient les pieds, et mes orteils nus dépassaient de plusieurs pouces, mais c'était mieux que rien.

Je franchis ensuite la porte, traversai la cour à toute allure et me ruai vers les champs. Ils étaient déjà en feu. Par-dessus le rugissement et les crépitements des flammes, j'entendis des cris s'élever des cases des esclaves. Changeant de direction, je me hâtai de ce côté-là, m'approchant à travers le lopin de maïs qui courait jusqu'aux premières habitations. Haut et mûr, il me mettait à couvert.

Je pus alors distinguer ce que je jugeai être la totalité des effectifs alignés contre nous. Vingt hommes, une compagnie dépenaillée, mélange bigarré de tenues grises et de gros drap maison. Deux d'entre eux étaient des nègres, les fils de Zeke, estimai-je. Cela signifiait probablement que le freluquet qui tenait Aster était le fils de l'ancien contremaître du Débarcadère des chênes. L'un des nègres tenait son cheval un peu en retrait d'un homme plus âgé et mieux équipé, que je pris pour le major. Ils semblaient se consulter sur la meilleure façon d'opérer un tri. Les rebelles avaient formé un cordon avec leurs montures, rangées en cercle autour des esclaves, qu'ils avaient rassemblés dans la cour où avait eu lieu la cérémonie du cri.

Il y avait une soixantaine de nos gens. Je pouvais seulement supposer que les autres – les plus rapides – étaient parvenus à s'échapper.

Les rebelles firent attacher par le cou deux douzaines des nègres de Darwin's Bend – surtout des femmes mais aussi quatre ou cinq hommes. L'un d'entre eux trotta jusqu'à l'endroit où la petite Cilla, qui me rappelait tant Amy, se blottissait derrière sa grand-mère. Il repoussa la femme, attrapa la fillette par le poignet et la hissa sur son cheval. Comme elle criait et cherchait à descendre, il la frappa.

Puis les autres avancèrent avec leurs chevaux au milieu de la foule et se mirent à ramasser les enfants. Ils bousculaient les parents, indifférents à leurs cris et à leurs supplications. L'un des rebelles empoigna Jimse. Je vis le petit garçon se pencher en pleurant vers sa mère. Zannah se précipita, les bras tendus pour reprendre son enfant. Le sudiste lui porta un coup au visage avec la crosse de son fusil. Elle se releva, le sang ruisselant de son nez, et revint à la charge. Cette fois-ci, il pointa son pistolet sur la tête de l'enfant, et elle recula, tombant à genoux dans la terre. C'était intolérable. Je ne savais pas ce que je pouvais faire, mais je devais agir. Je m'avançai, écartant les maïs de mon bras. Un choc, à l'arrière de mes genoux, me coupa les jambes, une grande main se plaqua sur ma bouche.

« Restez caché, maître, siffla Jesse dans mon dos. C'est pas le moment de bouger. »

À ce moment-là, le major haussa la voix, couvrant les sanglots et le rugissement des champs en flammes :

« Messieurs, retirez-vous ! cria-t-il. Nous avons un engagement à respecter. » Il se tourna vers les nègres. « Nous ne chercherons noise à personne ici tant que vous vous abstiendrez de cultiver du coton pour l'ennemi. Je vous souhaite le bonjour ! »

D'un grand geste, il leva un *chapeau de bras*[1] cabossé, le

1. En français dans le texte.

pressa sur sa poitrine en une parodie de courbette et tourna son cheval en direction des bois. Le jeunot qui tirait la monture de Canning, ce dernier étant toujours inconscient, lui emboîta le pas, suivi des autres irréguliers, emmenant les esclaves entravés et environ six de nos mulets. Zeke, notai-je, était juché sur l'un d'eux. Je me demandai quand, exactement, il avait décidé de nous trahir. Je vis alors que Zannah leur courait après, le besoin de retrouver son fils l'emportant sur sa peur de retomber en esclavage. Un des irréguliers la vit aussi, il se tourna pour alerter le major. Celui-ci haussa les épaules. Le rebelle poussa donc Zannah dans la file des esclaves entravés et l'attacha par le cou.

Dès qu'ils eurent disparu dans les festons des bois de cyprès, Jesse saisit ma main et s'élança à leur poursuite, sans sortir des rangées de maïs. Il portait en bandoulière un couteau à émonder.

« Si nous réussissons à pas les perdre de vue avant la tombée de la nuit, dit-il, alors peut-être quand ils dormiront nous aurons une petite chance d'en détacher quelques-uns. »

Je n'avais pas de meilleur plan à lui offrir. Nous les suivîmes donc entre les arbres.

13

Un homme gentil

LES EFFORTS DES HEURES SUIVANTES se sont brouillés dans mon esprit. Mes bottes trop petites me blessaient les pieds. Comme nous ne sortions pas des épaisses broussailles, les branches flexibles déchiraient ma mince blouse et m'égratignaient la peau en dessous. En moins de quelques heures, l'absence de nourriture me donna des vertiges. Je mourais de soif, mais nous n'avions toujours pas ralenti le pas. Jesse continuait de l'avant, apparemment insensible à la douleur et à la fatigue, et je le suivais à l'aveuglette. La seule chose qui me sauva, ce fut que les rebelles étaient forcés de régler leur allure sur celle des prisonniers les plus lents, et si parfois nous nous rapprochions assez pour entendre les menaces et les injures grossières dont ils tourmentaient leurs captifs, ils étaient bien obligés de faire des haltes. Nous prenions soin de nous arrêter à distance respectueuse. Durant chaque courte pause, je restais étendu, haletant, dans le terreau de feuilles mortes, déterminé à demeurer conscient pour trouver les ressources nécessaires à la poursuite de notre course. Lorsque nous parvînmes à proximité d'un paisible ruisseau, je plongeai la tête dans l'eau vaseuse pour boire, même s'il y avait très peu de chances pour que cette eau fût potable.

Je ne crois pas avoir jamais été aussi impatient que ce jour-là de voir le soleil se coucher. Les rebelles interrompirent leur marche dans une clairière. Au début, nous

nous tînmes tranquilles, réfugiés sous un talus couvert de fougères, retenant notre souffle quand l'un d'entre eux passait à quelques mètres de nous pour chercher du petit bois. Jesse pressa sa bouche contre mon oreille et chuchota :

« J'ai laissé deux grosses jarres d'alcool à côté de la véranda de ma case, là où les rebelles pouvaient facilement les trouver. Je prie pour qu'ils les aient emportées... »

Une heure s'écoula, puis deux. Les bruits du campement diminuèrent ; les rebelles semblaient en effet avoir trouvé le tord-boyaux de Jesse, ou alors ils s'étaient ravitaillés avant de leur côté. Profitant du brouhaha et des ténèbres, nous rampâmes jusqu'à un endroit d'où nous pouvions voir les dispositifs rebelles. Les nègres étaient à présent pieds et poings liés, tous, sauf Zannah, qu'ils avaient chargée de surveiller le feu. Ils savaient qu'elle ne tenterait pas de se sauver tant que son enfant était captif. Jimse était ligoté, comme les autres. Les Confédérés les avaient entravés par trois ou quatre, chaque groupe étant attaché à un arbre.

Ethan, lui, ne l'était pas car il ne courrait plus jamais nulle part. Je ne comprenais pas pourquoi ils s'étaient donné le mal de l'emmener dans leur expédition, alors qu'il aurait été plus simple de le tuer sur-le-champ. Ils l'avaient descendu de son cheval pour l'adosser à un tronc cassé. Impossible de savoir s'il était conscient ou non. Peu de temps après, cependant, je vis Zannah lui apporter une louche d'une sorte de bouillon. Lui tenant délicatement la tête, elle tenta d'introduire le liquide dans sa bouche, mais je ne vis pas si elle y parvint. Pendant que j'observais la scène, un des fils de Zeke, un jeune homme grand et mince de dix-neuf ou vingt ans, s'avança sans se presser vers l'endroit où elle était accroupie et lui adressa la parole. Elle détourna le visage, cracha par terre. Le garçon tira son sabre et, de la pointe de celui-ci, lui piqua la joue, puis il se pencha, l'agrippa par les cheveux et la remit brutalement debout. Jimse hurla, alors May, la négresse attachée avec lui, l'attira gauchement contre elle, en se servant de ses poignets liés, et enfouit sa frimousse dans sa poitrine, pour qu'il ne vît pas sa mère se débattre, et n'entendît pas non plus les sons inhumains qui sortaient de sa gorge.

Enfin, l'homme poussa Zannah vers le piquet de surveillance, s'arrêta pour échanger un mot avec son frère, de garde avec un des soldats blancs émaciés qui s'étaient débarrassés du corps de Ptolémée.

« Gardes-en pour moi, Caton », dit jovialement l'autre fils de Zeke, lui tendant une lampe.

Le soldat blanc eut un geste lubrique.

« J'aimerais bien voir la mienne se dresser pour ces salopes noires comme du charbon ! »

Je n'entendis pas la réponse de Caton, qui emmena Zannah dans les bois. La lampe dansa, zigzagua entre les arbres, avant de disparaître de l'autre côté de la clairière. Je sentis Jesse, crispé, respirer avec peine à mon côté.

« Nous devons l'aider ! » chuchotai-je.

Il eut un signe de tête négatif.

« Si on fait du grabuge maintenant, on est fichus, siffla-t-il. Zannah et son petit aussi. »

Ayant déjà assisté, impuissant, à un meurtre, je ne pouvais rester caché dans l'obscurité sans rien faire tandis que cette femme se faisait violer. Jouant des pieds et des mains, je reculai doucement, m'écartant de notre poste d'observation dans un enchevêtrement de branches mortes. Jesse devina mon intention. Son grand bras jaillit comme une flèche et me cloua au sol.

« Je suis sérieux, maître, reprit-il. Si vous voulez l'aider, restez tranquille maintenant. Si nous manquons notre coup, elle sera vendue, et elle aura droit à plus d'une nuit comme celle-là.

— Alors, que devons-nous faire ? chuchotai-je en réponse.

— Attendre, dit-il. Attendre que l'alcool fasse la moitié du travail à notre place. J'y ai mis un petit quelque chose qui n'est pas de l'alcool de maïs. »

Des rires et des éclats de voix montaient du campement. Toutes les conversations tournaient autour de l'argent : combien les marchands texans proposeraient-ils le lendemain pour tel nègre ou tel autre ? Les habituelles moqueries vulgaires, la comparaison d'êtres humains à du bétail. L'un des hommes faisait une plaisanterie grossière quand il interrompit sa phrase d'un juron, se tenant le ventre d'une main. Il s'enfonça à l'aveuglette dans les bois, plié en deux. Ses comparses se moquèrent de lui en riant, raillant sa puanteur de sconse.

Soudain, Jesse s'accroupit silencieusement et décrocha le coutelas attaché sur son dos.

« Vous bougez pas, maître. Celui-là est pour moi. Vous vous occupez du prochain. »

Il glissa comme une ombre sur le sol, sans un bruit, malgré sa corpulence. Les minutes s'écoulèrent. J'avais beau tendre l'oreille dans sa direction, je n'entendais rien, hormis les conversations braillardes du campement et quelques bruits nocturnes assourdissants : les stridulations métalliques des grillons et les coassements graves des crapauds-buffles.

Quelques minutes plus tard, il était de retour, son grand couteau couvert de sang. Il tenait le fusil du rebelle, son pistolet et son sabre. Il me tendit les deux derniers. Mes mains tremblèrent en les saisissant. J'étais venu ici dans l'espoir de libérer des gens, mais j'étais un aumônier, pas un tueur. Le sabre pouvait m'être utile : il me servirait à trancher des liens. Je rendis le pistolet à Jesse dans l'obscurité. Je ne vis que le blanc de ses yeux fixés sur moi et m'imaginai que son regard trahissait le mépris. Mais l'instant ne dura pas : un autre homme avait disparu dans les bois en gémissant et en maudissant son mal de ventre.

Jesse le suivit furtivement et revint une fois de plus très peu de temps après, chargé d'armes.

« Nous aurons pas trop de chances comme celle-ci, murmura-t-il. Bientôt, y a bien quelqu'un qui va remarquer que personne revient de chier. Ils vont s'apercevoir de leur absence, et y aura un grand remue-ménage jusqu'à ce qu'ils les trouvent, et puis un plus grand encore. »

Mais, pour le moment du moins, leur bruyante bacchanale paraissait occuper l'attention de la plupart des hommes. La conversation s'était portée sur Canning, et la valeur qu'il pouvait représenter.

« Ce doit être une bonne prise pour qu'il vaille la peine de traîner ce boulet. »

L'idée tordue du major devint vite évidente : Canning devait être le rejeton d'une riche famille sudiste. Son plan était de demander une rançon.

Canning, qui avait repris conscience, écoutait lui aussi la conversation, semblait-il.

« Vous avez commis une grossière erreur, messieurs », lança-t-il d'une voix grinçante.

S'imposant mutuellement silence, les autres devinrent silencieux pour s'efforcer d'entendre ce qu'il avait à dire.

« Vous croyez que je serais ici, dans ces marais infects, à risquer ma vie et à travailler comme un serf si j'avais de la fortune ? Tout ce que j'ai dans le Nord, ce sont des créanciers. Personne qui donne cher de ma peau. »

Je regrettais de ne pas être assez près d'Ethan pour lui plaquer ma main sur la bouche. Il aurait pu tout aussi bien avouer un crime capital pour prononcer aussi irrémédiablement son arrêt de mort.

« Et s'il dit la vérité ? demanda un des hommes au major. Pourquoi nous donnons-nous tant de mal pour le trimballer avec nous ? Je serais d'avis de le tuer maintenant et d'en finir, et puis, après avoir vendu les nègres, on pourra avoir quelques jours de permission. »

Le major se leva, s'avança vers Canning. Il passa une main sur son menton rugueux.

« Dis-tu la vérité ou n'est-ce là qu'un nouveau mensonge yankee ? » Il tira son pistolet. « Parle, ou je mets aux enchères le plaisir de t'abattre ! »

La tête de Canning, maculée de sang séché, était détournée du feu. Je ne pouvais lire son expression.

« Je ne mens pas.

— Alors, je crains que ce brave soldat n'ait raison. Nous sommes trop pressés par les événements pour t'emmener. »

Il arma son pistolet.

C'est à ce moment-là que je bondis, échappant cette fois à la poigne de Jesse et ignorant le juron qu'il siffla entre ses dents. Je jetai le sabre dans les feuilles mortes et jaillis des fourrés avec fracas.

« Attendez ! criai-je, m'avançant dans la clairière en trébuchant. Il ment ! Il a une fiancée ! Elle paiera pour le sauver.

— March ! » cria Canning, d'une voix où se mêlaient la souffrance et la stupéfaction.

Malgré leur ébriété, les rebelles, qui ne survivaient depuis des mois dans les bois que grâce à la rapidité de leurs réactions, étaient déjà debout, fusils à portée de main. Deux d'entre eux me ceinturèrent avant que j'eusse fini de parler.

« Alors, monsieur March, vous avez décidé de rejoindre notre camp, finalement ? dit le major. Quelle bonne surprise ! »

Il fit un geste. Les hommes qui me tenaient me poussèrent en avant.

« Dites-leur, Ethan ! Dites-leur le nom de la jeune fille de l'ambrotype. Dites-leur, par pitié, et vivez donc !

— Pitié ? » Il eut un rire qui se transforma en toux. « Je doute qu'ils connaissent le sens de ce mot. » Il bougea péniblement pour soulager le poids supporté par ses genoux brisés. « Mais je peux leur dire son nom. C'est Marguerite Jamison. Vous le trouverez sur une pierre tombale du cimetière d'Elgin. Elle est morte il y a un an, en mai dernier. De phtisie. Six semaines à peine avant la date de notre mariage. » Il tourna la tête pour regarder le major. « Tuez-moi, que diable ! et finissons-en. Vous m'avez mutilé et ruiné, et personne sur cette terre ne se soucie que je sois mort ou vif ! »

Il se mit à sangloter.

Le major se gratta la tête de la crosse de son pistolet, puis se tourna vers les hommes qui me tenaient toujours.

« Attachez-le-moi, ordonna-t-il. Je crois que j'attendrai demain pour décider de leur sort. »

Ils me ligotèrent à un arbre près de Canning, non loin des nègres. L'un de ces derniers, je ne vis pas qui, me lança un quignon de pain de maïs, que je fourrai dans ma bouche malgré mes poignets entravés. Je n'avais rien mangé de toute la journée, ce morceau de croûte ne servit qu'à réveiller ma faim pressante. De l'autre côté de la clairière, Jimse appelait sa mère. May le berçait d'une voix apaisante, lui disant de se calmer, qu'elle reviendrait bientôt. L'enfant s'agita un moment, mais, épuisé, il ne tarda pas à s'assoupir en geignant sur les genoux de May.

Ethan gémit. D'un coup de pied, un des gardes projeta de la terre dans sa direction en disant :

« La ferme !

— Ethan, murmurai-je. Je suis désolé. »

Les insectes nocturnes stridulaient.

« Je sais. »

À travers ma chemise déchirée, je sentais l'écorce rugueuse m'écorcher le dos. Tout mon corps était endolori, la chaleur insupportable ; j'aurais bien voulu qu'ils ne m'attachent pas si près du feu. La sueur dégouttait dans mon cou, trempant ce qui me restait de blouse. Un autre homme, plié en deux sous les spasmes, se rua dans les bois, marmonnant que « la chienne noire avait dû cracher dans la mixture ».

Il ne devait plus rester beaucoup de temps avant que quelqu'un s'aperçût du nombre croissant de têtes manquantes autour du feu et ne donnât l'alarme générale. J'espérais que Jesse avait un plan, contrairement à moi.

Peu après, un concert de ronflements hachés – des grognements de cochon – s'élevait parmi les rebelles qui ne montaient pas la garde. Le frère de Caton restait en faction, avec trois autres. Il était affalé contre un tronc, de l'autre côté du feu, et je l'observais à travers la fumée. Une fois, nos yeux se croisèrent, et il me foudroya du regard.

Une brume blanche montait du sol humide. Quand le feu baisserait, la chemise trempée de sueur me glacerait jusqu'aux os. Je succombai sans doute à un sommeil agité ; j'étais épuisé et sentais la fièvre familière endolorir mes articulations. Si je m'étais assoupi une minute ou une heure, je ne saurais le dire au juste. Une bûche craqua et s'effondra dans le feu, me réveillant en sursaut. Le brouillard, qui s'était épaissi, ondoyait au-dessus du sol comme de la fumée refroidie. Quand il se déchira un peu, je vis qu'un fin croissant de lune rouge s'était levé et que Caton avait remplacé son frère au poste de surveillance. Je me contorsionnais le plus qu'il m'était possible dans ces liens étroits pour voir qui restait éveillé, et ce seul effort me fit mal à la tête. Les arbres qui délimitaient la clairière semblaient onduler. Je fermai les yeux, mais tout se mit à tourner. Je rouvris les yeux et voulus fixer un point immobile. Je n'arrivais pas à me concentrer, mais il le fallait : j'avais quelque chose d'important à faire, voir… Si seulement je pouvais me rappeler ce que c'était. Voilà ! compter les hommes. J'attendis que le brouillard se déplaçât, révélant d'autres parties du campement. Si seulement les arbres arrêtaient ce mouvement qui me donnait la nausée… Une sentinelle s'était laissée choir, accroupie devant son arbre, la tête sur les genoux.

Peut-être l'homme dormait-il. J'avais sommeil, mon crâne m'élançait. Je commençai bien ma comptabilité, mais les chiffres se mélangeaient. Je m'efforçai d'oublier mon mal de tête et fermai les yeux, luttant pour ne pas lâcher le fil de mes pensées. Vingt au départ, deux morts de la main de Jesse, à n'en pas douter, peut-être trois ou quatre. Avec lassitude, je commençai à calculer ; si Jesse, d'une manière ou d'une autre, avait réussi à tendre un guet-apens à autant d'entre eux en les éliminant un par un, cela n'en laissait que seize… moins le frère de Caton, dont on était aussi sans nouvelles…

À cet instant précis, je sentis soudain mes liens se resserrer, avant de se relâcher. Sans bouger la tête, je vis du coin de l'œil Zannah, un sabre à la main, courir trancher les cordes des autres captifs. Si confus que fût mon esprit, je savais que nos chances n'étaient pas très grandes, même si Jesse était arrivé à se débarrasser de tous les hommes manquants. Restaient quinze soldats armés et aguerris. Mais si Jesse pouvait mettre des armes dans les mains des nôtres…

Le craquement d'une branche sous des pas retentit comme une détonation. Caton pivota dans la direction d'où venait le bruit, mais une balle le trouva aussitôt. Un fragment de son crâne s'ouvrit et vola dans les airs et il piqua du nez. Je vis ce qui suivit dans un brouillard de bruits, de corps, de fusillade et de cris. Je me levai d'un bond, les membres plombés. Titubant vers le feu, j'empoignai un tison. Je tournai sur place ; une pluie d'étincelles traça une volute incandescente tout autour de moi. Je ne savais qui était qui dans la brume de plus en plus épaisse. Je me dirigeai vers l'endroit où Jimse avait été attaché, mais celui-ci s'était volatilisé. Zannah, bien sûr, l'avait déjà récupéré. Je la vis s'enfuir dans les broussailles, le petit garçon cramponné à son dos, avec May qui suivait lourdement en s'essoufflant. Alors, à travers la brume, je discernai un rebelle qui les ajustait. Je tentai de courir, de m'interposer entre eux, mais avant que j'eusse fait un pas le soldat tira et May s'effondra face contre terre, agitant les bras comme une nageuse. Le rebelle déchirait déjà d'un coup de dents le papier d'une nouvelle cartouche. Je le heurtai de côté, lui abattant mon tison sur le crâne. L'arme lui échappa, et il se jeta en avant. Nous tombâmes tous deux à terre. Il se retrouva à cheval sur moi, leva un poing et m'asséna un coup en pleine figure. Je sentis s'écraser le cartilage de mon nez. Un goût de sang m'emplit l'arrière-gorge. L'homme saisit une pierre cachée sous les feuilles. Je la vis suspendue au-dessus de mon visage et jetai ma tête de côté. À ce moment-là, la main du soldat mollit et la pierre lui échappa, rebondissant sans dommage sur ma poitrine. Il se grattait le cou, la pointe d'un sabre piquée entre ses doigts recroquevillés. Cilla se dressait derrière lui, la bouche ouverte en un hurlement muet. Elle lui avait transpercé la gorge de son épée. Il s'affala en avant avec quelques ruades. Je le repoussai et me relevai tant bien que mal, agrippant la main tremblante de la fillette pour tenter de la ramener sous le couvert des arbres. Mais elle se débattit, telle une enfant turbulente résistant à un parent. Elle abaissa son bras et posa sa petite main sur la garde du sabre. Comme celui-ci ne venait pas facilement, elle posa un pied nu sur l'épaule de l'homme et tira. Il y eut un raclement de métal sur l'os, suivi d'un jet de sang, et d'un autre, puis un flot continu. Je la pris alors dans mes bras en coton et tentai de gagner les arbres.

Mais je courais dans le mauvais sens et m'offris aux regards du major, qui émergeait de la fumée à quelques mètres de nous, le fusil levé et braqué. Je tressaillis, attendant le coup de feu, puis me tournai pour protéger l'enfant. Mais le soldat proféra un juron et tituba ; le projectile passa à côté. Dans les volutes de brouillard, je vis Canning étendu aux pieds du major. Il s'était traîné sur les quelques mètres le séparant de lui et, de ses dernières forces, l'avait frappé à la cheville avec une pierre pointue. L'autre répondit par un coup de pied. Sa botte heurta la tête plâtrée de sang de Canning. Puis il tendit la main vers son pistolet, se baissa et lui tira une balle en plein visage à bout portant.

« Ethan ! » criai-je.

Le major leva alors son pistolet dans ma direction. Je projetai Cilla loin de moi et perçus un choc sourd au côté, comme un coup de poing. Puis le bruit de la détonation. C'est curieux, pensai-je en tombant à genoux. Le bruit venait si tard... Je basculai en avant, face contre terre, à quelques pouces d'une braise. Je contemplai son cœur rouge orangé, le regardai palpiter à l'intérieur du bois noirci. C'est la dernière chose que je verrai, songeai-je. Les hurlements et les cris semblaient osciller avec la pulsation du charbon ardent : fort, doucement, puis fort, et puis silence.

Il faisait jour. J'étais couché à plat ventre dans la clairière. Un bourdonnement me parvenait. J'étais incapable de lever la tête. Je sentis une fumée âcre. Dans un brouillard, j'aperçus des corps. Celui de Caton, et un autre des rebelles. Le cadavre de Canning. May baignant dans son sang. La petite Cilla gisant sur le côté, les genoux remontés comme si elle dormait. Sauf qu'elle avait été éventrée à la baïonnette ; ses entrailles formaient à côté d'elle un tas luisant. Sur chaque corps grouillait un essaim bourdonnant de mouches bleu-vert. Une vague d'un gris sombre déferla lentement dans la clairière. Je ne résistai pas. Je ne voulais pas me réveiller pour voir cela. La vague me submergea et je me laissai couler dans ses profondeurs.

Ténèbres. Mouvement de balancement d'avant en arrière. Le sol monta vers moi puis redescendit. Litière de feuilles mortes. Ma main effleura une peau rugueuse. La douleur irradiait dans tout mon corps. Je sombrai de nouveau dans l'inconscience.

Nuit. Plus aucun mouvement. La lumière vacillante du feu. Je tentai de lever la tête. Le monde tournoyait. Ténèbres.

Nouveau balancement. Un sentier herbeux. Des ombres d'arbres. L'odeur vaseuse, prenante, de la rivière.

Lumière du jour. Immobile, enfin. Sous moi, des feuilles. Au-dessus, la tache floue des branches. Mes yeux firent le point sur l'une d'elles, jaunie avant l'heure. Pourpre et dorée. La couleur vibrait sur un ciel bleu vif. Toute cette beauté, cette immensité. Elles continueront d'exister même quand je ne serai plus là pour les regarder. Marmee les verra encore. Et mes petites femmes. Voilà, j'imagine, la signification de la grâce. La grâce.

La nuit. Un feu. Des frissons.

« J'ai froid. »

Les mots sortirent de moi avec une voix que je ne reconnaissais pas. Mon nez était encombré de sang séché. Zannah cessa d'éplucher quelque racine fraîchement déterrée et se précipita à mon côté, posant sur mon front une main rêche. Elle avait le visage blême et maculé de terre. Elle se releva, prit la couverture de selle du mulet à l'attache et m'enroula dans l'étoffe raidie, empestant la sueur et l'étable.

Une autre nuit ou la même. Une odeur de maïs grillé. Zannah se détourna du feu, une petite poêle cabossée à la main. D'un doigt, elle enfourna la bouillie dans ma bouche. Je tentai bien d'avaler, mais la nourriture brûlait ma gorge enflammée et y resta coincée. Zannah me donna de l'eau, qui aurait aussi bien pu être de la lave.

« Où sont les autres ? »

Ma voix était grinçante.

Elle baissa les yeux et secoua la tête.

« Jimse ? »

Des larmes jaillirent de ses yeux, laissant des traces brillantes sur ses joues tachées de terre. Elle défit le bouton qui fermait son poignet de chemise et en tira un écheveau de mèches frisées qu'elle pressa contre son visage, avant d'entonner un chant funèbre. Je voulus la toucher, mais mon corps était secoué de tremblements, mes bras trop lourds pour se lever. Elle laissa tomber sa tête sur ma poitrine. Je posai une main frémissante sur le madras turquoise qui couvrait sa chevelure. Je me souvenais du rire joyeux de son petit garçon le jour où elle l'avait mis pour la première fois. Je caressai les mèches qu'elle tenait si serrées dans sa main. Il faisait partie d'elle au même titre que sa peau. Comment pouvait-elle supporter cette perte après toutes les autres ? Je fermai les yeux. Quand je les rouvris, c'était déjà le matin. À force de pleurer, elle s'était endormie contre moi. Lorsque je bougeai, elle se réveilla, se redressa, se frotta les yeux de ses poings et se leva lourdement. Les mèches de Jimse n'avaient pas quitté sa main. Elle allait les remettre dans sa manche de chemise quand elle s'arrêta, sépara des autres une petite boucle et la glissa dans ma paume. Je la portai à mes lèvres et y posai un baiser.

Bien plus tard, je la questionnai sur Jesse. Elle tendit ses deux mains serrées aux poignets, imitant des menottes.

« Les autres ? »

Nouvelle mimique de menottes.

« Vous êtes la seule à vous être échappée ? »

Elle acquiesça d'un signe de tête, les yeux pleins de larmes.

« Et vous êtes revenue me chercher ? Zannah, je… »

Elle secoua la tête avec brusquerie, plaqua une main sur ma bouche et se tourna pour charger le mulet. Je l'observais à travers la brume de chaleur du feu déclinant quand la fièvre monta et m'enleva au monde.

À mon réveil, j'étais couché sur le dos. Le balancement était désormais moins fort, il ressemblait à celui d'un berceau. Une forte odeur de lessive me piqua le nez. Une grossière couverture grise était bordée serré autour de moi. Comme ma vue accommodait, je vis des flots de mousse line. Il y avait une fenêtre avec des rideaux et, derrière, un ciel lumineux. Des tisons noirs bondissaient sur le bleu. Quelque chose – un moteur ? – vibrait. La lumière blessait mes yeux, je les refermai. En les rouvrant, je découvris un tourbillon de tissu noir accompagné d'un léger bruit, *clic clac clic clac*, comme des dés qui s'entrechoquaient.

Et alors, cette chose des plus inattendues, le visage d'une femme – d'une femme blanche, encadré par une guimpe immaculée – qui me regardait.

« Là. Allons, dormez sur vos deux oreilles », dit-elle.

Je tentai de lever la tête, mais elle la renfonça doucement dans un oreiller.

« … N'essayez pas de parler. Vous avez été très malade, vous l'êtes encore.

— J'ai été blessé.

— Une balle vous a égratigné. Mais votre blessure est guérie. Vous avez la fièvre, maintenant.

— Comment… Comment suis-je arrivé ici ? Et où suis-je ? Et qui êtes-vous ? »

La religieuse sourit. Elle n'était plus toute jeune, son visage étroit était sillonné de rides, ingrat au point d'en être presque repoussant. Mais, à mes yeux, elle avait l'air d'un ange.

« Vous vous trouvez à bord du navire-hôpital *Red Rover*[1]. Je suis sœur Marie-Adèle. Je fais partie d'un ordre soignant, les religieuses de la Sainte-Croix. Nous vous emmenons dans le Nord. Vous êtes en sécurité maintenant. »

En sécurité ? songeai-je. Je ne serai jamais en sécurité. Mais tout ce que j'articulai, ce fut :

« Comment cela ?

---

1. « Le Corsaire rouge ».

— Chut ! Vous posez trop de questions », répondit-elle avec gentillesse.

D'une main douce, elle saisit mon poignet pour me prendre le pouls. Les perles marron foncé de son chapelet pendaient de la ceinture de sa volumineuse robe noire. Elles cliquetèrent quand elle se pencha pour arranger mon oreiller.

« Une jeune fille de couleur – muette, d'après les hommes – vous a transporté dans les lignes fédérales. Les factionnaires vous ont pris pour son maître et classé comme sécessionniste, ils voulaient vous renvoyer, mais elle ne s'est pas laissé intimider. Elle a tenu bon, même quand ils l'ont menacée de leurs armes. Elle était déterminée à se faire comprendre. Ils ont dit qu'à la fin elle avait enlevé son madras, tiré un bout de tison de leur feu et écrit ces mots dessus. Nous l'avons gardé pour vous. »

Ma vision était brouillée, et les marques au charbon de bois sur le tissu bleu-vert l'étaient encore davantage. Mais je parvins à déchiffrer ces lettres tremblantes, tracées sur le coupon de satin turquoise crasseux :

Capitaine March
Prêtre de l'Union
Venu d'un lieu appelé Concord
C'est un homme gentil

Alors je pleurai à sanglots cuisants qui se transformèrent en une violente crise de toux. La sœur se pencha sur moi et, sans toucher à son long chapelet, plongea la main dans une poche profonde de son habit. Elle maintint sous mon menton un linge blanc que je mouchetai de flegme sanguinolent. Ma dernière vision fut le visage de la religieuse, plissé d'inquiétude, se tournant pour appeler le chirurgien.

DEUXIÈME PARTIE

Jo lut d'une voix altérée par l'émotion :
— « Madame March,
» Votre mari est très malade. Venez immédiatement.
» S. Hale,
» Hôpital Blank, Washington. »

Louisa May ALCOTT,
Les Quatre Filles du Dr March

14

Hôpital Blank

JE LUI AI DIT DE PARTIR. JE N'AI PAS PLEURÉ À NOTRE SÉPARATION. J'ai affirmé que je donnais ce que j'avais de meilleur à mon pays et, après avoir retenu mes larmes jusqu'à son départ, je les ai versées dans l'intimité. J'ai répété aux filles que nous n'avions aucun droit de nous plaindre, alors que nous n'avions toutes fait que notre devoir et en serions sûrement plus heureuses à la fin. C'étaient alors des paroles creuses, elles le sont encore plus aujourd'hui. Car où sera notre bonheur s'il meurt dans ce misérable hôpital ? Où sera notre bonheur, même s'il se rétablit ?

L'atmosphère est plus calme ici, maintenant que l'animation quotidienne a commencé à diminuer. Les secondes s'égrènent, rythmées par le goutte-à-goutte de l'eau qui sert à rafraîchir les pansements des blessés. À la faible lumière jaune du gaz, je scrute ses traits – que pourrais-je faire d'autre ici ? Je l'examine, et je me demande où est passé le visage que j'aimais tant, ce visage qui démentait son âge la première fois que je l'avais vu, plein d'ardeur, sur la chaire de mon frère. J'avais songé alors qu'il était rare d'entendre des paroles aussi implacables, d'un visage si bienveillant. Il ressemblait aux anges que peignent parfois les Italiens : les cheveux tout dorés et la peau cuivrée, jeune et en même temps vénérable, et son expression, façonnée par une nature passionnée, dénotait à la fois l'innocence et la connaissance.

Toutes ces années après, comme je le regardais s'en aller à la guerre à l'âge ridicule de trente-neuf ans, il me semblait encore jeune. Quand je l'ai aperçu, agitant la main en souriant, au milieu de la foule, aux fenêtres du train militaire, je me suis dit que certains jeunes soldats, tout autour de lui, avaient l'air plus vieux.

C'était une folie de l'avoir laissé partir. Injuste de sa part de m'avoir demandé cela. Et pourtant on n'a pas le droit de dire une chose pareille – cela s'ajoute à la longue liste de ce que ne doit pas dire une femme. Le monde considère comme noble le sacrifice qu'il a consenti. Mais ce n'est pas le monde qui m'aidera à recoller ce que la guerre a cassé.

Tante March a été la seule d'entre nous à oser dire la vérité lorsque j'ai reçu le mot enveloppant l'argent que j'avais été forcée de lui mendier pour payer ce voyage. Je l'ai brûlé après l'avoir lu. J'ai senti le regard de Hannah fixé sur moi pendant que je roulais en boule le papier et le jetais dans l'âtre. Elle me croyait en colère contre tante March. La vérité, c'est que je l'étais contre moi-même pour ne pas avoir eu le courage de me tenir à l'écart de la propagande de guerre et de ne pas avoir dit : « Non. Pas comme ça. On ne peut réparer l'injustice par l'injustice. On ne doit pas salir le nom de Dieu en prêchant que Sa volonté est que les jeunes gens s'entretuent. » Car quelle sorte de Dieu pourrait vouloir ce que je vois ici ? Il y a des Confédérés soignés dans cet hôpital, dit-on. Alors, l'union existe enfin, des "États unis" de la douleur. Dieu voulait-Il que ce jeune de la ville, meunier de la salle voisine, reçoive une balle ou étripe de sa lame d'acier le fermier du lit d'à côté ? Un garçon pauvre, peut-être, qui n'a jamais possédé d'esclave ?

Mais je n'ai rien dit de tel il y a un an, quand cela aurait pu avoir son importance. Il était alors facile de convaincre sa conscience que la guerre serait finie en quatre-vingt-dix jours, comme disait le Président, d'affirmer que le grand bien que nous étions si certains d'obtenir en retour justifierait le sang versé. Pour écarter le joug d'une oppression cruelle du cou des offensés, quatre-vingt-dix jours semblaient un juste prix ! Quels comptes pervers étaient-ce là ! Je crois encore que nettoyer le monde de la tache de l'esclavage vaut bien quelques souffrances, mais qui en est redevable ? Nos ancêtres ont bâti cet édifice bancal. Est-ce à nos enfants de payer pour le redresser ?

Quand je l'ai vu monter sur cette souche à la foire aux bestiaux, entouré de visages avides et jeunes, je savais que pendant qu'il parlait il trouvait injuste de se décharger complètement de ce fardeau sur cette génération innocente. Je voyais dans ses yeux un regard d'amour pour ces garçons, je voyais aussi qu'il se laissait emporter par la circonstance. Je levai les bras vers lui, l'implorant de ne pas dire les mots qui, je le savais, se formaient dans son esprit. Il me regarda en face, vit mes larmes, les ignora et fit comme il voulait. Et puis, à mon tour, j'ai dû feindre d'être contente de mon héros de mari. Lorsqu'il est redescendu de son perchoir et s'est avancé vers moi, je ne pouvais articuler un mot. J'ai saisi sa main et planté mes ongles dans sa chair pour me venger du mal qu'il m'infligeait.

Je ne suis pas seule dans mon cas. Je l'ai laissé me faire ce que les hommes ont toujours fait aux femmes : partir en quête d'une gloire vaine et d'acclamations trompeuses et nous laisser derrière pour ramasser les morceaux. Les villes détruites, les granges incendiées, le bétail innocent estropié, les corps mutilés des garçons que nous avons portés et des hommes dont nous partagions la couche.

Quel gâchis ! Assise ici, je le regarde, et c'est comme si cent femmes étaient assises à mes côtés : la fermière révolutionnaire, la paysanne anglaise, la mère spartiate – « Reviens avec ton bouclier, ou couché dessus », criait-elle, car c'était ce qu'on attendait d'elle ; puis elle se jetait sur le corps brisé de son fils, et les mots devenaient poussière dans sa gorge.

Grâce au ciel, je n'ai que des filles et pas de garçons ! Comment le supporterais-je, si Meg était déjà un soldat à seize ans, avec pour perspective une guerre qui se prolongerait des années en sorte que Jo aussi pourrait atteindre sa majorité alors que celle-ci ferait encore rage ? Les choses étant ce qu'elles sont, j'ai dû leur cacher mes réticences intérieures, montrer une figure forte et convaincue pour leur épargner mon désespoir et ne jamais leur laisser paraître que je doutais de leur père et de ses choix.

Que reste-t-il de mon mari ? Que subsiste-t-il, maintenant que la guerre et la maladie ont produit leur terrible alchimie ? J'ai vu qu'il avait changé avant même d'entendre les marmonnements de son délire. Quand ils m'ont dirigée vers lui cet après-midi, j'ai cru qu'ils m'avaient envoyée au mauvais lit. Vraiment, je ne l'ai pas reconnu.

Toutes nos années passées ensemble, même les difficiles, avaient réussi à laisser leur empreinte sur son visage : les marques du rire rayonnaient du coin de ses yeux et gravaient une profonde parenthèse soulignant son sourire. Mais les mois durant lesquels nous avions été séparés lui avaient sculpté un visage complètement différent.

Le reverrai-je sourire un jour ?

Sentant une main sur mon épaule, je compris que j'avais dû exprimer tout haut cette dernière pensée.

« Ne vous tourmentez pas avec ces tristes questions, madame March. C'est l'épuisement qui vous les souffle. Vous êtes très lasse. Ne devrions-nous pas aller voir votre logement ? »

Je me retournai, et il était là, à mon côté, comme il l'avait été presque d'heure en heure depuis la réception de ce terrible télégramme. Lui aussi est pâle, les traits tirés par la fatigue de notre voyage précipité et ses efforts depuis notre arrivée. Ses yeux bruns sont pleins d'inquiétude.

« J'ai du mal à l'abandonner.

— Vous ne pouvez rien faire de plus pour lui, ici. L'infirmière de nuit paraît compétente. Je lui ai parlé. De toute façon, m'a-t-elle dit, on demande à tous les visiteurs de partir à neuf heures, moment de l'extinction des feux.

— Eh bien, répondis-je d'une voix plaintive, restons au moins jusque-là, car cela ne saurait tarder. »

Je soulevai la main qui reposait, inerte, sur le couvre-lit et la pressai contre ma joue. J'entendais le martèlement des béquilles sur le plancher nu, tandis que les malades valides regagnaient leurs lits et que l'infirmière préparait ses patients pour la nuit.

M. Brooke prit une profonde inspiration, proche d'un soupir. Pauvre M. Brooke ! J'ai bien peur que mon bon voisin M. Laurence ne l'ait chargé d'une mission difficile, et qu'il ne prenne ses responsabilités trop au sérieux. Pendant notre voyage, il m'a confié son intention de s'engager dans l'armée dès que ses fonctions de précepteur prendraient fin, à l'automne prochain, avec l'entrée de Laurie à l'université. J'aurais voulu dire : « Non ! Servez votre pays comme vous le faites maintenant, en façonnant de jeunes esprits, et non en brisant de jeunes corps. » Mais une fois de plus je n'ai rien dit, je n'en ai pas eu le courage. Il ne doit pas être facile pour lui de voir ce spectacle, ces garçons mutilés, tordus sur leurs lits. Comment ne peut-il pas s'imaginer parmi eux ? Et pourtant, à vingt-huit ans, il a déjà une longue expérience, ayant fait son chemin dans le monde. En homme grave et silencieux, il réfléchit beaucoup plus qu'il ne parle.

« Madame March, il serait sage de partir maintenant. Tout le monde sait que la capitale et ses environs ne sont pas sûrs, et je crains que Georgetown, en particulier, n'ait une fâcheuse réputation. J'ai appris que les débits de boissons ferment à neuf heures et demie, et l'on dit qu'il peut y avoir… eh bien… pas mal de comportements répréhensibles dans les rues à cette heure-là. J'aimerais vous raccompagner en sûreté à votre logis. »

Comment protester ? Le jeune homme semblait si fatigué et si inquiet. Aussi jetai-je un dernier regard prolongé à mon mari et posai je la main sur son front brûlant, dans l'espoir de lui transmettre ma tendresse, et non cette colère qui couvait en moi.

Au moment où je me levais, une faiblesse me saisit ; je fus contente de bénéficier de l'aide du secourable M. Brooke. En vérité, j'espère ne plus jamais entreprendre un voyage comme celui qui nous a conduits jusqu'ici. Meg dit toujours que novembre est le mois le plus désagréable de l'année, et je crois qu'après celui-ci je serai obligée d'être d'accord avec elle. Un matin si rigoureux, si glacé, quand M. Brooke était venu me chercher et que nous nous étions mis en route – était-ce il y a deux jours ou trois ? –, après une nuit d'angoisse sans sommeil. Incapable de trouver le repos, j'avais fait les cent pas dans la maison, regardé dormir mes petites femmes. Avec sa tête fraîchement tondue sur l'oreiller, Jo avait l'air d'un garçon, couchée à côté de Meg, devenue, elle, si brusquement féminine. J'avais retenu un instant mon souffle, consciente que bientôt, sans doute, Meg partagerait le lit de quelque jeune homme. Je me demandais si, quand ce temps viendrait, elle aurait encore un père pour la conduire à l'autel.

Dans la chambre adjacente, mes petites Beth et Amy avaient l'air de deux bébés endormis, trop jeunes pour être abandonnés par leur mère, même avec la raisonnable Hannah et notre gentil voisin pour veiller sur eux. Toutes ces pensées se bousculaient dans mon esprit, dominées par la peur des nouvelles qui m'attendraient à Washington ; aussi, même après m'être couchée, je ne pus fermer les yeux. Je finis par me rasseoir, rallumer ma lampe et repriser des bas jusqu'à ce que j'entendisse Hannah, le cher ange, bien avant l'aube, préparer une collation chaude, que je pus à peine avaler.

Les yeux me piquaient tandis que je tentais de composer mon visage pour leur faire mes adieux. Les filles se montrèrent extraordinairement braves : aucune ne pleura, et toutes envoyaient des messages affectueux à leur père, sachant fort bien que je risquais d'arriver trop tard à son chevet pour les lui remettre. Je savais à peine où je posais les pieds, lorsque nous quittâmes la voiture pour rejoindre notre wagon, environné d'enfants pleurnicheurs ou braillards, de femmes au visage blafard et d'hommes occupés à fumer ou à cracher. Je fus contente d'arriver au bateau, à New London ; derrière le rideau de ma couchette, je pus enfin donner libre cours à mes larmes dans l'intimité.

Au matin, anxieux, les yeux rouges, nous nous rendîmes à la gare enfumée du New Jersey et trouvâmes notre wagon, au milieu d'un tohu-bohu de voitures à cheval et de porteurs mal embouchés. Dans un bruit de ferraille, nous longeâmes les maisons bordées de noir de Philadelphie, avant de traverser les faubourgs charbonneux de Baltimore. Alors que nous nous en éloignions, nous vîmes des détachements s'échelonner le long des voies ferrées ; on sentait que la guerre se rapprochait à la manière d'un orage menaçant. Partout, des troupes et des charrettes, des caissons à munitions, et des tentes, des tentes, et encore des tentes. Des villes entières de tentes pâles, les tristes et froids abris de toile de notre armée, blanchissaient la campagne comme autant de congères.

À midi, quand nous atteignîmes enfin Washington, il pleuvait. Une bruine glacée tombait à gros bouillons des nuages, qui semblaient peser sur le Capitole inachevé à la manière d'un couvercle de cercueil capitonné. Je demandai à aller directement à l'hôpital ; si les nouvelles étaient mauvaises, je souhaitais en prendre connaissance au plus tôt. M. Brooke s'était procuré les informations nécessaires pour parvenir à ce qui avait été un hôtel avant les multiples désastres de Manassas et de la péninsule de Virginie. Les débris de notre armée avaient réquisitionné les églises et les collèges de la ville, et même, disait-on, l'espace vacant séparant les cabinets de curiosités de l'Office national de la propriété industrielle. Il était heureux que M. Brooke eût songé à se renseigner par le menu, car le premier cocher de fiacre, un coquin arrogant, répétait avec insistance qu'il allait de notre côté. Je l'aurais cru sur parole, si M. Brooke n'avait astucieusement interrogé le bonhomme et appris que sa destination se trouvait à l'autre bout de la ville. Lorsqu'il lui reprocha sa tentative de filouterie, le cocher jura et protesta qu'il n'était pas censé savoir ; tous les jours, un hôpital semblait surgir de terre en quelque endroit nouveau ; il s'était trompé de bonne foi.

Après avoir enfin trouvé un fiacre allant dans la bonne direction, M. Brooke ne put se retenir de me montrer la maison du Président, d'où partaient des voitures qui s'engageaient dans une avenue transformée en un fleuve de boue. Tout ce que je pus remarquer, ce fut la dégradation de cette ville : les cochons qui erraient par les rues, les cadavres de chevaux boursouflés sur le bas-côté de la route. Même les chevaux vivants ont l'air à demi morts, tant les cochers qui en ont la charge sont négligents. Et il y a tellement de nègres partout. À Concord, nous ne voyons qu'un ou deux citoyens de couleur convenablement habillés et pleins de dignité. Mais Wahington est submergé par les restes dépenaillés de l'esclavage, la contrebande de guerre échouée ici pour gagner sa pitance. J'eus un pincement au cœur pour les petits cireurs de chaussures qui hélaient le client en vain : quel prodigue dépenserait un demi-nickel pour entretenir ses bottines dans ce monde de fange ?

Tout bâtiment qui émerge de ce bourbier est branlant ou inachevé, si bien qu'il paraît déjà en ruine. Nous passâmes devant l'obélisque érigé en l'honneur du père de la nation. Il se dresse à la manière d'un crayon cassé, construit à moins d'un tiers ; tout autour, les pierres taillées s'empilaient ici et là, envahies par l'herbe. Les quelques édifices terminés se font face, visions d'une grandeur perdue, une Leptis Magna[1] dépourvue de l'arrière-plan bleu d'un ciel méditerranéen.

La pensée me vint que si le sort des armes ne tournait pas en notre faveur, cette ville était peut-être destinée à n'être rien d'autre que cela : des ruines, juste des ruines qui s'enfonçaient dans les marais. Les tessons, relief d'un moment d'optimisme où quelques rêveurs avaient cru possible de bâtir une nation sur des idées telles que la liberté et l'égalité.

Ces pensées désespérantes tournèrent à la terreur, au moment où le cocher cria « Hôtel Blank ! ». M. Brooke tendit la main pour m'aider à descendre devant un édifice massif. Sur la façade flottait un drapeau, et quantité de militaires en tenue se pressaient devant les portes. Laissant M. Brooke aux prises avec ma grosse vieille malle noire, je me forçai à monter les marches. La sentinelle porta la main à son calot, avec une raideur empreinte de gravité. Il devait en voir beaucoup des femmes comme moi, prêtes à apprendre qu'elles étaient veuves, se préparant à gravir ce perron vers les mauvaises nouvelles qui les attendaient.

Un négrillon – n'y avait-il pas de fin au nombre de ces gens ? – nous ouvrit. L'intérieur empestait : chou bouilli, pots de chambre, pourriture, transpiration et corps pas lavés, un ignoble mélange, aggravé par une chaleur proche de celle de Bombay. Je remarquai qu'ils avaient condamné les grandes fenêtres. Pas un souffle d'air frais ne venait donc chasser les miasmes ambiants. Une négresse mince, d'apparence soignée au moins, agréablement différente des souillons aperçues dans la rue, me dépassa, portant un plateau d'instruments de chirurgie.

« S'il vous plaît », dis-je.

Elle se retourna et me regarda avec une attention avisée.

---

1. Ville importante de la République de Carthage au IIIe siècle av. J.-C., dont le site se trouve dans l'actuelle Libye.

« … Où pourrais-je trouver le Dr Hale ?

— Si vous voulez bien me suivre, je le cherche. »

Elle avait une voix remarquable : à la fois grave, argentine, à l'accent manifestement sudiste mais aussi éduquée que celui d'une aristocrate. Je lui emboîtai le pas, évitant le remue-ménage du couloir, ses seaux à charbon et ses lavandières, noires elles aussi comme le charbon, avec leurs brassées de linges souillés, ses convalescents boitillants, chargés de théières fumantes, et ses civils hagards, comme moi, à la recherche de leurs êtres chers. Nous passâmes devant une salle remplie de lits de camp en rangs serrés et de visages cireux. Un homme me dévisagea de ses yeux vitreux de fièvre. « Charlotte ? Tu es enfin venue ? » dit-il. Je tentai de m'empêcher de trembler et secouai la tête en signe de dénégation, répondant par un pâle sourire à son examen sourcilleux.

Au fond du corridor, deux grandes doubles portes donnaient sur une salle aux corniches ornementées, éclairée par des lustres. Une plaque dorée au-dessus de l'entrée indiquait « Salle de bal ». Ce nom avait tout l'air d'une mauvaise plaisanterie car à l'intérieur, disposées sur le plancher ciré, reposaient les victimes du bal de Minié[1], dont beaucoup ne danseraient plus jamais. Il y avait quarante lits, d'élégants lits d'hôtel aux colonnes en bois tourné à la place d'humbles lits de camp. Certains étaient occupés, d'autres vacants. Un groupe crotté et ensanglanté de nouveaux arrivants émaciés, affalés contre le mur, attendait le chirurgien. Leurs visages proclamaient la défaite aussi clairement qu'une manchette de journal. L'infirmière noire s'approcha d'un monsieur aux cheveux argentés ceint d'une écharpe verte et posa ses instruments, avant de saisir un bassin métallique pour recevoir le fragment de

1. Le « bal » est celui de la bataille de Ball's Bluff (« falaise du Bal »). Minié est le nom d'une ogive d'origine française utilisée par les sudistes.

shrapnel sanglant que celui-ci venait de retirer de l'épaule de son patient. Elle inclina la tête du côté de la grande entrée, où je me tenais, hésitante, et murmura quelque chose au chirurgien. Puis elle me fit signe. Je m'avançai à contrecœur, ayant le sentiment de m'imposer au blessé, avec son épaule nue offerte à la sonde et la souffrance lisible sur son visage.

« Docteur Hale ? balbutiai-je, la lèvre tremblante. J'ai reçu votre câble. Je suis venue dès que j'ai pu. Mon mari, le capitaine March... J'espère être arrivée à temps ? »

Le voile blanc de l'infirmière se redressa brusquement. Elle me dévisagea d'un regard grave. Le chirurgien ne leva pas les yeux de la blessure.

« March ? murmura-t-il ? March ?

— L'aumônier, souffla l'infirmière. Il est arrivé la semaine dernière à bord du *Red Rover*. »

Le Dr Hale, qui sondait toujours la blessure, en retira un nouvel éclat qui tomba dans le bassin avec un tintement.

« Il souffre d'une fièvre bilieuse et d'une pneumonie, ajouta-t-elle.

— Ah, oui !... March. Il est vivant, ou il l'était encore quand j'ai fait ma tournée, ce matin. Mais son état, comme je vous l'ai télégraphié, est très grave. Dès que nous en aurons fini avec cet homme, l'infirmière Clement vous conduira à son chevet.

— Je vous en prie, répondis-je. Ne vous dérangez pas. Si vous me dites où il est, je suis sûre de pouvoir trouver mon chemin. Ces malheureux ont des besoins plus urgents que les miens... »

L'infirmière continuait de me regarder. Je lus de la sympathie dans son expression, et autre chose que j'étais trop fatiguée pour déchiffrer.

« Vous le trouverez dans la salle des fièvres, au premier étage, à droite de l'escalier, dit-elle. Son lit est le quatrième à partir de la porte, sur la gauche. » Elle s'interrompit, comme si elle hésitait à ajouter quelque chose. « N'y a-t-il personne avec vous ?

— Si, répondis-je, j'ai un compagnon de route, il s'occupe de ma malle.

— Je vous conseille de l'attendre, reprit-elle. Je crains que vous ne trouviez votre mari bien changé. »

Si j'avais été dans mon état normal, sa remarque m'eût fait réfléchir. Mais, sur le moment, tout ce que je voulais, c'était garder ses indications dans mon pauvre esprit embrouillé assez longtemps pour pouvoir me rendre au chevet de mon mari.

« Merci », dis-je, avant de me retirer.

Je trouvai M. Brooke presque immédiatement. Il était dans l'entrée, l'air perdu au milieu du tumulte, courant de salle en salle. Je levai la main, et il vint aussitôt me rejoindre. Il me donna le bras, puis nous montâmes l'escalier.

Si l'infirmière ne m'avait pas indiqué clairement le chemin de son lit, je n'aurais pas reconnu mon mari dans l'être ravagé qui l'occupait. Ses joues creuses évoquaient une tête de mort, son nez était aplati et tordu, et son bras, posé sur le couvre-lit, décharné – un os, sous des plis de peau. Il avait dû perdre la moitié de son poids. Des ulcères suppurants défiguraient les coins de sa bouche.

Au moment de son départ, ses cheveux étaient dorés, striés ici et là des fils d'argent de la maturité. À présent, le peu qu'il en avait gardé étaient complètement gris, et son cuir chevelu apparaissait aux endroits où ils étaient tombés par touffes entières. Lorsque je dégageai son visage, une mèche me resta dans la main. Sa peau était brûlante, mais, à l'exception de deux plaques hectiques sous les yeux, une pâleur jaunâtre avait remplacé son teint normal, hâlé par le soleil. Son souffle était irrégulier, ses poumons crépitaient à chaque inspiration. Je saisis sa main et sentis ses os, aussi fragiles que ceux d'un oiseau, céder sous la pression de mes doigts. Sans plus pouvoir me maîtriser, je m'abandonnai alors à une violente crise de larmes.

M. Brooke demeura à mes côtés jusqu'à la fin de l'orage, mais dès que je me fus ressaisie il me demanda s'il pouvait me laisser pour expédier un bref télégramme disant que nous étions bien arrivés afin de rassurer les filles sur l'état de leur père ; il devait aussi s'occuper de l'affaire de notre logement. Ainsi, j'étais seule quand débuta son accès de délire. Il s'agita ; sa main triturait le couvre-lit, sa tête se tournait de côté et d'autre sur l'oreiller. À un moment, il appela quelqu'un, un certain Silas, répétant plusieurs fois qu'il était désolé. Sa voix était rauque, parler lui était visiblement douloureux. Mais, plus tard, il y eut d'autres noms, toute une litanie, comme aiment à en réciter les catholiques. J'entendis distinctement Ptolémée, puis quelque chose qui ressemblait à Jimmy, et enfin peut-être Susannah. L'angoisse ne le lâchait pas ; il ne cessait de solliciter le pardon.

Certaines choses étaient troublantes. Bien que je n'eusse aucune envie de les entendre, je savais que je devais écouter pour les passer au crible, afin de détecter les bribes de faits qu'elles pourraient livrer. Il marmonna un moment des propos incohérents, puis sembla se trouver au milieu d'une bataille, tantôt poussant ses camarades en avant, tantôt tentant de les ramener, baissant la tête, se cramponnant à mon bras comme pour m'éloigner d'une pluie de mitraille imaginaire.

Je n'avais vu aucune infirmière dans la salle des fièvres, mais comme il se mettait à crier d'une voix forte, une femme corpulente au teint de papier mâché et aux petits yeux enfoncés se précipita à son chevet. Sans m'adresser un mot, elle lui passa son gros bras derrière les épaules et le souleva. Il gémit, visiblement mis à mal par sa brutalité. Je poussai un petit cri ; elle me jeta un regard dédaigneux.

Elle entrouvrit de force ses lèvres ulcérées pour introduire une cuillère d'une mixture gluante dans sa bouche.

« Que lui donnez-vous ?

— Du laudanum, répondit-elle sèchement. Nous ne pouvons tolérer aucun bruit dans cette salle. Les malades ont besoin de silence.

— Quels autres médicaments reçoit-il ?

— Vous n'aurez qu'à poser la question au Dr Hale, dit-elle, se détournant déjà.

— J'ai apporté quelques bonnes bouteilles de vin vieux, des citrons et de quoi préparer de l'eau de riz. Peut-être pourrais-je...

— Tout cela est très bien, m'interrompit-elle. Mais vous ne lui donnerez rien avant d'avoir vu le docteur.

— Et quand pourrai-je le voir ?

— Quand il passera ! répliqua-t-elle. Au cas où vous ne l'auriez pas remarqué, il y a plus d'un patient dans cet hôpital. »

Là-dessus, elle me tourna définitivement le dos.

J'étais si fourbue, et dans un tel état nerveux, que les larmes me montèrent encore aux yeux. Je tentai de me convaincre que l'infirmière, surmenée, n'avait pas voulu être désagréable. Mais je crois que si je n'avais pas été aussi exténuée, je l'aurais suivie pour lui rendre la monnaie de sa pièce. Je me contentai de rester assise sur ma chaise pour le veiller, pendant que le laudanum l'emportait dans des profondeurs où, je l'espérais, il était hors d'atteinte des rêves infernaux qui le poursuivaient. Quand M. Brooke revint me chercher, j'étais toujours à la même place.

Une rafale de vent glacé nous accueillit à notre sortie de l'hôpital, mais je respirai à pleins poumons en quittant cette atmosphère étouffante. M. Brooke s'excusa de la piètre qualité du logement qu'il avait déniché, et du fait que nous devrions nous y rendre à pied. Je lui avais dit ma volonté de ne pas dépenser pour moi les fonds de M. Laurence. Le vieux monsieur s'était déjà montré assez généreux. J'avais l'argent que j'avais mendié à tante March, les vingt-cinq dollars que notre chère Jo avait tirés du sacrifice de sa magnifique chevelure, et aucune idée du temps que devrait peut-être me durer cette modeste somme. Si bien que les logements de premier choix nous étaient interdits et que M. Brooke s'était vu refuser l'accès à la moindre pension de famille ou chambre garnie plus abordable. Finalement, me dit-il, il nous avait trouvé des lits dans une habitation privée, « une maison assez pauvre, mais respectable, j'en suis sûr, et pas très loin de l'hôpital ». À ce moment-là, je pensais que tout abri où je pourrais fermer les yeux ferait l'affaire.

La ville, expliqua M. Brooke, fourmillait de tous ceux qui pouvaient profiter du grand campement militaire qu'elle était devenue. La guerre semblait y avoir attiré toutes sortes de gens. Les chambres d'hôtel avaient été prises d'assaut par des correspondants et des caricaturistes des journaux de tous les États d'Amérique, des officiers permissionnaires en quête d'avancement, des embaumeurs et des fabricants de cercueils, des charretiers, des vendeurs de cruchons de rhum et, d'après ce qu'il avait entendu, pas mal de margoulins et de chevaliers d'industrie. Bien que M. Brook se fût gardé de toute allusion, à quelques pas des portes de l'hôpital, nous rencontrâmes des représentantes de la plus grande catégorie des profiteurs de guerre : l'armée féminine des Marie-Madeleine.

Deux jeunes filles guettaient dans l'obscurité, espérant peut-être faire commerce de leurs charmes avec les convalescents. Sous leur fard à joues, elles ne semblaient guère plus vieilles que Meg ou Jo. Leurs chairs d'enfants, dénudées par leurs robes échancrées, étaient bleues de froid. « Pauvres petites », murmurai-je. M. Brooke s'empourpra et porta son regard sur le Potomac, où le clair de lune se reflétait sur un vapeur blanc, étagé comme une pièce montée. Un navire-hôpital ou un transport de troupes ? Je n'aurais su dire. Nous tournâmes dans une ruelle menant au chemin de halage du canal, accueillis par une puanteur encore pire que l'âcre odeur de l'hôpital. Le canal était bordé de rangées de maisonnettes et, visiblement, leurs occupants l'utilisaient comme dépôt d'ordures de toutes origines, humaine et animale. À l'instant précis où nous dépassions un marchand de poisson ambulant, celui-ci jeta une bassine d'abats dans les ténèbres. M. Brooke n'avait cessé de s'excuser, comme je l'ai dit, mais quand nous nous arrêtâmes devant l'une des maisons au bord du canal, un pavillon de brique rose à un étage, à peine moins délabré que ses voisins, mon cœur se serra.

Une femme pâle au visage long et anguleux vint nous ouvrir, portant des vêtements de deuil modestes mais respectables. Elle affrontait déjà le destin que je redoutais. M. Brooke me présenta à Mme Jamison qui, m'ayant saluée d'une voix grave et monocorde, me fit entrer. Le minuscule logis ne comportait pas de vestibule ; on pénétrait directement dans une chambre d'amis exiguë, qui avait peut-être jadis prétendu au titre de « salon » mais avait été convertie en dortoir à deux places dont les deux petits lits pliants étaient séparés par de mesquins paravents de fortune, qui ne réussissaient pas à cacher que l'un d'eux était déjà occupé.

« M. Brooke partagera cette chambre avec M. Bolland, qui travaille comme copiste au Trésor public. Vous habiterez avec moi au grenier, madame March. Derrière la maison, il y a un cabinet d'aisances, si vous souhaitez l'utiliser avant de monter. »

De toute la journée, je n'avais avalé qu'un bol de bouillon ; je n'avais pas faim, mais M. Brooke avait gentiment fait l'emplette de quelques huîtres et d'un pain. Il insista pour que je dîne, même si je dus m'installer sur l'unique chaise à barreaux devant le maigre feu de la pièce. Il y avait une bouilloire sur la plaque de cheminée, et Mme Jamison remplit une cuvette d'eau chaude pour ma toilette. Je gagnai la petite cabane ouverte aux vents coulis, refermai la porte et, une fois seule, pendant ce qui devait être mon seul moment d'intimité, donnai libre cours à l'auto-apitoiement.

Comme ma vie eût été différente si nous n'avions pas perdu notre fortune ! Je n'avais jamais reproché à mon mari d'avoir tout dilapidé dans les entreprises de Brown, je ne m'en sentais pas le droit. L'argent qu'il avait avancé était entièrement sien, le produit de son labeur et d'investissements avisés, et cette cause, assurément, nous était chère à tous deux. Cela me rongeait pourtant cruellement qu'il ne m'eût pas même consultée, et sur une affaire qui me touchait de si près et avait de si graves conséquences pour nous. Je m'étais efforcée de supporter les petites vexations et indignités de la pauvreté, et même d'adopter comme lui les vertus d'une vie simple. Mais alors qu'il pouvait s'isoler dans son bureau pour s'absorber dans la contemplation de l'« Âme universelle », c'était moi qui étais tourmentée d'heure en heure par nos dettes et humiliée d'avoir à mendier des provisions ici et là, moi qui devais me priver afin que lui et les filles pussent se nourrir. Oh ! il jardinait pour garnir notre table et coupait le bois des autres quand le garde-manger était vide. Et quels compliments n'en tirait-il pas ! « Orphée à la charrue », l'appelait M. Emerson. Personne ne songeait à m'attacher une étiquette aussi poétique, bien que je pusse me tuer à la tâche avec la centaine de petits expédients nécessaires à nous faire vivre.

À Concord, où nous bénéficiions de l'aide de nos amis et de la grandeur d'un nom reconnu, je m'étais habituée à ma nouvelle condition. Mais je voyais bien qu'il serait extrêmement plus difficile d'être pauvre ici, où j'étais une inconnue, une vagabonde dépourvue d'amis, hormis M. Brooke. Assise dans mon cabinet d'aisances, assaillie d'odeurs nauséabondes, il me vint à l'esprit que, si mon mari était condamné, et si les événements se précipitaient, je serais soulagée de pouvoir quitter ce lieu de misère. Dans l'instant où se formait cette idée, je regrettais de l'avoir pensée. Ma seule et piètre excuse était mon état d'épuisement.

Je me baignai le visage et les bras avec plaisir dans l'eau tiède de la cuvette, puis rentrai. Le copiste du Trésor ronflait déjà comme un sonneur, et j'eus des remords pour le pauvre M. Brooke. Je montai l'escalier pour gagner mon étroit lit de fer, dont le matelas avait la minceur d'un tapis. Au moins, notai-je avec gratitude, le couvre-lit élimé était-il propre. J'eus à peine la force de me dévêtir. J'allais poser ma tête sur l'oreiller moisi, quand un cri perçant monta du canal :

« Ohé, de l'écluse ! »

C'était un marinier qui réveillait l'éclusier. Avec désespoir, je compris que ce genre de cris risquaient de ponctuer la nuit.

Si ce fut le cas ou non, je ne saurais dire, car je sombrai dans le sommeil profond de ceux qui sont vraiment épuisés, auquel aucun bruit sur terre, je crois, n'eût pu m'arracher.

15

Réunion

JE NE DIS PAS QUE JE ME SUIS RÉVEILLÉE FRAÎCHE ET DISPOSE, mais quand j'ai ouvert les yeux, à la lumière grise du jour, j'avais considérablement plus de courage qu'au moment où je les avais fermés. Le sommeil est réparateur pour l'âme. Comme j'inspectais la petite pièce désolée, je parvins à retrouver un peu de ma gaieté en songeant à toutes les manières dont ses inconvénients pouvaient se transformer en avantages. Commencer ainsi la journée était devenu une gymnastique à laquelle je m'étais astreinte, depuis que notre fortune était partie en fumée. Elle me fut alors d'un grand secours, pendant que je comptais les carreaux fêlés des fenêtres à deux battants en me rappelant qu'ils permettaient au moins une saine ventilation. La glace au tain piqué, guère plus large que la main, était trop petite et trop trouble pour refléter la terrible vérité de mon apparence fripée. L'extrême inconfort de mon lit me pousserait à employer fructueusement toutes mes heures de veille libres.

Ainsi, je me levai pleine de résolution. Ma logeuse et mes colocataires vaquaient déjà à leurs affaires. M. Brooke m'avait laissé un billet disant qu'il était sorti de bonne heure afin de se charger de certaines missions pour le compte de M. Laurence, lesquelles, selon lui, devraient être accomplies en une heure ou deux. Il me priait de bien vouloir l'attendre, mais cela m'était impossible. Le désir de savoir comment mon mari avait passé la nuit était trop pressant. J'écrivis un mot d'excuse, remplis mon panier d'un peu de vin et de quelques fortifiants que j'avais apportés, et me mis en route vers l'hôpital.

Je devais me frayer précautionneusement un chemin entre les tas de crottin de mulet qui jonchaient le chemin de halage. Il faisait froid, mais pas assez pour qu'il neige. Je rêvais d'un blizzard semblable à celui que nous avons à Concord. Comme la vue serait plus belle, si cette bruine incessante se transformait en flocons purs qui enseveliraient les imperfections boueuses de cette ville sous un manteau d'un blanc immaculé !

Je n'avais pas pensé à m'informer si l'hôpital avait fixé des heures de visite du matin. En approchant de la sentinelle, je me demandai si on ne m'éconduirait pas en me priant d'attendre. Mais je n'avais aucune raison de m'inquiéter ; les couloirs de l'hôpital étaient apparemment ouverts à tous les visiteurs. Le personnel, chargé de plateaux de pain, de viande et de soupe, devait se faufiler entre toutes sortes de civils : certains, hagards et angoissés, des parents à l'évidence ; d'autres, représentants de sociétés de secours, actifs et imbus de leur importance, d'autres encore qui semblaient n'avoir rien de mieux à faire que de bader et de tourmenter les blessés avec des questions grossières et impertinentes en tout genre.

Je gravis l'escalier, le cœur battant, incertaine de l'état dans lequel je trouverais mon mari. Peu d'âmes curieuses du rez-de-chaussée se donnaient la peine de monter dans la salle des fièvres ; les blessures, je suppose, offraient plus d'intérêt. En dehors des patients, le lieu était désert. Je retins mon souffle en le voyant. Il gisait, le corps déjeté, entortillé dans sa literie en désordre, les draps souillés par les excréments liquides et verdâtres de sa maladie. Sur le tabouret bas à côté du lit était posé un bol de soupe, intact, naturellement, et froid, à la surface duquel flottait une épaisse couche de graisse. Guère étonnant qu'il fût si maigre ! Si personne n'avait pris la peine de le nourrir dans ses accès de délire, il n'avait pas dû être alimenté. Aucune infirmière ni aide-soignante n'était visible dans la salle.

Si je voulais que mon mari reçût des soins, je devais les lui prodiguer moi-même. Je retirai ma cape et mon chapeau à brides et remontai les manches de ma robe. Je parlai aussi doucement que possible pendant que je dégageais la couverture de ses membres décharnés. Une fois enlevés les draps repoussants et la chemise de nuit, son corps m'apparut dans sa nudité. Je ne l'avais pas vu nu depuis plus d'un an, et jamais encore de manière aussi peu intime, à la lumière cruelle du jour. La poitrine creuse, la pâleur – tout cela était pitoyable. Je songeai aux membres juvéniles qui m'avaient étreinte, des années plus tôt, sur la berge de l'étang embaumant les pins. Comment la découverte de sa chair – dure et musclée, fruit de la jeunesse et du labeur physique – m'avait à la fois surprise et excitée. Ne sachant presque rien, alors, des circonstances de son éducation, je m'étais attendue à sentir la douceur des mains d'un riche rond-de-cuir, mais les siennes avaient la rugosité de celles d'un travailleur manuel. Et il était maintenant là, devant moi, ravagé par la maladie et méconnaissable, trop frêle même pour supporter un baiser.

Je m'aperçus alors que je n'avais aucune idée de l'endroit où trouver des draps propres, de l'eau chaude, des éponges, toutes choses indispensables pour le soulager. Aussi tirai-je sur son pauvre corps la courtepointe, qui, étant complètement tombée du lit, n'était donc pas souillée. Puis je ramassai le ballot de linge sale d'une main, pris le bol de soupe froide de l'autre et partis chercher de l'aide.

La malchance voulut que la première personne que je rencontrai fut l'infirmière aux yeux en boutons de bottine avec qui j'avais eu la veille un vif échange. Elle me barra le passage, les poings posés sur ses hanches imposantes.

« Auriez-vous l'amabilité de m'indiquer… ? »

Avant que j'aie fini ma phrase, elle se lança dans une harangue : pour qui me prenais-je, à bousculer ainsi les règles de l'hôpital, à vouloir faire passer mes besoins avant ceux des autres cas désespérés… ?

Je serrai les dents et tâchai de garder mon calme, faisant appel aux années de discipline que m'avait imposées l'homme à demi mort que je m'efforçais d'aider. Je la laissai parler et, quand elle eut fini, lui redemandai poliment où je pouvais me procurer des fournitures. Elle pinça les lèvres et me dit qu'il me faudrait attendre… « peut-être des heures, pas avant qu'on se soit occupé des cas graves ».

« Les cas graves ? explosai-je. Mon mari a un pied dans la tombe grâce à votre négligence ! Dites-moi gentiment où se trouve la lingerie. Tout de suite !

— Je ne tolérerai pas que vous me parliez sur ce ton. » Sa voix était montée d'une octave. « Garçon de salle ! cria-t-elle. Je me charge de vous faire jeter à la rue ! »

Toutes les fois, très nombreuses, où j'avais été forcée de contrarier et de réprimer ma nature profonde semblèrent alors fusionner dans ce couloir étouffant et lugubre. J'entendis un vrombissement dans ma tête et sentis sur ma poitrine une pression semblable à celle des eaux en crue montant derrière une digue fragile. Sans que je m'en rende compte, le bol de soupe s'éleva dans ma main, comme porté par une force surnaturelle. L'instant d'après, son contenu gris-jaunâtre ruisselait sur le visage plein de l'infirmière.

« Vous n'avez qu'à vous essuyer avec ça ! criai-je, lui jetant les draps tachés de vert. Et osez me dire qu'un être humain doit passer "quelques heures" dans une telle saleté !

— Garçon de salle ! » Elle était hystérique à présent. « À l'aide ! On m'agresse ! »

Je ne sais ce qui se serait passé si un quelconque fier-à-bras avait surgi à ce moment-là dans le couloir. Mais le jeune homme qui apparut en boitant était un convalescent au teint pâle, qui tressaillait de douleur au moindre pas.

Lorsqu'il me pria, aimablement, de venir avec lui, toute ma rage s'évanouit. Je le suivis docilement.

« J'ai... J'ai bien peur de devoir prendre ma cape, balbutiai-je. Je l'ai laissée...

— Ne craignez rien, madame. Je n'ai pas l'intention de vous mettre à la porte, ne vous inquiétez pas. »

Il m'entraîna dans l'escalier, avant de me conduire dans ce qui avait dû être une dépense, à l'époque de l'hôtel. Une bouilloire fumait sur le petit fourneau de la pièce ; le jeune homme me servit une tasse d'infusion aux feuilles d'airelles et aux écorces de citron.

« Buvez cela, vous vous sentirez mieux, dit l'homme avec gentillesse. Il faut simplement se débarrasser un moment de l'infirmière Flynn, c'est tout. Elle finit bientôt sa garde. Nous savons tous que c'est une vraie terreur, celle-là. Tous ses beaux discours sur "les soins des grands blessés"... La vérité, c'est qu'elle ne soigne personne. Elle se contente de parader dans l'hôpital en faisant travailler les convalescents, alors que certains ne sont même pas en état de se lever... »

Il remua le breuvage et me le tendit.

« Le fait est, reprit-il, que des tas de gens seront rudement contents d'apprendre ce que vous avez fait. Elle l'a bien cherché. »

Le garçon de salle, un simple soldat, blessé à la cuisse pendant la campagne de la Péninsule, me demanda de l'attendre ; il repasserait me chercher dès que l'infirmière Flynn serait partie.

« Et ne vous inquiétez pas pour l'aumônier March, madame. Je vais envoyer quelqu'un s'occuper de lui, ou je m'en chargerai moi-même s'il le faut. »

Le bon jeune homme repartit. J'éprouvai le grand réconfort que peut apporter une simple gentillesse. Cela met du baume au cœur, assurément. Puis, comme de bien entendu, je commençai à me repentir de mon éclat, espérant que le bruit n'en reviendrait pas aux oreilles de M. Brooke, dont je ne saurais rejeter légèrement la bonne opinion. Au moment où, impatiente, j'arpentais la petite resserre, j'entendis gratter à la porte.

« Entrez ! » dis-je, m'attendant à voir le jeune garçon de salle.

À sa place, un homme mûr, vêtu de l'habit noir de pasteur, ouvrit la porte, le visage empreint de gravité.

« Pardonnez-moi. Madame March ?

— Oui ? » murmurai-je, sentant m'accabler le poids de la culpabilité.

À cet instant, j'étais certaine que, comme mon mari après mes crises de colère, l'aumônier de l'hôpital s'était déplacé pour me semoncer, m'infliger un sermon humiliant sur ce que devait être la conduite respectable d'une dame, d'une épouse, d'une mère.

« Je suis désolé de vous déranger, madame, mais j'ai en ma possession certains effets personnels de votre mari. Une des infirmières détachées pour le transfert des patients du *Red Rover* me les a laissés en garde. Les objets tendent à disparaître, en ce lieu, voyez-vous. On pourrait en blâmer certains petits diablotins noirs qui gambadent autour des lavandières, mais il ne faut pas ajouter aux calamités de l'Afrique, n'est-ce pas ? »

Il me gratifia d'un regard, sourcils arqués et sourire un peu niais. Apparemment, il avait tenté un mot d'esprit. Je gardai un visage de marbre, pour montrer ma désapprobation.

Il s'éclaircit la voix avant de poursuivre :

« Dès que j'ai appris votre venue, j'ai pensé que ces objets devaient vous revenir. »

Il tenait dans la main un tout petit paquet, enveloppé de papier brun, qu'il me tendit. Je l'acceptai en le remerciant.

Il se détournait déjà, prêt à s'en aller, mais je le retins :

« Mon père ?

— Oui, madame ?

— Pouvez-vous me dire quoi que ce soit sur l'état de mon mari ? Comment a-t-il fini par être évacué sur ce bateau ? Sa dernière lettre, en effet, ne m'indiquait en rien qu'il était malade ou spécialement en danger. »

L'aumônier avait la physionomie qu'exigeait sa profession : mobile, tranquille, habituée à adopter l'émotion qui seyait aux circonstances. Les coins de sa bouche s'abaissèrent, exprimant sa sympathie.

« C'est souvent le cas, j'en ai bien peur. Les mauvaises nouvelles sont brutales pour les proches, car les êtres aimés essaient de leur épargner la dure vérité. Apparemment, votre mari était malade depuis quelque temps, il était très affaibli, avant de succomber à sa violente crise actuelle. Et puis, il y a eu une escarmouche dans laquelle il s'est trouvé pris, mais je ne dispose d'aucun détail là-dessus. Tout ce que je sais, je le tiens de l'infirmière. Vous devriez lui parler vous-même, car elle a longuement discuté du cas de votre mari avec les sœurs du *Red Rover*.

— J'irai lui parler, c'est très aimable de votre part. Quelle infirmière dois-je demander, je vous prie ? »

J'eus un serrement de cœur, craignant qu'il ne prononçât le nom de Flynn.

« Elle s'appelle Clement, je crois, répondit-il. Une négresse de Virginie, une esclave, dit-on, quoi que son abord n'en laisse rien deviner. Elle se trouve généralement en salle de chirurgie, où elle assiste le Dr Hale. Remarquable, vraiment. Il semble la préférer aux infirmières bien nées. Peut-être trouve-t-il une esclave plus docile… »

D'ordinaire, ce type de remarques sortant de la bouche d'un aumônier de l'Union m'aurait indignée. Mais toute ma combativité s'était évaporée, et je savais gré à cet homme de ses petites galanteries.

« Merci, mon père. Je vais la trouver de ce pas. »

Après son départ, je contemplai le petit paquet posé sur mes genoux. Mon mari avait quitté Concord avec une malle remplie d'effets : livres, brochures, partitions de chants pour les hommes, objets utiles à la vie de campement, ses éternels journaux intimes, l'écritoire que les filles et moi lui avions offerte en guise de cadeau de séparation. Pendant les mois qu'avait duré son absence, nous avions cousu et tricoté sans relâche, renouvelant ainsi sa réserve de vêtements. Je tirai sur la ficelle, curieuse de savoir ce qui avait survécu de tout cela.

Le papier s'ouvrit avec un craquement. À l'intérieur se trouvaient un classeur de cuir éraflé, un carré de tissu crasseux et une petite pochette en soie. Des trois objets, je ne reconnaissais que le dernier. Je refermai les doigts autour, pensant à la signification que son contenu devait avoir pour lui, puis le glissai dans mon corsage. J'ouvris le classeur de cuir. Il contenait des billets de banque. Quel miracle que personne ne les eût dérobés ! Derrière l'argent était caché le cadre métallique d'un ambrotype. Je le sortis. La jeune fille représentée dessus était une inconnue. Mon mari n'ayant évoqué dans ses lettres aucune femme blanche de sa connaissance, son identité était un mystère.

Je trouvais mystérieux aussi que quelqu'un se fût donné la peine de garder ce carré d'étoffe crasseux. Je m'apprêtais à le jeter dans le foyer du fourneau quand je remarquai ses bords ourlés. Ils présentaient une irrégularité que je connaissais bien. Jo ne pouvait jamais faire un ourlet droit ; son esprit s'évadait toujours vers l'intrigue de sa dernière histoire, si bien que ses draps et ses mouchoirs présentaient toujours des bords festonnés. Je l'avais souvent taquinée sur son style rococo. Avec un sourire, je lissai le carré bleu-vert sur mon genou. C'était sans doute l'un des madras que nous avions confectionnés pour les négresses, il y avait tant de mois déjà, avec les restes de vieilles robes de bal qu'on nous avait données. Que de chemin avait parcouru ce petit bout de chiffon ! Comme je le regardais plus attentivement, le mystère s'approfondit. Je vis que les marques noires parsemant sa surface n'étaient pas des taches disposées au hasard, mais les traces de ce qui avait été jadis des mots, écrits, semblait-il, au charbon de bois. J'eus beau tourner et retourner le tissu, je ne réussis pas à les déchiffrer.

Peu de temps après, le gentil aide-infirmier, qui s'appelait Cephas White, revint me chercher.

« Votre ennemie a déserté le terrain », annonça-t-il.

Son sourire était sympathique, malgré sa dent de devant quasiment cassée en deux. Mais sa bouche et ses yeux tirés indiquaient la souffrance. Comme nous nous frayions un chemin dans le labyrinthe des salles du bas, je pris la liberté de l'interroger sur sa blessure. Dès qu'il eut commencé à me répondre, je regrettai vivement ma curiosité.

« Ils ont retiré la balle, c'est sûr, dit-il. J'ai eu de la chance, elle a manqué l'os et je n'ai pas trop saigné. Mais elle a déchiré le muscle, je crois. Je me remettais très bien jusqu'à il y a une ou deux semaines, mais ils m'ont fait soulever un gros homme qui n'arrivait pas à se tourner tout seul. Les chairs n'étaient pas bien cicatrisées et elles se sont rouvertes. Ils ont posé dessus un énorme cataplasme de pain mouillé, et on dirait que ça fait sortir le pus, ce qui d'après eux est une bonne chose, sauf que ça sent vraiment pas bon... »

Ses paroles, soulignées par les relents de la salle, conspirèrent à me faire défaillir. Mais c'était là faiblesse de ma part ; après tout, s'il supportait sa blessure, je pouvais au moins supporter sa description. M'efforçant de maîtriser ces émotions, je dis au jeune M. White de ne pas se fatiguer à monter inutilement l'escalier, lui souhaitai de tout mon cœur un prompt rétablissement, puis me détournai pour me rendre à la salle des fièvres.

Que de changements une seule petite heure avait apportés ! Le lit de mon mari était garni de linge blanc comme neige, les draps bien tirés, et sans le moindre pli. Sa tête et ses épaules étaient adossées à de gros oreillers épais, si bien qu'il n'émettait plus en respirant ses râles horriblement laborieux. Une négresse – sans doute la grande infirmière nommée Clement – se penchait sur lui avec sollicitude. Quelle chance ! pensai-je. Je pourrais lui demander ce qu'elle savait de l'histoire et de l'état de mon mari. En m'approchant, je vis qu'elle l'alimentait d'un peu de bouillon.

Elle me tournait le dos. J'allais l'aborder, lui exprimer mes remerciements pour ses aimables attentions, quand elle reposa la cuillère dans le bol vide, leva la main et lissa en arrière une mèche de cheveux pâles. L'ayant replacée, elle posa de nouveau la main sur le haut de sa tête et, lentement, lui caressa la joue du dos de ses doigts, laissant son pouce courir légèrement sur sa lèvre supérieure.

Non, ce n'était pas possible, j'avais dû me tromper. C'était là le geste d'une amante, pas d'une infirmière. Je clignai les yeux, m'intimant de cesser d'imaginer des choses. Mais, quand je les rouvris, j'eus droit à une vision encore plus stupéfiante. Il levait sa main décharnée vers la main sombre et la pressait contre ses lèvres. Puis sa voix me parvint, chuchotement haletant :

« Merci, Grace, ma chérie. »

Je ne savais que faire. Une partie de moi, soulagée de le voir reprendre conscience, brûlait de se précipiter, de le serrer dans mes bras. L'autre voulait fuir la salle, l'édifice, la ville, le souvenir de cette caresse intime.

Avant que j'aie pu me décider, M. Brooke franchissait la porte en trombe avec un cri joyeux :

« J'ai croisé le chirurgien dans le couloir, il m'a dit que M. March avait repris connaissance. Et c'est vrai ! Monsieur ! Quel miracle de vous voir mieux ! Nos prières ont été entendues ! »

Grace Clement s'était écartée du lit d'un mouvement furtif, sans aucune gaucherie. Elle ramassa son plateau de bouillon et de croûtes de pain, puis s'éloigna rapidement, en silence.

Le sourire qu'il m'adressa, quand il me reconnut, était bien le sien, malgré son visage méconnaissable. Il tendit une main tremblante – pas celle qui avait touché la main de Grace – que je pris dans les miennes.

Je m'étais préparée mille fois à cet instant lors des nuits solitaires et des jours sombres de son absence, pensant que le revoir vivant serait tout ce que je pouvais demander au monde. J'avais imaginé le contact de sa main, les pleurs de joie.

Et des larmes, il y en eut. Les siennes, et aussi les miennes. Mais comment aurais-je pu prévoir que celles que je verserais lors de notre réunion ne seraient pas de pure joie ?

16

Fleuve de feu

IL ÉTAIT TROP FAIBLE POUR PARLER. Le seul effort d'articuler quelques mots lui arrachait de déchirantes quintes de toux. Je lui dis de se taire, mais il continuait de me fixer de ses yeux brillants de fièvre.

« Tant de choses à dire… », chuchota-t-il.

Je me bornai à répondre que nous aurions largement le temps.

« … la vie entière pour parler quand vous irez mieux.

— Je vais déjà mieux en vous voyant… », hoqueta-t-il, avant d'être pris d'une nouvelle crise de toux.

Avec son tact habituel, M. Brooke nous avait laissés seuls, disant qu'il allait expédier tout de suite un câble afin que les filles n'aient pas à attendre une minute de plus pour apprendre la bonne nouvelle. Une autre infirmière, ni Clement ni Flynn, mais une femme posée d'à peu près mon âge, vint enfin lui administrer ses remèdes. À mes questions, elle répondit poliment qu'il suivait une cure de calomel, un remède puissant à base de mercure et de quinine, deux substances classiques dans le traitement de la fièvre et de la pneumonie, m'expliqua-t-elle. On lui donnait également du laudanum « pour assurer son repos et aider à resserrer ses intestins ».

Je restai auprès de lui, regardant la drogue agir rapidement sur son organisme diminué. Ses paupières se fermèrent. Un grand trouble intérieur m'agitait ; il y avait des choses que je devais savoir. J'étais consciente de devoir faire preuve de patience. Mais, pendant que je le regardais reperdre connaissance, l'idée me vint que je n'aurais peut-être pas une autre chance. Et je ne pourrais pas vivre sans connaître la vérité.

Je me penchai plus près de lui et chuchotai :

« Cette infirmière, Grace Clement. Il y a quelque chose entre vous, n'est-ce pas ? »

Ses paupières battirent sans s'ouvrir.

« Quelque chose… », répéta-t-il d'une voix sifflante.

Je dus m'incliner encore, à quelques centimètres seulement de son visage.

« Il y a longtemps… »

Soudain ses yeux s'ouvrirent complètement. Il me fixa sans me voir, les pupilles dilatées, si bien que je plongeai mon regard dans d'immenses ténèbres vides.

« Mon amour », murmura-t-il.

Ses yeux se refermèrent. C'était fini. La drogue l'avait emporté ailleurs. Je le secouai légèrement, puis plus brutalement. J'entendis le claquement de ses dents, branlantes dans ses gencives enflammées. Me rendant compte de ce que je faisais, je retirai mes mains à la façon d'une enfant coupable et les cachai dans mon dos, puis me levai. Je m'étais tenue si voûtée et si tendue que, au moment où je me redressai, les muscles de mon cou et de mes épaules protestèrent. Je fis les cent pas dans la salle, puis me rassis et sortis le petit sachet de soie. La proximité des cheveux de mes filles, pensais-je, apaiserait mon âme en peine. La première boucle, je la reconnus, c'était la mienne. Puis tomba dans ma paume la barbe de maïs dorée d'Amy. Suivie des mèches de Beth, de Meg et de Jo – ma chère fille au grand cœur qui n'avait plus sur sa tête une seule boucle aussi longue que celle-ci. Je souris, mais mon sourire mourut sur mes lèvres. Car une autre boucle était tombée du sachet. Elle reposait sur ma main : une frisette serrée, noire comme la nuit. Des cheveux de négresse. Ses cheveux.

Je ne suis pas naïve. Je sais que la tentation existe. L'adultère est un péché très banal. N'avais-je pas observé, pendant des années, d'un point de vue par trop intime, combien leur désir l'un pour l'autre avait torturé Henry Thoreau et Lidian Emerson ? Même les meilleurs d'entre nous peuvent trébucher, je le sais bien. Par conséquent, je devais connaître la vérité sur ma situation. Qu'avait-il voulu dire par « Mon amour » ? S'adressait-il à moi ? Ou voulait-il dire, comme je le craignais, qu'« elle » était son amour ? Seules deux personnes au monde pouvaient m'éclairer. Puisque la première en était incapable, j'aurais recours à la seconde, quelque embarrassante que fût notre rencontre.

Mais, comme il arrive toujours quand on part avec la nécessité absolue de trouver quelqu'un, Grace Clement demeura introuvable. J'arpentai les salles de chirurgie, puis remontai à la salle des fièvres, mais nul ne l'avait vue, ne savait où elle pouvait être. Je finis par m'adresser à Cephas White, que je trouvai occupé à emporter les pansements souillés de la salle des blessés.

Je lui expliquai que l'aumônier m'avait recommandé de parler à l'infirmière Clement puisqu'elle avait fait partie du groupe qui avait débarqué mon mari du navire-hôpital. Il me considéra par-dessus son affreux ballot, puis secoua la tête.

« Les infirmières blanches, je peux vous dire où les trouver. » Il me fit un clin d'œil et me gratifia d'un nouveau sourire édenté. « Il y a des dortoirs pour elles dans les greniers, ici. Mais je suis absolument certain qu'il n'y a pas de dames bronzées là-haut et je ne sais pas du tout où sont leurs chambres... Vous pourriez peut-être demander aux blanchisseuses. Elles doivent savoir ça... »

M. White m'accompagna en clopinant dans le couloir pour me montrer la blanchisserie, de l'autre côté d'une cour pavée, tout au fond de l'hôpital, annoncée par des nuages de vapeur qui flottaient bas dans l'air frais du dehors. Je n'avais pas pris ma cape, aussi frissonnai-je en traversant la cour en hâte. Dès que j'y pénétrai, la chaleur humide du lieu m'enveloppa. Ce à quoi je ne m'étais pas préparée, c'était de me retrouver dans une morgue. À l'évidence, les devoirs des blanchisseuses incluaient la toilette des soldats qui avaient livré leur dernier combat ; la première salle de la blanchisserie était prévue à cet effet. Un cadavre – amputé des deux jambes, ne pus-je m'empêcher de remarquer avant de détourner le regard – reposait, nu, sur des tréteaux. Une vieille négresse passait un linge sur son corps mutilé, nettoyant soigneusement les points de suture qui n'avaient pas réussi à garder la vie en lui. Deux corps plus abîmés encore attendaient ses soins. Elle chantait en travaillant, ce que je trouvai incroyable, jusqu'au moment où je compris qu'il s'agissait d'un cantique. Sa voix était grave et vibrante. Dans les nuées de vapeur qui sortaient des lessiveuses, un peu plus loin, je songeai qu'elle ressemblait à un grand ange noir donnant une sérénade pour accompagner le défunt au paradis. Au pied de la table béaient de minces cercueils en bois, attendant leur chargement. Elle leva les yeux de son travail et me sourit en me demandant comment j'allais. En vérité, je me sentais mal et ne pouvais supporter de badiner au-dessus des nus et des morts. Lui souhaitant le bonjour, je pressai le pas, remontant mes jupes pour les protéger des sols mouillés, et gagnai l'arrière-salle, où plusieurs femmes s'activaient au-dessus des planches à laver et des essoreuses à rouleaux, pendant que leurs enfants gambadaient alentour comme des chiots, glissant sur la mousse de savon qui poissait le sol.

Les femmes me dévisagèrent avec curiosité ; aussi, je posai ma question de but en blanc.

« Celle-là ? répondit une blanchisseuse plus très jeune,

se redressant et calant un poing au creux de son dos. Cette métisse fraie pas avec nos semblables. »

Celle qui était postée à l'essoreuse chercha son regard, et toutes deux éclatèrent de rire.

« Je travaille ici depuis que cette maison était un hôtel, et en ce temps-là nous logions dans les greniers. Mais ils ont besoin des chambres pour les infirmières blanches, maintenant, alors on nous a jetées dehors et il faut que nous, on dorme dans la chaufferie, oui madame. Mais cette métisse y a jeté un coup d'œil et froncé son joli petit nez. » La femme pinça son nez noir épaté et le retroussa, déclenchant l'hilarité générale. « Pas assez beau pour elle, non madame, tant pis si juste avant elle était esclave de l'autre côté du fleuve. Le docteur lui a fait une place dans sa propre maison, le grand manoir rouge sur la colline. Et à la manière dont le vieux la regarde, on comprend qu'elle dort pas dans les quartiers des domestiques, si seulement il la laisse dormir ! »

Les autres se tordirent de rire.

Je me sentis blêmir. Avec quel genre de femme mon mari s'était-il acoquiné ? Je tremblais de colère en regagnant la cour à grands pas. J'allai chercher ma cape et mon chapeau, demandai l'adresse du docteur et me mis en route dans la ferme intention de la trouver.

La bruine s'était transformée en pluie battante. Les feuilles mortes, décomposées en une boue brune, collaient aux semelles de mes bottines, me faisant glisser et déraper tandis que je gravissais péniblement la colline. L'eau ruisselait de ma capeline au point que je ne voyais plus le chemin. Je l'ôtai avec impatience et poursuivis ma route tête nue, indifférente aux convenances. J'avais relevé mes cheveux à la diable, dans ma hâte d'être à l'hôpital, et sentais maintenant les mèches mouillées se défaire et tomber sur mes épaules. Le temps que j'atteigne le sommet de la colline et grimpe le perron de ce qui, d'après mes conclusions, devait être le manoir du docteur, j'étais trempée.

Le nègre en livrée qui m'ouvrit fut si horrifié par mon apparence qu'il recula involontairement. Mes manières ne lui firent pas meilleure impression.

« Je voudrais voir l'infirmière Clement ! » lançai-je avec emportement.

C'était un domestique exemplaire ; seul un léger abaissement de ses lèvres exprima le dégoût sur son visage impassible.

« Un instant », dit-il en me fermant la porte au nez.

Quand celle-ci se rouvrit, une petite femme aux cheveux argentés m'examinait, richement parée de soie acajou, avec un grand col de dentelle claire.

« Mon Dieu ! s'écria-t-elle. Mais vous êtes trempée jusqu'aux os ! Entrez, mettez-vous à l'abri de la pluie.

» Markham, je vous prie, conduisez Mme... Excusez-moi, quel est votre nom ?

— March, répondis-je.

— Je vous prie, prenez la cape mouillée de Mme March et apportez-lui le peignoir de la chambre chinoise. Et soyez gentil, demandez à Hester de nous servir le thé.

— Très bien, madame Hale, dit le nègre, tenant mon vêtement ruisselant comme si celui-ci offusquait sa vue.

— Entrez donc, madame March, et venez vous réchauffer. »

Le salon était d'une grande élégance, avec ses tentures de velours à bouillons et sa cheminée en marbre abritant un feu à la chaleur délicieuse. Immobile, je dégouttais d'eau sur le tapis lie-de-vin.

Mme Hale attendit l'arrivée du peignoir. Quand je l'eus accepté – à contrecœur – et que Hester eut disposé le thé sur une table basse de marbre poli, elle dirigea sur moi le regard direct de ses yeux verts, puis me demanda d'une voix ferme mais non dénuée de gentillesse :

« Seriez-vous assez aimable, madame March, pour me dire ce qui nous vaut cette visite extraordinaire ? »

Je reposai ma tasse et contemplai mes mains, bleues de froid et tremblantes.

« Mon mari est très malade. Nous avons reçu un télégramme du Dr Hale, il m'a sommée de venir à Washington. Je suis arrivée hier. Aujourd'hui, l'aumônier m'a dit que l'infirmière Clement connaissait l'historique de l'état de mon mari. Je... je suis impatiente d'en prendre connaissance. C'est tout. »

Je relevai la tête. Les yeux verts me fixaient toujours avec calme.

« Et vous n'avez pas pensé que cela pouvait attendre que l'infirmière Clement, qui travaille avec mon mari seize à dix-sept heures par jour, soit de service à l'hôpital ? Il vous fallait violer l'intimité de son logement et empiéter sur ses maigres heures de répit ? »

Je réagis à ces paroles cinglantes comme une écolière dévoyée au coup de férule. Quand je lui répondis, ce fut d'une petite voix :

« Mon mari est dans un état très grave. Je dois savoir la vérité afin de mieux pouvoir l'aider.

— Je pense que c'est vous, madame March, qui dissimulez la vérité. Grace Clement assiste mon mari et demeure dans cette maison depuis six mois déjà. Aujourd'hui, pour la première fois, elle a quitté son service de bonne heure en disant qu'elle ne se sentait pas bien. Et maintenant vous voilà... »

Ses yeux passèrent de ma tête mouillée à mes bottines imbibées d'eau.

« Je ne crois pas devoir la déranger si vous n'êtes pas disposée à vous montrer plus franche avec moi. »

Je baissai les yeux vers mes bottines. Éraflées, crottées. Un fragment de feuille décomposée dépassait de la semelle gauche. La droite étant trouée, l'eau avait imprégné mon bas. Mme Hale ne me parlerait pas ainsi, pensai-je, si ma toilette ne criait pas aussi clairement misère.

Je sentis la fureur se ranimer en moi. Comment mon mari avait-il pu me mettre dans cette position humiliante ? Je redressai la tête. Mais les mots blessants moururent sur mes lèvres. Grace Clement était entrée sans bruit. Elle se tenait sur le seuil, vêtue de sa simple robe de laine gris perle d'infirmière, les cheveux cachés sous un voile d'un blanc immaculé, les mains calmement jointes devant elle.

« Ce n'est pas grave, Emily. Je suis tout à fait prête à recevoir Mme March. »

La tête argentée se retourna vivement. Je vis qu'une barrette de diamants maintenait son chignon en place.

« Grace, ma chère, en êtes-vous certaine ? Il n'est pas nécessaire que vous...

— Je vous en prie, Emily. Ce n'est vraiment pas grave.

— Puisque vous le dites, mais...

— Vraiment, cela vaut mieux ainsi. Je ne demande qu'à tranquilliser l'esprit de Mme March.

— Très bien, ma chère. Mais appelez-moi si vous avez besoin de quoi que ce soit. »

Elles se parlaient d'égale à égale, comme des sœurs. Ce n'était guère la manière d'une dame avec la maîtresse de son mari. Je rougis de honte. Je n'avais pas voulu écouter des cancans envieux et malveillants de la bouche des blanchisseuses blanches. J'avais bien voulu pourtant les entendre de celle des Noires !

Mme Hale se leva et s'excusa. En sortant, elle saisit la main de Grace entre les siennes et la serra. Grace, qui était beaucoup plus grande que son hôtesse, se pencha pour l'embrasser sur la joue.

Elle prit sa place sur le sofa et se versa du thé dans la tasse que Hester avait destinée à Mme Hale mais qui était demeurée intacte. Elle avait le dos droit comme un jonc, des gestes élégants et posés. Cela aurait pu être son salon, son service à thé. Elle but une gorgée, reposa sa tasse et joignit les mains sur ses genoux. À présent le regard ferme auquel j'étais soumise émanait d'yeux couleur de miel.

« Madame March, j'ai connu votre mari quand il avait dix-huit ans. »

Ces mots me donnèrent un coup. Je dus enfoncer mes doigts dans les accoudoirs de mon fauteuil pour ne pas fléchir.

« Je vais tout vous raconter », reprit-elle, avant de me révéler ce qui s'était passé entre elle et le colporteur débutant du Connecticut.

Puis elle me relata en détail leurs retrouvailles après la bataille de la falaise.

Quand Meg était petite, quelqu'un lui avait offert un kaléidoscope. Ce fut longtemps son jouet préféré. Elle adorait la manière dont les éclats de verre colorés formaient de nouveaux motifs au plus léger mouvement. Assise dans ce salon, j'avais l'impression que Grace avait fait voler mon mariage en éclats et que chacune de ses phrases faisait bouger les morceaux, les réarrangeait en quelque chose que je ne reconnaissais pas.

Comme il m'avait menti ! J'avais été fière à la lecture de sa lettre de Harper's Ferry, qui me parlait de l'inspiration qui l'avait conduit à quitter son unité pour descendre dans le Sud enseigner à la contrebande noire. Je comprenais à présent la honteuse vérité : un camarade officier l'avait surpris avec cette femme dans une situation compromettante et chassé, en le menaçant d'un scandale. Le sang battant à mes tempes, je fis appel à des années de discipline pour garder contenance, tandis que sa voix douce, dénuée d'inflexions, poursuivait :

« Deux mois plus tard, à la mort de mon père, j'ai suivi les conseils de votre mari. J'ai écrit au colonel qui, à son tour, m'a recommandée au chirurgien Hale. Cette situation a été très bénéfique pour moi. Le Dr Hale m'a beaucoup appris, et Mme Hale s'est montrée meilleure que je ne l'eusse cru possible. Ils sont devenus comme ma famille. En échange, je fais ce que je peux pour alléger les nombreux fardeaux du Dr Hale. Il y a environ trois mois, le Dr Hale m'a délégué la mission d'accueillir les navires-hôpitaux et de trier les patients qui devaient être transférés à l'Hôpital Blank pour être confiés à ses soins. C'est ainsi que je me suis trouvée sur les quais le soir où le bateau de votre mari, le *Red Rover*, a accosté. »

Elle me décrivit la scène, une fois de plus sans omettre aucun détail. Le bâtiment dépassait le tonnage prévu ; il avait embarqué un grand nombre de patients brûlés lors de la chute d'un obus sur la chaudière à vapeur d'un navire. Le moindre pouce de pont était occupé, échelles de cale et coursives comprises. Des brancardiers avaient débarqué les blessés et les avaient alignés sur le quai. Grace travaillait à la lumière des torches, se déplaçant avec précaution au milieu de la foule d'hommes gémissants, exposés comme des marchandises, se sentant observée par des centaines de regards angoissés et implorants.

« Ils avaient peur de se faire piétiner, comme ils l'avaient été. Par des soldats qui leur étaient passés dessus, alors qu'ils gisaient, réduits à l'impuissance, sur le champ de bataille, par des matelots à bord des bateaux. Alors ils craignaient les bottes dans le noir… »

Sa mission concernait les cas relevant de la chirurgie, mais une des infirmières du *Red Rover*, une religieuse, l'avait regardée travailler et, la jugeant compétente, lui avait demandé de jeter un œil à un cas de fièvre – un aumônier très apprécié pour son dévouement envers la contrebande. La religieuse avait raconté à Grace l'histoire de la négresse muette qui l'avait ramené dans les lignes de l'Union et des mots tracés sur le madras turquoise. Mais mon imagination était déjà en feu. Cette muette avait-elle été aussi sa maîtresse ? Pourquoi, sinon, aurait-elle parcouru ces dangereux miles pour le mettre à l'abri ?

Grace Clement ne semblait avoir aucune idée du trouble que ces mots jetaient en moi, car elle poursuivit calmement son récit. La religieuse avait rédigé une nouvelle étiquette : « Capitaine March, de Concord », qu'elle avait cousue sur sa chemise. Seule la lecture de ce nom avait permis à Grace de savoir de qui il s'agissait.

« Sans cela, je puis vous assurer que je ne l'aurais pas reconnu à la lumière incertaine de la torche, tant il avait changé. J'ai veillé à ce qu'il soit transporté dans nos ambulances. Quand je suis passée le voir à l'hôpital, plus tard dans la nuit, il parlait, en proie au délire. Je me suis penchée au-dessus de lui pour arranger son oreiller et l'ai appelé par son prénom. Il a presque repris conscience – comme cela arrive parfois – et m'a reconnue. Il a cru que nous étions revenus sur la plantation de M. Clement et que je lui apportais du café, comme je l'avais fait le lendemain de la défaite de la falaise.

» J'ai passé la nuit à son chevet, une fois les consultations terminées. Il a beaucoup parlé. Essentiellement des paroles incohérentes. Mais au milieu de ses divagations, il m'a dit des choses… des choses terribles… sur la bataille de la falaise… des choses qu'il ne m'avait pas confiées à l'époque. Il se reprochait la mort d'un soldat appelé Stone. Ce garçon ne savait pas nager, semblait-il, et votre mari l'aidait à traverser la rivière. Il a dit qu'il l'avait repoussé à coups de pied au milieu du courant pour se sauver, lui, et qu'il l'avait vu mourir alors qu'il aurait pu le sauver.

» Le lendemain, il ne se souvenait plus de moi, il me confondait avec une autre esclave, peut-être celle qui lui avait sauvé la vie. Il pleurait, demandait pardon pour la mort d'un enfant, pour d'autres morts que, selon lui, il aurait dû empêcher, pour des prisonniers retombés en esclavage… »

Avec un soupir, elle baissa les yeux sur les mains immobiles jointes sur ses genoux.

« Je ne vous raconte pas tout cela pour vous accabler de nouveaux fardeaux. Mais si vous devez l'aider, je crois que vous avez besoin de savoir ce qui agite son cœur. Votre mari a été plongé dans le fleuve de feu, madame March. Je crains qu'il ne reste pas grand-chose de l'homme que nous avons connu. »

Jusque-là je m'étais contenue, absorbée par mes efforts pour faire concorder son récit avec les fragments de ce que je croyais savoir par ses lettres. Ses lettres pathétiques, mensongères ! Mais cette allusion à « l'homme que nous avons connu » m'arracha à mon état second. Comment osait-elle s'associer à moi à propos de mon mari !

Je me levai et fis les cent pas. Toute cette fausse candeur n'était qu'imposture. J'avais questionné mon mari au sujet de cette femme, et il avait murmuré « mon amour ». Je savais désormais qu'en prononçant ces mots il ne s'adressait pas à moi.

« Il vous aime, dis-je.

— Vous vous méprenez, madame March. »

Se levant à son tour, elle se retrouva face à moi, le regard aussi serein que si elle me disait simplement que je me trompais sur l'heure du jour.

« ... Il ne m'aime pas. »

Elle se détourna et se dirigea vers la fenêtre pour contempler la rue noyée de pluie. Une vasque de fleurs de serre était posée sur une table cirée proche. D'un air absent, elle en retira une tige d'orchidée pour parfaire la symétrie du bouquet.

« Il aime peut-être une idée de moi. L'Afrique libérée. Je représente pour lui certaines choses, un passé qu'il aimerait remodeler si c'était possible, l'espoir d'un avenir qu'il attend avec impatience. »

Elle se retourna pour me dévisager.

« Ai-je tort de penser qu'il vit pour ses idées, que tout son monde est fait de celles-ci et que c'est à vous d'affronter les réalités pratiques de la vie ? »

Qu'elle le connût si bien ne fit qu'éveiller en moi de nouveaux soupçons. Son attitude aussi était fâcheuse. Qui était-elle, cette domestique effrontée, née de l'indécence et de la luxure, pour me dire la vérité sur mon mariage ?

« Vous avez été amants, avouez-le ! Pourquoi, sinon, garderait-il une mèche de vos cheveux ?… »

La voix me manqua. Je sortis le petit sachet de soie et le déchirai sauvagement, laissant choir la boucle sur le dessus en marbre de la table. Elle fronça les sourcils et l'examina, puis son expression se détendit. Elle se rassit sur le sofa, leva la main et commença à dénouer le nœud élaboré qui fixait le voile autour de sa tête.

J'imaginais mon mari en train de la regarder, de la regarder dénuder son corps pour lui à la lumière de la chandelle.

« Non », balbutiai-je.

Trop tard. Le tissu blanc tomba de son front. Alors je rougis. Bien que noire et épaisse, la chevelure qui s'échappait de dessous le voile retombait en lourdes et souples ondulations – rien qui ressemblât de près ou de loin à la frisure serrée reposant sur la table.

Grace passa sa main dans la masse de ses cheveux comme si elle les découvrait.

« Je les ai hérités de mon père, voyez-vous ?

— Alors, qui… ? »

Elle ramassa la frisure et la lissa entre ses longs doigts.

« Qui peut le dire ? Mais j'ai l'impression que ce sont des cheveux d'enfant. Vous voyez les extrémités ? Elles sont si fines, on dirait une mèche qu'on a gardée de la première coupe d'un tout-petit. »

Il s'écoula quelques instants avant que je recouvre ma voix.

« Je ne sais quoi dire.

— Alors ne dites rien. »

Elle inclina la tête sur son long cou, d'abord d'un côté, puis de l'autre, fermant en même temps à demi les yeux et respirant à fond comme pour évacuer une tension intérieure. C'était le premier signe de sa part qui montrait que cette conversation lui avait coûté, que la contenance qu'elle semblait se donner si facilement était une façade, fruit d'une discipline sévère. Elle se releva.

« On a séché votre cape à la cuisine. Je vais voir si elle est prête. La pluie paraît diminuer maintenant. Je vais resservir du thé, et peut-être se sera-t-elle complètement arrêtée quand nous l'aurons pris.

— Je vous en prie, non, merci. J'ai déjà trop abusé de votre amabilité.

— Pas du tout. Je suis très contente que vous soyez venue. Je ne crois pas que beaucoup de femmes l'auraient fait. »

Elle sortit et je me rapprochai du feu, emmagasinant de la chaleur pour redescendre la colline dans le froid. Malgré ses assurances, je me sentais triste et penaude. Et humiliée, oui, par les révélations du matin. Il y avait tant de choses que je ne savais pas, tant de choses qu'il n'avait pas jugé bon de partager avec moi.

À son retour, ses cheveux étaient de nouveau noués sous un voile propre. Au moment où elle se penchait près de moi pour poser la théière, je humai une fraîche odeur d'amidon et de fer chaud. Pendant que je buvais à petites gorgées le thé brûlant, pressée d'en finir avec ce face-à-face, Grace me demanda où j'étais descendue. Je répondis poliment, tâchant d'oublier les vicissitudes de ma situation. Mais elle connaissait Georgetown et la misère du canal. Elle plissa le front. En d'autres circonstances, l'ironie de la situation m'aurait paru risible : une ex-esclave me plaignant de mes malheurs. Elle ne voulut pas me laisser partir tant que la pluie n'eut pas cessé, puis m'accompagna sur le pas de la porte et fit un brin de chemin avec moi dans la rue. Elle passerait me voir à l'hôpital, promit-elle, quand elle y retournerait, plus tard dans l'après-midi.

En descendant la côte à pas prudents, je savais que je pouvais pardonner à mon mari sa faiblesse momentanée pour une telle femme. Quel genre d'homme – perdu et solitaire, loin des siens, moralement perturbé – n'eût été attiré par Grace Clement ?

En revanche, j'ignorais si je pourrais lui pardonner ses années de silence et ses lettres remplies de mensonges.

17

Reconstruction

IL NE REPRIT PAS CONNAISSANCE CE JOUR-LÀ, alors que sa fièvre avait légèrement baissé et qu'on aurait pu espérer que l'effet du laudanum eût diminué.

Grace Clement passa le voir, comme elle l'avait promis, lui prit le pouls, ausculta sa poitrine. Cela fait, son inquiétude était visible.

« Sa vie est semblable à une chandelle qui coule, déclara-t-elle. Je crois que les tourments de son esprit agissent sur son corps, l'empêchant de guérir. J'ai déjà vu des cas similaires, j'ai aussi vu leur contraire. Si l'esprit le veut, parfois un patient s'éloigne du bord de la tombe. Mais quand l'esprit est tourmenté, comme le sien… » Ses mots restèrent en suspens. « Le pouls est faible, les poumons… Ce n'est pas encore le râle d'agonie, mais on n'en est pas loin. »

Je ne dirai pas que cela ne me serrait pas le cœur, de la voir le toucher et le soigner avec des compétences que je n'avais pas. Mais tout en les éprouvant, je savais que ces bouffées de jalousie étaient indignes et m'efforçais de les ignorer, demandant conseil à Grace aussi humblement que possible.

Elle lissa le couvre-lit et leva les mains de mon mari, dont la pâleur se détachait sur le drap blanc.

« Si… quand… il se réveillera, je pense que vous devriez trouver une façon de lui parler à même de diminuer sa culpabilité vis-à-vis du passé. Il faut le convaincre de s'intéresser à la vie, à l'avenir qui l'attend. Vous avez des filles, je crois ?

— Quatre, répondis-je.

— Parlez-lui d'elles, rappelez-lui leurs besoins, ses devoirs. Cette jeune fille, cette femme, quelle qu'elle soit, qui l'a sauvé. Elle avait raison dans ce qu'elle s'est donné le mal d'écrire sur lui : c'est un homme gentil. Mais je ne crois pas qu'il se voie encore ainsi. Il vous incombe de l'en convaincre, si vous voulez qu'il survive. »

Après qu'elle fut partie vaquer à ses autres devoirs, je réfléchis à ses paroles. Celles-ci n'étaient pas dénuées de sagesse. Mais il ne serait pas facile de répondre à ses exigences. En tant que mère, j'avais souvent demandé à mes filles de savoir pardonner. « Ne laissez pas le soleil se coucher sur votre colère », leur avais-je répété, quand les grandes et les petites disputes de l'enfance les dressaient les unes contre les autres. C'était à mon tour d'être mise à l'épreuve. Je devrais mettre en pratique mes propres sermons. Il m'avait déçue de tant de manières ! Il ne m'avait pas apporté le confort matériel que j'attendais, mais il y avait longtemps que je m'y étais adaptée. Il ne m'avait pas consultée en décidant de partir à la guerre, j'avais pourtant feint d'approuver et gardé le silence. Et maintenant il m'avait infligé un coup encore plus cruel, il m'avait trahie de la manière la plus grave, et la plus personnelle, en nourrissant des sentiments secrets pour une autre femme. Et j'avais beau en comprendre les raisons, cela ne m'en blessait pas moins. D'autres connaissaient sur mon mariage des vérités qu'il m'avait cachées.

D'une manière ou d'une autre, il me fallait extirper la colère et l'humiliation que je portais dans mon cœur, les enfouir au fond d'une boîte imaginaire et ranger celle-ci quelque part sur la plus haute étagère de mon cœur, où je fouillerais beaucoup plus tard. Je n'étais pas certaine d'avoir la discipline nécessaire. Même pour le sauver.

Comme il était facile de distribuer de sages conseils, mais combien plus ardu de s'y conformer ! Avant de quitter la maison, j'avais recommandé à mes filles de combattre leur inquiétude en se concentrant sur leur travail. « Espérez et occupez-vous », avais-je prôné. Eh bien, cette recommandation valait aussi bien pour la mère oie que pour ses oisons. Aussi, pendant les heures qui suivirent, tentai-je de trouver un peu de réconfort en me rendant utile à quelques autres occupants de la salle. J'écrivais leurs lettres, retapais leurs oreillers ou allais leur chercher de l'eau fraîche. Leur reconnaissance pour ces petites attentions était touchante et m'occuper de la sorte me distrayait de mes propres soucis et me mettait un peu de baume au cœur.

M. Brooke me rejoignit à la fin de l'après-midi et me proposa de veiller au chevet de mon mari, si je souhaitais un peu de répit. Comme il ne présentait toujours aucun signe de réveil, j'acceptai son offre, épuisée par la tension nerveuse de la journée. Lorsque j'arrivai au pavillon, M. Bolland était rentré de son travail. Un feu se consumait dans le foyer, devant lequel il lisait son journal avec une attention soutenue. Il n'y avait qu'un fauteuil et, comme il ne me le proposait pas, je montai à l'étage m'asseoir sur mon lit. Je voulais écrire quelque chose aux filles avant de m'étendre pour me reposer ; jusque-là, j'avais laissé à M. Brooke le soin d'expliquer les détails de notre situation. Je sortis mon nécessaire d'écriture, mais me surpris à grelotter. Généralement, je supporte très bien le froid. Mais le grenier sans chauffage était humide ; un vent glacial s'insinuait par les fenêtres aux carreaux fêlés. Aussi redescendis-je au salon – mieux valait un maigre feu que pas de feu du tout ! – et renversai la caisse à petit bois vide pour m'en servir comme d'un tabouret. Reportant mon attention sur mon nécessaire d'écriture, je notai la formule de salutation.

Mais ce n'était pas si facile de continuer, et les raclements de gorge constants et manifestement inefficaces de M. Bolland n'étaient pas seuls en cause. Certes, le jeune homme souffrait d'un terrible catarrhe. Toutes les trois ou quatre minutes, il interrompait sa lecture, froissait son journal et tentait péniblement de dégager sa gorge du flegme qui l'encombrait. Je faisais de mon mieux pour ignorer ce bruit désagréable et me concentrer sur ce que je souhaitais raconter à mes filles.

Mais que désirais-je leur dire ? Les nouvelles étaient mornes. Que rapporter de l'état de leur père ? Que son amélioration apparente avait peut-être été chimérique, qu'il avait rechuté et que ses jours demeuraient en danger ? Et que raconter sur moi ? Un exposé honnête de mon emploi du temps ne serait guère une lecture édifiante : j'avais arrosé de soupe une infirmière le matin et passé les heures suivantes à en interroger une autre sur le passé secret de leur père. Je logeais dans un taudis misérable au bord d'un canal nauséabond, où je côtoyais un inconnu au gilet constellé de taches d'œuf.

L'encre sécha au bout de ma plume pendant que je cherchais une manière de vérité qui ne démoralisât pas totalement les destinataires de ma lettre. Et je compris soudain que c'était exactement à ce terrible dilemme qu'il avait été confronté quotidiennement, au campement ou sur le champ de bataille. Des mensonges avaient été écrits, des vérités passées sous silence, parce qu'il avait honte, oui, à l'occasion, mais aussi, et plus souvent, parce qu'il voulait m'épargner le chagrin qu'aurait causé un compte-rendu exact. Comme il avait dû peiner sur ces pages, se refusant la satisfaction d'épancher son cœur, censurant tous ses sentiments, afin de pouvoir garder une bonne opinion de lui et de présenter sa situation sous un jour tolérable ! Et j'avais été prête à le condamner pour ce qui avait peut-être été un acte d'amour quotidien.

Le jour déclina et M. Bolland replia son journal. Je m'aperçus qu'il m'observait, moi, ma plume sèche et mes pages vierges. Quand je croisai son regard, il détourna les yeux, embarrassé. Je me sentis tenue d'engager la conversation :

« Séjournez-vous dans la capitale depuis très longtemps, monsieur Bolland ?

— Trop longtemps, madame March. Il y aura un an en janvier.

— Cette ville doit pourtant offrir quelques plaisirs au célibataire que vous êtes, n'est-ce pas ?

— Je ne suis pas célibataire. Ma femme et mon enfant habitent chez mes parents, dans leur ferme au bord du Delaware, et ils me manquent cruellement. Mon salaire de copiste ne me permet pas de les installer ici. Non, madame March. Hormis une conférence instructive de temps à autre au Smithsonian[1], il y a peu d'agréments ici, comparé à ceux du bonheur domestique. »

Les paroles de M. Bolland demeurèrent sans réponse dans le petit salon nu. Ma tentative d'échange avait fait long feu. Mystérieusement, la pensée de cet homme, lui aussi séparé de sa famille, ajoutait au poids qui oppressait mon esprit déprimé, et je me sentis incapable de poursuivre.

Quel genre de vie pouvait-on avoir, après tout, si une famille se trouvait déchirée – par la guerre, des circonstances impécunieuses, ou le coin d'une crise de confiance enfoncé dans son cœur ? Je sus alors que, quoi qu'il pût m'en coûter, je ramènerais mon mari à la maison. Ce brusque tourbillon d'émotions m'empêcha donc de répondre à M. Bolland. Sans doute n'avais-je plus de réserves où puiser les mots polis qui l'auraient consolé. Je

---

1. Smithsonian Institution : institut pour la promotion et la diffusion du savoir fondé à Washington en 1826 par le savant britannique James Smithson.

rangeai donc mon essai raté de lettre, m'excusai et remontai dans mon grenier, où je pouvais au moins poser ma tête douloureuse sur un oreiller. Je tirai ma cape sur moi, en plus du mince couvre-lit, et glissai mes mains glacées dans des gants.

Je m'endormis sans en avoir eu l'intention. Quand je m'éveillai, il faisait complètement noir, et les bruits assourdis de la rue m'informèrent que l'heure devait être très avancée. Je dévalai l'escalier, impatiente de retourner à l'hôpital, mais M. Brooke m'attendait au coin du feu.

« Ne vous inquiétez pas, me dit-il aimablement, je suis resté jusqu'à l'extinction des feux. Cette infirmière noire, décidément très capable, a fait avaler au Dr March quelques cuillerées de l'eau de riz citronnée que vous lui aviez laissée, et un peu de bouillon de bœuf. »

Je m'empourprai légèrement à la mention de Grace, troublée une fois encore par la pensée de ses soins. Mais je connaissais suffisamment mon mari pour deviner qu'il ne la remercierait pas s'il savait qu'elle le nourrissait de chair animale. Je souris, pensant qu'une telle abomination pouvait suffire à le ranimer et à provoquer sa fureur, lui qui avait tant insisté pour ne s'alimenter que de végétaux quasiment toute sa vie. Mais il avait besoin de reprendre des forces, et si un régime carné pouvait l'aider à se remettre, il devrait avaler cette amère pilule avec toutes les autres.

M. Brooke avait eu la gentillesse de m'acheter une tourte, qu'il avait tenue au chaud près du feu ; je la dévorai avec reconnaissance, et il dut rester debout, afin que je puisse m'asseoir sur la caisse à petit bois. Mme Jamison, qui avait apporté un tabouret de cuisine pour son propre usage, reprisait une chaussette. M. Bolland lisait à présent un livre. Tous deux à la lumière d'une unique chandelle.

M. Brooke avait deux lettres pour moi, une mince enveloppe, libellée d'une petite écriture soignée qui m'était inconnue, et un gros colis en provenance de la maison, que j'ouvris avec impatience. Il contenait des missives réconfortantes de chacune de mes filles, ainsi que des billets rassurants de Hannah et des deux Laurence. Je fus obligée de les tenir presque au-dessus des braises pour pouvoir les déchiffrer – surtout les griffonnages chaotiques et semés de pâtés de Jo. Je les parcourus d'abord à la hâte, puis une deuxième fois, savourant le secours de chaque mot et en partageant des bribes avec M. Brooke, qui sembla particulièrement attentif à ce qu'avait écrit Meg. Je reportai ensuite mon attention sur la seconde enveloppe et en sortis une feuille au parfum de lavande.

Chère Madame March,

Mlle Clement nous a mis au courant de votre situation. Le Dr Hale et moi-même serions très heureux si vous vouliez bien accepter l'hospitalité de notre demeure pendant toute la période qui vous sera nécessaire.

En espérant que notre proposition saura vous agréer, j'enverrai une voiture vous chercher avec vos effets à huit heures du matin.

Dans l'attente de votre arrivée,
Très cordialement vôtre,

Emily A. Hale

Cette gentillesse inattendue – et venant d'une parfaite inconnue ! – me mit les joues en feu. C'était un nouveau témoignage de la bonté de Grace Clement. M. Brooke eut un regard interrogateur, mais était trop poli pour me poser des questions. Combien j'aspirais à accepter l'offre d'un asile digne et tranquille, loin de cette masure privée de toute intimité ! Mais comment pourrais-je abandonner M. Brooke à son sort ?

« J'ignorais que vous aviez des relations dans cette ville, dit-il enfin.

— Des relations très récentes, datant d'aujourd'hui seulement. » Je ne parvenais pas à me décider à donner des détails, dans l'espace exigu de cette pièce. « Je... je crains de devoir vous demander une autre faveur, monsieur Brooke...

— Il est temps, je crois, que vous m'appeliez John, m'interrompit-il doucement.

— John, puis-je vous demander de m'accompagner à la poste ? Je dois répondre à ce billet et j'ai bien peur qu'il n'exige une réponse ce soir.

— Naturellement », répondit-il, saisissant immédiatement son manteau et m'aidant à revêtir ma cape.

Dès que nous sortîmes dans l'air glacial, il reprit :

« J'aurais porté votre lettre de bon cœur, mais je voulais m'entretenir en privé avec vous. J'ai également reçu un courrier aujourd'hui, de M. Laurence. Il est épouvanté par ce que je lui ai dit de notre hébergement. Il admire vos scrupules mais insiste pour que nous nous relogions sans délai à l'Hôtel Willard. À ses yeux, en tant que ministre de ses intérêts, je dois être en mesure de me présenter décemment à ses associés. Il ajoute que vous ne lui rendez pas service en – ce sont ses propres mots – "voulant absolument finir comme des mendiants"... Enfin, pardonnez-moi, mais vous savez bien à quel point il peut se montrer direct. Je ne vois pas comment passer outre à sa volonté. Quelle réponse dois-je lui faire, je vous prie ? »

J'éprouvai un élan de gratitude envers le généreux vieil homme et me sentis soulagée de pouvoir gracieusement décliner son aumône sans mettre John Brooke à l'épreuve.

« Dites-lui que je le remercie, mais qu'il ne lui sera pas nécessaire de se dévouer davantage pour mon compte. On vient de me proposer inopinément une chambre dans une maison on ne peut plus confortable et convenable de Georgetown. Si vous descendez au Willard, je serai parfaitement libre de l'accepter, et en conséquence je n'aurai plus besoin de poster cette lettre.

— Vous alliez refuser à cause de moi ? Vous êtes trop bonne.

— Pas du tout. »

Il me serra la main, puis poursuivit son chemin seul. Je fis demi-tour et, pour la dernière fois, regagnai mon misérable lit.

Le lendemain matin, à l'heure promise, la voiture m'attendait au pied de la colline pentue, au croisement de la route et du chemin de halage. M. Brooke descendit ma malle, pendant que je payais Mme Jamison et lui faisais mes compliments. Le visage de la femme semblait pâle et tiré à la lumière matinale. La voyant palper soigneusement les billets que je lui tendais, la vérité me sauta aux yeux : notre départ la privait de revenus dont elle avait visiblement besoin. Fouillant dans la petite bourse où je serrais mon argent, je glissai, sans les compter, quelques billets de plus dans sa main.

La course en voiture fut si courte que cela ne valait guère la peine d'avoir attelé les chevaux, mais comme le chemin montait tout du long, je me réjouis d'avoir un moyen de transport. Le serviteur noir, Markham, me guettait au portail et m'aida à mettre pied à terre de la manière la plus civile qui soit. Mme Hale m'accueillit à la porte. Elle était habillée pour sortir, manteau couleur poil de chameau, simple mais élégant, bottines en box et capote ornée d'une plume.

« Je suis vraiment désolée, madame March, de ne pouvoir rester pour m'assurer que vous serez bien installée, mais c'est le jour où je prête la main au foyer d'esclaves de contrebande d'Alexandria, et je ne veux pas faire attendre le cocher. Vous êtes ici comme chez vous. Si vous pouviez dîner avec moi, ce serait merveilleux. J'aimerais en apprendre davantage sur votre contribution au chemin de fer souterrain – Mlle Clement m'a parlé du long engagement de votre famille – mais ni l'une ni l'autre ne doit se sentir entravée, et vous n'avez pas à vous estimer mon obligée. Je dînerai à mon horaire habituel. S'il vous faut rester à l'hôpital, je le comprendrai très bien. La cuisinière vous montera une collation sur un plateau. La maison a des "horaires de médecin", qui sont toujours imprévisibles, aussi sentez-vous libre de sonner les domestiques à n'importe quelle heure. J'ai demandé à Markham de vous mettre dans la chambre chinoise. N'hésitez pas à lui faire savoir, à lui ou à Hester, si vous avez besoin de quoi que ce soit – absolument quoi que ce soit – pour ajouter à votre confort. »

Avec un regard bienveillant, elle posa sur mon bras une main gantée.

« J'espère de tout mon cœur que vous trouverez M. March un peu mieux aujourd'hui. »

Je commençais à me confondre en remerciements pour toute sa bonté, mais elle me coupa la parole :

« Pas du tout, ma chère. D'après ce que je tiens de Mlle Clement, c'est un homme des plus remarquables et vous méritez tous deux la plus grande considération. Et puis vous feriez sans doute la même chose pour moi. »

Eh bien, madame Hale, songeai-je, après que Markham eut refermé la porte et m'eut laissée seule dans la chambre chinoise, j'aurais pu faire la même chose pour vous à une époque, mais il y a bien longtemps qu'une hospitalité aussi luxueuse n'est plus dans mes moyens.

La pièce était magnifique. La lumière entrait à flots par deux hautes fenêtres, éclaboussant un lit laqué de rouge aux rideaux de soie richement brodés. Des fleurs fraîches dans un vase Tang répandaient une odeur de jasmin, évocatrice d'un printemps encore lointain. Il y avait une armoire incrustée de nacre et un secrétaire aux pieds richement sculptés. Sur le dossier d'une chaise assortie reposait le chaud peignoir matelassé que j'avais emprunté lors de ma précédente visite. Je mourais d'envie de m'écrouler sur ce lit moelleux, de me blottir dans son luxueux cocon et de dormir pendant une semaine. Au lieu de quoi, je rangeai quelques affaires dans l'armoire et partis en hâte pour l'hôpital.

À l'évidence, Mlle Clement avait mobilisé toutes les ressources de la famille Hale. J'avais redouté de trouver l'infirmière Flynn de garde ; lorsque j'atteignis le haut de l'escalier et la vis sortir de la salle, ma première réaction fut de ne pas me montrer jusqu'à ce qu'elle eût disparu. Mais peu de choses échappaient à ses yeux perçants. Elle me reconnut aussitôt, fronça les sourcils, se dirigea à grands pas dans ma direction et me salua d'un brusque signe de tête.

« Le Dr Hale m'a demandé de le prévenir de votre arrivée, dit-elle, d'une voix bourrue mais aussi un peu intimidée. Je vais lui dire que vous êtes là. »

Elle venait visiblement de s'occuper de mon mari, car son lit était fait de frais et un onguent verdâtre recouvrait les ulcères de sa bouche. Il avait meilleure mine. Je posai une main sur son front et m'aperçus que la fièvre avait baissé.

À cet instant arriva le Dr Hale. Il me salua poliment, puis s'excusa de la rudesse de notre première entrevue.

« Je ne suis plus aussi jeune que je l'étais, madame March, et j'ai du mal à y voir clair dans mes cas médicaux. Les cas chirurgicaux, c'est une autre affaire. Quand on tranche dans des chairs, on s'en souvient, mais une fièvre ou une diarrhée se ressemblent, ne pensez-vous pas ? »

Je n'avais pas grand-chose à répondre, aussi gardai-je le silence. Le Dr Hale était un petit homme frêle d'une soixantaine d'années aux inflexions chantantes typiques de ses origines sudistes. Ce qui n'était pas pour me surprendre, car jusqu'au début de la guerre, et même après, Washington avait été plus une ville du Sud que du Nord. Mais Mme Hale avait l'accent pointu des Yankees, et je me demandais comment ils s'étaient rencontrés.

J'ignorais si le médecin s'était donné le mal d'examiner mon mari lors de son admission. Je pouvais penser le contraire, étant donné les besoins des salles de chirurgie. Mais, à présent, le Dr Hale se livrait à des investigations très approfondies : auscultation du moindre centimètre carré de sa poitrine, palpation de l'abdomen, soulèvement des paupières, exploration de la bouche. Si c'était pénible à regarder, je n'avais pas le droit de me détourner. Dès qu'il eut terminé, je me hâtai de rabattre la chemise sur la nudité flétrie de mon mari et de lui rendre l'intimité de son couvre-lit. Le Dr Hale avait reporté son attention sur des notes que lui avait remises Grace Clement. Il secoua la tête.

« D'après son dossier, votre mari est allé à la selle dix-huit fois ces trente dernières heures, ce qui est incompatible avec tout espoir de rétablissement. Le calomel – c'est-à-dire le chlorure mercureux – cible la fièvre et l'a diminuée, mais c'est un puissant laxatif, et la teinture d'opium ne constipe pas suffisamment notre patient. Je propose d'essayer d'arrêter les deux médicaments et de voir comment il réagit à la quinine seule. Si vous vous chargez de l'hydrater avec de la tisane d'orge, de l'eau de riz ou des bouillons, toutes les heures sans faute, nous le garderons en observation et verrons si nous pouvons inverser la tendance.

— Va-t-il… va-t-il se remettre ? »

Il secoua une nouvelle fois la tête.

« Je ne saurais vous dire. Son âge joue contre lui. Les organismes jeunes sont plus résistants et peuvent supporter plus de choses. Espérez, madame March. C'est tout ce que nous pouvons faire. »

« Espérez », m'avait-il dit. Alors j'espérai. J'espérai si fort que l'Espoir me sembla prendre forme humaine. Mes pensées et mes désirs allaient vers lui, s'enroulaient autour de lui, avec autant d'ardeur que mon corps s'était enroulé autour du sien, quand nous étions jeunes tous les deux. J'aurais voulu transplanter mon âme pleine de vie dans la sienne, à bout de forces, extirper les souvenirs qui troublaient son sommeil pour semer à leur place une vision de tous les bons moments que nous avions passés ensemble. Je demeurai donc à son chevet toute la journée et jusque dans la soirée, à lui rappeler des jours ensoleillés, lui évoquer les pommes craquantes d'automne, les rires de petite fille et les grands esprits bouillonnant d'idées neuves.

Le changement de traitement mit deux jours à produire ses effets. Au troisième matin, l'Espoir triompha. Mon mari revint à la vie, prit ma main, la serra et ne voulut plus la lâcher, même quand je l'en priai pour pouvoir l'aider à absorber un peu de crème anglaise, la première nourriture solide qu'il eût prise en des semaines. À la fin de la journée, il était capable de s'asseoir, soutenu par des oreillers. Le lendemain, il se leva quelques instants. Dès la fin de la semaine, il pouvait aller au cabinet d'aisances au bras d'un garçon de salle. Nous parlâmes alors de tout ce qui lui était arrivé. Je tentai de le détourner des cendres de ses entreprises et de l'inciter à voir les étincelles d'espoir vacillant encore, ici et là, pour la grande cause qu'il avait servie. Tantôt il semblait écouter, tantôt il se lassait et je n'insistais pas, pensant que son esprit aurait le temps de guérir pendant que son organisme continuait de se rétablir.

Le temps aussi avait déjà changé. Un dimanche matin, je me rendis à l'église avec les Hale et Mlle Clement sous des flocons de neige, à travers une ville soudain pleine de charme à mes yeux. Les jours suivants, en me réveillant dans la chambre bien chauffée, je pouvais contempler un monde immaculé et scintillant. On eût dit que toute ma vie se renouvelait pour m'être rendue.

Je pus enfin annoncer la bonne nouvelle aux filles, qui répondirent par des dépêches pleines d'une gaieté espiègle et des chansons destinées à distraire le malade.

Assise à son chevet, je découvrais avec lui le tout dernier paquet de lettres. Jo y avait inclus un « pouët pouët », une

« petite chose toute bête » qu'elle avait intitulée « Chant de la mousse de savon », dans lequel elle évoquait ses efforts pour maîtriser les arts domestiques et que je lus à son père :

Et j'apprends joyeusement à babiller :
« Tête, tu peux penser, Cœur, tu peux soupirer,
Mais, Main, tu dois sans relâche travailler ! »

« Regardez ! Elle signe "Jo Sens-dessus-dessous".

— Comme elles me manquent ! soupira-t-il.

— Vous les verrez bien assez tôt ! » m'écriai-je gaiement.

Maintenant que ses besoins étaient moins pressants, j'avais pris l'habitude d'apporter à l'hôpital une corbeille de travaux d'aiguille pour ravauder des vêtements destinés aux convalescents. Je me penchai pour ranger le courrier, puis sortis une chemise à la couture déchirée. Sans lever les yeux, je l'examinai pour estimer l'ampleur de l'accroc, lorsque j'entendis sa respiration se muer en sanglot.

« Voyons, que se passe-t-il ? dis-je, posant la chemise de côté pour lui caresser la joue de la main.

— Je ne peux pas rentrer à la maison, murmura-t-il. Pas encore.

— Bien sûr, répondis-je d'un ton apaisant. Le Dr Hale dit que nous ne pouvons envisager votre sortie tant que dureront les tempêtes de neige. Mais il affirme que, si le temps s'améliore, il y a toutes les chances pour que nous puissions vous avoir à la maison à temps pour Noël. »

Il secoua la tête.

« Non, je ne peux pas rentrer. Je ne suis pas démobilisé.

— Ce n'est qu'une formalité… Le Dr Hale m'a promis qu'il ne faudra guère qu'un ou deux jours…

— Je ne suis pas disposé à demander ma démobilisation.

— Que dites-vous ? Avez-vous encore le délire ? »

Ces mots eurent à peine franchi mes lèvres que je regrettai de les avoir prononcés, car je ne voulais surtout pas lui rappeler les cruels tourments de ces heures-là.

« Mon travail, reprit-il dans un murmure, n'est pas terminé. Les efforts de l'année dernière ont tous porté des fruits gâtés. Des innocents sont morts par ma faute, d'autres retombés en esclavage. Non, je ne pourrai pas rentrer à la maison, retrouver le confort et la paix, tant que je n'aurai pas racheté les pertes que j'ai causées.

— Comment comptez-vous y parvenir ? répliquai-je, d'un ton à présent froid. Quand vous êtes parti il y a un an, vous étiez seulement trop vieux pour l'aventure. Maintenant, vous êtes à la fois trop vieux et invalide. Qui, exactement, pensez-vous pouvoir aider, vous qui ne pouvez plus vous rendre seul au cabinet d'aisances ? »

Il tressaillit, je me mordis la lèvre. Il avait besoin de ma compréhension, pas de ma colère.

« Tout ce que vous avez fait n'a pas été inutile, repris-je plus doucement. L'instruction que vous avez dispensée à tant de gens, on ne peut pas la leur enlever. Tenez, vous avez appris à lire et à écrire à cette fille – vous avez dit qu'elle s'appelait Zannah –, et cela vous a sauvé la vie. Si vous n'aviez pas été un si bon maître, vous seriez déjà mort, selon toute probabilité. Comment pouvez-vous douter de la valeur de votre dévouement ? »

Il agita faiblement une main, comme pour écarter les efforts acharnés de tant de mois.

« À quoi sert de savoir lire et écrire à une femme qui a perdu son enfant unique ? Ou à celui qui a perdu sa liberté ?

— Ce n'est pas vous qui avez tué cet enfant, c'est un Confédéré. Quant aux nègres en captivité, la guerre continue sans vous, savez-vous ? Il y en a d'autres, dont les efforts ont peut-être quelque chose à voir avec la libération de ces malheureux – de la totalité d'entre eux – y compris vos amis. C'est la fierté qui vous inspire ces pensées, qui vous incite à croire que vous êtes indispensable.

— La fierté ? répéta-t-il avec un petit sourire. Comment pouvez-vous m'accuser de fierté ? Je n'ai plus de fierté, je me méprise. Je... je n'ai pas toujours agi avec bravoure. J'ai laissé des blessés derrière moi à la bataille de la falaise. J'ai laissé le courant emporter Silas Stone... »

Je lui coupai la parole. Une fois son esprit lancé sur ces questions, c'était la spirale : les pleurs provoquaient la toux, laquelle lui faisait mal, lui ôtant ensuite l'appétit et retardant le nécessaire et quotidien recouvrement de ses forces.

« Vous devez arrêter cela. Pensez à vos filles et à leurs petits cœurs emplis de joie à l'idée de vous avoir à la maison...

— Comment puis-je me complaire dans la pensée de mon retour, sans songer à ceux qui ne rentreront jamais chez eux ? Ces blessés que j'ai abandonnés gémissants, le jeune Stone qui s'est noyé... Ils ne rentreront jamais chez eux parce que j'ai manqué de courage.

— Le courage ! Jusqu'où doit aller votre courage pour vous satisfaire ? J'ai parlé de fierté, et c'est bien de fierté qu'il s'agit quand vous parlez ainsi. Car il ne vous suffit pas d'être regardé comme simplement courageux. Non ! Vous avez besoin d'être un titan. Vous devez évacuer tous les blessés du champ de bataille ! Il ne vous faut pas seulement tenter de sauver un homme, mais y parvenir, et lorsque c'est impossible, vous vous couvrez la tête de cendres, comme si toute la faute vous en incombait – à vous seul, et non pas aux généraux qui vous ont sacrifiés dans cette bataille, ni aux brancardiers qui ont fui à toutes jambes. Ni à la panique de Stone, ni au fait qu'il ne s'était jamais donné la peine d'apprendre à nager, ni même à l'homme qui l'a abattu... Vous n'avez pas plus tué Silas Stone que l'enfant de Zannah. C'est la guerre qui les a tués tous les deux. Vous devez l'accepter.

— Mais j'aurais pu les sauver. Il y avait un homme, Jesse, il m'a tendu une arme, je la lui ai rendue. J'ai fait plus de cas de mes principes que de leurs vies. Et le résultat, c'est qu'ils sont morts ou redevenus esclaves.

— Vous n'êtes pas Dieu, ce n'est pas vous qui décidez du résultat. L'essentiel n'est pas le résultat.

— Alors où est l'essentiel, je vous prie ? »

Sa voix n'était plus qu'un léger râle râpeux, une brise courant à travers une branche de feuilles mortes.

« L'essentiel, c'est l'effort. Que vous, tenant à ce à quoi vous croyez sincèrement – y compris le commandement "Tu ne tueras point" –, ayez agi en conformité avec vos morales. Croire, agir et voir les événements vous contredire, voilà qui est difficile à supporter, je vous l'accorde. Mais croire et ne pas agir, ou agir d'une manière que toutes les fibres de votre âme auraient réprouvée, c'est cela qui eût été répréhensible, comment ne pouvez-vous pas le voir ? »

Au moment même où je lui disais cela, je savais que si je me retrouvais sur le terrain de la foire aux bestiaux et l'entendais promettre de partir à la guerre, je garderais encore le silence, même en connaissant les terribles jours qui allaient suivre. Car lui demander d'agir autrement eût été vouloir qu'il fût un autre homme. Or, je le savais, c'était cet homme-là que j'aimais, ce rêveur inconstant, à la santé ravagée par la maladie.

Il ferma les yeux, les sourcils froncés. Sa respiration était devenue laborieuse après la fatigue de notre échange. J'allai chercher un linge et bassinai son front, qui était perlé de sueur. Il se laissa faire une ou deux minutes, puis repoussa ma main.

« Laissez-moi à présent, dit-il. J'ai besoin de dormir.

— Oui, répondis-je, tâchant de contrôler ma voix afin de ne pas laisser transparaître ma peine et mon trouble. Oui, cela vaut mieux pour vous. »

Je me penchai pour lui baiser le front. Il n'ouvrit pas les yeux, ni ne montra la moindre réaction.

Je rassemblai mes affaires et me dirigeai vers la sortie de la salle. Avant de franchir la porte, je me retournai. Ses yeux grands ouverts fixaient le plafond. Il ne me vit pas partir.

18

État de grâce

JE GARDAI LES YEUX FERMÉS JUSQU'À CE QUE JE LA CRUSSE SORTIE. Couché dans mon lit, j'écoutais ses talons claquer sur le plancher, leur bruit diminuer, avant de laisser place au silence. Mais je commis l'erreur de les rouvrir trop tôt. Elle s'était seulement arrêtée et retournée sur le seuil pour me regarder. Elle vit donc que je ne dormais pas. Je sentis son regard peiné se poser sur moi, mais ne tournai pas la tête. Parler m'était devenu insupportable ; il n'y avait aucun moyen de le lui faire comprendre.

Couché là, déserté par le sommeil, je laissai surgir les fantômes, m'abandonnant aux tourments de leurs apparitions et de leurs chuchotements accusateurs. Et quand l'épuisement finit par m'emporter, juste avant l'aube, je les laissai aussi envahir mes rêves. C'était le moins que je pusse faire.

Je m'étais habitué à la trouver à mon chevet à mon réveil, tenant tout prêts des vêtements chauds et un bol de flocons ou de bouillie d'avoine qu'elle m'encourageait à avaler. Mais elle n'était pas là ce matin-là, et j'en fus soulagé. Comment pouvais-je lui expliquer que ses tendres soins m'étaient une torture ? Que ses vêtements chauds me brûlaient et que son avoine me restait dans la gorge, l'irritant comme du verre pilé ? Je n'avais aucun désir d'être propre et alimenté, alors que d'autres avaient froid et faim ou croupissaient dans la saleté.

La matinée s'écoula ; à l'exception de quelques soins administrés à la hâte par les infirmières, je restai miséricordieusement livré à moi-même. Je somnolai par intermittence un certain temps. Quand j'ouvris un œil, le jeune homme, John Brooke, était assis à la place de Marmee. Je fus cependant content ; lui, au moins, n'aurait pas l'impudence de me dire que j'en avais fait assez.

Il me souhaita poliment le bonjour, puis me demanda si je désirais quelque chose. Je secouai la tête en signe de dénégation. Alors seulement, je remarquai la tristesse qui assombrissait ses traits. Ses yeux noirs, toujours graves, étaient creux et mélancoliques. Il tenait dans sa main un papier roulé qu'il ne cessait de tordre nerveusement.

« Avez-vous quelque chose à me dire, John ?

— Monsieur, je... je ne voudrais pas vous accabler d'un nouveau fardeau, mais j'ai bien peur d'apporter de mauvaises nouvelles. Laurie, mon élève, m'a envoyé un télégramme hier soir. Il... il semblerait que notre jeune Beth ait la scarlatine depuis quelques jours. Mme Mullet avait demandé aux filles de le cacher à Mme March, la sachant tenue ici auprès de vous. Mais Teddy – le jeune M. Laurie, devrais-je dire –, de plus en plus inquiet, a persuadé son grand-père qu'il fallait prévenir Mme March tant son état est grave. En un mot, votre femme est repartie la nuit dernière et devrait être là-bas demain matin aux aurores. Elle a laissé à votre intention un billet, qui tient presque en une ligne, selon ses dires. Elle n'a pas eu le temps d'en écrire davantage. »

Brooke me tendit le tortillon de papier. Je pouvais à peine lire, tant ma vue était trouble.

Maintenant, vous voyez le besoin que nous avons d'être ensemble. N'oubliez pas que nous formons une famille. Espérez avec moi, et rejoignez-nous dès que vous le pourrez.

Je retombai sur mon oreiller. « Plaise à Dieu qu'elle arrive à temps ! » J'entendis à peine Brooke me rapporter ce qu'il avait appris en interrogeant les infirmières sur la courbe de température. J'en savais assez : nous avions veillé dans l'angoisse lorsque Meg et Jo avaient contracté la scarlatine, mais c'étaient des enfants fortes, robustes et de nature résistante. Beth était délicate. Toute sa courte existence avait été marquée par des maladies dont l'évolution l'avait menée aux frontières de la mort. Parfois, il me semblait qu'elle n'avait guère plus de prise sur le monde que celle du pétale sur la rose effeuillée. Elle était pourtant la meilleure de nous tous. Devais-je voir un nouveau fantôme rejoindre la foule pleine de reproches massée à mon chevet ? Déjà, j'entendais le léger chuchotement qui hanterait mes rêves : « Père, pourquoi as-tu laissé ta petite souris ? Si seulement tu étais resté avec nous… »

Je sentis ma poitrine se serrer, annonçant la quinte à laquelle je succombai. Je laissai la toux me ravager, croyant que mon cœur allait éclater. En fait, je l'espérais. À ce moment-là, l'oubli ne me semblait pas pire que la promesse d'une douce libération.

Lorsque j'eus abdiqué toute foi en la miséricorde, celle-ci me fut enfin accordée.

Je ne dirai pas que j'appris la bonne nouvelle à mon réveil, car, veillant mon enfant à distance, je n'avais pas dormi de la nuit. Mais quand, dans la grisaille frémissante de l'aube, je vis M. Brooke pénétrer dans la salle le visage empreint d'un soulagement manifeste et d'une joie intense, point ne fut besoin de lire le bref message du télégramme. À son arrivée, Marmee avait trouvé notre Beth sur la voie de la guérison : la fièvre était tombée pendant son voyage, de sorte que notre petite fille s'éveilla de son long combat contre la mort pour découvrir le visage de sa mère chérie.

La lettre qui suivit en temps utile enfonçait une porte ouverte : ma femme resterait auprès de notre petite convalescente et ne reviendrait pas à Washington. Elle écrivait aussi qu'elle proposait de confier mon rétablissement à la surveillance experte de M. Brooke ; tout le monde à la maison attendait que le temps s'améliore, dans le ferme espoir de notre prompte réunion.

Mais ce qu'elle souhaitait était impossible. Je ne savais que penser de sa lettre, me demandant si elle n'était pas calculée. Marmee croyait-elle que, si elle feignait d'adopter certaine ligne de conduite, je me plierais plus docilement à sa vision des choses ? Ou au contraire sa stupidité n'était-elle pas sincère, et peut-être rien de ce que je lui avais dit n'avait-il percé la carapace de son obstination ?

C'était un fait, je ne pouvais pas rentrer à la maison. Je n'en avais pas gagné le droit, mon service n'était pas terminé. Si je me battais désormais pour hâter ma convalescence, c'était mû par l'impatience de faire mes premiers pas dans la voie de l'expiation, et de me caser là où un homme diminué pourrait se montrer d'une quelconque utilité.

M. Brooke, bien sûr, se méprit sur ma bonne volonté toute neuve d'accepter de me nourrir et de prendre de l'exercice. Il supposait naturellement que mon regain d'efforts était né d'un désir de retrouver ma famille. Étant donné qu'il serait trop compliqué de le détromper, je le laissai penser ce qu'il voulait.

Peu à peu je retrouvai la vigueur de mes membres et pus prendre quotidiennement ma place quelques heures durant parmi les autres convalescents, la brigade des faibles. Nous faisions de notre mieux pour balayer et récurer, aller chercher et porter des choses pour ceux qui étaient plus malades que nous, soulageant ainsi les infirmières de ces corvées routinières. Et si ces obligations m'amenaient dans la salle de chirurgie du rez-de-chaussée plus souvent qu'ailleurs, je ne m'en excuserais pas. Car tous les petits efforts que je pouvais accomplir pour diminuer les tâches de Grace Clement – dont les compétences d'infirmière étaient devenues aussi extraordinaires que celles de beaucoup qui prétendaient aux plus hauts titres de la médecine – me comblaient de satisfaction.

Grace elle-même n'était guère favorable à l'usage des convalescents comme garçons de salle. C'est ce qu'elle me dit un jour en m'apprenant à nettoyer le moignon d'un nommé Cephas White.

« Ce garçon serait sorti d'ici sur ses deux jambes si on ne l'avait pas surchargé de si lourdes tâches avant que sa blessure soit complètement guérie », dit-elle.

Cephas White était inconscient à la suite de son opération, ce qui était heureux ; l'infection s'était tellement répandue que, en plus de lui amputer la jambe, le chirurgien avait été obligé de débrider les chairs de la cuisse et de l'aine, ce qui rendait celles-ci aussi saignantes et dégoûtantes qu'un bœuf sur le billot d'un boucher. À son réveil, il souffrirait le martyre.

Sous les directives de Grace, j'arrosai lentement ses pansements d'eau froide jusqu'à imprégnation, puis ajustai l'alèse sous sa literie pour recueillir l'eau qui en dégouttait. Il avait la fièvre, aussi lui posa-t-elle une compresse fraîche sur le front.

« Ce sera un miracle s'il sort d'ici vivant, murmura-t-elle, en me regardant au-dessus du corps mutilé. Vous feriez bien d'évaluer vos forces et de ne pas exagérer, si vous ne voulez pas rester ici plus longtemps que nécessaire.

— Quelle importance ? Il me faut trouver un moyen d'être utile. Ici, au moins, je peux vous être d'une petite aide… »

Elle leva un sourcil.

« Peut-être, mais seulement pour quelques semaines. On a entrepris de former un service médical pour servir les régiments de couleur, et le Dr Hale a accepté que j'aille le rejoindre. »

L'anse de la cruche glissa dans ma main au moment où elle prononçait ces paroles, et de l'eau éclaboussa l'alèse. Je ne m'étais pas rendu compte à quel point le fait d'être à son service comptait pour moi. Être privé de sa compagnie, si tôt après nos retrouvailles improbables, cela me semblait une bien cruelle perspective.

« J'avais envisagé... c'est-à-dire... j'avais espéré que nous pourrions travailler ensemble, que je pourrais acquérir quelques compétences de base qui vous seraient utiles, ainsi que vous l'avez fait avec le Dr Hale.

— Vous devriez penser plutôt à rentrer chez vous et à reprendre des forces, dit-elle. Il est impossible que vous vous rétablissiez complètement ici. Affaibli comme vous l'êtes, il y a plus de chances que vous contractiez quelque infection. Et même si ce n'est pas le cas, vous connaissez la nature de votre fièvre. Elle est récurrente.

— Mais je ne cours pas après mon foyer ou la guérison ! Comment puis-je rechercher le confort, quand d'autres, comme ce malheureux, souffrent toujours ? Ma conscience ne me permettra pas de rester les bras croisés à la maison. » Je baissai soudain la voix. « Vous savez bien que j'ai des choses graves... des erreurs, des échecs... à réparer.

— Vous n'êtes pas le seul à devoir vivre avec une conscience tourmentée, répondit-elle. Nous sommes nombreux à nous sentir coupables de ce que nous avons fait... de ce que les circonstances de la vie nous ont amenés à faire. »

Je m'emportai contre elle :

« Vous ! m'écriai-je. Mais que connaissez-vous à cela ? Vous êtes la personne la plus noble que je connaisse. Votre choix de soigner cet homme, votre prétendu père, alors que vous auriez pu l'abandonner sans que personne vous blâme...

— Ce n'est pas le lieu de parler de ce genre de choses, répliqua-t-elle, baissant à son tour le ton. Mais vous vous trompez. Promenons-nous ensemble, si vous voulez bien, cet après-midi. Il fait plus doux aujourd'hui. Si le temps se maintient, je crois qu'une petite marche au grand air pourrait vous être bénéfique. Je vous attendrai peu après trois heures devant les ruines de la résidence du ministre français. Il y a eu un incendie, il ne reste plus que les quatre murs. N'importe qui vous indiquera le chemin, ce n'est pas loin. »

Grace se détourna et au lieu de passer au lit suivant, dont l'occupant était lui aussi inconscient, elle traversa la salle pour changer les pansements d'un blessé qui était bien réveillé, rendant toute conversation impossible.

Je balayai donc le sol, puis allai m'étendre afin d'avoir des forces en vue de notre promenade. À trois heures, j'empruntai à un infirmier une capote et des gants. Juste avant de sortir, je passai voir ce pauvre garçon, White, pour voir s'il avait repris connaissance et, si c'était le cas, m'assurer qu'on lui avait donné quelque chose pour soulager la douleur.

Lorsque j'atteignis son lit, il était évident qu'il avait fini de souffrir. Je partis chercher un infirmier pour transférer le corps à la morgue, mais tout le monde était occupé à débarquer des blessés d'ambulances récemment arrivées. Je retournai donc auprès de White, pensant à retirer l'oreiller de dessous sa tête avant que s'installe la rigidité cadavérique. Un papier vola alors par terre. Je me baissai pour le ramasser. Dessus était griffonné un poème, d'une écriture incertaine :

Je ne suis plus ardent, fort et hardi.
Tout cela est du passé ;
Je suis prêt à ne plus faire.
Enfin, enfin,
Ma tâche de la demi-journée est accomplie,
Et c'est là tout mon rôle.
À un Dieu patient je remets
Mon cœur patient[1].

Le jeune garçon avait écrit ces lignes avant son amputation. Je pense qu'il en avait déjà vu assez pour connaître le

1. Poème cité dans la correspondance de Louisa May Alcott.

sort probable qui l'attendait. « Je suis prêt à ne plus faire. » Cette phrase me marqua au fer rouge. Comment un jeune sans instruction tel que White pouvait-il montrer tant de sagesse et de résignation, alors que moi, qui débordais de philosophie et de savoir livresque, j'étais incapable de trouver la patience pour apaiser mon cœur ?

Je rangeai soigneusement le papier avec les quelques effets de White et quittai l'hôpital. L'air glacé me gifla opportunément le visage, me tirant de ma rêverie morbide. J'étirai mes jambes, trouvant du plaisir à sentir mes muscles obéir de nouveau à ma volonté, et m'offris le luxe d'anticiper un peu. Il y avait tant de choses que je désirais confier à Grace, ce qui était impossible dans les limites confinées de l'hôpital.

Je n'eus aucun mal, comme elle l'avait dit, à trouver la carcasse noircie de la grande maison qu'elle avait choisie pour notre rendez-vous. Le bâtiment en ruine donnait sur une petite forêt de cèdres coupée en deux par un étroit ruisseau aux eaux argentées, où les lavandières noires de Georgetown se réunissaient pour battre le linge de leurs clientes. Comme je marchais lentement, Grace était arrivée avant moi. Je lui parlai de White, sans mentionner le poème. Elle inclina la tête d'un air grave. Elle n'avait pas cru à sa survie ; qu'il ait passé sans plus souffrir était, selon elle, une forme de délivrance.

Après que nous nous fûmes enfoncés sous les arbres, à l'abri des regards qui auraient pu être scandalisés, elle me prit le bras, comme eût pu le faire n'importe quelle infirmière, pour soutenir mes pas encore mal assurés sur le sentier inégal. Une fois que nous eûmes parcouru un peu de chemin, elle me regarda et me parla avec une sévérité brutale :

« Vous devez cesser de vous complaire dans cette idée que vous êtes d'une façon ou d'une autre coupable de toutes les calamités survenues cette année. La guerre est synonyme de malheurs. Ne le comprenez-vous pas ? C'est folie de laisser cette autoflagellation peser sur votre avenir ! »

Son ton et son étroitesse de vue m'indignèrent – elle qui ne m'avait jamais semblé le moins du monde obtuse.

« Vous ignorez ce dont vous parlez, ripostai-je, avec la même brutalité. Vous n'avez jamais reculé devant ce qu'il y a de plus noble et de meilleur, le sacrifice de soi. Que pouvez-vous savoir d'une conscience consumée de culpabilité ? Que connaissez-vous du péché ? »

Sa réponse prit la forme d'un chuchotement – ou d'un sifflement :

« L'inceste n'est-il donc pas un péché ? Le meurtre non plus ?

— Comment ? »

Je m'immobilisai dans l'allée. Les cèdres soupiraient au-dessus de nos têtes.

Lâchant mon coude, elle se raidit, comme en proie à un combat intérieur. Ses lèvres étaient serrées, ses poings fermés. Elle les pressa l'un contre l'autre et les cala sous son menton. Inspirant profondément, elle se frotta le visage de ses mains, fléchit les épaules, puis se mit à parler d'une voix grave et posée :

« Je vous ai dit que le fils de M. Clement était mort d'une décharge de son fusil de chasse en plein visage. Je vous ai dit aussi qu'il s'était pris le pied dans un massif de chèvrefeuille. Mais je ne vous ai pas fait – pas plus qu'à quiconque – le récit circonstancié de cet accident, et n'ai nulle intention de le faire maintenant. » Elle me décocha ce regard évaluateur dont je me souvenais malgré les années. « Mais vous n'êtes plus l'innocent qui s'est présenté à la maison des Clement en ce lointain printemps. Vous avez désormais vu assez d'ignominies pour comprendre très bien les choses. Ce que je dirai se limitera à ceci : connaissant la vérité sur mes origines, sachant qu'il était mon frère, il a commis ce péché dont tous les humains, même les plus sauvages, reconnaissent depuis toujours la gravité. Mais savez-vous quel a été le comble de la transgression ? Je me suis rendu compte que mon père avait tout prévu. Qu'il m'avait peut-être gardée dans ce but, me destinant au même usage que ma mère. Ce qui est arrivé à mon frère était en partie un accident. Mais seulement en partie. Je ne crois pas avoir voulu le tuer, mais je me suis réjouie de sa mort, monsieur March... »

Une lueur fugitive, proche de l'exaltation, brilla dans ses yeux. Les images affluèrent spontanément à mon esprit. Je ne peux savoir, je ne saurai jamais si j'ai vu juste. Une rencontre imprévue dans un champ automnal. Un jeune homme cédant au désir abject du moment ou à une concupiscence nourrie pendant des mois. Une lutte au milieu du chèvrefeuille jaunissant, une chute, une décharge de fusil, un visage qui explose comme une pastèque trop mûre. Et un autre visage, charmant et impitoyable celui-là, disparaissant à la hâte en silence.

Grace avait baissé la tête. Quand elle reprit la parole, sa voix était encore plus grave :

« Le remords... c'est venu plus tard. Quand j'ai lu la douleur dans les yeux de mon père, et dans ceux de M. Harris. Au moment où M. Harris nous a quittés, à cause de la mort de mon frère, et que j'ai vu la plantation aller à vau-l'eau et constaté que tout le monde en souffrait. Prudence et Justice, vendus. Annie, noyée. Tout cela, oui, tout cela à cause de mes actes. Alors, ne croyez pas que je n'aie aucune expérience d'une conscience qui ne cesse de me flageller.

— Quoi que vous ayez fait... balbutiai-je, avant de reprendre : Quel que soit le malheur qui est arrivé alors que vous cherchiez à vous défendre... »

Elle m'interrompit, agitant les mains avec impatience, comme pour dissiper une vapeur toxique.

« Je ne vous demande pas l'absolution. Je vous demande simplement de voir qu'il y a une seule chose à faire quand nous tombons, c'est de nous relever et de continuer d'avancer dans la vie qui s'étend devant nous, et d'essayer de faire le bien dont nos bras sont capables pour les êtres que nous rencontrons en chemin. Telle a, au moins, été ma voie.

— Eh bien, soit, répondis-je, quelque peu vindicatif, c'est aussi ce que je me propose. Dès que j'aurai recouvré des forces, je pourrais travailler avec vous. Il y aura des besoins, de grands besoins, quand on aura enfin levé des troupes de couleur… »

Elle m'interrompit encore, avec colère cette fois :

« Nous avons eu notre content de Blancs pour commander notre existence ! Pas mal d'hommes de ma race sont meilleurs coursiers que vous ne le serez jamais. Et il ne manque pas de pasteurs nègres pour connaître le vrai langage de nos âmes. Un peuple libre doit apprendre à décider de son destin. »

Elle avait élevé la voix, ses yeux flamboyaient. Je détournai le regard, stupéfait par la véhémence de son rejet.

« Rentrez chez vous, monsieur March », dit-elle encore. Puis sa voix se radoucit : « Si vous voulez sincèrement nous aider, rentrez à Concord et œuvrez avec les vôtres. Écrivez des prêches qui prépareront vos voisins à accepter un monde où Noirs et Blancs seront un jour égaux.

— Je ne sais pas si je peux encore prêcher… »

Ma voix se brisa en une plainte aussi aiguë que celle d'un adolescent au moment de la puberté. J'imaginais qu'elle se briserait de la même façon, si je remontais un jour en chaire. Le silence était devenu plus éloquent pour moi que n'importe quel prêche.

Grace avança vers moi et posa une main sur mon épaule.

« Rentrez chez vous. Soyez un père pour vos filles. Cela, au moins, vous pouvez le faire. Ce sont elles qui ont besoin de vous. »

Elle ne le dit pas, mais les mots sous-entendus restèrent en suspens entre nous. Mes filles avaient peut-être besoin de moi, mais elle, certainement pas.

19

Concord

ON CONTINUE. ON POSE UN PIED DEVANT L'AUTRE, et si une faible voix crie quelque part derrière soi, on feint de ne rien entendre et on continue d'avancer.

Certains pas coûtent plus que d'autres. Au moment où je posais le pied dans l'allée menant à la petite maison brune, j'eus le sentiment d'être un imposteur. Je n'avais certainement rien à faire ici. Cette demeure était celle d'un autre. Un homme dont je me souvenais, une personne dotée de certitudes morales, et d'une certaine sagesse, que beaucoup jugeaient courageuse. Comment pourrais-je me faire passer pour lui, moi qui n'étais qu'un niais, un lâche qui doutait de tout ?

Si j'avais été seul, j'aurais alors battu en retraite, je me serais fondu dans les airs comme la neige en ce matin doux et éclatant, particule perdue dans le vaste flot qui traversait le paysage de guerre, afin que mes filles pussent vivre avec le souvenir sans tache de cet autre homme et ne pas être obligées de découvrir son infâme remplaçant.

Mais je n'étais pas seul. John Brooke me tenait fermement par le bras, et le jeune Laurence piaffait de joie devant nous, à peine capable de contenir son excitation. Il se comportait comme s'il apportait quelque beau cadeau de Noël enrubanné. Si seulement il savait de quelle camelote il annonçait l'arrivée ! Je remontai mon cache-col autour de mon visage pour cacher le tremblement dont étaient agitées les commissures de mes lèvres. Sans mentir, parcourir cette allée était le plus grand acte de tous mes actes de courage.

Le jeune homme se précipita à l'intérieur de la maison avant nous, ouvrit la porte du salon et disparut derrière celle-ci. Je m'appuyai au guéridon de l'entrée. John Brooke, interprétant ma faiblesse comme de la fatigue, me ligota d'un bras puissant et me poussa en avant, que je le veuille ou non.

La porte se rouvrit. Encore ébloui par la neige, je ne vis qu'une image floue. Brooke tenta bien de dire quelque chose, mais ses mots se perdirent dans un tumulte général. Des bras doux s'accrochèrent à mon cou. Quelqu'un trébucha sur un tabouret et, sans même prendre la peine de se relever, s'accrocha à mes bottes. Je baissai les yeux sur des boucles blondes. Ma petite Amy. Jo, une main sur la tête – ses cheveux bouclés coupés court –, semblait près de s'évanouir. Et Meg – était-ce bien Meg, cette silhouette féminine ? – se cognant la tête contre celle de Brooke dans la confusion et ajoutant à celle-ci par son rougissement et ses excuses balbutiées. Meg et John… c'était donc cela ! Je n'avais pas compris… et Marmee, sereine au centre du maelström, le visage las mais souriant. Il me semblait sentir la main de fer de sa volonté m'enserrer. Elle s'était juré de voir ce jour. Elle m'obligerait à remonter à bord, garderait l'esquif de notre famille à flot, en état, quel que fût mon état, quelque incertaines que fussent les mers.

Elle leva la main en un geste apaisant.

« Chut, souffla-t-elle. N'oubliez pas Beth ! »

Mais Beth avait entendu le vacarme, bien sûr. Comment ne l'eût-elle pas entendu dans cet étroit cottage ? Ma petite souris, sa robe de chambre rouge volant au vent, courut vers moi sur des jambes mal assurées. D'instinct, j'ouvris les bras pour la saisir, cette fillette si menue que, même diminué, je pouvais porter sans effort.

Je traversai les heures qui suivirent dans un état second. Il me semblait être emmailloté, comme une momie, ou flotter sur des exhalaisons d'éther. Parfois, j'avais conscience qu'on me touchait, mais sans sentir le contact sur ma peau. Je savais qu'on me parlait, mais ne parvenais pas à comprendre le sens des mots. Oh ! je répondais, j'en suis sûr, car je sentais ma bouche former des paroles, et mes propos devaient être raisonnables, puisque les visages qui me regardaient restaient calmes, et que personne n'avait l'air surpris ou choqué. Mais je ne saurais absolument pas dire ce qui s'est passé entre le moment des retrouvailles du salon, celui où je m'attablai pour le dîner de Noël et celui où je me laissai enfin choir dans un fauteuil au coin du feu.

La température extérieure était brutalement tombée avec le soir, et une petite rafale de neige tourbillonnait dehors. Un passant aurait regardé notre fenêtre depuis la rue immaculée, il aurait vu dans ce tableau de famille une icône de la joie domestique. Beth était assise sur mes genoux, Meg, à côté de moi, une main posée sur l'accoudoir de mon fauteuil, Jo en face, et Amy sur le pouf, à mes pieds.

Le tour pris par la conversation m'incita à mieux regarder la main de Meg; la peau en était ridée et brûlée. Et soudain, ce ne fut plus cette légère brûlure que je vis, mais les chairs fondues de Jimse, la cicatrice en forme d'étoile d'araignée blanchâtre, qui ne permettraient plus à sa petite paume de s'ouvrir complètement. Quelle inquiétude vaine pour la gêne que lui occasionnerait sa main, plus tard dans la vie, maintenant que cette vie s'était arrêtée…

Mais, alors même que cette pensée obscurcissait mon cœur, ma bouche tournait de menus compliments à Meg pour ses diligents travaux de ménage et sa main marquée, usée par les corvées, plus belle à mes yeux que celle, intacte, dont elle tirait jadis quelque vanité.

Beth, sa frimousse pressée contre mon oreille, me demanda si je ne trouvais pas que l'année écoulée avait changé Jo ; je répondis que si, fis l'éloge de ses bonnes manières, inédites pour moi, des tendres soins qu'elle prodiguait à sa petite sœur. Tout le temps que je parlai, mon cœur était tout occupé de cette autre âme dévouée qui ne tarderait pas à partir soigner les soldats de couleur tombés au champ d'honneur et que je ne reverrais probablement plus jamais.

« À Beth, maintenant », implora Amy, appuyée contre mes genoux.

J'exprimai ma surprise d'avoir retrouvé une petite souris moins timide, puis une émotion sincère perça sous mes paroles convenues. Me rappelant brusquement que j'avais failli la perdre, je la serrai dans mes bras.

« Je t'ai retrouvée en bonne santé, ma petite Beth, plaise au ciel que je te garde toujours ! »

Puis je baissai les yeux et me lançai dans une description des changements survenus en Amy : à sa manière de se tenir à table, j'avais perçu une nouvelle considération pour les autres. Mais quand elle leva le nez vers moi, illuminée par mon compliment, l'inclination de sa tête et la lueur de son regard me rappelèrent mon élève Cilla, cette pauvre fillette que je n'avais pu sauver. Mon esprit vacillait au souvenir de ses abominables blessures, du bourdonnement des mouches, de la puanteur... La nausée m'envahit, et je sentis que je serais incapable de poursuivre. Il en serait ainsi désormais : je ferais de mon mieux pour vivre dans le monde des vivants, mais les fantômes des morts seraient toujours proches.

Heureusement, à ce moment-là, Jo posa une question à Beth et la conversation se détourna de moi. Beth glissa à bas de mes genoux, se dirigea vers son petit piano, en effleura légèrement les touches et se mit à chanter :

Qui est en bas ne doit pas craindre de tomber,
Qui est humble, aucun orgueil[1]...

Tous les yeux se fixèrent alors sur elle avant que personne ait songé à me demander si une année de guerre ne m'avait pas changé moi aussi. Je me dissimulai dans l'obscurité grandissante jusqu'au moment où Marmee entra avec une chandelle et se pencha au-dessus de la lampe. La mèche s'enflamma. On entendit un léger tintement, quand elle remit le verre en place. Dès qu'elle tourna la vis pour régler la flamme, la clarté se répandit. Un instant, tout fut baigné de lumière.

1. *Le Voyage du pèlerin*, John Bunyan (1628-1688).

POSTFACE

La Solitude du Dr March est une œuvre de fiction inspirée par la vie d'une des grandes familles américaines du XIXe siècle, les Alcott, de Concord, dans le Massachusetts. Pour sa construction, j'ai beaucoup emprunté au roman-culte de Louisa May Alcott, *Les Quatre Filles du Dr March*, l'un des premiers à traiter, bien qu'obliquement, de la guerre de Sécession. Mais c'est au père de cet auteur, le philosophe, éducateur et abolitionniste transcendantaliste A. Bronson Alcott, que je suis le plus redevable.

Les lecteurs et les lectrices des *Quatre Filles du Dr March* se souviennent sans doute que le roman s'ouvre sur un triste soir de Noël dans la maison de la famille March. Le père de Meg, Jo, Beth et Amy est absent, descendu dans le Sud pour suivre les troupes de l'Union. Dans un épisode dramatique, situé aux deux tiers du récit, arrive un télégramme pressant Mme March de se rendre à Washington, où son mari est hospitalisé, gravement malade. La crise se dénoue lorsque M. March apparaît à l'improviste, le matin de Noël ; l'année et le roman tel qu'il a été publié à l'origine s'achèvent donc tous deux sur une réunion de famille.

Le roman de Louisa May Alcott montre la manière dont un an vécu en lisière de la guerre a modifié les personnalités des « quatre filles », rien n'est dit des effets de la guerre sur M. March lui-même.

C'est dans ce vide que j'ai laissé fonctionner mon imagination. En tentant de créer le personnage du père absent, j'ai suivi la piste de l'auteur et cherché l'inspiration dans sa famille. Louisa May Alcott a pris pour modèle des filles March sa propre fratrie, également féminine : elle, c'était Jo, bien sûr, l'aspirante écrivain. Meg est calquée sur l'obéissante Anna, qui se maria jeune ; Beth était Elizabeth, condamnée par sa santé délicate, et Amy s'inspirait de sa plus jeune sœur, May, qui connut en Europe une carrière artistique précoce, avant de mourir des complications d'un accouchement. Aussi m'a-t-il semblé naturel de me tourner vers les journaux intimes, les lettres et les biographies du père de Louisa, Bronson Alcott, pour y chercher mon inspiration personnelle.

Bronson Alcott était un radical, y compris selon les critères de la Nouvelle-Angleterre du XIXe siècle, où toutes sortes de nouvelles idées, du réexamen de la nature de Dieu aux bienfaits diététiques des biscuits au blé complet, faisaient florès. Il consigna sa vie dans soixante et un journaux intimes, et sa correspondance remplit trente-sept volumes manuscrits de la Harvard College Library. Il fait l'objet d'un mémoire en deux tomes de 1893, que l'on doit à Franklin B. Sanborn et William T. Harris, ainsi que d'une biographie publiée par Odell Shepard en 1937. De fréquentes et amicales références à Bronson Alcott – souvent au titre de mentor et de source d'inspiration – apparaissent dans les lettres et les carnets intimes de Ralph Waldo Emerson et de Henry David Thoreau, qui faisaient partie de son cercle le plus intime.

J'ai puisé à pleines mains dans ce matériau pour prêter vie et voix à March. J'ai parfois emprunté des fragments aux propres écrits de Bronson : par exemple, ses expressions d'affection dans la première lettre à sa famille, ou la description physique de John Brown. J'ai aussi, par endroits, employé les mots mêmes d'Emerson et de Thoreau – les lecteurs de *Walden* reconnaîtront l'imprécation au bord de l'étang de Flint –, bien que j'aie pris de grandes libertés avec le contexte.

Bronson Alcott grandit avec des parents sachant à peine lire et écrire dans une misérable ferme des collines du Connecticut. À la fin de l'adolescence, il partit dans le Sud colporter des articles de mercerie et des livres chez les riches planteurs. Ses premiers journaux semblent aveugles aux cruautés de l'esclavage, absorbé qu'il était dans les loisirs de la vie de l'esprit que le dur labeur des esclaves rendait possibles à leurs propriétaires fortunés. Cependant, bien des années plus tard, de retour en Nouvelle-Angleterre, le philosophe, alors d'âge mûr, monta en première ligne pour protester contre le rapatriement d'un esclave fugitif, au risque de sa vie.

Son radicalisme prit de nombreuses formes. Végétarien, il fonda une communauté, Fruitlands («Terres du fruit»), d'un tel extrémisme utopique que ses membres ne portaient pas de laine et n'utilisaient aucun engrais animal, l'un et l'autre étant considérés comme la propriété des animaux dont ils provenaient.

L'une des raisons pour lesquelles cette expérience tourna court dès son premier hiver, c'est que, lorsque des vers infestèrent la récolte de pommes, les Fruitlanders non violents refusèrent d'employer les moyens nécessaires à leur éradication.

Le M. March des *Quatre Filles du Dr March* s'écarte toutefois de la biographie de Bronson Alcott à bien des égards. Bronson était un éducateur, non un pasteur – il passe pour avoir inventé le concept de récréation, ainsi que pour avoir ouvert une des premières classes où était pratiquée l'intégration raciale. Et surtout, Bronson ayant déjà soixante et un ans au moment où éclata la guerre de Sécession, il ne descendit pas dans le Sud avec les troupes nordistes comme mon M. March, plus jeune de plus de deux décennies. J'ai donc imaginé la guerre d'un aumônier de l'Union animé des convictions transcendantalistes et abolitionnistes de Bronson Alcott.

Le premier problème que j'ai rencontré était d'ordre temporel. En quelle année de la guerre de Sécession placer l'action ? Louisa May Alcott s'autorise une licence romanesque. L'unique date repérable dans *Les Quatre Filles du Dr March* arrive assez tard ; il s'agit de l'inscription de novembre 1861 sur le dernier testament d'Amy March. Ce qui situe le début du roman à la veille du Noël précédent – en 1860. Les premiers coups de feu de Fort Sumter n'ayant pas été tirés avant avril 1861, M. March n'aurait pu se trouver « dans le Sud, lieu des combats » lors de ce Noël-là. J'ai donc pris à mon tour la liberté d'avancer l'action d'un an, choisissant de plonger M. March dans la bataille de Ball's Bluff, simplement parce que le terrain de ce petit mais effroyable engagement ne se trouve qu'à quelques miles de ma maison de Virginie, et aussi parce que c'est là que beaucoup de soldats du Massachusetts « ont vu l'éléphant[1] » pour la première fois. Pour les détails de cette bataille, je dois beaucoup au magnifique travail d'interprétation du National Park Service, à John Coski du musée de la Confédération de Richmond et à l'ouvrage édité par Gregory A. Coco : *From Ball's Bluff to Gettysburg... and Beyond : The Civil War Letters of Private Roland E. Bowen, 15th Massachusetts Infantry 1861-1864*[2].

J'ai consulté deux excellents ouvrages sur les aumôniers de la guerre de Sécession : *Faith in the Fight* de John W. Brinsfield *et alii* et *For Courageous Fighting and Confi-*

1. Cf. *I Saw the Elephant : The Civil War Experiences of Bailey George McClelen Company D, 10th Alabama Infantry Regiment*, Bailey George McClelen (*J'ai vu l'éléphant : expériences de la guerre de Sécession*). Cette expression fut ensuite adoptée par tous les combattants américains.

2. *De Ball's Bluff à Gettysburg... et après : Lettres de la guerre de Sécession du soldat Roland E. Bowen, du 15e régiment d'infanterie du Massachusetts, 1861-1864.*

dent Dying de Warren B. Armstrong[1]. Mais j'ai puisé plus largement dans un mémoire de 1864 : *Chaplain Fuller: Being a Life Sketch of a New England Clergyman and Army Chaplain*[2], rédigé par son frère, Richard F. Fuller. Le père Arthur Buckminster Fuller était connu de Bronson Alcott : la brillante sœur aînée de l'aumônier, Margaret, avait collaboré un temps comme assistante à l'Alcott's Temple School[3] de Boston.

C'est en me documentant sur le rôle du clergé de Nouvelle-Angleterre que j'ai été intriguée par l'histoire de la « contrebande de guerre » et les témoignages contradictoires de négligence et de cruauté totale qui s'y rencontraient. Au cours de cette guerre, environ sept cent cinquante mille Afro-Américains – un résident noir sur cinq des États confédérés ! – ont franchi les lignes fédérales. Bien que les expériences de Sea Island à Port Royal aient été largement étudiées – les ouvrages *Letters and Diary of Laura M. Towne*, édité par Rupert Sargent Holland, et *Rehearsal for Reconstruction*, de Willie Lee Rose, ont été particulièrement utiles[4] –, on possède moins de documents sur les situations improvisées dans les plantations de coton précises louées à des personnes privées. Je me suis appuyée sur le travail de Thomas W. Knox, *Camp-Fire and Cotton-Field*[5], récit remarquablement honnête écrit à la première personne par un correspondant de guerre yankee devenu planteur de coton dans l'espoir de faire rapidement fortune. En imaginant le monde de March, j'ai suivi de très près le récit de Knox. Les événements tragiques du Débarcadère des chênes sont basés sur le compte-rendu de

1. *La Foi dans les combats* et *Se battre en brave et mourir en confiance.*

2. *L'Aumônier Fuller : croquis sur le vif d'un pasteur de Nouvelle-Angleterre et aumônier militaire.*

3. École du Temple Alcott.

4. *Lettres et journal de Laura M. Towne* et *Répétition pour la reconstruction.*

5. *Feu de camp et champ de coton*

la poignante issue de l'entreprise de Knox. Deux autres ouvrages m'ont été à ce propos d'un grand secours : *From Contraband to Freedman*, de Louis S. Gerteis, et *First Days Amongst the Contrabands*, mémoire de 1893 d'Elizabeth Hyde Botume[1]. Pour ceux qui s'intéressent à ces questions, je reconnais volontiers avoir moi aussi usé d'une petite licence romanesque avec le cadre temporel ; en effet, les plantations du Mississippi n'ont pas été affermées à des nordistes aussi tôt pendant les hostilités.

En ce qui concerne la manière dont un homme tel que March devait rendre le parler afro-américain, j'ai décidé de suivre les conventions utilisées dans les écrits de Knox, Towne et des autres nordistes descendus dans le Sud pendant cette période. Même si le personnage de Grace Clement est entièrement fictif, sa voix est inspirée de l'élégante et déchirante autobiographie de Harriet Ann Jacobs parue en 1861 : *Incidents in the Life of a Slave Girl, Written by Herself*[2].

Je suis très reconnaissante au Dr Norman Horwitz, qui m'a fait partager son savoir en me montrant la jambe de Sickle[3] et autres épouvantables reliques médicales de la guerre de Sécession conservées au musée national de Médecine de l'hôpital militaire Walter Reed. Le travail de l'historien Drew Gilpin Faust sur le sort réservé aux morts de la guerre de Sécession m'a fourni de nombreux et précieux détails. Pour une peinture de la vie hospitalière à Washington, j'ai pu me tourner vers les *Hospital Sketches*[4] de Louisa May Alcott, mémoire dans lequel elle relate sa brève expérience d'infirmière pendant la guerre de Séces-

1. *De la contrebande de guerre à l'affranchi* et *Premiers Jours au milieu de la contrebande de guerre.*

2. Paru chez Viviane Hamy en mai 2008, sous le titre *Incidents de la vie d'une jeune esclave* (sans mention de traducteur).

3. Le général Daniel Sickle fut amputé de la jambe droite lors de la bataille de Gettysburg (2 juillet 1863).

4. *Croquis d'hôpital.*

sion. Ayant servi à l'Union Hospital, un ancien hôtel de Georgetown reconverti, elle en relata ses inconvénients avec vivacité. Ce court ouvrage, qui précède *Les Quatre Filles du Dr March*, fut son premier vrai succès littéraire. Le poème attribué à Cephas White fut composé par un patient anonyme de Louisa ; elle l'a recopié dans une lettre à sa tante, conservée, parmi d'autres manuscrits rares, à la Bibliothèque du Congrès.

Je suis aussi extrêmement redevable à la ville de Concord pour ses bonnes librairies, récentes ou non, et ses nombreux et fascinants musées. La mémoire de ses anciens résidents les plus illustres est on ne peut mieux servie par la gestion du patrimoine historique qui fait la fierté de la ville. Non loin de là, juste à la sortie de l'agglomération de Harvard, le rêve de Fruitlands de Bronson Alcott survit d'une manière qu'il n'aurait pu imaginer, sous forme d'un musée captivant et d'un lieu d'une admirable beauté.

J'aimerais remercier mon éditeur, Molly Stern, et mon agent, Kris Dahl ; mes premiers lecteurs, Darleen Bungey, Linda Funnell, Brian Hall, Elinor et Joshua Horwitz, Sophie Inwald, Graham Thorburn et William Powers, sans oublier Maritess Batac et Amanda Levick, mes indispensables soutiens.

Comme pour tant de choses dans ma vie, ce livre doit son existence à ma mère, Gloria Brooks. J'avais dix ans environ quand j'ai lu *Les Quatre Filles du Dr March* pour la première fois, à son instigation. Même si elle m'avait recommandé cette lecture, elle m'avait aussi conseillé de ne pas tout prendre au pied de la lettre. « Dans la vraie vie, personne n'est aussi bon que Marmee », avait-elle conclu. En cela, comme en presque toutes choses, elle avait raison. La vraie famille de Louisa May Alcott était loin d'être parfaite et, par conséquent, beaucoup plus intéressante que ces petits saints de March.

En dernier lieu, j'aimerais citer la page de garde de *Middlemarch* de George Eliot[1], qu'elle a dédiée à son « cher mari... en cette dix-neuvième année de [leur] heureuse union ». En la dix-neuvième année de notre union, je rétracte sans réserve l'ancien portrait en raseur de la guerre de Sécession que j'ai fait de mon mari, Tony Horwitz. Mieux, je tiens à m'excuser pour toutes les fois que j'ai refusé de descendre de voiture à Antietam ou que j'ai pu me plaindre de la chaleur à Gettysburg, pour toutes mes récriminations sur le nombre d'étagères colonisées par ses ouvrages sur la guerre de Sécession, ainsi que pour toutes mes lamentations sur les expéditions de fin de semaine consacrées à des événements tels que l'enterrement du cheval de Stonewall Jackson. Je ne sais quand ni où cela s'est passé, mais quelque part, sur une route défoncée, j'ai enfin vu la lumière.

1. Trad. de Sylvère Monod, Folio classique, Gallimard, 2005.

TABLE

Collection « Littérature étrangère »

ADAMS Poppy
Le Temps des métamorphoses

ADDERSON Caroline
La Femme assise

AGUÉEV M.
Roman avec cocaïne

ALI Monica
Sept mers et treize rivières
Café Paraíso
En cuisine

ALLISON Dorothy
Retour à Cayro

ANDERSON Scott
Triage
Moonlight Hotel

ARLT Roberto
Les Sept Fous

ARPINO Giovanni
Une âme perdue
Le Pas de l'adieu

AUSLANDER Shalom
La Lamentation du prépuce
Attention Dieu méchant

BAXTER Charles
Festin d'amour

BENIOFF David
24 heures avant la nuit

BLOOM Amy
Ailleurs, plus loin

BROOKNER Anita
Hôtel du Lac
États seconds
La Vie, quelque part
Une chute très lente
Une trop longue attente
Fêlures
Le Dernier Voyage

BROOKS Geraldine
Le Livre d'Hanna

CABALLERO Antonio
Un mal sans remède

CAÑÓN James
Dans la ville des veuves intrépides

CONROY Pat
Le Prince des marées
Le Grand Santini

COURTENAY Bryce
La Puissance de l'Ange

CUNNINGHAM Michael
La Maison du bout du monde
Les Heures
De chair et de sang
Le Livre des jours

DORRESTEIN Renate
Vices cachés
Un cœur de pierre
Sans merci
Le Champ de fraises
Tant qu'il y a de la vie

DUNANT Sarah
La Courtisane de Venise

DUNMORE Helen
Un été vénéneux
Ils iraient jusqu'à la mer
Malgré la douleur
La Faim
Les Petits Avions de Mandelstam
La Maison des orphelins

EDELMAN Gwen
Dernier refuge avant la nuit

ELTON Ben
Nuit grave

FERRARIS Zoë
La Disparue du désert

FEUCHTWANGER Lion
Le Juif Süss

FLANAGAN Richard
La Fureur et l'Ennui
Désirer

FREY James
Mille morceaux
Mon ami Leonard

FRY Stephen
L'Hippopotame
Mensonges, mensonges
L'Île du Dr Mallo

GALE Patrick
Chronique d'un été
Une douce obscurité
Tableaux d'une exposition

GARLAND Alex
Le Coma

GEE Maggie
Ma bonne

GEMMELL Nikki
Les Noces sauvages
Love Song

GILBERT David
Les Normaux
Les Marchands de vanité

HAGEN George
La Famille Lament
Les Grandes Espérances du jeune Bedlam

HOMES A. M.
Mauvaise mère

HOSSEINI Khaled
Les Cerfs-Volants de Kaboul
Mille soleils splendides

JOHNSTON Jennifer
Petite musique des adieux
Ceci n'est pas un roman
De grâce et de vérité
Un Noël en famille

JONES Kaylie
La fille d'un soldat ne pleure jamais
Dépendances

JORDAN Hillary
Mississippi

KAMINER Wladimir
Musique militaire
Voyage à Trulala

KANON Joseph
L'Ultime Trahison
L'Ami allemand
Alibi

KENNEDY Douglas
La Poursuite du bonheur
Rien ne va plus
Une relation dangereuse
L'homme qui voulait vivre sa vie
Les Désarrois de Ned Allen
Les Charmes discrets de la vie conjugale
Piège nuptial
La Femme du Ve
Quitter le monde

KLIMKO Hubert
La Maison de Róża
Berceuse pour un pendu

KNEALE Matthew
Les Passagers anglais
Douce Tamise
Cauchemar nippon
Petits crimes dans un âge d'abondance
Maman, ma sœur, Hermann et moi

LAMB Wally
Le Chant de Dolorès
La Puissance des vaincus
Le Chagrin et la Grâce

LAWSON Mary
Le Choix des Morrison
L'Autre Côté du pont

LEONI Giulio
La Conjuration du Troisième Ciel
La Conspiration des miroirs
La Croisade des ténèbres

LI Yiyun
Un beau jour de printemps

LISCANO Carlos
La Route d'Ithaque
Le Fourgon des fous
Souvenirs de la guerre récente
L'Écrivain et l'Autre

LOTT Tim
Frankie Blue
Lames de fond
Les Secrets amoureux d'un don Juan
L'Affaire Seymour

MADDEN Deirdre
Authenticité

MARCIANO Francesca
L'Africaine
Casa Rossa
La Fin des bonnes manières

MCCANN Colum
Danseur
Les Saisons de la nuit
La Rivière de l'exil
Ailleurs, en ce pays
Le Chant du coyote
Zoli

MCCOURT Frank
Les Cendres d'Angela
C'est comment l'Amérique ?
Teacher Man, un jeune prof à New York

MCGARRY Morris Mary
Mélodie du temps ordinaire
Fiona Range
Un abri en ce monde
Une douloureuse absence

MERCURIO Jed
La Vie sexuelle d'un Américain sans reproche

MILLS Jenni
Le Murmure des pierres

MORTON Brian
Une fenêtre sur l'Hudson
Des liens trop fragiles

MURAKAMI Haruki
Au sud de la frontière, à l'ouest du soleil
Les Amants du Spoutnik
Kafka sur le rivage
Le Passage de la nuit
La Ballade de l'impossible
L'éléphant s'évapore
Saules aveugles, femme endormie
Autoportrait de l'auteur en coureur de fond

O'DELL Tawni
Le Temps de la colère
Retour à Coal Run
Le ciel n'attend pas
Animaux fragiles

O'FARRELL Maggie
Quand tu es parti
La Maîtresse de mon amant
La Distance entre nous
L'Étrange Disparition d'Esme Lennox

OWENS Damien
Les Trottoirs de Dublin

PARLAND Henry
Déconstructions

PAYNE David
Le Dragon et le Tigre : confessions d'un taoïste à Wall Street
Le Monde perdu de Joey Madden
Le Phare d'un monde flottant
Wando Passo

PEARS Iain
Le Cercle de la Croix
Le Songe de Scipion
Le Portrait
La Chute de John Stone

PENNEY Stef
La Tendresse des loups

RADULESCU Domnica
Un train pour Trieste

RAVEL Edeet
Dix mille amants
Un mur de lumière

RAYMO Chet
Le Nain astronome
Valentin, une histoire d'amour

ROBERTIS Carolina De
La Montagne invisible

ROSEN Jonathan
La Pomme d'Ève

SANSOM C. J.
Dissolution
Les Larmes du diable
Sang royal
Un hiver à Madrid
Prophétie

SAVAGE Thomas
Le Pouvoir du chien
La Reine de l'Idaho
Rue du Pacifique

SCHWARTZ Leslie
Perdu dans les bois

SEWELL Kitty
Fleur de glace

SHARPE Tom
Fumiers et Cie
Panique à Porterhouse
Wilt 4
Le Gang des mégères inapprivoisées ou Comment kidnapper un mari quand on n'a rien pour plaire

SHREVE Anita
Le Poids de l'eau
Un seul amour
La Femme du pilote
Nostalgie d'amour
Ultime rencontre
La Maison du bord de mer
L'Objet de son désir
Une lumière sur la neige
Un amour volé
Un mariage en décembre
Le Tumulte des vagues

SHRIVER Lionel
Il faut qu'on parle de Kevin
La Double Vie d'Irina

SMITH Tom Rob
Enfant 44

SOLER Jordi
Les Exilés de la mémoire
La Dernière Heure du dernier jour

SWARUP Vikas
Les Fabuleuses Aventures d'un Indien malchanceux qui devint milliardaire
Meurtre dans un jardin indien

TOLTZ Steve
Une partie du tout

ULINICH Anya
La Folle Équipée de Sashenka Goldberg

UNSWORTH Barry
Le Nègre du paradis
La Folie Nelson

VALLEJO Fernando
La Vierge des tueurs
Le Feu secret
La Rambla paralela
Carlitos qui êtes aux cieux

VREELAND Susan
Jeune fille en bleu jacinthe

WATSON Larry
Sonja à la fenêtre

WEISGARBER Ann
L'Histoire très ordinaire de Rachel Dupree

WELLS Rebecca
Fleurs de Ya-Ya

WEST Dorothy
Le Mariage

ZHANG Xianliang
La mort est une habitude
La moitié de l'homme, c'est la femme

ZWEIG Stefan
Le Monde d'hier. Souvenirs d'un Européen

Cet ouvrage a été imprimé en France par

CPI
BUSSIÈRE

à Saint-Amand-Montrond (Cher)
en août 2010

N° d'édition : 4587 – N° d'impression : 102115/1
Dépôt légal : septembre 2010